*Clube de
Costura dos
Corações
Remendados*

SUSAN WIGGS

Clube de Costura dos Corações Remendados

tradução
Isabella Pacheco e Daniela Rigon

Rio de Janeiro, 2022

Título original: The Oysterville Sewing Circle
Copyright © 2019 by Susan Wiggs

Todos os personagens neste livro são fictícios. Qualquer semelhança com pessoas vivas ou mortas é mera coincidência.

Direitos de edição da obra em língua portuguesa no Brasil adquiridos pela Editora HR LTDA. Todos os direitos reservados. Nenhuma parte desta obra pode ser apropriada e estocada em sistema de banco de dados ou processo similar, em qualquer forma ou meio, seja eletrônico, de fotocópia, gravação etc., sem a permissão do detentor do copyright.

Direitos exclusivos de publicação em língua portuguesa cedidos pela Harlequin Enterprises II B.V./ S.À.R.L para Editora HR Ltda.

A Harlequin é um selo da HarperCollins Brasil.

Contatos: Rua da Quitanda, 86, sala 218 — Centro — 20091-005
Rio de Janeiro — RJ
Tel.: (21) 3175-1030

Diretora editorial: *Raquel Cozer*

Editora: *Julia Barreto*

Copidesque: *Marina Góes*

Revisão: *Ingrid Romão e Julia Páteo*

Design de capa: *Renata Vidal*

Imagens de capa: *Shutterstock*

Diagramação: *Abreu's System*

CIP-Brasil. Catalogação na Publicação
Sindicato Nacional dos Editores de Livros, RJ

W655c

Wiggs, Susan
 Clube de costura dos corações remendados / Susan Wiggs ; tradução Isabella Pacheco, Daniela Rigon.– 1. ed. – Rio de Janeiro: Harlequin, 2022.
 384 p. ; 23 cm.

 Tradução de: The oysterville sewing circle
 ISBN 978-65-5970-197-1

 1. Romance americano. I. Pacheco, Isabella. II. Rigon, Daniela. III. Título.

22-79180
CDD: 813
CDU: 82-31(73)

Meri Gleice Rodrigues de Souza – Bibliotecária – CRB-7/6439

PARA AS SOBREVIVENTES

Prólogo

Na madrugada, antes de o dia amanhecer, Caroline Shelby chegou a Oysterville, uma cidade no canto mais distante do estado de Washington. O lugarejo ficava bem na ponta da estreita península, espremido como um dedo em riste entre a plácida baía e o furioso oceano Pacífico.

Ela estava em casa.

De volta a um lugar que tinha deixado para sempre. A um lugar que guardava seu coração e suas lembranças, mas não seu futuro — ou pelo menos assim ela acreditava, até agora. A viagem improvisada e caótica que a levara até ali tinha detonado seu emocional e deixado sua visão turva, e Caroline quase não viu uma leve sombra se agitando ao lado da estrada e se lançando na frente dela.

Conseguiu desviar a tempo do gambá fugidio e torceu para que o movimento brusco do carro não acordasse as crianças. Uma olhada no retrovisor confirmou que ainda dormiam. *Continuem sonhando*, pediu silenciosamente. *Só mais um pouquinho.*

Conforme passava pela maior cidade da península de Long Beach, paisagens familiares iam surgindo ao longo da estrada que margeava a água. Diferentemente de sua homônima na Califórnia, mais famosa, a Long Beach de Washington tinha calçadão, parques de diversão itinerantes, um museu de aberrações e um monte de esquisitices, como a maior frigideira do mundo e uma escultura de casca de molusco do tamanho de uma prancha de surfe.

Depois da avenida principal, havia um conglomerado de pequenos terrenos e áreas da igreja que levavam a Oysterville, uma cidade esquecida no tempo. Uma terra no fim do mundo.

Era assim que ela e os amigos costumavam chamar o lugar, só de brincadeira. Oysterville era o último lugar onde Caroline pensou que acabaria.

E a última pessoa que esperava ver ao chegar ali era o primeiro cara por quem tinha se apaixonado.

Will Jensen. Willem Karl Jensen.

Primeiro, Caroline achou se tratar de um fantasma, envolvido no brilho nebuloso dos postes com lâmpadas de vapor de sódio que iluminavam o cruzamento entre a avenida costeira e o centro da cidade. Não era para ninguém estar fora de casa a uma hora daquelas, não é? Ninguém além das lontras sorrateiras deslizando entre os pesqueiros de ostras, ou famílias de texugos e gambás se esbaldando nas latas de lixo entreabertas.

Ainda assim, lá estava ele com seus quase um metro e noventa de altura, gloriosamente suado, com "Jensen" escrito em letras neon atravessando os ombros largos. Ele estava correndo, liderando um bando de garotos adolescentes em camisetas do Peninsula Mariners e shorts largos de corrida. Caroline passou lentamente de carro pelo pelotão, desviando da pista para dar bastante espaço ao grupo.

Will Jensen.

Ele não reconheceria o carro, é claro, mas talvez reparasse na placa de Nova York. Em uma cidade pequena como aquela e tão afastada da Costa Leste, os moradores costumavam perceber coisas do tipo. No geral, nova-iorquinos não apareciam por lá. Caroline tinha ido embora fazia tanto tempo que se sentia um peixe fora d'água.

Ah, a ironia de, após dez anos de silêncio, os dois acabarem ali de novo, onde tudo havia começado — e terminado.

Quando o único semáforo da cidade ficou vermelho, Caroline parou e ouviu um rugido raivoso soar do banco de trás, despertando-a de seu devaneio. Flick e Addie tinham encarado a tensa viagem para cruzar o país com desenvoltura, provavelmente tomados por choque, confusão e luto. Agora que haviam chegado ao destino, a paciência das crianças tinha acabado.

— Fome — gemeu Flick, após ser acordado pela mudança de velocidade.

Eu deveria ter furado o maldito sinal, pensou Caroline. Ninguém teria visto, além dos corredores matinais. Ela se enrijeceu diante de uma onda de preocupação e lembrou a si mesma que ela e as crianças estavam em segurança. *Seguros*.

— Eu preciso fazer xixi — disse Addie. — *Agora*.

Caroline rangeu os dentes. Pelo espelho retrovisor, viu Will e sua equipe vindo na direção do carro. À sua frente, do lado direito, estava o posto de gasolina Propaganda Enganosa, a placa neon piscando fraquinha contra o céu do amanhecer. ABERTO 24 HORAS, como sempre havia sido, desde a época em que ela e os amigos iam ali comprar balas e cerol de pipa. O sr. Espy, dono do posto, costumava alegar ser meio vampiro, administrando o caixa durante a madrugada por décadas.

Caroline entrou no posto e parou na frente da loja de conveniência. Havia uma pilha amarrada de jornais em cima do tapete na porta de entrada.

— Vou comprar alguma coisa para você — disse ela para Flick. — E você pode usar o banheiro — acrescentou para Addie.

— Tarde demais — disse ela em uma voz baixa e envergonhada. — Eu fiz xixi. — E começou a chorar.

— Que nojo! — gritou Flick. — Está fedendo!

E então ele também começou a chorar.

Caroline pressionou os lábios para conter a irritação e soltou Addie, que agora uivava, do assento.

— Vamos limpar você, meu amor.

Ela foi até a parte de trás da caminhonete detonada e pegou uma calcinha limpa e uma calça legging dentro de uma mala.

— Eu quero a *maman* — dizia Addie entre soluços.

— A mamãe não tá aqui — declarou Flick. — Ela morreu.

O choro de Addie entrou no modo escandaloso.

— Eu sinto muito, querida. — Mas Caroline sabia que a frase apaziguadora, usada em excesso, jamais penetraria no luto incompreendido de uma criança de 5 anos. Olhou feio para Flick. — Isso não está ajudando — repreendeu, e então segurou a mão pegajosa da garotinha e disse: — Vamos.

Um sininho tocou quando ela abriu a porta, mas Caroline se virou a tempo de ver Flick correndo cegamente na direção da estrada.

— Flick! — gritou ela. — Volta aqui.

— Quero a mamãe — choramingou Addie outra vez.

Caroline soltou a mão dela.

— Fica paradinha aqui, Addie. Preciso buscar seu irmão.

Mais veloz do que um garoto de 6 anos deveria ser, Flick corria em disparada pelo asfalto escuro e sujo do estacionamento. Em segundos, estava envolto em névoa, indo em direção ao arbusto de cranberry atrás da loja.

— Flick, volta aqui! — gritou Caroline, começando a correr. — Eu juro que…

— Opa, opa! — disse uma voz grave.

Uma sombra grande surgiu, bloqueando o caminho do garoto.

Caroline se apressou, imersa em uma doce onda de alívio.

— Obrigada — disse ela, segurando a mão de Flick.

O garoto tentava se desvencilhar.

— Me solta!

— Flick…

Will Jensen se agachou, bloqueando o caminho. Ficou bem na frente do menino e olhou-o nos olhos.

— Seu nome é Flick?

O garoto ficou parado, o peito ofegante de quem puxava o ar com força. Ele olhou para Will e lançou um olhar desconfiado para o estranho.

— Eu sou o treinador Jensen — disse Will, demonstrando certa facilidade com crianças. — Você corre rápido, Flick. Quem sabe você não entra no meu time um dia? Eu dou aula de futebol e de corrida. Nós treinamos todas as manhãs.

Flick assentiu quase imperceptivelmente.

— Tá bem — respondeu.

— Que bom, não esquece da gente. Sempre temos espaço para um bom corredor.

Caroline desaprendeu a falar enquanto olhava para Will, vidrada. Houve uma época em que ela sabia a largura exata dos ombros dele, o formato das mãos, o timbre da voz.

Quando Will se levantou, ela percebeu o exato momento em que ele a reconheceu. O corpo dele inteiro enrijeceu, e a expressão amigável se transformou em choque. Os olhos azuis nórdicos se semicerraram, e ele disse:

— Oi, estranha. Você está de volta.

Oi, estranho.

Era assim que ela o cumprimentava no início de todos os verões quando eram jovens. Caroline tinha crescido na península, com água salgada correndo nas veias, os pés polvilhados de areia como o bolinho de canela do restaurante dos pais à beira da praia. Will Jensen passava os verões ali, um jovem engomado e privilegiado que vinha para a costa em junho.

Você está de volta.

Agora, o cumprimento de décadas não vinha acompanhado dos sorrisos de alegria ansiosa que trocavam todo ano ao se reencontrarem. Quando crianças, ela e Will imaginavam as aventuras que os aguardavam — correr pelas praias longas com suas pipas, catar mexilhões com a água batendo nos pés queimados de sol, sentir a chegada tímida da atração adolescente, esperar o brilho verde e misterioso que surgia quando o sol se punha no oceano, contar histórias ao redor de uma fogueira feita com madeira de flutuação encontrada na beira da praia.

Agora, Caroline só disse:

— É. Estou.

Ainda segurando a mão de Flick, virou-se na direção do Propaganda Enganosa e disse ao menino:

— Vamos achar sua irmã.

A entrada da loja, onde tinha deixado Addie, estava deserta. Nem sinal da menina.

— Para onde ela foi? — Caroline apertou o passo, ainda segurando Flick, e olhou ao redor de todo o pátio. — Addie? — gritou ela, espiando dentro da loja de conveniência.

Uma olhada rápida nos corredores não revelou nada, nenhum movimento refletido nos espelhos convexos de segurança.

— Você viu uma garotinha? — perguntou ela para o homem com cara de sono que estava no caixa.

Não era o sr. Espy, mas um jovem gorducho jogando no celular.

— Ela tem 5 anos, é parecida com o irmão — disse, apontando para Flick.

— Addie está perdida? — perguntou Flick, o olhar passando pelos corredores e prateleiras.

O vendedor deu de ombros e tirou o cabelo do rosto.

— Não vi ninguém.

— Eu deixei ela bem aqui, ao lado da porta, tem meio minuto. — Caroline sentiu o coração gelar de medo. — Addie! Adeline Maria, cadê você? — gritou, e então, virando-se para Flick: — Me ajuda a procurar sua irmã. Ela não pode ter ido muito longe.

Will, que seguira Caroline para dentro da loja, virou-se para seu time de atletas suados.

— Vamos ajudar, pessoal — ordenou ele. — O nome dela é Addie. Ela estava aqui há um minuto. Vamos, todo mundo!

Os garotos — cerca de meia dúzia deles — espalharam-se pelo estacionamento, chamando pelo nome dela.

Caroline encontrou a calça legging e a calcinha limpas em um montinho perto da porta.

— Ela precisava ir ao banheiro. Eu pedi pra ela esperar aqui. Eu só saí por um minuto e... — Sua voz se encheu de terror. — Ai, meu Deus...

— Nós vamos encontrá-la. Procura dentro da loja — falou Will.

Caroline guardou as roupinhas no bolso interno do casaco.

— Fique do meu lado, Flick — ordenou ela. — Não solte a minha mão, ouviu bem?

O rostinho fofo e redondo estava em choque, os olhos cheios de medo.

— Addie está perdida — afirmou ele. — Eu não queria que ela se perdesse.

— Ela estava aqui um minuto atrás — repetiu Caroline. — Addie! Cadê você, meu amor?

O grupo percorreu os corredores, procurando por todo o lugar entre as estantes cheias de produtos. A loja era a mesma de décadas atrás. Passaram pelos sacos de bala e de marshmallow. Havia inúmeros artigos de pesca e um freezer barulhento com iscas e sorvetes. Caixas de mistura pronta para sopa, farinha de rosca para empanar ostras e peixes de Willapa Bay. Uma placa descrevendo as mercadorias de produtores locais — milho em espiga, pães, ovos da fazenda Seaside, leite da Smith's Dairy. A mãe de Caroline sempre mandava que ela ou um dos irmãos fossem até ali fazer compras — pão, manteiga de amendoim, papel higiênico, forminha para cupcake… Em uma família com cinco filhos, sempre havia alguma coisa faltando em casa.

Caroline percorreu metodicamente cada um dos corredores. Checou o banheiro, duas vezes. O funcionário insolente enfim contribuiu, espiando o depósito nos fundos, mas nada.

Meu Deus do céu, mas que grande cagada. Ela só estava com as crianças havia uma semana e já tinha perdido uma delas. Eles tinham vindo daquele inferno urbano que era Nova York, e ali, no que deveria ser a menor cidade dos Estados Unidos, Addie tinha desaparecido.

Caroline abriu o bolso e procurou o celular. Sem sinal. Sem a porra de uma barra de sinal.

— Preciso de um telefone — disse ela, pegando o do funcionário em cima do balcão. — Vou ligar para a polícia.

O cara deu de ombros. Ao mesmo tempo, Will enfiou a cabeça pela porta.

— Achamos ela.

As pernas de Caroline ficaram bambas. Ela largou o celular na hora.

— Onde ela está? Ela está bem?

Ele assentiu e a chamou com um gesto do dedo indicador. Sentindo-se fraca de alívio, Caroline pegou Flick e seguiu Will pelo estacionamento, até o carro de Angelique — *dela* agora, ou ao menos ela achava.

Dentro do carro, enroscada no banco de trás, Addie dormia profundamente, agarrada ao bichinho de pelúcia favorito, uma boneca da Mulher-Maravilha de cabelo preto longo. Caroline respirou fundo e se afastou do vidro.

— Ai, graças a Deus. *Addie.*

— Um dos garotos a encontrou — comentou Will.

Flick entrou no carro pela outra porta, o rosto congelado de tensão.

Caroline se jogou contra o carro, tentando se lembrar de como respirar normalmente. A saída às presas, os dias conturbados de viagem que pareciam não ter fim, o medo, a confusão, a sensação constante de que a vida estava saindo do controle... de repente tudo aquilo a atingiu em uma onda gigante de exaustão.

— Você está bem? — perguntou Will.

Outro eco se espalhou na mente de Caroline. Ele havia lhe feito a mesma pergunta dez anos antes, na noite em que tudo desmoronara.

Não, pensou ela. Nem perto disso. Será que tinha feito a coisa certa voltando para Oysterville?

— Obrigada pela ajuda — disse ela, assentindo. — Agradeça aos meninos também.

— Pode deixar.

Depois de tantos anos, Will não parecia tão diferente. Menos suave, talvez. Mais castigado pela vida. Mas continuava grande e atlético, com o rosto quadrado tipicamente norte-americano, de olhar doce e sorriso firme.

— Imagino que...você esteja indo para a casa dos seus pais? — perguntou ele, o sorriso enfim morrendo.

— Aham, eles estão me esperando.

Caroline sentiu certo pavor, prevendo uma enxurrada de boas-vindas. Ainda assim, nada comparado à situação da qual havia fugido.

— Que bom.

Will pigarreou, movendo os olhos de Caroline para o carro velho e cheio de coisas amontoadas às pressas, as crianças pequenas no banco de trás. E então, observou o rosto dela com um ar desconfiado, os olhos repletos de perguntas às quais ela estava exausta demais para responder.

Caroline se lembrou de como ele costumava saber cada pensamento seu, como era capaz de interpretar a mínima variação de humor. Isso fora muito tempo antes, em uma época que pertencia a pessoas diferentes em uma vida diferente. Will era de fato um estranho agora. Um estranho que ela jamais havia esquecido.

Ele deu a volta até o porta-malas totalmente aberto e olhou para o interior bagunçado — malas e objetos colocados ali às pressas, a valiosa máquina de costura de agulha única, desmontada, a máquina de overloque, caixas e mais caixas. Ele fechou o porta-malas e virou-se para ela.

— Então você está de volta — concluiu ele.

— Estou.

Ele olhou para dentro do carro pela janela.

— As crianças...?

Agora não, Will.

Era uma explicação complexa demais para dar a alguém que ela mal conhecia agora. Caroline só precisava chegar em casa.

— São minhas — respondeu Caroline, simplesmente, e entrou no carro.

Parte Um

A cura para tudo é água salgada: suor, lágrimas ou mar.

— ISAK DINESEN

Um

NOVA YORK

Semana de Moda

A lufada de um *steamer* de roupa deixou uma névoa de vapor pairando na seção dos bastidores onde Caroline estava trabalhando. Ela e alguns outros membros da equipe de design de Mick Taylor inspecionavam, etiquetavam e penduravam cada item por ordem de entrada no desfile. A área estava superaquecida por luzes de maquiagem, luzes de *klieg* e corpos demais por metro quadrado.

Quando um estilista renomado está prestes a revelar seu trabalho para o mundo, a energia fervilhante do pré-desfile é palpável. Caroline amava aquilo, até mesmo o estresse e a confusão. O evento daquele dia era particularmente empolgante, porque muitos dos desenhos que ela havia criado para a marca estariam no palco. Não era exatamente o mesmo que ter a própria marca, mas era definitivamente um passo nessa direção. Embora ela trabalhasse por longas horas para Mick, vinha usando cada minuto livre para desenvolver sua própria coleção. Para isso, abria mão de horas destinadas a almoçar, socializar e dormir. Era empenhada. Fazia o que tinha que fazer.

Aquele também era um desfile importante para Mick Taylor. Nas últimas duas temporadas, críticos e influenciadores de moda não tinham ficado muito impressionados com seu trabalho. Investidores estavam ficando nervosos. Compradores de lojas chiques esperavam ser impactados. Mick e sua diretora de design estavam sob muita pressão. O mercado estava de olho para ver se ele conseguiria voltar ao topo.

Todo mundo na equipe de design fora instruído a se concentrar em elementos de impacto que poderiam alçar a carreira de Mick Taylor a patamares mais elevados. Rilla Stein, diretora de design, era obstinada e exigente com a equipe, e ferozmente leal a Mick. Quase todos morriam de medo dela. Embora fosse adepta de óculos modelo gatinho, camisas com gola Peter Pan e parecesse uma bibliotecária de desenho animado, ela cuspia fogo dentro do estúdio de design e tinha a personalidade de uma víbora.

— Ei, Caroline, pode me dar uma ajudinha aqui? — pediu Daria.

Apesar de ser modelo, Daria estava em hiato por conta da gravidez e, naquele momento, estava ali como estilista. Sua cara de garota comum e a barriga crescendo contrastavam drasticamente com Angelique, a modelo favorita de Mick havia tempos, que estava de pé em cima de uma caixa. Angelique tinha se tornado a modelo de passarela mais disputada da cidade. Mal precisava passar por testes. Mick a elegera sua musa.

Angelique era famosa por sua propensão inata ao teatral e pela habilidade de trocar de roupa na velocidade da luz, às vezes em pouquíssimos e exatos trinta segundos. Tinha maçãs do rosto perfeitamente esculpidas, lábios carnudos e um leve espaço entre os dentes. Os olhos grandes tinham um quê de misteriosos. O figurino que Daria propusera para ela contava também com uma maquiagem numa paleta ousada de cores e um coque todo trançado, evidenciando bem seus traços. Para quem não conhecia Angelique, havia algo vagamente assustador nela, algo que exigia atenção. Mas essa mesma Angelique era uma das melhores amigas de Caroline em Nova York, então, em vez de lhe causar medo, ela a inspirava.

Orson Maynard, repórter do *Page Six* e blogueiro de moda, tinha acabado de apresentar sua nova estagiária, Becky Barrow, para Angelique.

— Ela está fazendo um post para mim e queria muito conhecer você — disse Orson.

— E agora conhece!

A expressão de Angelique, era suave ao cumprimentar Becky, que retribuiu com um olhar de adoração. A modelo tinha fãs apaixonados no mundo da moda. Fora descoberta em sua terra natal, Haiti, pelo próprio Mick, enquanto ele fazia uma sessão de fotos nas praias deslumbrantes da ilha. O famoso estilista era conhecido por frequentar países em desenvolvimento e usar talentos locais em suas campanhas. Tinha, inclusive, recebido prêmios humanitários por suas contribuições aos lugares que visitava.

— Você deve ter ficado tão animada quando Mick te descobriu… — disse Becky. — Eu adoraria saber como isso aconteceu. Tudo bem se eu gravar?

Angelique assentiu. Uma menção no referido blog era algo bom para sua carreira.

— Ah, não é uma história tão incrível. Eu tinha 16 anos e achava que sabia de tudo, mas era completamente crua. Só que, como eu queria muito dar certo, toda vez que eu ouvia falar de algum trabalho, eu corria atrás. O Haiti tem algumas das praias mais bonitas do mundo, então, sempre que ficava sabendo de alguma sessão de fotos perto de Porto Príncipe, eu me candidatava para qualquer coisa. Fui fazendo uma coisa aqui e outra ali, absorvendo tudo que podia, feito uma esponja. Aprendi a desfilar, a posar. Aprendi sobre figurino e maquiagem. Comecei a pedir trabalho, de qualquer tipo. Buscar coisas, carregar equipamento, resolver coisas na rua e traduzir, porque as pessoas que chegavam dos Estados Unidos sempre precisavam de um intérprete.

— E foi aí que Mick Taylor a descobriu — disse Becky, fascinada.

— *Descobriu* não é exatamente a palavra. Ele me viu pela primeira vez em uma sessão de fotos quando eu era jovem demais para trabalhar. E, então, em outra sessão, um ano depois. Naquela época, eu já tinha o Francis, meu filho, que agora tem 6 anos. Fui mãe na adolescência — explicou Angelique.

— Você é uma mãe fabulosa, o Flick é demais — acrescentou Daria.

— Um ano depois veio a Addie, e nós conseguimos vir para Nova York.

— Podemos dizer que Taylor mudou a sua vida.

— Por falar em mudança — disse Orson, cutucando Caroline —, eu ouvi dizer que você vai exibir seus desenhos originais graças ao Emerging Talent, é verdade?

— É verdade, sim — respondeu Caroline, tentando falar em um tom casual, porque, no fundo, estava empolgadíssima com a oportunidade. — Mas não coloca isso no blog. Não é minha primeira vez, e eu sou um azarão.

— Então você já expôs?

— Várias vezes.

O Emerging Talent, um programa financiado por uma ONG de estilistas com intuito de incentivar novos artistas, era o mais prestigioso do mundo da moda em Nova York. Uma comissão de especialistas do mercado analisaria o trabalho de diversos estilistas. Os escolhidos teriam a chance de expor no maior desfile da temporada.

Se impressionassem as pessoas certas, os contemplados poderiam dar início a uma carreira de sucesso.

— Cinco minutos, pessoal — avisou uma assistente de produção.

— Nos falamos depois do desfile — disse Orson. — Para ouvir o resto da história.

A energia no local ficou ligeiramente mais intensa. Com um olhar crítico, Caroline observou o vestido com recorte de malha que ela havia desenhado. A peça incluía um manto experimental feito de fio de seda de sari reciclada. Rilla tinha argumentado quanto às peças de lã, mas Caroline insistira. Ao ver Angelique com cabelo e maquiagem prontos para entrar na passarela, estava feliz por ter feito aquilo. O look estava deslumbrante, de outro mundo, um encerramento estonteante para o desfile.

— Você parece ter saído de um sonho — afirmou Caroline. — As pessoas vão cair no chão quando virem você.

Angelique riu delicadamente, inclinou a cabeça com altivez, desceu da caixa e deu alguns passos para aquecer.

— Eu não gostaria de causar nenhum acidente, *chefe*.

— Maravilhosa — afirmou Caroline. — Você poderia dar aula de como passar pelo seu ex em público. E, por falar em ex, o que está rolando com Roman?

Algumas semanas antes, Angelique tinha se apaixonado. Roman Blake, modelo fitness de uma grande marca de artigos esportivos, parecia o par perfeito para ela. Era incrivelmente bonito, com tatuagens em todos os lugares certos, a cabeça raspada, que de alguma maneira o deixava ainda mais bonito, e — segundo Angelique — habilidades inacreditáveis na cama. Nas poucas vezes que o encontrara, Caroline o achara um pouco intimidador, de olhar rígido e poucas palavras. Ele e Angelique tinham terminado na semana anterior.

Angelique murmurou uma frase em crioulo haitiano, sua língua natal, que não precisava de tradução.

— Imagino que agora ele seja problema de outra pessoa — disse em inglês.

— Mas e você? — perguntou Caroline. — Está bem?

— Estou ótima — respondeu ela, girando o manto como se fossem asas — e acho que talvez tenha a ver com essa roupa fantástica que estou usando.

Caroline recuou. Ela, Angelique e Daria eram próximas, mas Angelique sempre fora extremamente reservada.

— Obrigada… Você gostou mesmo? — perguntou Caroline, que estava constantemente duvidando de si.

O rosto de Angelique se iluminou com um sorriso, quebrando seu ar *blasé* costumeiro.

— Mesmo, *copine*.

— Eu devo muito a você por esse desfile — falou Caroline.

Tinha sido Angelique quem havia apresentado Caroline a Rilla, o que acabara gerando um contrato de trabalho.

— Se tiver qualquer coisa que eu possa fazer por você algum dia…

— Vamos ver… dar um jeito nas minhas finanças? Terminar de criar meus filhos? Encontrar um apartamento maior para mim? — disse Angelique, e então mostrou a língua. — Coisinha pouca.

— Vou providenciar tudo.

Caroline pensou na sua pequenina conta bancária e no seu minipartamento. Mesmo se quisesse ter filhos, jamais poderia bancá-los financeiramente.

Angelique subiu novamente na caixa e usou um espelho de mão para conferir sua maquiagem.

— Vestir suas roupas já é recompensa suficiente — disse Angelique.

Caroline sentiu uma onda de gratidão.

— Eu amo tudo nesse look — disse Daria. — Vai parar o desfile, vocês vão ver.

— Obrigada, Dar. Tem um lugar especial no céu para amigas leais.

Caroline olhou para as duas amigas, torres gêmeas de beleza estonteante. Ela nutria um respeito enorme pelo trabalho de ambas na passarela, mas jamais sentira vontade de se juntar a elas — e tampouco tinha a aparência e a habilidade necessárias para isso.

O mercado da moda podia ser bem difícil, às vezes brutal. Estando em uma posição de observadora privilegiada, ela já tinha visto meninas que mal ganhavam o suficiente para viver amontoadas em apartamentos compartilhados, lutando para conseguir alguma coisa. Muitas delas, até as modelos mais bem-sucedidas, sofriam de solidão e distúrbios alimentares, eram financeiramente manipuladas pelas agências e muitas vezes até abusadas sexualmente.

Como estilista, Caroline lutava com a própria consciência. Afinal, fazia parte de uma indústria que selecionava meninas para percorrer uma estrada dura e até perigosa. No início da carreira, Caroline havia jurado jamais ser uma presa dessas práticas horríveis. Suas roupas eram feitas para ficar bonitas em qualquer mulher, não só nas supermodelos que vestiam 36.

Uma comoção surgiu quando Mick em pessoa apareceu na área do desfile, deixando uma onda de agitação no ar. Apesar de sua importância no mundo da moda, ele era um homem discreto — modesto, até. De meia-idade e com uma barriguinha, vestia calça jeans e blusa polo lisa e tinha o semblante amável do tio preferido de todo mundo. Seus olhos, porém... Eles eram de um azul claríssimo, como uma chama, e tão firmes e intensos que pareciam deslocados naquele rosto comum.

Em qualquer lugar que chegasse, Mick era descrito pela imprensa como um homem comum, cujas roupas impecáveis traduziam-se, discretamente, em looks prontos para serem usados. Estilistas emergentes como Caroline viam nele o mentor perfeito: encorajador sem intimidar, crítico sem depreciar. Ela gostava de trabalhar para ele porque aprendia muito. Olhando para Mick naquele momento, ninguém jamais adivinharia que a marca vinha enfrentando dificuldades e que ele tinha acabado de voltar de uma reabilitação pesada.

Mick foi andando pela coxia, parando para fazer um comentário ou um ajuste aqui e ali, cumprimentando modelos e estilistas com um sorriso afetuoso. Rilla, sua sombra, vinha logo atrás, fazendo mais ajustes, mas sem parecer nada amável.

— Ora, ora, ora — disse Mick ao chegar perto de Angelique. Ainda sobre o pedestal, ela parecia a estátua de uma deusa, olhando para a frente como se mal reparasse na existência dele. — Então esse é o nosso look principal de hoje.

Caroline prendeu a respiração enquanto ele inspecionava a roupa. Quando ele se virou para ela, Caroline quase desmaiou.

— Esse trabalho é seu? — perguntou Mick.

— Eu… Sim. É meu.

Não gagueje, Caroline, disse para si mesma. *Se dê valor.*

Ao lado dele, Rilla ergueu a prancheta e falou algo para Mick, cochichando.

Ele assentiu.

Caroline quase morreu enquanto esperava algum comentário dele. Será que tinha feito algo errado? Será que ele tinha odiado a roupa? O sari de cima era ambíguo demais? Será que ele pediria para mudar o look de destaque?

Mick fez uma pausa, olhou para a roupa. Caroline tinha trabalhado durante horas para deixá-la perfeita. Ele então andou em círculos ao redor de Angelique e finalmente virou-se de novo para Caroline.

— É brilhante! — exclamou ele. — Qual é mesmo o seu nome?

— Caroline Shelby — respondeu ela, com uma onda de alívio.

— Belo trabalho, srta. Shelby.

Ele fez um sinal positivo com o polegar e seguiu caminhando.

— Conserte a cava embaixo do braço — ordenou Rilla de um jeito imperativo.

— Ele gostou! — Caroline praticamente desabou em cima de Daria, que estendeu a mão para um bate-aqui.

— Ele gostou — concordou a amiga.

— Agora me ajuda a descobrir o que tem de errado com a cava. — Caroline levantou o cotovelo de Angelique, que se encolheu e soltou um gemido. — Desculpa! Machuquei você? Tem um alfinete preso em algum lugar?

Caroline passou a mão pela lateral do tecido preso. E percebeu uma mancha de corretivo na ponta da roupa. Pegou uma esponja de maquiagem e esfregou para tentar remover. Foi quando viu um hematoma recente na lateral do corpo de Angelique, que ia da caixa torácica até a axila.

— Ei, o que houve aqui? Meu Deus, Daria, você viu isso?

— *Não* — disse ela, franzindo a testa. — Parece ruim. Ange, você se machucou?

— Ah, isso. — Angelique puxou o braço e fez um gesto de desdém com a mão no ar. — Eu caí da escada. Ando super desastrada ultimamente.

Caroline sentiu uma pontada de preocupação.

— Você não é desastrada — afirmou ela, trocando olhares com Daria, que observava, estarrecida. — Você é uma das modelos mais graciosas da atualidade, Ange. Alguém machucou você?

Uma assistente de produção com um fone de ouvido e uma prancheta passou por elas às pressas.

— Dois minutos — disse ela ao grupo.

— Já disse, eu caí — murmurou Angelique.

Caroline não sabia o que fazer. Suas mãos trabalhavam por vontade própria, alterando rapidamente a cava enquanto olhava o hematoma da amiga.

— Não é o que parece. Me conta o que aconteceu.

— Termina o ajuste — pediu Angelique. — Não transforma isso em algo que não é, ok?

Talvez realmente *não fosse* nada, disse Caroline para si mesma. Modelos extremamente magras tendiam a ficar com hematomas com facilidade, o que era outra coisa com a qual se preocupar. Mas talvez ela devesse acreditar no instinto sutil que lhe dizia que Angelique estava com problemas.

— Se você precisar de qualquer coisa... mesmo que seja só conversar...

— Eu odeio falar.

— Eu sei. Mas eu falo o tempo todo.

— Eu sei — retrucou Angelique.

— Bom, eu… posso te ajudar, seja lá com o que for, ok? De verdade. A qualquer hora do dia ou da noite. Pode me ligar quando quiser.

Angelique revirou os olhos.

— Olha, eu me viro sozinha desde os 16 anos. Cair da escada é a menor das minhas preocupações.

— Em seus lugares, pessoal — falou uma assistente que organizava as modelos na lateral da coxia. — Façam uma fila aqui, por favor.

— Não esquece, ok? — repetiu Caroline. — Se precisar de qualquer coisa, se eu puder ajudar…

— *Nom de Dieu*, para com isso! — Angelique congelou a expressão em um semblante majestoso enquanto se preparava para desfilar. Profissional até o último fio de cabelo, ela ajeitou a postura, entrando na personagem do espetáculo. — Nós temos trabalho pela frente.

— Beleza, mas nós não terminamos essa conversa — garantiu Caroline.

Angelique desceu do pedestal e seguiu a assistente até a passarela, deslizando sem esforço até o seu lugar na frente da fila.

— Terminamos, sim.

A música começou na área de desfile e os monitores da coxia mostraram que o lugar estava lotado. O olhar de Caroline estava grudado em um deles.

— Estou preocupada com ela — disse Caroline para Daria, enquanto acompanhava Angelique caminhando pelo mar de gente até chegar à frente da fila.

— Eu também. Será que foi uma briga? Acha que alguém bateu nela?

— Pensei imediatamente em Roman Blake — respondeu Caroline. — Eles terminaram, mas e se ele não aceitou muito bem o fim?

— Nesse caso, que bom que eles terminaram, né? — concluiu Daria.

Caroline se lembrou de algo que acontecera algumas semanas antes. Marcara de encontrar um grupo de amigos no Terminus, uma boate frequentada por atores e modelos. Lá, avistara Angelique e Roman no terraço aberto e notara a postura tensa dos dois durante uma conversa acalorada. Roman tinha segurado o braço de Angelique, que o puxara com força e se afastara. Caroline não dissera nada naquela noite, mas, agora, desejava tê-lo feito.

— Suponho que sim — concordou ela.

— E nós podemos estar totalmente erradas — acrescentou Daria, organizando a mala de maquiagem. — Uma vez eu caí de um cavalo durante uma sessão de fotos e fiquei igual a um zumbi durante dias. Quais são as chances de o que ela disse ser totalmente verdade? Ela ter caído da escada?

— Quando foi a última vez que você caiu da escada?

Caroline deu um passo para trás enquanto mais modelos passavam para entrar na fila. Uma das modelos passou usando outra de suas criações, mas ela estava distraída demais para inspecioná-la.

— Espero que o Roman tenha ido embora de vez.

Daria assentiu.

— Mas quem sabe foi outra pessoa? Um cara novo? Ou alguém do passado dela? O que você sabe sobre o pai das crianças?

— Uma vez ela me contou que ele desapareceu e nunca mais tocou no assunto.

Daria apontou para o monitor.

— Olha só pra ela... Meu Deus, Caroline.

A tela exibia Angelique no auge de seu poder, conduzindo uma das coleções mais importantes da temporada. A luz dramática e a música soturna da Sade envolviam a forma angular e majestosa de Angelique enquanto ela conquistava a passarela. O público a observava, vidrado, inclinando o corpo para a frente no assento, devorando-a com os olhos.

— Ela parece a porra de uma rainha — sussurrou Daria. — E essa roupa...

Caroline não conseguiu esconder o sorriso ao ver a roupa que havia desenhado despertando comoção. Os maiores críticos e blogueiros de moda escreviam ferozmente em seus bloquinhos enquanto Angelique era bombardeada por flashes.

Ela de fato parecia uma rainha, o xale controverso voando atrás dela como um robe da realeza. A última coisa com que se parecia era uma vítima.

Dois

No dia em que sua linha original seria apresentada para avaliação, Caroline saiu de casa no Meatpacking District. O ar gelado tinha o tipo de claridade brilhante que fazia até os nova-iorquinos mais apáticos olharem para cima para admirar o céu azul-diamante.

A luz do fim de tarde coloria tudo com camadas de um dourado precioso e vibrante. A temperatura estava perfeita para usar jeans, bota e um casaco confortável. Sob essas condições, era impossível não apreciar a cidade mais empolgante do mundo. Caroline considerou aquele clima um presente dos céus. As pessoas costumavam romantizar Nova York no outono justamente por isso. Tudo ficava espetacular naquelas condições.

Agitada, Caroline vibrava de ansiedade ao arrastar a arara de roupas pela calçada. Ao seu lado — transformando-a em uma anã —, estavam Daria e Angelique, as duas gigantes das passarelas. As amigas a ajudariam a apresentar os modelos para a comissão julgadora que selecionaria o próximo contemplado do Emerging Talent. Ao passarem pela loja-conceito de Diane von Furstenberg, com suas janelas impecáveis enquadrando os designs icônicos, Caroline sentiu uma onda de nervosismo.

— Estou morrendo por dentro — disse ela. — E se eles odiarem?

— Eles vão amar — respondeu Angelique. Mesmo sem os artifícios de cabelo e maquiagem, ela era linda, esbelta e graciosa com seus traços intensos. — Essas pessoas têm bom gosto.

Caroline sorriu para ela.

— Eu não conseguiria fazer nada disso sem você.

— Conseguiria, sim, mas fico feliz em ajudar.

— Como você está? — perguntou Caroline com certa hesitação.

Não queria se intrometer, mas, desde o dia em que vira os hematomas na amiga, Caroline não conseguia tirar a imagem da cabeça.

— Estou maravilhosa — respondeu Angelique com um sorriso descontraído. — Pronta para ver você arrasar todos eles hoje com a sua coleção.

— Garanto que eles nunca viram nada parecido com isso — acrescentou Daria.

Àquela altura, Daria já estava grávida de oito meses, o que a colocara de fora de todos os desfiles. Mas a barriga rotunda e traços delicados eram exatamente do que Caroline precisava.

Caroline, aliás, estava quebrada demais para conseguir pagar as amigas, mas elas tinham feito um acordo. Para Angelique, fez roupas para Flick e Addie irem para a escola. Para Daria, desenhou uma coleção de maternidade de seis peças, e a amiga jurava que toda vez que usava alguma delas as pessoas perguntavam onde ela tinha comprado.

— Você sentiu cãibra nas pernas? — perguntou Daria a Angelique enquanto caminhavam. — Digo, quando estava grávida?

— Aham, principalmente na gravidez do Flick. Eu passava a noite em claro de tanta cãibra. Tenta comer banana antes de dormir. O potássio ajuda.

Caroline tentou imaginar a amiga grávida. Angelique tinha apenas 16 ou 17 anos e já morava sozinha no Haiti. Flick veio ao mundo e, menos de um ano depois, Addie, e Angelique lidara com tudo sem um parceiro para ajudá-la. Pensar nisso quase fez com que Caroline se sentisse culpada pela família absurdamente normal que tinha em Washington.

— Você levantava a cada duas horas para fazer xixi? — perguntou Daria. — É só o que faço ultimamente.

— Bem-vinda ao terceiro trimestre — disse Angelique. — Considere o xixi um treinamento para as madrugadas em claro amamentando.

— Vocês duas fazem a gravidez parecer bem prazerosa — comentou Caroline.

— Em qual hospital você teve eles? — indagou Daria.

— Eles nasceram em Porto Príncipe — disse Angelique, desviando o olhar para contornar um buraco no meio da calçada. — Nós viemos para Nova York quando eles ainda eram bebês. Addie ainda mamava no peito. Lembro disso por causa do vazamento de leite durante minha entrevista na agência.

— Ah, não!

— Você tinha que ter visto a cara deles. Mas mesmo assim eles me contrataram, e graças ao Mick eu não precisei fazer outros testes.

— Eles seriam loucos se não tivessem feito isso — falou Caroline.

— Você é incrível.

O local da avaliação era um prédio antigo e cavernoso, todo iluminado, que no passado abrigara um frigorífico de carnes. Ficava bem no meio do distrito de moda, um ponto de encontro que transbordava criatividade. Caroline apressou o passo à medida que se aproximavam da porta dupla.

— Você está nervosa — observou Daria, ajudando a passar a arara ao lado de um carrinho de comida e empurrá-la para a área de apresentação.

— E se eles preferirem outra pessoa? — Caroline observava os outros competidores esperançosos que aguardavam para apresentar suas coleções. Conhecia a maioria, pelo menos de vista. O mundo da moda era pequeno, e os talentos conviviam em competição intensa. — Eu sou uma pessoa péssima por querer tanto isso?

— Não pensa assim — retrucou Daria.

O evento era conhecido no mundo fashion, e as expectativas eram enormes. Caroline já tinha participado da competição antes, mas nunca tinha conseguido chegar à final porque seu trabalho nunca fora considerado suficientemente inovador. Nunca suficientemente elegante. Nunca suficientemente ousado. Ou então ousado demais. Incoerente. Inviável. Ela ouvira de tudo.

— Muito péssima, *chérie* — disse Angelique.

— Essa é minha sexta tentativa — lembrou ela. — Se eu falhar dessa vez...

— O que você vai fazer? — indagou Daria.

Caroline respirou fundo. Lembrou-se de um conselho que tinha lido em algum lugar: *Não se pergunte quem vai te deixar chegar em algum lugar. Se pergunte quem vai te impedir.*

— Eu vou tentar de novo.

— Adoro isso em você. Você nunca desiste — disse Daria. — Chegou sua hora. Na sexta vez tem mais graça. — Ela acariciou a barriga. — Você trabalhou muito para isso, essa é a sua chance. Está no papo. Que tecido é esse?

— É um jersey de seda. Tem fios de cobre, por isso o brilho.

Caroline ocupou-se com os modelos selecionados na arara. Precisavam estar perfeitos e impecáveis. Nem um fio puxado, nem um fiapinho pendurado. Tinha dedicado horas à coleção e queria que ela brilhasse na passarela.

Enquanto arrumava suas modelos na área de preparação, não conseguiu conter a insegurança. Havia tantos talentos reunidos naquele espaço que chegava a ser ridículo. Vários daqueles estilistas tinham frequentado o Fashion Institute of Technology, assim como ela. Outros, ela conhecia de trabalhos em grandes marcas. Eram todos bons. Viu vestidos espetaculares, calças palazzo, bainhas teatrais, tecidos pintados à mão e roupas que envolviam as modelos como se fossem esculturas vivas.

Ela podia sentir a atenção sobre si também, mas por uma boa razão. Não era todo dia que uma estilista colocava para desfilar uma modelo grávida e alguém tão conhecido como Angelique. A gravidez de Daria era, na verdade, essencial para o desfile de Caroline. Criar uma coleção como aquela era um risco enorme, ela sabia disso. Mas também sabia que as maiores conquistas de sua carreira até então tinham sido resultado de grandes riscos. Dois anos antes, fechara um contrato com Mick Taylor ao mostrar uma coleção de roupas para chuva que mudavam de cor em contato com a água.

Daria e Angelique estavam atrás de um pano, finalizando os toques finais de seus looks, quando Angelique deu um passo para o lado.

— Quero te dar esse amuleto, para dar sorte. — Ela estendeu uma pulseira de três voltas feita de pequenas conchas delicadamente costuradas. — Quando era pequena, eu colecionava conchinhas da praia e fazia pulseiras para vender para os turistas. A concha é um símbolo do espírito de riqueza e fartura do oceano, e oferece a proteção da deusa. É muito poderosa porque está conectada com a força do mar.

Caroline estendeu o braço para que Angelique amarrasse a pulseira.

— Assim você vai me fazer chorar — disse ela. — O que eu fiz para merecer uma amiga como você?

Angelique não respondeu. Em vez disso, deu um passo para a frente e falou:

— Pronto, agora você está protegida. Agora vai lá e mostra o quanto você batalhou por isso.

Caroline empurrou a arara para a sala de exposições. Os cinco avaliadores estavam sentados em uma mesa coberta com toalha drapeada. Sobre ela, papéis, câmeras, celulares e café. Eram todos pessoas importantes do mundo da moda: um editor de revista, uma crítica de moda e três estilistas importantes, todos ávidos para encontrar novos talentos. *Cinco chances de dar errado*, pensou Caroline, torcendo para que nenhum deles notasse que ela estava suando.

Parou diante da arara e abriu o zíper da capa. Maisie Trellis, a crítica, posicionou um par de óculos de leitura no nariz e consultou a tela do seu tablet.

— Caroline Shelby, de Oysterville, Washington.

Caroline assentiu.

— Foi onde cresci, sim. Oysterville é o mais longe que dá para chegar antes de cairmos no oceano.

— Nos conte um pouco sobre a sua carreira até aqui.

— Bem, eu estudei no Fashion Institute of Technology e atualmente sou estilista freelancer. Meu primeiro trabalho profissional foi remodelando peças vintage. Eu fazia ajustes, trabalho por peça, qualquer coisa que ajudasse a pagar o aluguel.

— E agora você é estilista de Mick Taylor.

— Aham, estamos terminando uma coleção prêt-à-porter.

— Certo, fale um pouco sobre o que você vai apresentar aqui — pediu Maisie, olhando para a arara por cima dos óculos.

Caroline fez uma pausa. Respirou fundo. Aquele era o seu momento.

— Eu a chamo de coleção Crisálida.

Ela retirou a capa da arara. Tecidos em uma paleta de cores terra e em tons de azul brilharam à luz do outono que entrava pelas janelas. Daria saiu de trás da coxia, sua gravidez despertando o burburinho entre os avaliadores. O tecido moldava sua barriga firme como a crisálida de uma aranha sobre a presa, flutuando a cada passo que dava. E então Angelique entrou, uma deusa esbelta, vestindo um modelo semelhante.

— Minhas peças não ficarão obsoletas depois que o bebê nascer — afirmou Caroline, incentivada pela expressão no rosto das pessoas. — Como uma crisálida, a parte de cima se transforma.

Com certa dramaticidade, Angelique demonstrou a conversão, erguendo a túnica estonteante e amarrando-a nos ombros.

— Ela vira um sling para o bebê e um invólucro simples para amamentação — explicou Caroline. — É uma peça que vai durar após a gravidez, e mesmo após o puerpério.

Depois disso, Caroline foi mostrando a coleção peça a peça. Cada roupa tinha uma conversão secreta, com diferentes maneiras de prender ou amarrar. Os tecidos eram todos de origem sustentável e orgânicos, com brilhos acentuados por madrepérolas, uma referência à sua infância perto do mar. Caroline também criara uma assinatura instalada no ombro de cada peça, uma concha nautiloide estilizada, evidenciada com fios brilhantes.

— Qual foi sua inspiração? — perguntou um dos avaliadores. — Você tem filhos?

— Ah, nossa, meu Deus. Não, não. — Então, em um arroubo de sinceridade extrema, acrescentou: — Duvido que eu tenha filhos algum dia. Sou a filha do meio de cinco irmãos, e meio que me perdi nessa família confusa. Eu adoro os filhos das pessoas, mas amo mais minha independência. Minha inspiração vem de pessoas como Angelique e Daria, mães trabalhadoras que merecem vestir roupas bonitas todos os dias, seja durante a gravidez, o puerpério, ou depois. Imagino que vocês ouçam muito isso, mas também sou bem comprometida com práticas sustentáveis. É o dilema do momento, não é? O que fazer com o desperdício de tecido gerado na produção? Essa túnica de maternidade pode continuar sendo usada como um invólucro de amamentação e sling, e o tecido usado na maioria das peças foi o CycleUp.

Era o padrão da indústria de tecidos reciclados.

Os avaliadores inspecionaram cada peça enquanto ela observava com o coração na boca. Sua técnica era impecável, cada ponto no lugar, cada bainha e prega perfeitas. Caroline sabia que aquele era seu melhor trabalho. Ao fim da apresentação, sentiu uma onda de orgulho.

— Esse é o meu melhor. Espero que gostem e agradeço a oportunidade.

Os cinco conversaram entre si, fizeram mais perguntas, anotaram mais coisas. E então Maisie a dispensou com um olhar indecifrável.

— Ficamos intrigados, Caroline Shelby, mas ainda temos um longo dia pela frente. Entraremos em contato.

Três

Caroline desceu as escadas do prédio onde morava arrastando uma mala lotada. Sempre levava material extra para os desfiles: tecidos e linhas, alfinetes, tesoura, maquiagem, toalhas, uma lanterna e fita crepe, além de lenços de papel, caso alguma modelo tivesse uma crise de choro... ou algum estilista.

Mas ela mesma não teria. Se Caroline fosse ter uma crise, seria de riso. Aquele dia seria o grande salto da sua carreira. Finalmente, após tantos fiascos e perdas, sua Crisálida havia sido selecionada para o Emerging Talent. A coleção que levava seu nome seria exposta na passarela, diante de toda a elite da moda de Nova York.

Se conseguisse impressionar as pessoas certas, Caroline teria a chance de criar roupas assinadas.

Sabia que isso seria um divisor de águas. As pessoas em Oysterville, embora bondosas, nunca entenderam direito suas aspirações. De início diziam que admiravam sua criatividade, mas sempre ficaram um pouco intrigadas com sua vida e seu trabalho. Os empregos que ela tivera para entrar naquele universo, a maioria envolvendo longas horas e baixa remuneração, soavam para elas como missões ingratas e sem muitas recompensas. O que era uma acusação e tanto, vinda de uma família de donos de restaurantes.

Mas uma linha de roupas, isso, sim, seria uma prova concreta de que ela seguira o caminho certo. Uma coleção pronta para ser vendida era um feito tangível, algo que todos conseguiam enxergar. O que por si só já seria incrível, mas também dava a Caroline o tipo de compensação com que sempre sonhara: a satisfação de uma certa fome criativa.

Ela havia focado nesse objetivo durante oito temporadas de trabalho para Mick Taylor. Tinha aprendido muito, mas estar na marca dele não era seu maior objetivo. Seu sonho era o que fazia quando ia para casa, após incontáveis horas desenhando looks inovadores, temporada após temporada, sob o olhar atento de Rilla Stein. Caroline aprendera a sobreviver à base de burritos de micro-ondas e cafeína em excesso, passando madrugadas em claro para criar algo inteiramente autoral, uma expressão exuberante de sua estética única.

Ela puxava a mala na calçada a caminho da Illumination, sonhando com o dia em que teria assistentes e estilistas para ajudá-la. O local do desfile tinha uma passarela longa e luzes brilhantes, uma cachoeira como cenário de fundo e milhares de monitores nos bastidores, para que ela não perdesse um único instante. Toda vez que imaginava sua coleção exposta, tinha que se beliscar.

Esperava que a roupa que escolhera para si mesma estivesse boa. Tinha optado por um básico preto e branco, seu traje típico de trabalho. Calça skinny preta e blusa branca larga, acessórios grandes e sapatos baixos, ideais para correr pela cidade.

Os bastidores eram divididos em duas alas, leste e oeste, separadas por uma parede de biombo. Caroline tinha sido alocada no lado leste. Na área de desfile, um burburinho de empolgação vibrava no ar, que cheirava a spray de cabelo e anilina. Ela se juntou ao fluxo apressado de estilistas, *dressers*, assistentes, modelos, produtores, fotógrafos e suas equipes, blogueiros e repórteres. Um balé caótico que se intensificava à medida que a hora do desfile se aproximava. Os estilistas escolhidos mostrariam suas coleções, e o carro-chefe de Caroline viria somente no final.

Ela abriu caminho pelas araras e encontrou sua estação de trabalho. Conferiu suas anotações e viu Angelique de pé sobre uma elevação conversando com Orson Maynard, que escrevia furiosamente.

— Ouvi dizer que você é responsável por toda essa beleza — disse Orson, referindo-se ao vestido de gala que Caroline havia desenhado para a coleção de Mick Taylor.

— O vestido fui eu que desenhei, sim, mas toda essa beleza vem de Angelique. — Caroline percebeu a ponta de uma bainha saindo.

— Fica parada — disse ela, passando uma agulha rapidamente para colocá-la no lugar.

Daria chegou, ofegante e cansada, trazendo uma caixa de acessórios. Ela deu um passo para trás para admirar Angelique.

— Uau!

— Como está se sentindo? — perguntou Caroline, pegando um anel enorme da caixa e colocando em Angelique.

— Bem — respondeu Daria. — Preferia estar na passarela, mas você é a única estilista que precisava muito de uma modelo grávida.

Daria escolheu um pincel de maquiagem e retocou as bochechas de Angelique.

— Vocês duas estavam maravilhosas na minha apresentação — lembrou Caroline.

Orson se adiantou um passo, segurando o seu caderninho.

— E...? — perguntou ele.

Caroline tinha esquecido que ele estava ali, então baixou a cabeça e fingiu estar ocupada vasculhando a caixa de acessórios.

— Não era para você ter ouvido nada disso — disse Caroline, reprimindo a própria animação.

— Você sabe que as notícias voam — disse ele para ela.

— Sei. O que você ouviu por aí?

— Que você foi selecionada para o Emerging Talent.

Caroline tentou não reagir. Tentou não hiperventilar.

— É mesmo?

— Bata o pé no chão uma vez se for verdade, duas se for mentira.

— É verdade — murmurou Angelique entre as pinceladas de maquiagem de Daria em seu rosto. — Mas você não pode falar nada sobre isso ainda.

— Exatamente, Orson — disse Caroline. — Essa conversa toda tem que ser confidencial.

— Claro — disse ele, guardando o caderninho. — Então, pelo que estou entendendo, você está batendo os pés uma vez no chão.

Caroline não se aguentou e sorriu.

— O mundo todo vai ver no final do desfile hoje.

— É tão incrível — completou Daria. — Quando vi a coleção, eu sabia que ela seria a escolhida!

— Agora estou salivando — falou Orson.

— Mal consegui dormir ou comer desde que recebi a ligação.

Caroline estava explodindo de alegria. Assim que soubera da notícia, seu mundo tinha virado do avesso.

— Alguém viu meu celular? — perguntou Angelique. — Preciso ligar para saber das crianças.

Caroline pegou o celular em uma estante ali perto e Angelique fez uma ligação de vídeo. Addie atendeu, colocando o rosto perto demais do telefone.

— *Maman* — disse ela com sua voz fininha, e então perguntou algo em crioulo haitiano.

— No desfile, *ti cheri men*. Chame seu irmão.

A imagem ficou torta enquanto Addie chamava Flick. De repente, os dois se debruçaram no telefone, conversando com a mãe em uma alternância rápida entre francês e inglês.

— Eles são fofos demais — afirmou Daria.

Caroline colocou o rosto ao lado do de Angelique.

— Oi, crianças! Lembram de mim?

— Caroline! — disse Addie, batendo palmas. — Você fez um capuz com uma máscara para mim.

— Isso mesmo. Para quando você precisar se esconder de paparazzi.

— O que é paparazzi? — perguntou Flick.

— São aquelas pessoas que querem tirar foto de você quando você está tomando café — respondeu Caroline.

— Não gosto de café — afirmou Flick.

— Então você provavelmente não precisa se preocupar com os paparazzi — concluiu Angelique.

— Quando você vem para casa, *maman*? — perguntou Addie.

— Depois do desfile, mas vocês vão estar dormindo. Sejam bonzinhos com a Nila, está bem?

Ela acrescentou algo em francês e jogou um beijo para os dois.

— Eles são maravilhosos — afirmou Caroline.

— São tudo pra mim — disse Angelique, sorrindo.

— Não sei como você consegue, ser mãe solo e ao mesmo tempo ter uma carreira sensacional.

— Deve ser muito difícil. Não faço ideia de como conseguiria sem o Layton — acrescentou Daria.

— Eu nem penso nessas coisas — respondeu Angelique. — Faço o que tenho que fazer.

Daria apoiou a mão em sua barriga protuberante. Resmungou e moveu a mão mais para baixo.

— Você está bem? — perguntou Caroline.

— Aham. São contrações de Braxton-Hicks.

— Tem certeza?

— Aham, fui ao médico hoje de manhã.

— Vamos lá, pessoal — avisou um gerente de produção. — Cinco minutos!

Caroline teve que colocar de lado sua preocupação em meio ao frenesi dos bastidores do desfile. Todo mundo se aproximou para arrumar as modelos e mandá-las para a passarela ao som da percussão que saía das caixas de som. Entre trocas rápidas de roupa, Caroline e Daria assistiam pelos monitores distribuídos na coxia. As estrelas mais badaladas e equipes de imprensa estavam sentadas nas primeiras fileiras ao longo da passarela. Os influencers mais famosos comentavam o desfile em tempo real, e os comentários apareciam na base dos monitores.

Mesmo pelas telas, a cena era incrível. O cenário com água e luz funcionava lindamente, as modelos pareciam flutuar pela superfície projetada da passarela.

— Meu Deus, como eu amo esse trabalho! — murmurou ela, admirando a calça de boca larga e a blusa curta que havia desenhado para Mick Taylor brilharem em meio à multidão admirada.

A recepção da coleção foi positiva de um modo geral, julgando pela troca de câmeras, pelos aplausos e pelo olhar dos críticos e blogueiros, que tuitavam e postavam vídeos loucamente. Caroline checou as notificações de marcação pelo celular. A lista que descia pela tela estava repleta de elogios.

— Foi incrível! — comemorou Daria. — E acabamos por aqui. O trecho de encerramento final vai vir do outro lado do palco. Depois disso, você entra.

Caroline tremeu de prazer e nervosismo.

— Beleza. Vamos assistir.

Empurradas por modelos que corriam para trocar de roupa, elas acharam um lugar ao lado de uma tela enorme assim que a última coleção começou a desfilar do outro lado do palco. A trilha sonora mudou para uma versão eletrônica de "Water Music", de Handel.

A modelo principal surgiu, e o público soltou um *ohhh* coletivo. O feed ao vivo na base da tela imediatamente se encheu de comentários. Caroline esticou a cabeça para enxergar. Então, piscou e franziu a testa, confusa. *Mas que merda é es…?*

A modelo, visível e completamente grávida, vestia uma túnica. E não era uma túnica qualquer. Era uma peça que Caroline tinha desenhado para sua coleção original.

Ela segurou no braço de Daria e afundou os dedos.

— Ai! Ei…

— Olhe para a passarela — disse Caroline em um sussurro contido.

Do outro lado, a modelo demonstrava a conversão da roupa de uma túnica de maternidade em blusa de amamentação, e o público ia à loucura.

— Puta merda! — exclamou Daria. — Essa não é…? Ai, meu Deus!

— É a minha coleção.

Caroline ficou enjoada ao ver suas peças desfilarem pela passarela, observando os olhares de admiração e rompantes de aplausos. As roupas eram completamente idênticas às que ela criara. As peças eram feitas de tecidos levemente diferentes, com acessórios de cabeça e calçados mais caros, modelos que ela nunca tinha visto antes, mas eram, essencialmente, seus desenhos.

Os aspectos peculiares das roupas — a conversão de roupa de maternidade para roupa de amamentação e até mesmo a estampa náutica estilizada no ombro — tinham sido totalmente copiados dela. Um plágio descarado e absoluto.

Na tela, lia-se que aquela era a nova linha de Mick Taylor, a inovadora Casulo.

Caroline cruzou os braços e sentiu uma onda de náusea a percorrer. A sensação de violação era arrebatadora, invasiva, chocante como uma agressão física. Os tuítes ao vivo na ponta da tela piscavam em exultação: *Mick Taylor está de volta com uma coleção sensacional.*

Daria estava dizendo algo, mas Caroline não conseguia ouvir em meio ao zumbido de choque ressoando em seus ouvidos. Seu olhar estava grudado no monitor, que agora mostrava Mick Taylor no meio do palco, recebendo elogios como um herói vitorioso.

Nos bastidores, a adrenalina pós-desfile continuava a girar como um tornado, mas Caroline ainda não conseguia se mexer, embora os pensamentos corressem frenéticos. Mick Taylor havia copiado sua coleção original, aquela que representaria o lançamento de sua carreira autoral. O homem para quem ela trabalhava, o homem a quem ela havia dedicado sua lealdade e seus esforços, tinha roubado seus desenhos.

Ela cambaleou, tonta de horror. Angelique apareceu ao seu lado, trazendo-lhe um banco.

— Você viu aquilo? — perguntou Caroline, ainda chocada demais para sentir qualquer coisa além de uma descrença atordoada.

— Eu vi, e sinto muito. Vem, senta aqui — disse Angelique.

— Que merda gigantesca, meu Deus — afirmou Daria. — Que coisa mais desleal.

Caroline respirou fundo. A dormência estava passando e dando lugar a algo pior. Todo mundo sabia o quão terrível era um plágio, mas nada poderia tê-la preparado para o choque de viver a experiência.

— Estou me tremendo toda... Meu Deus, eu me sinto violentada.

— Que cara nojento — falou Angelique. — Estou com vergonha de sequer conhecê-lo.

Caroline teve que lembrar a si mesma de respirar. Aquilo era comum na indústria da moda e acontecia em todos os níveis. Ninguém estava a salvo. Mas aquela situação específica era um caso grave, uma marca grande se apropriando dos desenhos de uma artista independente. Na faculdade de moda, os alunos eram preparados para esperar que algo assim acontecesse e, talvez em algum nível, ela mesma estivesse preparada. A prática tinha alguns nomes diferentes: "referência", "inspiração", "homenagem".

Tentando não vomitar, Caroline se balançava para a frente e para trás no banco.

— Ninguém está morto nem ferido — murmurou ela. — Ninguém recebeu um diagnóstico de câncer. Não é o fim do mundo.

— Exatamente — completou Angelique. — Você é forte e vai superar isso. Vai seguir em frente e fazer coisas incríveis.

Caroline ainda lutava contra o enjoo e tentava recuperar o autocontrole. Seu celular vibrava, a tela lotada de mensagens e notificações.

Passados alguns minutos, uma nova sensação percorreu seu corpo: uma lenta onda de raiva.

— Certo — afirmou ela. — Eu entrei nesse meio sabendo que não seria fácil, não é?

— Exatamente — respondeu Daria.

— Vou lá falar com ele.

— Não — interrompeu Angelique, arregalando os olhos. — Não faça isso, Caroline. O Mick vai…

— Vai fazer o quê? — Caroline se levantou. O ódio borbulhando como uma febre, intensificando seus sentidos. — O que ele vai fazer? Destruir minha carreira? Isso ele já fez. — Então, a realidade a atingiu. — Agora que não posso mais expor minha coleção, literalmente não tenho nada a perder.

Daria e Angelique se entreolharam.

— Eu sinto muito — sussurrou Daria.

Mick tinha planejado tudo aquilo muito bem, Caroline percebeu. Ele havia se antecipado ao desfile dela e sabotado qualquer possibilidade de que ela lançasse uma coleção própria. Ao menos não com aquelas peças.

— Eu vou sobreviver — afirmou com convicção. — Mas isso não significa que será sem brigar.

Para sua total humilhação, um anúncio foi feito e a coleção dela foi enviada à passarela. O público estava esperando uma grande revelação da estilista agraciada pelo Emerging Talent. Caroline nem sequer conseguia olhar para os monitores. Não queria ver a expressão no rosto das pessoas. Não queria vê-las apontando e cochichando, especulando sobre as semelhanças gritantes entre suas peças e as de Mick Taylor. Até onde o público sabia, a ladra era ela, e não ele.

Era a maior das traições, perpetrada por um homem em quem ela confiava. Caroline tinha uma relação complicada com Mick; e, durante os últimos anos, essa relação havia sido a maior de sua vida, sem deixar espaço para mais nada. Ela devia sua carreira a Mick, e, ainda assim, ele havia roubado dela e a destruído publicamente. Sentiu-se enganada, ingênua. Como fora capaz de confiar nele? Como não tinha percebido aquilo tudo acontecendo?

Talvez estivesse deslumbrada com a fama dele, atraída por seu charme e carisma. Talvez não tivesse percebido os sinais.

Alguém — uma assistente de produção ou estagiária — fez um gesto para ela seguir atrás da última modelo e entrar na passarela. O que deveria ser uma marcha ao triunfo tornou-se uma caminhada da vergonha. Os aplausos foram contidos e, em vez do seu discurso preparado sobre suas inspirações e frases de agradecimento a Mick Taylor, ela só conseguiu dizer:

— Obrigada pela oportunidade.

Um silêncio se instalou, seguido por um burburinho à medida que a plateia se encaminhava para a saída. Caroline correu para a coxia, ardendo de raiva.

— Caroline, espere — chamou Angelique, tentando alcançá-la.

Caroline balançou a cabeça, entrou no meio da multidão e seguiu para o auditório. O local esvaziava lentamente. Cercados por seus séquitos, os grandes estilistas estavam reunidos perto da passarela, recebendo elogios e convites para festas, posando para fotos, respondendo perguntas da imprensa.

Foi fácil achar Mick, que estava no meio de um grupo de repórteres e fotógrafos. Ele e Rilla eram só sorrisos enquanto se esbaldavam no brilho de um desfile bem-sucedido.

Caroline abriu caminho pela multidão. Rilla a viu primeiro.

— Bom desfile, Caroline — disse ela. — Suas peças estavam ótimas.

Embora Rilla fosse sua mentora de trabalho, a pessoa que a havia contratado e a supervisora a quem ela se reportava, Caroline a ignorou.

Rilla supostamente deveria proteger seus estilistas, mas é claro que sua lealdade era a Mick.

Espremendo-se no meio das pessoas, ela plantou-se exatamente na frente dele.

— Você roubou meus desenhos — afirmou ela, falando lenta e claramente.

Ele olhou para ela, a sobrancelha levemente franzida.

— Desculpe, o quê?

Várias câmeras tiravam fotos.

Ela ficou na ponta dos pés e disse no ouvido dele:

— Você copiou meus desenhos na sua coleção Casulo.

O vinco na testa franzida de Mick ficou ainda mais profundo. Seu olhar voltou-se brevemente para Rilla, e então ele abriu um sorriso condescendente. Mais flashes.

— Qual é mesmo seu nome?

Caroline sabia que o corte direto e deliberado tinha intenção de colocá-la em seu lugar. Novamente na ponta dos pés, ela fez uma concha com a mão e articulou as palavras minuciosamente:

— Estou prestes a me tornar seu pior pesadelo. Essa sou eu.

O sorriso fácil de Mick não desapareceu. A bravata agora parecia um bolo na garganta de Caroline. Lá no fundo, ela sabia o que ele estava fazendo.

— E daqui a cinco minutos — afirmou Mick —, ninguém vai se lembrar de você.

Quatro

O interfone tocou no meio da noite. Confusa, Caroline levantou da cama e foi até ele, ao lado da porta da frente. Todas as trancas estavam fechadas.

O interfone tocou de novo.

Ainda assim, ela hesitou. Não costumava receber visitas no meio da noite. Não costumava receber visitas, ponto. Não desde que havia declarado guerra a Mick Taylor — e perdido. Ela tinha chegado ao fundo do poço. Pior. Nem toda raiva do universo era páreo para a realidade do mundo da moda — estilistas roubavam desenhos uns dos outros o tempo todo, sem o menor pudor, descaradamente. E as vítimas quase nunca tinham recursos. Mick dava as cartas. Ele tinha o poder de demitir e queimar a imagem de uma pessoa no mercado com um simples telefonema.

Encolhida em um casaco de capuz, ela foi até a janela da frente e olhou para fora. O carro de Angelique estava parado na rua, em frente à delicatéssen. Mas que merda era aquela? Ela abriu a porta pelo interfone e desceu as escadas.

— Precisamos de um lugar para ficar — disse Angelique. — Eu e meus filhos.

Addie e Flick estavam abraçados em suas pernas.

— Aconteceu alguma coisa?

Angelique baixou a cabeça, apontando para as crianças.

— Você pode me ajudar?

Caroline não era boba. Sabia que aquilo tinha algo a ver com os hematomas que vira em Angelique no desfile havia algum tempo. Assentiu.

Em poucos minutos, estavam reunidos na sala do apartamento inacreditavelmente pequeno de Caroline. Flick e Addie resmungaram, sonolentos, e as duas deram um jeito de acomodá-los no sofá-cama. Depois que dormiram, Angelique se jogou em uma cadeira. Mesmo à meia-luz, Caroline podia ver que o lábio da amiga estava inchado e com sangue pisado.

— Quem fez isso? — Ela pegou uma toalha úmida e um pouco de gelo para a boca da amiga. — Foi o Roman?

— Roman? Não. Ele é… nós somos… não. — Angelique parecia confusa, agitada. — Eu te contei, terminei com o Roman. Ele não é…

— Ele está com raiva por causa do término? Está criando problemas?

— O Roman? Não — afirmou ela de novo.

— Então quem fez isso com você? Você precisa ir ao hospital. Ou à delegacia.

Angelique balançou a cabeça.

— E ficar acordada a noite toda respondendo perguntas? O que faço com meus filhos? Também não preciso disso. Eu… só preciso fugir. Eu estava com o aluguel atrasado, fui despejada. Tudo o que tenho está no carro.

— Nossa, Ange. Eu não fazia ideia de que você estava passando por isso… Achei que estava tudo indo bem…

— A agência estava descontando o dinheiro do aluguel direto do meu salário, só que não estava pagando. E isso é só o começo.

Caroline sabia que algumas agências eram conhecidas por se aproveitarem das modelos. Achou melhor não pressionar Angelique naquele momento.

— Me diz quem fez isso com você. Isso é coisa séria. Você precisa de ajuda. De mais ajuda do que posso oferecer.

— Não — disse ela de novo. — Não posso. Vou ficar bem. É complicado.

— Não é nada complicado. Você foi agredida, e não pela primeira vez. Eu vou ligar para a polícia.

— Não. Não faz isso, Caroline. Eu vou ser deportada.

Caroline franziu a testa.

— Oi? Você não tem documentos?

Angelique assentiu.

— Meu visto de trabalho expirou. Se você fizer isso, eu posso perder meus filhos. Estou exausta... Preciso descansar. A gente pode conversar amanhã?

— Tem certeza de que você está segura nesse momento? — perguntou Caroline. — Alguém te seguiu?

— Não. Eu não colocaria você em perigo.

— Olha, você e as crianças podem ficar aqui o tempo que for preciso — falou Caroline. — Mas, se você não denunciar, não há garantias de que estarão seguros.

— Não posso correr o risco de ser deportada — repetiu Angelique, estremecendo.

— Você não pode pedir asilo político ou algo assim? Sei que provavelmente não é um processo simples, mas seria um começo.

— Não vou fazer nada hoje. — Angelique respirou fundo e esfregou os lábios levemente. — Eu não devia ter vindo... Melhor eu ir embora.

— Não se atreva. Eu quero ajudar, só preciso saber como. Temos que descobrir o que fazer nessa situação.

Angelique se recusou a dizer o nome de seu agressor. Recusou-se a dar queixa na polícia.

— Meu visto expirou — explicou de novo. — Isso significa que estou no país ilegalmente. Que meus filhos estão aqui ilegalmente. Não posso correr riscos.

— Mas o que aconteceu com você também é contra a lei, independentemente do seu status de imigração.

— Talvez, mas ainda assim não vou arriscar.

— O que aconteceria se você voltasse para o Haiti? — perguntou Caroline. — Seria muito ruim?

— Sinceramente, sim.

— Seria pior do que ser agredida por um homem de quem você tem medo até de dizer o nome?

Caroline ainda suspeitava de Roman, o namorado rejeitado, mas por algum motivo, Angelique o estava protegendo.

— O Haiti é muito pior, e não digo isso da boca para fora.

— Sério? Você não tem família lá? Amigos?

Angelique olhou para ela por alguns segundos.

— Vou te contar um pouquinho sobre como são as coisas no Haiti, para que realidade eu voltaria. Nós vivíamos em Porto Príncipe, em uma favela chamada Cité Soleil, em um barraco feito de chapas de latão corrugado. Eu tinha 3 anos quando perdi minha mãe. Disseram que ela morreu de cólera junto com meu irmão mais novo. Sempre há um surto de cólera acontecendo em Cité Soleil.

— Sinto muito, eu não sabia disso.

— Meu pai não tinha estudo. A família dele o colocou para trabalhar aos 10 anos de idade e ele passou a vida como *bayakou*. — Angelique fez uma pausa. — Você sabe o que é isso?

— Não, desculpe, não sei.

— Considere-se sortuda, então. Sabe, no Haiti, em muitas partes da cidade, não existe sistema de esgoto. As famílias que não podem bancar a instalação de um sistema sanitário têm latrinas, e essas latrinas precisam ser esvaziadas. Esse é o trabalho do *bayakou*. Meu pai ganhava o equivalente a quatro dólares por noite fazendo isso, o que mal dava para nos manter vivos. Ele saía quando eu já estava dormindo. — Ela fez outra pausa. — Tem certeza de que quer continuar ouvindo?

— Você viveu tudo isso. Eu consigo ouvir.

— Ele trabalhava nu, porque não havia como limpar as roupas manchadas pela sujeira. Quando era bem pequena, eu me lembro de sentir orgulho de ter um pai tão trabalhador. Mas, depois que tive idade para começar a frequentar a escola, tudo isso mudou. As outras crianças zombavam de mim por causa do trabalho do meu pai. Você pode imaginar os nomes dos quais me xingavam.

— Meu Deus, Angelique, eu não fazia ideia.

— A maior parte do mundo não faz. Eu tinha 15 anos quando meu pai morreu. Ele vivia doente por causa do trabalho. Sempre com infecções, machucados que não saravam. Ele me mantinha sempre à distância. Não tenho nenhuma lembrança de encostar nele. Quando ele morreu por conta de mais uma infecção, eu fiquei sem nada, então passei a vender pulseiras feitas de conchinhas que encontrava na praia, e às vezes aceitava caridade de estranhos.

Caroline cobriu gentilmente a mão fina e elegante de Angelique com a dela. As unhas de Angelique estavam roídas e quebradas.

— Meu Deus, Ange... Você passou por tanta coisa. Não consigo nem imaginar. Agora sei que você é ainda mais maravilhosa por ter sobrevivido.

Angelique ficou em silêncio por alguns segundos. E, então, começou a chorar. Suas lágrimas eram intensas e majestosas. Ela parecia uma rainha sentada ali, com sua vida em cacos.

— Eu vim para poder dar a chance de uma vida melhor aos meus filhos. Mas que grande fracasso eu me tornei, não é mesmo?

Caroline tentou soar confiante e firme.

— Nada disso é culpa sua. E você não está sozinha, Ange. Agora tenta dormir um pouco, está bem? Amanhã pensaremos no que fazer.

Incapaz de dormir, Caroline passou a noite em claro. Era triste demais pensar em algum monstro agredindo sua amiga. Era muito frustrante que ela estivesse em uma situação tão complicada. Caroline sentiu raiva — da amiga, por não aceitar denunciá-lo; do agressor, cujo nome Angelique se recusava a revelar; da agência, por explorar uma jovem modelo numa posição tão vulnerável; de si mesma, por não saber como ajudá-la.

Ela passou horas na internet pesquisando abrigos e ONGs tanto para imigrantes quanto para vítimas de violência doméstica. Vasculhou a vida de Roman Blake on-line. Vasculhou a vida de Angelique também, passando pela lista de amigos e contratantes, tentando determinar quem mais em sua vida poderia tê-la agredido.

De manhã, foram juntas levar as crianças para a escola. Apesar do que havia ocorrido na noite anterior, Angelique estava estonteante — o machucado no lábio escondido com base, as unhas cortadas, o cabelo feito, uma blusa larga por cima da calça jeans skinny e botas de cano médio. Caroline se perguntou quantas vezes sua amiga havia escondido os horrores que vivera.

As crianças pareciam não saber de nada. Só sabiam que estavam se mudando, uma situação frequente em suas vidas. Na escola, Caroline preencheu um formulário que a designava como guardiã e contato de emergência dos dois. E então convenceu Angelique a ir com ela até o Lower East Side Haven, um local que oferecia serviços a vítimas de violência doméstica. Os funcionários eram discretos e se moviam com uma delicadeza incrível, sugerindo maneiras de manter as crianças e Angelique em segurança. Para a surpresa de Caroline, ninguém pressionou Angelique a confessar o nome de seu agressor nem a denunciá-lo para a polícia. Um dos conselheiros explicou que, no meio de uma situação tão delicada, segurança vinha antes de justiça.

Após uma rodada exaustiva de perguntas, a conselheira disse:

— Gostaria de ter notícias melhores, mas infelizmente há uma lista de espera por acomodações. É triste que a demanda seja maior do que nossa capacidade de atender.

Ao ver a angústia no rosto da amiga, Caroline segurou a mão de Angelique.

— Você e as crianças vão ficar comigo — disse ela, e então, virando-se para a conselheira: — Vamos dar um jeito.

— Mas vocês fizeram bem em vir até aqui — disse a conselheira, olhando nos olhos de Angelique. — É extremamente importante que você tenha um plano.

Então, ela descreveu um passo a passo. Gasolina no carro. Um telefone pré-pago, comprado com dinheiro vivo. Um fundo para emergências.

Angelique ficou tensa quando a conselheira perguntou sobre documentação: carteira de identidade, certidões de nascimento dela e das crianças, plano de saúde, extratos financeiros. Angelique estava de mãos atadas, como tantos trabalhadores sem documentação e com filhos. Ela poderia ser deportada a qualquer momento. Era provável que a separassem dos filhos. A mera possibilidade a deixou passando mal; Caroline podia vê-la tremendo.

— Eu sinto muito por ter que perguntar isso — continuou a conselheira —, mas você tem um plano para as crianças caso algo aconteça com você?

— O plano é que eu seja a guardiã deles — interrompeu Caroline. — Eu conheço as crianças, Ange. E é só um plano B, afinal de contas — disse ela, tentando soar positiva.

Muito imóvel em seu assento, Angelique olhou para baixo, encarando a pilha de papéis.

— Todo pai e mãe é obrigado a ter um plano, não importa quais forem as circunstâncias. Sei que você ama seus filhos — afirmou a conselheira. — Você já fez um testamento?

Cinco

O celular de Caroline vibrava em seu peito como se houvesse uma abelha presa dentro dela. Ela ignorou. Estava dentro de um ônibus, balançando sob o peso de uma sacola de papel repleta de jaquetas de couro vintage que precisavam ser reformadas. Graças a Mick Taylor, ela havia sido excluída do mercado. Tinha tentado se defender, expondo Mick nas redes sociais, falando com blogueiros e jornalistas. Mas a situação era corriqueira demais, e ela foi ignorada. Nenhuma das lojas da cidade iria contratá-la, então, para pagar o aluguel, precisou voltar a trabalhar por peça, como fazia nos tempos da escola de moda.

Era um imenso passo para trás. Na verdade, muitos passos. Após engatinhar durante anos para a frente, ela havia sido catapultada lá para o início. Pensando em todo o tempo e esforço dedicados a avançar na carreira, perguntou-se o que estava fazendo com aquele trabalho. Em alguns momentos, Caroline só queria se deitar em posição fetal e lamentar a injustiça de tudo aquilo. Desistir.

Mas, com a mesma obstinação que a tinha feito chegar em Nova York, ela se obrigara a enfrentar a situação. Às vezes, a sensação era a de estar se arrastando de um lado para o outro no meio de uma poça de lama.

Ela lembrava da cara cretina e condescendente de Mick, e a imagem a ajudava a reencontrar sua fúria. Como um dia ela achou que ele pudesse ser seu mentor, um tio postiço educado? Mick podia até ter copiado seus desenhos, mas Caroline se recusava a permitir que ele roubasse seus sonhos. E, apesar do status que ele detinha no mundo da moda, ele e sua diretora de estilo sabiam o que tinham feito, admitissem ou não.

O problema do plagiador é que ele está irremediavelmente preso à obrigação de ter que roubar de novo. Enquanto Caroline tinha uma infinidade de desenhos em sua cabeça, o ladrão estava limitado àquilo que ele conseguia subtrair dos outros.

— Você é uma alma vazia, Mick Taylor — murmurou ela baixinho. — Tão vazia quanto...

O celular vibrou outra vez. Ela o pegou do bolso, mas perdeu a chamada.

Tão vazia quanto minha conta bancária. Meu Deus.

Quando saiu do ônibus, o telefone vibrou de novo — outra notificação de uma chamada perdida e uma mensagem de voz. Ela não reconheceu o número. Talvez fosse uma boa notícia. Nossa, não seria ótimo se fosse uma proposta de trabalho?

Entrou em seu prédio para fugir do barulho da rua. Como sempre, a pilha de cartas transbordava das caixas de correio pequenas demais e se espalhava pelo hall de entrada, que sempre parecia estar cheirando à sopa. Nada de importante. Cupons, ofertas de cartão de crédito, a conta de luz em que alguém havia pisado, marcando o papel com o padrão de favos de um sapato sofisticado.

Ela jogou as cartas por cima da sacola e subiu as escadas, e então colocou a sacola no chão para abrir a porta de casa. Não estava trancada, o que a deixou alerta. Desde que Angelique e seus filhos tinham vindo ficar com ela, o pequeno espaço de Caroline estava mais cheio do que nunca.

— Olá? — chamou ela.

O apartamento estava silencioso. Havia... alguma coisa acontecendo. Alguma coisa estranha. Caroline não conseguia explicar exatamente a sensação que a estava deixando arrepiada. Era sutil, somente um peso no ar. Um cheiro que não era familiar.

— Ah, oi, Angelique — disse ela, afastando a sensação.

Deitada no sofá abarrotado de coisas, Angelique não se mexeu. A rotina de Angelique era meio errática, embora fosse todos os dias à igreja em Saint Kilda depois de deixar as crianças na escola. Era simplesmente algo que fazia, e parecia não gostar de falar sobre isso, então Caroline não fazia perguntas.

— Ange. — Caroline largou a sacola no quarto. — Amiga — disse ela. — Você deixou a porta destrancada. Não é uma boa ideia… — O celular de Caroline vibrou de novo, e dessa vez ela atendeu. — Alô?

— Senhorita Caroline Shelby? Estou telefonando da Sunrise Academy — disse uma voz. — Não estamos conseguindo falar com a srta. Baptiste, e os filhos dela estão esperando alguém vir buscá-los. Seu número está na lista de contatos alternativos. A senhorita teria alguma ideia de onde ela está?

— Na verdade, acabei de entrar em casa e encontrar com ela aqui.

— Ah, que bom. Pode pedir a ela que venha agora? Infelizmente já está tarde e ninguém pode ficar com os filhos da srta. Baptiste.

— Eu vou avisá-la — disse Caroline, sentindo um pequeno incômodo ao desligar.

Como Angelique poderia ter esquecido os filhos?

— Ei, amiga — chamou ela. — Você precisa ir até a escola. As crianças estão esperando.

Angelique não acordou. Não se mexeu.

Caroline sentiu uma apreensão esquisita na garganta. Então cruzou a sala, abriu a cortina e olhou para a amiga.

— Não… — disse baixinho, em súplica e descrença. — Meu Deus, não!

Caroline congelou durante três batidas do coração. Primeira: o ângulo da cabeça de Angelique. Segunda: a aparência acinzentada da sua pele. Terceira: apetrechos de alguma droga jogados no chão.

Caroline não gritou. Não alto, pelo menos.

Ela deu um passo para trás e voou para alcançar o celular.

Enquanto policiais e paramédicos se multiplicavam pelo apartamento, Caroline tremia com um pavor insuportável. Respondeu à primeira rodada de perguntas com frases desconexas e vagas. Depois correu até o banheiro e vomitou.

Alguém da equipe do IML apareceu. Mais perguntas. Todos os sinais indicavam uma overdose acidental, a ser confirmada no relatório toxicológico. Overdose? Como Angelique poderia ter tido uma overdose se não usava drogas?

— Acontece — disse um cara, de pé ao lado de Caroline enquanto ela tentava respirar. — Os viciados sabem esconder as coisas.

Então, ele informou que o corpo seria removido pelo IML e que um relatório investigativo seria preparado. Caroline estava incrédula. Palavras como "corpo" e "falecida" jamais haviam sido pronunciadas em sua presença. Angelique... uma usuária de drogas? Como era possível?

Ela conseguiu telefonar de volta para a escola. Tentou verbalizar uma explicação do inexplicável. Quando chegou à escola, tinha acabado de escurecer. A diretora e a assistente social a aguardavam. Flick e Addie, em seus uniformezinhos quadriculados azul-marinho, aguardavam na diretoria, comendo biscoitos e assistindo a desenhos em um computador.

Caroline se obrigou a parar de tremer. Entrou na sala e sentou ao lado deles no chão.

— Oi, vocês dois — disse ela, com a voz um pouco alegre demais.

— Quer um biscoito? — perguntou Flick, estendendo o pote.

— Não, obrigada.

Caroline fechou o notebook, olhou para a diretora e para a assistente social.

— Queridos, eu vim porque aconteceu uma coisa com a mãe de vocês — disse para as crianças. *Deus do céu.* — É uma notícia péssima. Addie, Flick... — Ela juntou os dois irmãos, seus corpinhos quentes pareciam tão frágeis... — O pior possível aconteceu. A mãe de vocês morreu hoje.

Addie inclinou a cabeça para o lado. E então franziu o rostinho doce.

— Ela não pode ter morrido, eu não quero que ela esteja morta.

— Ninguém quer. Ela jamais deixaria vocês dois de propósito. Foi um acidente. Ela tomou um remédio que fez com que ela morresse. Vocês não vão mais poder estar com ela, mas estão seguros comigo. — Cada palavra parecia um soco para Caroline. — Eu sinto muito que isso tenha acontecido. Sinto muito mesmo. Nós vamos ficar tristes durante um tempão, mas vou cuidar de vocês.

Flick espremeu o biscoito em migalhas. Seu rosto estava pálido, em choque.

— Mas onde a *maman* está agora?

— Ela foi levada para um lugar especial, vai ser examinada e a gente vai poder descobrir exatamente o que causou a morte dela. E depois... não tenho certeza.

Caroline lançou um olhar desesperado para a assistente social. Addie se debulhou em lágrimas. Flick, só um ano mais velho, foi até a irmã e a envolveu em um abraço.

— Pra onde nós vamos? — perguntou Flick. — Pra casa?

Segundo o oficial socorrista que estivera no apartamento, as crianças seriam levadas pelo serviço de proteção à criança caso não houvesse alternativa. O socorrista também informara que o sistema estava bastante sobrecarregado, com mais crianças do que o departamento era capaz de absorver. Havia os abrigos de emergência, é claro, mas aquela seria uma medida provisória. Ele dissera à Caroline que, na falta de um guardião legal, Flick e Addie seriam alocados com desconhecidos e possivelmente separados.

Caroline levou cerca de dois segundos para rejeitar a ideia. Não podia nem sequer pensar naquelas pobres crianças sendo jogadas de repente no mundo, seus corações já traumatizados e despedaçados de um modo que ela temia ser irremediável.

— Eles vão ficar comigo — declarou. — Me diga o que preciso fazer.

Uma assistente social ajudou Caroline a preencher uma petição para guarda emergencial. Ela compareceu ao tribunal para a audiência com duas crianças a tiracolo e nenhum dinheiro para pagar um advogado, mas a assistente social garantiu que não haveria necessidade porque não havia disputa de guarda. A sala quadrada de pé-direito alto estava lotada e barulhenta, e as crianças ficaram esperando perto de um banco até chegar a vez delas. Um advogado da vara de família explicou que não seria uma audiência formal, e que o parecer seria temporário.

O juiz parecia rabugento, mas não estressado. Apenas... resignado e compassivo. Ele ouviu a história com atenção, leu o relatório policial com calma e observou as crianças.

— Sinto muito pela perda de vocês — disse ele. — Li tudo sobre o caso. Senhorita Shelby, obrigado por submeter suas informações com tanta celeridade.

Tinha sido uma correria para providenciar as declarações da escola, as avaliações de custódia, o testamento reconhecido e o relatório da investigação. Uma assistente social havia visitado o apartamento de Caroline e, apesar de constatar que era pequeno, o julgou adequado para acomodar as crianças. Enquanto o juiz se embrenhava na pilha de papéis, a professora de Addie apareceu e levou as crianças para o corredor.

Melhor assim, pensou Caroline. Não queria que eles ouvissem o que provavelmente seria dito sobre a mãe deles.

— Qual era a sua relação com a srta. Baptiste, srta. Shelby?

— Ela era minha amiga, Vossa Excelência. Nós trabalhamos... trabalhávamos no mesmo ramo e... éramos amigas. Amigas íntimas. — Caroline respirou fundo, tentando ignorar a movimentação e os sussurros das outras pessoas no tribunal. — Nos conhecemos no trabalho, Angelique era modelo e eu, estilista. Na noite do dia 23 de março, ela apareceu na minha casa com hematomas de uma briga. Não quis ir à polícia e nem contar quem tinha feito aquilo com ela. Também não acho que as crianças saibam quem foi. Ela e os filhos ficaram lá em casa e, conversando com Angelique, concordei em ser designada a guardiã legal das crianças caso alguma coisa acontecesse com ela. Mas jamais imaginei que essa situação pudesse virar realidade.

— A senhorita estava ciente do fato de que a srta. Baptiste era usuária de drogas?

— Não, Excelência — admitiu Caroline. — Eu não fazia a menor ideia. Ainda não consigo acreditar.

— E, ainda assim, a srta. Baptiste morreu no seu apartamento em virtude de uma overdose por drogas intravenosas.

Ela olhou para o juiz, o peito apertado de angústia.

— Não sou nenhuma especialista, mas posso dizer que jamais percebi sequer um sinal de uso de drogas. Angelique era uma dos nomes mais importantes da moda atualmente. Ela trabalhava muito, amava os filhos, e eles também a adoravam. Gostaria de ter percebido, de ter feito algo. Acho que a única coisa que posso fazer pela minha amiga agora é cuidar dos filhos dela, Excelência.

Caroline pensou novamente em Roman Blake. Ele havia sido interrogado pela polícia, que puxara sua ficha criminal, mas fora liberado, pois não havia nada que o ligasse a Angelique. Ele não tinha nenhum direito sobre as crianças, mas Caroline tinha medo de Roman e precisava proteger Flick e Addie.

— A senhorita entende a seriedade do compromisso que está se propondo a assumir, financeira e emocionalmente?

— Sim, entendo, Excelência. Sei que é algo enorme, mas não há outra pessoa. Angelique não tinha parentes vivos. Sei que posso fazer isso, Excelência. Sempre disse que estaria aqui para o que ela precisasse.

Caroline se interrompeu, lembrando-se de não tagarelar.

— Atualmente a senhorita está desempregada, correto?

— Não — respondeu ela, erguendo o queixo em autodefesa. — Estou trabalhando como autônoma.

— Segundo seus extratos bancários, a senhorita não está ganhando o suficiente para se sustentar, muito menos para sustentar duas crianças. Precisamos saber qual é o seu plano, srta. Shelby.

Caroline tinha ficado acordada quase a madrugada inteira, agonizando sobre essa decisão. Em conformidade com a documentação que havia fornecido ao avaliador de custódia, ela disse:

— Meu plano é levar Francis e Adeline para Washington, meu estado natal. Nós ficaremos na casa da minha família, em Oysterville, onde fui criada.

O juiz analisou os documentos.

— Li as informações que você forneceu sobre Dorothy e Lyle Shelby. São seus pais?

— Sim, Excelência.

Quando Caroline telefonara para os pais, em pânico, os dois não hesitaram, graças a Deus. *Traga essas pobres crianças aqui pra casa*, sua mãe havia dito. *Vamos resolver tudo quando vocês chegarem aqui.*

Isso pressupondo que o juiz autorizasse. Ele seguiu analisando a papelada com calma, fazendo anotações. Caroline mal respirava. Até aquele momento, ninguém havia perguntado sobre o status de imigração de Angelique e das crianças, por medo de introduzir ainda mais complicações e uma nova rodada de horrores burocráticos. *Não pergunte*, ela rezava em silêncio. *Por favor, não pergunte.*

O juiz colocou o arquivo de lado e analisou Caroline por bastante tempo.

— Os relatórios dizem que a senhorita parece estar proporcionando segurança e apoio a essas crianças, então vou conceder a custódia emergencial, permitindo que leve os dois para Washington, contanto que se comprometa com certas condições. — Ele enumerou as obrigações, entre elas fornecer informações através dos canais oficiais. — Desejo o melhor para vocês, srta. Shelby, e já posso antecipar que o Tribunal de Sucessões honrará o desejo da srta. Baptiste, a não ser que a senhorita seja considerada completamente incapaz.

— Obrigada, Excelência. Cuidarei deles.

Embora estivesse tentando transmitir confiança em sua voz, Caroline estava apavorada. Em certos momentos, muitos momentos, sentia-se completamente incapaz. Porque a verdade é que ela estava prestes a mudar de vida para sempre e percorrer um caminho que jamais previra.

PARTE DOIS

*Você jamais estará completamente em casa de novo,
pois parte do seu coração estará sempre em outro canto.
Esse é o preço que se paga pela riqueza de amar
e conhecer pessoas em mais de um lugar.*

— MIRIAM ADENEY

Seis

Esbarrar — literalmente — em Caroline Shelby em uma manhã nublada qualquer tirou Will Jensen de campo. Não que ele estivesse em campo, mas estava treinando seus atletas. A corrida matinal havia sido interrompida de forma tão inesperada que, após o encontro esquisito e improvável, Will mandou todo mundo para o vestiário mais cedo. Ofereceu um "bate-aqui" extra a Gil Stanton, o garoto que tinha visto a menininha perdida dormindo dentro do carro.

Will tentou absorver a ideia de que a Caroline "Nunca Terei Filhos" Shelby agora tinha dois. Como ele não ficara sabendo? Como não tinha ouvido ninguém comentar?

Mas ele sabia — apesar de não por experiência própria — que um filho desaparecido era o pior pesadelo de qualquer mãe.

— Vejo você na aula, professor! — disse Augie Sandoval, capitão do time de cross-country.

Will bebeu o restinho de água da garrafa e se encaminhou para o centro de atletismo, onde ficava seu escritório. Ligou a cafeteira e abriu o notebook. Havia um pequeno banheiro privativo para ele, mais perto e mais conveniente do que ter que voltar para casa e se arrumar para começar o dia. Além disso, Sierra tinha ficado acordada até tarde na noite anterior, e ele não queria incomodá-la.

Ele andava tomando muitos banhos no trabalho ultimamente.

Após as chuveiradas brutalmente curtas e nem sequer mornas que havia encarado no período em que servira à Marinha, passar um longo tempo sob uma ducha de água quente era um luxo do qual ele nunca se cansava. Enquanto se dedicava ao ritual matinal, ele normalmente pensava no dia que tinha pela frente — álgebra, trigonometria, curso técnico, horas de escritório. Depois do horário do colégio, haveria uma ou mais reuniões gerais — planejamento e desenvolvimento, *compliance*, assistência à comunidade —, e ele era o coordenador de algumas delas.

E, depois de tudo isso, de volta para casa — onde também havia trabalho a ser feito. Mais um projeto que demandava bastante energia, mas esse era por amor. Após ser dispensado da Marinha em decorrência de uma lesão, Will partira em busca de um sonho diferente: reformar a casa que era da família havia gerações, conhecida como Beira d'Água. Em um estilo gótico rural meio desconexo, fora construída por um de seus antepassados, Arne Jensen, um pescador e vendedor de ostras frescas, que ganhava a vida fornecendo-as para a baía de Washington durante os anos da Febre do Ouro.

Will havia passado os verões da adolescência com os avós nessa antiga casa, que ficava em uma extensa área verde, com seu galpão enorme, fazendas de ostras e docas para as frotas de jangadas e barcos a motor. Com o passar do tempo, a casa foi se deteriorando e, quando os avós se aposentaram e foram para o Arizona, Will herdara o lugar. Desde então, vinha sonhando em reformar a casa para trazê-la de volta aos seus dias de glória.

Mas, naquele dia, ele tinha outra coisa em mente: Caroline Shelby. Will desejou não saber que haviam se passado dez anos desde a última vez que a vira. Desejou não saber a data exata em que a vira indo embora de carro, os pneus esfarelando o cascalho de conchas de ostras. O dia em que ele havia se casado com a melhor amiga dela, Sierra Moore.

Mas ele sabia, e aquilo o incomodava para cacete.

Ele se perguntou o que ela estava fazendo em Oysterville, afinal, supostamente ela deveria estar levando uma vida glamurosa em Nova York, ganhando fama como estilista. Will não pensava nela havia anos e, de repente, ali estava Caroline, claramente exausta e estressada com seus dois filhos pequenos — *dois* filhos, meu Deus — e um carro velho abarrotado de malas. Apesar das circunstâncias, Caroline ainda parecia a menina com quem ele convivera durante a maior parte de sua vida: pequenina e intensa, os lábios vermelhos em formato de coração, de movimentos velozes e agitados, cabelo curto e estilizado com mousse, com mechas de cores berrantes, como as alunas de Will.

Como a cidade era pequena, a fofoca logo daria conta de responder às perguntas que pipocavam na mente de Will. Principalmente sobre as crianças. Uma menina chamada Addie. Um menino chamado Flick. Que loucura! Quem era o pai dos dois?

Aparentemente, Caroline tinha estado ocupada para além da carreira.

Rodeado de vapor, Will saiu do chuveiro e procurou uma toalha.

— Aqui está — disse a pessoa que a entregou em suas mãos.

— Cacete!

Will puxou a toalha rapidamente e deu um pulo para trás. Recuperado do susto, debruçou-se através do vapor que se dissipava e beijou sua esposa, muito suavemente, para não precisar ser lembrado de não estragar sua maquiagem.

— Oi, amor — disse ele. — Acordou cedo.

— Estou indo para Portland — avisou ela. — Passei para me despedir. De novo?

— A sessão de fotos do catálogo de outono — disse ela ao sair do pequeno cubículo.

Will esfregou a cabeça para secar o cabelo.

— Ah, de outono?

— No mundo da moda, as estações são invertidas, lembra? — Sierra limpou o vapor do espelho com a manga da blusa e se debruçou sobre a pia para inspecionar o rosto. — Miriam Goddard perguntou onde faço meu cabelo. Você acha que foi um insulto disfarçado?

— Não sei por que seria. Seu cabelo está perfeito, assim como todo o resto.

Ela deu um sorrisinho.

— Vou acreditar em você. Nós vivemos num aquário aqui. Parece que todo mundo tem sempre uma opinião a dar sobre a gente.

Will deixou a toalha cair e a abraçou por trás.

— Bem, você vive reclamando sobre as fofocas da cidade. Que tal darmos motivo para fofocarem?

Sierra se virou e pôs a mão no peito dele.

— Muito engraçado. Você tem que ir para sua aula, e eu preciso pegar a estrada.

— A gente atrasa um pouquinho...

— Nada disso. — Ela deu um tapinha de leve no ombro dele e foi em direção ao escritório. — Não dá para esconder nada em uma cidade como essa.

— Eu gosto dessa vida de cidade pequena — afirmou ele, vestindo-se rapidamente. — Gosto do ritmo desacelerado, do senso de comunidade.

— Do senso de comunidade em que todo mundo sabe da vida de todo mundo — acrescentou Sierra. — Acredite, ser filha única do pastor Moore não foi moleza. Você era da Marinha. Não faz ideia de como é ter que ficar o tempo todo tomando cuidado para não constranger seus pais.

Sierra às vezes se irritava com esse escrutínio; Will era mais filosófico.

— Felizmente você cresceu agora, e está casada. Não há nada para ninguém ver aqui, simples assim.

— Não é tão simples — retrucou ela. — Algumas pessoas sempre vão encontrar algo para fofocar.

— Talvez.

Will saiu do banheiro com a gravata pendurada no pescoço.

— Lembra daquele verão quando seu pai pegou a gente no flagra na sala do coral? Eu estava com a minha mão na sua...

— Pode parar! — exclamou ela, afastando a mão dele. Sierra deu um passo adiante e fez o nó da gravata, em um ritual agora familiar. — Você voltou para a cidade e eu fiquei aqui para encarar as consequências.

— Ora, vamos, a gente se divertia, né? E hoje em dia seus pais são meus maiores fãs.

— Verdade. Às vezes acho que eles gostam mais de você do que de mim.

Sierra estava toda arrumada, como de costume, com o cabelo brilhando, a maquiagem perfeita sobre a testa lisa graças às injeções de Botox que ela insistia que precisava.

— Imagino que você tenha um dia cheio pela frente — disse ele.

— Sim. Hoje temos sessões de estúdio e externas — disse ela, ajeitando o colarinho dele e depois recuando um passo para ver melhor.

— Parece divertido. Você vai vestir umas roupas lindas e chocar todo mundo — afirmou ele.

Ela franziu a testa para ele.

— Ah, tá. Eu, a modelo mais velha do mundo.

— Só minhas alunas do nono ano acham que 34 anos é velha.

— Atenção: toda a indústria da moda acha que 34 anos é velha.

Will sabia que não valia a pena argumentar com uma mulher sobre os meandros do mundo da moda. Mas, caramba… Apesar do acidente que o havia deixado cego de um olho, o olho bom podia ver muito bem que Sierra era linda. O tipo de beleza que fazia as pessoas se virarem para vê-la, como fazem quando um arco-íris perfeito surge no céu. Era alta e esguia, dona de um cabelo ruivo brilhoso e olhos verdes que reluziam feito joias raras. Seu rosto já tinha agraciado comerciais de pasta de dente, areia para gatos, perfumes caros… qualquer coisa que pudesse ser vendida com um rosto bonito.

E, por mais linda que fosse, Sierra tinha conseguido seguir a única carreira em que sua aparência não era particularmente arrebatadora, mas simplesmente lugar-comum em um universo de beldades.

Ultimamente — e Will sabia que aquilo a deixava frustrada —, os trabalhos de modelo de alta costura tinham diminuído. Mas não seria ele a perguntar o porquê. Will não queria ouvi-la dizer que era por causa da idade. Ou porque eles moravam na menor cidade do mundo, de onde ela precisava dirigir por duas horas ou mais para encontrar um cisco de civilização.

— Você tem tempo para um café?

Ela olhou para o relógio sobre a porta da sala.

— Um bem rápido. Cabelo e maquiagem começam às onze.

— De quem são as belas roupas que você vai vestir hoje?

Sierra hesitou. Dava para ver que não estava feliz.

— McCall — respondeu ela, brevemente.

Uma loja de departamento não muito chique. Não exatamente uma Nordstrom.

— Sorte a deles em ter você.

Ela pegou a xícara de café que Will estendeu e polvilhou um pouco de stevia, sempre atenta à contagem de calorias.

— Sei.

Will, por sua vez, acrescentou uma generosa camada de creme e açúcar à sua xícara. Depois da corrida matinal, ele ficava morrendo de fome, mas não dispunha de intervalo até a terceira aula. Enquanto arrumava a bolsa-carteiro com o que precisaria para o dia, Will refletiu se comentava ou não sobre o encontro com Caroline.

Se não falasse nada, Sierra ouviria de outra pessoa sobre o drama da criança "perdida, só que não". Ficaria sabendo que um dos alunos dele havia encontrado a menina. E se perguntaria por que ele não havia dito nada sobre o encontro. E se falasse…

— Esbarrei com Caroline Shelby — disse ele, colocando o cinto. — Hoje de manhã.

Boquiaberta e de olhos arregalados, Sierra apoiou a cintura na quina da mesa dele.

— Caroline?! Mentira! Ela foi um fantasma nos últimos dez anos. Onde você a viu? Aqui na cidade?

— Aham, durante o treino da manhã, bem cedinho. Ela estava no Propaganda Enganosa. Parece que tinha acabado de chegar, como se tivesse dirigido a noite toda. Foi a impressão que me deu, pelo menos. Você sabia que ela estava vindo para cá?

— Não. Por que eu saberia? Nós não nos falamos faz anos, nada além de uma curtida ou outra no Facebook. O que ela está fazendo aqui?

— Não perguntei. Como eu disse, era bem cedo e eu estava com a equipe de cross-country. — Will fez uma pausa. — Ela tem dois filhos. Você sabia?

Os olhos verdes de Sierra se arregalaram ainda mais.

— Caroline tem filhos?

— Um menino e uma menina.

— Uau… Eu não fazia ideia. Bem, imagino que deva esbarrar nela em algum momento. Ela está na casa dos pais?

— Também não perguntei.

— Caroline Shelby. Dois filhos. Uau! — exclamou ela de novo, sacudindo levemente a cabeça.

Will achava que, àquela altura, ele e Sierra já teriam um ou dois filhos. Na verdade, esse sempre fora o plano. Mas, até aquele momento, não tinham tido sorte. Não por falta de tentativas, que era claramente a parte preferida dele do processo. Will estava pronto para ter filhos. Imaginava-os crescendo em Oysterville, o lugar onde seu coração pertencia. Ele já tinha viajado o mundo inteiro em função da Marinha. Tinha sido enviado com sua equipe SEAL para lugares que a maioria das pessoas nunca tinha ouvido falar. A base da equipe dele era em Coronado, Califórnia, e ele vira lugares de beleza mágica e estonteante. Mas, sempre que pensava a que lugar pertencia, a mente voltava a Oysterville, onde os verões se espalhavam sobre a terra como bênçãos douradas, e os invernos brutais se estabeleciam com força torrencial.

Sierra tinha concordado com o plano. Assim como Caroline, ela havia crescido ali. O pai ainda era o pastor sênior da igreja de Seaside, e sua mãe era responsável pelo jornal e pelo calendário social da igreja.

Sierra olhou novamente para o relógio em cima da porta.

— Preciso ir. — Na ponta dos pés, ela deu um beijinho na bochecha dele e acrescentou: — Não me espere para jantar. Provavelmente chegarei tarde. Talvez eu durma na cidade.

Aquele era um acordo que tinham feito nos primeiros anos juntos. Se fossem viver na costa, nem sempre ela conseguiria voltar para casa após um dia de trabalho.

— Tudo bem, me avise. Agora vai lá e arrasa.

— Ah, claro — disse ela, revirando levemente os olhos.

— Cuidado na estrada. Te amo.

E, assim, Sierra se foi. *Te amo.* É claro que ele a amava. Eram casados, afinal. Mas, ultimamente, os "eu te amo" de ambos andavam automáticos e meio por reflexo, sinal de que estavam numa fase um pouco estagnada do casamento. O que não era ruim, mas, às vezes, Will se sentia mal com isso. Tinha esperanças de que fosse só sua imaginação, mas, de uns tempos para cá, Sierra vinha dando sinais de descontentamento. Falava constantemente da vida na cidade grande que vivenciara quando Will estava na ativa: Los Angeles, Portland, Seattle. Agora havia alguns sinais inquietantes de que o casamento deles estava esgarçando nas beiradas. O que a faria feliz? Will fez um lembrete mental para retomar o trabalho no closet revestido de cedro que estava fazendo para ela. Talvez ele terminasse naquela noite, uma surpresa para quando ela voltasse.

Ele organizou os pertences do dia e saiu do centro de atletismo, passando pelo prédio da administração do colégio. Colegas e alunos o cumprimentaram pelo caminho. Embora Sierra chamasse a cidade de aquário, Will gostava da comunidade, do senso de permanência da vida que se levava ali. Como havia crescido servindo à Marinha, ele nunca havia morado em um lugar por tempo suficiente para realmente se encaixar, e o único lugar onde ele se sentia em casa era na Beira d'Água.

Quando ele e Sierra se estabeleceram ali permanentemente depois da dispensa dele, os dois foram tratados como realeza naquela cidade pequena — a filha do pastor e um herói ferido, uma denominação da qual Will ficou feliz em se livrar ao longo do tempo. Agora era simplesmente o professor Jensen, em um emprego e uma vida que achava ideais para ele — na maior parte do tempo.

Como também era treinador, Will não tinha que supervisionar nenhuma turma no início do período, então foi direto checar a correspondência na sala dos professores e depois passou no escritório do departamento de matemática para acessar o sistema, analisar o calendário e se abastecer de alguns suprimentos. O corredor da escola estava cheio de anúncios: um iminente baile em que as meninas convidavam os meninos, palestras sobre universidades, encontros de grêmios. E, após os anúncios e o Juramento à Bandeira, o local estava lotado de garotos e garotas batendo as portas dos armários, falando alto demais, carregando mochilas excessivamente pesadas para as aulas.

Assim que o sinal tocou, Will entrou na sala na qual daria aula naquela manhã. Ele piscou a luz para sinalizar que havia chegado e ficou de pé na frente da sala.

— Vamos lá, estudiosos e preguiçosos — disse ele, com seu cumprimento de costume. — Vamos colocar esses cérebros para funcionar.

Ele ouviu a movimentação de sempre e alguns resmungos e bocejos. Dever de casa em cima da mesa. Conferência de celulares — ele anotava a presença dos alunos de acordo com o estacionamento de celulares, uma estação com carregadores na mesa da frente. Um celular faltando significava um aluno faltando — ou um esquecido. A titular da mesa 2C não estava presente.

— Senhorita Lowry — chamou ele. — Ou você está ausente ou no Snapchat após o primeiro sinal…

Com um suspiro elaborado, May Lowry colocou o celular na estação.

— Todos presentes e computados — confirmou Will, e então virou-se para o quadro para escrever o primeiro problema do dia. — Digamos que vocês estejam começando uma viagem de carro às nove da manhã, a partir de um ponto…

— Qual ponto? — gritou alguém lá do fundo.

— Qualquer um, idiota — respondeu o aluno ao lado dele. — Não importa.

— Para mim importa.

— Certo — interrompeu Will. — Nova York. Sua viagem de carro começa em Nova York.

— E para onde estou indo? — perguntou May.

— Para Oysterville — respondeu outro aluno. — Para onde mais seria? Nós não somos o centro do universo?

— Escutem — falou Will. — O roteiro será incrementado, ok? Vamos lá, você está viajando a sessenta e cinco quilômetros por hora. Às dez da manhã, outro carro inicia a viagem saindo do mesmo ponto, indo na mesma direção, a noventa e seis quilômetros por hora. A que horas esse carro vai alcançar e ultrapassar o seu?

Ele rascunhou o problema no quadro.

Jana Lassiter, uma menina atrevida, engraçada e divertida de se ter como aluna, ergueu a mão.

— Tenho uma pergunta. Se estou em Nova York, por que vou querer ir embora e voltar para cá?

— É, boa pergunta — concordou alguém.

— Nós somos o "Destino de Férias da Costa Baixa" — respondeu Will —, segundo o outdoor da estrada. Mas essa não é a questão.

— *Você* já foi a Nova York? — perguntou Jana.

Will se arrependeu de ter dado corda para aquilo.

— O sr. Jensen já esteve no mundo inteiro — disse outra garota, Helen Stokes. Era constrangedor, mas ela era uma das tantas meninas que tinha uma paixonite pelo professor, que Will fingia não perceber. — Na Marinha, não é, sr. Jensen?

— Mais uma vez, não é esse o ponto. Esse é um problema de velocidade, tempo e distância.

— Tá, mas como isso vai ajudar a gente no mundo real? — perguntou alguém.

— Você sequer vai chegar no mundo real se não for aprovado nessa matéria — retrucou Will.

— Você teve que saber essas coisas para ser um oficial SEAL da Marinha?

— Matemática era só a ponta do iceberg — respondeu Will.

— É verdade que você se machucou salvando uma vida? É verdade que tem um olho de vidro?

— Uma prótese. Mas sabe o que também é de verdade? — disse Will, desviando do assunto com facilidade — Detenção. E você está a três segundos da sentença máxima.

Repreendido, o menino se ajeitou na cadeira.

— Desculpe, senhor.

— Então, em vez de tentar distrair todo mundo, vamos focar no problema, galera. Vamos dizer que $D1$ seja a distância do primeiro carro, e t o tempo...

Distância, velocidade e tempo reduzidos a uma simples equação. Não era um problema complexo. Tinha apenas uma solução, e não uma centena de caminhos e mudanças possíveis. *Se Caroline Shelby deixasse a cidade em uma velocidade acelerada e viajasse a distância de um continente inteiro em dez anos, em que momento ele pararia de imaginar como as coisas poderiam ter sido?*

Sete

Enquanto Caroline percorria o último trecho da viagem, a neblina da manhã se dissolveu como uma camada leve de algodão pelos arbustos de amora-silvestre e samambaias que margeavam a estrada. A névoa estranha a fez se sentir deslocada no tempo e no espaço, como se estivesse flutuando em um mundo primordial.

Ainda estava agitada devido ao pico de adrenalina causado pelo desaparecimento de Addie. Tensa e completamente desperta, Caroline experimentava uma sensação de irrealidade. Mas tudo o que havia acontecido era real demais. Ela tinha ido para Oysterville porque precisava respirar, colocar a cabeça no lugar, pensar num plano para as crianças. Não fazia ideia se encontraria respostas, mas estava sem opção.

— Parece meio assombrado aqui — disse Flick do banco de trás.

— Você acha?

À luz da manhã, o estuário e os terrenos elevados cobertos de vegetação de fato pareciam vagamente ameaçadores.

— Aqui é seguro?

Flick perguntava muito isso para ela. Nenhuma criança de 6 anos de idade deveria precisar fazer essa pergunta. Finalmente ela se sentiu confiante ao responder:

— Totalmente.

— Não estou vendo casa nenhuma. Só floresta e neblina.

— E centenas de milhares de aves marinhas — apontou ela. — Estamos na migração da primavera, todos os tipos de pássaros vêm para cá descansar e se alimentar. Vou levar vocês para conhecer a cidade e vocês vão ver. Vamos comprar binóculos, como observadores de aves profissionais.

Addie acordou choramingando.

— Já é de manhã?

— Você se perdeu — respondeu Flick. — Você foi má.

— Eu não sou má.

— Ela não é — Caroline interveio antes que a implicância começasse. — Addie, mesmo que você não tenha pretendido fazer nada de errado, você esqueceu de ficar no lugar combinado quando eu fui atrás de Flick no posto de gasolina — disse ela, olhando pelo retrovisor. A garotinha bocejou e esfregou os olhos. — É assustador para mim quando eu não sei onde vocês estão. Quando você voltou para o carro sem me avisar, eu fiquei realmente preocupada.

Addie olhava para fora da janela, piscando várias vezes para afastar o sono.

— *Maman* foi embora sem avisar — afirmou Flick.

Caroline tentou não estremecer com a lembrança.

— Isso é completamente diferente. Ela não foi embora porque quis. Ela não faria isso de jeito nenhum.

Desde o incidente — Caroline não sabia como mais poderia se referir à situação —, ela estava devorando alguns livros sobre como ajudar crianças pequenas durante uma crise. Ao longo daquela semana inteira viajando de carro, tinha feito videoconferências diárias com uma psicóloga infantil que não podia bancar. Tanto a profissional quanto os livros ofereciam sugestões — como falar em termos que as crianças entendiam, responder com honestidade e reafirmação. Mas, no fim, não havia um roteiro certo, um mapa que apontasse qual direção seguir. Apesar de seus esforços, Caroline sabia que palavras jamais seriam suficientes.

Não minta, mas não explique demais.

— Você disse que estávamos quase chegando.

Flick mudou de assunto, esticando o pescoço enquanto passavam por um outdoor que os recebia em "SEU DESTINO DE FÉRIAS DA COSTA BAIXA".

— Estamos quase? — perguntou Addie.

— Bem, depende do que querem dizer com "quase". Mas garanto que chegaremos a tempo do café da manhã. Mandei uma mensagem para minha irmã, Virginia, e ela disse que estava fazendo panquecas de blueberry com calda de verdade. A panqueca dela é a melhor da cidade.

Uma olhada no espelho retrovisor mostrou que tinha conseguido a atenção dos dois. *Que bom*, pensou. *Faça eles ficarem envolvidos com o "aqui e agora".* Outra coisa que havia descoberto em sua confusa caminhada parental era a importância de dar às crianças informações concretas em um nível inteligível para elas. Dizer coisas com antecedência. Não muita, mas sempre deixá-las cientes do que esperar e dos próximos passos. Flick e Addie só conheciam a eclética e conturbada vizinhança de Hell's Kitchen, onde viviam com a mãe, a uma quadra do colégio onde estudavam. Naquele momento, estavam prestes a adentrar um mundo novo, e Caroline podia ver em suas expressões silenciosas e assustadas que estavam apreensivos.

— Vamos brincar de jogo da memória? — disse ela, na esperança de acabar com a inquietude que normalmente precedia os ataques de pirraça. — Qual é o nome da cidade onde a minha família mora?

— Oysterville — responderam juntos.

— Olha, que maravilha! Acertaram! Agora uma pergunta difícil. Quantos irmãos eu tenho?

— Cinco — respondeu Flick.

— São cinco filhos na minha família, então eu tenho quatro irmãos.

— Quanto que é quatro? — perguntou Addie.

— É só contar os dedos — explicou Flick, estendendo a mão. — Um, dois, três, quatro.

— Isso aí — falou Caroline. — Eu tenho duas irmãs mais velhas e dois irmãos mais novos. Lembram que eu disse que minha família era um sanduíche de irmãos comigo no meio?

Esmagada no meio, pensou.

— Agora vamos jogar o jogo dos nomes outra vez — sugeriu ela. A ideia era familiarizá-los com as novas circunstâncias, para que não se sentissem completamente excluídos. — Vocês se lembram do nome das minhas irmãs?

— Virginia — respondeu Flick. — Você acabou de dizer.

— Isso. E a outra? Lembram que eu disse que nós temos nomes de estados? Caroline de Carolina, Virginia e…

— Georgia! — exclamou Flick.

— Georgia! — repetiu Addie.

— Isso aí. E meus dois irmãos são mais novos que eu, pois eu sou a do meio. Nossos pais deram os nomes dos meninos em homenagem a cidades. — Arrasando no quesito "excesso de informação", os pais dela gostavam de contar às pessoas que cada filho recebeu o nome do local onde havia sido concebido. — Conseguem lembrar? Eu mostrei as fotos no meu celular.

— Jackson.

— Isso. Jackson mora em um barco no cais, em Ilwaco. Estava escuro quando passamos por lá, mas tenho certeza de que ele vai adorar levar vocês para passear. Ele é o comprador de frutos do mar do restaurante, e também é pescador.

— Como é que ele mora num barco? — perguntou Addie.

— Acredite, você não é a primeira a fazer essa pergunta.

Jackson era um espírito livre, não se preocupava muito com assuntos domésticos.

— É uma casa, só que dentro de um barco?

— Não exatamente. É mais como um barco, só que com cômodos muito pequenos. Vocês vão ver logo mais. Agora, e o meu outro irmão, o mais novo de todos? — Hesitação. — Começa com *Au*... Quando vocês forem mais velhos, vão estudar as capitais na escola e vão aprender que o nome dele é a capital do Texas.

Flick deu de ombros.

— Esqueci.

— Tudo bem. É difícil lembrar nomes antes de conhecermos a pessoa. Meus irmãos se chamam Jackson e Austin. Os meus pais se chamam Dottie e Lyle. E mais uma pergunta... vocês lembram o nome do restaurante da família?

— Estrela do Mar!

Durante a viagem, tinham visto dezenas de restaurantes, cantinas e *food trucks*. Caroline contara sobre o restaurante da família Shelby, fundado por seus pais. Hoje um destino famoso da península, o restaurante ficava na beira da praia, bem perto das dunas, onde o mar e a areia se encontravam em pontos irregulares.

— Estrela do Mar, isso mesmo. Acho que vocês vão gostar de lá.

— Podemos ir lá agora? — perguntou Flick. — Estou com fome.

— Minha irmã está preparando o café da manhã em casa, lembra? Prometo que vocês terão muitas oportunidades de comer no restaurante. Todo mundo da família trabalha lá, com uma coisa ou outra.

Austin era contador e administrava as contas da família e do restaurante, e Georgia era a gerente.

— Menos você — disse Flick.

— Menos eu — admitiu Caroline.

Quando era pequena, Caroline não tinha noção do quanto seus pais trabalhavam — as longas horas, os problemas de abrir e manter um restaurante. À medida que foi ficando mais velha, ela tentou fazer sua parte, mas nunca tivera a paixão e o foco necessários para se dedicar ao negócio. Na família Shelby, ela era a sonhadora, sempre em busca de algo que a levasse para bem longe.

— Eu desenhei o avental dos chefs e o uniforme dos garçons há um tempão. Mas eles não gostaram. Acharam avant-garde demais.

— O que isso significa?

— Incrível demais — respondeu ela.

— Você vai trabalhar no restaurante agora? — perguntou Addie.

Não faço ideia do que vou fazer, pensou Caroline.

— Veremos... — disse, e, depois de uma pausa: — Quando eu era pequena, eu nunca levava a sério quando ouvia um adulto dizer "veremos". Por que o que isso significa? Veremos o quê? Quando? Como veremos o que estou falando se nem eu sei o que é?

Nenhuma resposta. Era compreensível que as crianças estivessem tão confusas e fora de órbita quanto ela. Caroline respirou fundo.

— Agora *eu* acabei de dizer "veremos". Isso significa que sou adulta?

— Você sempre foi adulta — confirmou Flick.

— Muito obrigada. Você acha que eu nunca fui criança que nem vocês?

— Veremos — respondeu ele.

— Engraçadinho. Agora, prestem atenção. Quero que vocês olhem lá para fora e procurem a caixa de correio. Está escrito "Shelby" e ela é decorada com conchinhas.

Caroline diminuiu a velocidade enquanto passavam pelas dunas a oeste e pela floresta a leste, a névoa entrecortando tudo como uma serpente de nuvens. Placas feitas à mão anunciando ovos frescos e produtos orgânicos, pomares de cranberries e blueberries onde os compradores podiam eles mesmos colher os frutos desejados. Caixas de correio antigas com nomes que ela conhecia e outros novos: Gonzales, Moore, Espy, Haruki, Ryerson.

— Estou vendo — exclamou Flick. — É pra lá que estamos indo?

A caixa de correio com conchas era uma monstruosidade, tão feia que havia se transformado em monumento. Ela e os irmãos tinham feito de presente para os pais. Os cinco haviam decorado a base e a caixa com um mosaico de conchas, vidro marinho, troncos de flutuação e ossos de uma carcaça de leão-marinho que tinham encontrado na praia. Caroline, é claro, quisera coordenar o design, mas os irmãos se lançaram ao projeto sem qualquer preocupação estética. A mãe caíra em prantos ao ver o resultado da obra, e Caroline ainda não estava totalmente convencida de que era um choro de alegria. Décadas depois, aquela sentinela silenciosa do passado agora evocava lembranças que deixaram Caroline repentinamente grata.

Ela virou a esquina que levava à casa da família Shelby. A entrada era pavimentada com cascalho de conchas de ostra, contornada por arbustos esculpidos e uma fileira de roseiras. Desde que saíra de casa imediatamente após terminar o ensino médio, Caroline voltara algumas vezes no Natal. Pegava um voo até Seattle ou Portland e alugava um carro para percorrer as três horas de viagem pelo litoral. Aquilo parecia satisfazer a família e preservar seu status oficial de ovelha negra.

Jackson brincava dizendo que toda família precisava mesmo de uma.

Mas sua chegada naquele dia era diferente. Não era uma visita. E agora a ovelha negra trazia dois carneirinhos.

A primeira impressão era que nada ali, naquele paraíso marítimo onde Caroline havia crescido, tinha mudado. As árvores e estruturas seguiam moldadas pelo vento, ancoradas à paisagem pelas raízes que se espraiavam sobre as dunas. A casa onde crescera era como uma grande caixa, as laterais pintadas de cinza-chumbo, as beiradas brancas, o telhado eternamente revestido de musgo e líquen.

Uma residência tão comum que fora transformada em algo espetacular pelo cenário. Atrás do jardim ficavam as dunas. O prelúdio de um reino. Os montes de areia móvel e a grama que dançava com o vento estendiam-se até o mar, selvagens como num sonho persistente. Ali não havia calçada como na cidade principal da península, nada de caminhos pavimentados se cruzando, somente um emaranhado de mato até a altura da cintura, com algumas florzinhas resistentes — morango, eruca-marítima, tremoceiro e latirus. Ocasionalmente, o cipreste ou o cedro, com suas folhas bagunçadas pelo vento, erguiam-se inclinados no sentido leste, como se num voo eterno para longe do oceano.

— Chegamos! — disse ela para as crianças. — A esse lugar que já foi meu mundo inteiro, um dia.

Caroline observou o jardim, com suas macieiras nodosas e o enorme liquidâmbar com um balanço de madeira pendurado em um galho alto. Havia um galinheiro e um jardim envoltos por uma cerca natural. Era realmente um lugar lindo, um que no passado ela mal pudera esperar para deixar para trás.

— Chegamos? — perguntou Flick.

— Chegamos! — afirmou Addie, apertando a Mulher-Maravilha contra o peito.

— Finalmente — garantiu Caroline.

Enquanto ela tirava o cinto das crianças, os pais saíram pela porta da frente para recebê-los.

— Bem-vinda, filha.

Dottie Shelby desceu os degraus e atravessou o jardim com os braços abertos. Seu cabelo longo esvoaçava, e por um instante ela pareceu ridiculamente jovem, com sua calça jeans skinny e uma camiseta lisa de algodão, além da bota que costumava usar para fazer jardinagem.

Chegando mais perto, Caroline viu as linhas finas ao redor dos olhos da mãe e um leve encolhimento de seu tamanho como um todo. O sorriso e os braços abertos, no entanto, eram os mesmos de sempre.

Com as crianças agarradas como coalas em suas pernas, Caroline sentiu-se envolvida pelo abraço firme da mãe. Dottie tinha cheiro de sabonete de mão e hidratante, e aquele abraço era como um santuário.

— Estou muito feliz por você ter chegado um dia antes — disse a mãe, dando um passo para trás.

— Eu não estava conseguindo dormir, então colocamos tudo no carro e pegamos a estrada — explicou Caroline. — Oi, pai.

O pai a envolveu com um abraço forte e poderoso. Era a primeira vez que Caroline se sentia realmente segura desde a morte de Angelique. Ao fechar os olhos, ela se permitiu apreciar um momento de calma, colocando-se brevemente no papel de filha adorada.

Tanto a mãe quanto o pai eram pessoas robustas e bonitas, normalmente citados nas propagandas da Câmara de Comércio local como o casal-modelo que havia construído um sonho com trabalho duro e dedicação. Tinham se conhecido na escola de culinária na Bay Area — Dottie, uma menina da península, e Lyle, natural da Califórnia. Quando o curso terminou, os dois uniram seus sonhos... e suas vidas.

— Bem — disse Caroline —, é bom estar de volta. Flick e Addie vieram de muito longe para conhecer vocês.

A mãe se abaixou, com um joelho no chão, para olhar ambos nos olhos.

— Olá, vocês dois. Estou feliz que estejam aqui. Eu sou a Dottie, e esse é o Lyle. Vocês podem me chamar de Dottie, ou de vovó Dot. É assim que meus outros netos me chamam. — Por *outros netos*, ela estava querendo dizer algo? — Vocês não precisam decidir isso agora — acrescentou.

Addie agarrou a Mulher-Maravilha e olhou para o chão. Flick encarou Dottie com uma contemplação sóbria.

— Meu nome de verdade é Francis — afirmou ele.

— Ah é? E você prefere Francis a Flick?

Ele balançou a cabeça.

— Quando eu era bebê, não conseguia dizer Francis, então falava que meu nome era Flick, e acabou ficando. Vou continuar com esse nome.

— Ótimo plano. Agora, aposto que vocês dois estão com fome — disse ela.

Dottie Shelby era o tipo que via as pessoas do jeito que elas gostariam de ser vistas. Tinha um talento particular para encontrar o melhor em cada um, fossem crianças ou adultos.

— Ouvi boatos de que comeríamos panquecas — disse Caroline.

— Os boatos estão corretos. Venha, vamos comer. Seu pai pega as malas. Temos muito o que ver e conhecer, mas não precisamos fazer tudo hoje — disse sua mãe. — Vocês dois parecem crianças que gostam de correr e pular por aí. Estou certa?

Depois de trocar olhares com a irmã, Flick assentiu. A mãe de Caroline não insistiu, mas seguiu confiante.

Todos entraram, as crianças sempre perto de Caroline. Ela sentiu que a velha casa a acolheu, tão familiar quanto o abraço da mãe. O hall de entrada tinha um espelho que refletia a luz externa e um aparador de casacos feito com madeira de flutuação.

Cada casa tem um cheiro próprio, e o daquela era uma mistura única de assados, ar marinho e o aroma de uma secadora de roupas que funcionava constantemente, ou ao menos fora assim na época em que Caroline e os irmãos eram mais jovens. Provavelmente havia muito menos roupa para secar, mas o cheiro familiar ainda estava ali.

A sala de estar era preenchida por uma mistura eclética de móveis, fotos de família, algumas antiguidades e o velho piano de cauda da mãe.

— Aqui em casa todo mundo estudou piano — disse Caroline, notando o interesse de Flick. — Meu irmão Austin é muito bom.

Ela os guiou até o banheiro do corredor e deu um jeito de trocar a roupinha de Addie, que estava com cheiro de xixi. Então supervisionou a lavagem das mãos, ainda um pouco confusa com a ideia de precisar cuidar de atividades assim. Um mês antes ela era uma mulher sozinha, morando no coração do distrito da moda de Nova York.

Havia artefatos por toda parte, inclusive a saboneteira de cerâmica que Jackson fizera na pré-escola, com sua pequena marca de mão estampada. Outra foto de família estava pendurada acima da cômoda, mostrando as meninas mais velhas segurando uma prancha de surfe com Caroline e os meninos sentados nela. Ainda se lembrava das gargalhadas incontroláveis enquanto todos lutavam para posar para a foto, caindo na areia várias vezes. Ela tinha 8 ou 9 anos e vestia um maiô de segunda mão de Virginia, mas que Caroline personalizara com um babado nas costas para não parecer que a peça tinha sido herdada.

— Estou indo para o trabalho — disse Lyle. — Vejo você mais tarde, certo, Conchinha?

— Combinado — disse ela.

A próxima parada foi na cozinha. Ao contrário do que as pessoas esperam de uma família que havia muito administrava restaurantes, a deles era pequena e simples, com um fogão de quatro bocas, uma geladeira espaçosa e uma indispensável lava-louças. Dottie sempre dizia que uma cozinha chique não substituía uma boa comida.

— Ah, olá vocês! Eu sou a Virginia — disse a irmã de Caroline, soprando um beijo enfarinhado de onde estava. — Saibam que estão prestes a comer as melhores panquecas de suas vidas.

— Ela é mandona às vezes – disse Caroline, alertando os pequenos.

— Mandona coisa nenhuma — disse Virginia, fungando. — Eu só costumo ter ideias melhores do que as outras pessoas.

Virginia era a segunda mais velha e a mais extrovertida dos irmãos Shelby.

— Eu tenho uma receita secreta de panquecas. Se bem que eu conto para todo mundo, então não é bem um segredo. — Ela puxou um par de bancos até o balcão. — Agora sentem aqui e prestem atenção. A gente primeiro precisa peneirar os ingredientes secos juntos. Estão vendo como a peneira funciona? Tentem vocês. — Virginia deixou que Flick e Addie peneirassem um pouco. — Esse é o segredo pra ter panquecas lindas e fofinhas. Ah, e também usamos leitelho de verdade em vez de leite normal. Tem um gosto meio azedo.

Ela ofereceu uma amostra em uma colher pequena, mas as crianças se encolheram e negaram com a cabeça em silêncio.

Observando a facilidade com que a irmã lidava com as crianças, Caroline sentiu as dúvidas que a perseguiam voltarem com tudo. Ao contrário de Virginia e da mãe, ela não "teve" filhos. Nunca sentira esse ímpeto e sempre falara abertamente sobre sua escolha de não ser mãe. Possivelmente isso também contribuía para que não tivesse um namorado, mas talvez fosse esse o preço a pagar pela liberdade.

No entanto, ali estava ela com duas crianças e sem a menor ideia do que fazer.

Por um segundo, Caroline se lembrou da expressão no rosto de Will Jensen quando ela lhe disse: "Eles são meus".

E embora fossem dela, também não eram.

— Os ovos são das nossas próprias galinhas. Estão vendo como as gemas são amarelas? — Virginia quebrou dois ovos em uma tigela de vidro e bateu com o leitelho e um pouco de manteiga derretida. Então misturou tudo para fazer a massa. — E o grande segredo é essa incrível chapa de ferro fundido da Griswold, que já saiu de linha. Ela é lisa como vidro e alcança a temperatura ideal. Me deem uma ajudinha aqui, vocês dois.

Ela derramou a massa e supervisionou a colocação de blueberries. Alguns minutos depois, Caroline acomodou Flick e Addie em banquetas no cantinho da copa. Os dois arregalaram os olhos quando ela colocou a primeira leva de panquecas na mesa, repletas de frutinhas e cobertas de manteiga e xarope de bordo quente. Panqueca, a rainha suprema das comidas de conforto.

— Pronto, mandem bala — disse ela. — Vamos encher essas barriguinhas para que eu possa mostrar onde vocês vão ficar.

Caroline observou a mãe, que assentiu de forma encorajadora.

As crianças devoraram o café da manhã com uma velocidade gratificante. Caroline tomou um café e também comeu uma panqueca quentinha. Estava tão gostosa que seus olhos quase marejaram.

— Obrigada, Virginia. Estava uma delícia. A viagem foi longa.

— Vocês tiveram uma aventura e tanto, não é? — disse Dottie. — Sinto muito pela mãe de vocês, queridos. Imagino que devam estar com muita saudade.

— Ela morreu — disse Addie. — Ela não vai voltar.

— Eu sei, querida. É uma tragédia. Gostaria de poder resolver isso, mas estamos aqui para amar e cuidar de vocês, além de manter viva a memória da sua mãe. Se vocês se sentirem tristes e quiserem conversar, estaremos aqui, ok?

Caroline foi invadida por uma onda de gratidão ao pensar na mãe e na irmã. Aquele não era o caminho que esperava seguir, mas lá estava ela, cuidando de dois órfãos e longe da vida que levava em Nova York. Tudo havia mudado em uma fração de segundo e ela se viu no olho do furacão. Não conseguia imaginar o que teria feito se não tivesse uma família para apoiá-la.

Quando terminaram de comer, Dottie disse:

— Vamos tirar a mesa e depois vou levá-los para ver o quarto.

Flick examinou a mesa, sua sobrancelha ligeiramente arqueada. Angelique fora uma mãe não convencional em muitos aspectos, e tarefas tradicionais não faziam o seu tipo.

— Vamos levar nossos pratos para a pia — explicou Caroline. — Depois vamos limpar a mesa.

Voltar à rotina familiar era fácil para ela, mas sabia que as crianças precisariam de tempo para se ajustar.

Arrumaram tudo rapidamente e subiram para o segundo andar, passando por mais fotos de família no caminho. O quarto que a mãe havia preparado para Flick e Addie era o mesmo que Caroline dividira com Virginia. Georgia, a mais velha, teve o privilégio de ter um quarto só dela, mas dominava os demais como uma rainha sacramentada. Os meninos compartilhavam o outro. Os cinco brigavam pelo único banheiro.

Sua mãe estava com a porta aberta.

— Separei alguns brinquedos de quando os meninos eram pequenos — disse ela. — Espero que gostem de Lego e bichinhos de pelúcia. E de livros também.

As crianças observaram o cômodo com os olhos arregalados. Comparado com o apartamento em um prédio sem elevador em Hell's Kitchen e com o apartamento de Caroline, o quarto parecia tão grande quanto um hangar.

Alguns mapas da *National Geographic* ainda estavam pendurados na parede. As cores haviam desbotado e o papel seco estava enrolado nas bordas. Caroline viu Addie estudando-os.

— Aqui são os Estados Unidos — disse Caroline. — Nosso país imenso. Aqui é Nova York, de onde saímos na semana passada, e dirigimos todo esse caminho até aqui.

Ela traçou a rota com o dedo, apontando para o local onde Oysterville estaria, caso fosse relevante o suficiente para aparecer no mapa.

— Foi uma viagem muito longa — disse sua mãe. — Mas espero que vocês dois se sintam em casa aqui.

Addie analisou os brinquedos e livros que a mãe de Caroline havia separado cuidadosamente. E a consideração de Dottie não se limitou a brinquedos e livros. Ela também tinha guardado alguns dos primeiros e mais meticulosos trabalhos de costura de Caroline.

— Caroline costurou as colchas e cortinas sozinha quando tinha apenas 12 anos. Ela sempre foi muito boa em inventar coisas. Vocês também gostam de inventar?

Flick deu de ombros e observou o chão.

As colchas eram conhecidas como "colchas malucas". De acordo com Lindy, da loja de tecidos, Caroline tinha elevado a ideia de "maluquice" a um nível totalmente novo. As peças não tinham tamanho-padrão, eram apenas explosões de cores em formato livre, costuradas e bordadas com desenhos caprichosos. Ela passou a mão sobre o tecido, pensando na garota apaixonada por arte e design que fora no passado, sempre criando alguma coisa. Na juventude, Caroline se sentia muito enjaulada em Oysterville, sabendo que havia muito mais para conhecer e aprender mundo afora. Mesmo depois de anos em Nova York, ainda duvidava que sua família entendesse sua paixão e necessidade de estar no meio de tudo relacionado ao mundo da moda.

Voltar para casa era como aportar em um porto seguro.

Voltar para casa parecia um sinal de fracasso.

Voltar para casa era a última opção.

A sensação era um ponto perdido e oco dentro dela. Caroline sabia que uma pessoa melhor transformaria o revés em determinação. Sabia que era errado se deixar afundar daquela maneira. Mas, afogada em exaustão, era inevitável se sentir assim.

Addie foi com sua Mulher-Maravilha até a janela entre as duas camas e olhou para fora. Uma grossa trepadeira de glicínia serpenteava pela lateral da casa, suas flores roxas balançando com a brisa. O pátio abaixo tinha árvores frutíferas, retorcidas pelo tempo, e uma fogueira onde a família se sentava em noites claras, assando marshmallows e contando histórias. Mais longe, além das dunas, estava a praia.

Caroline se agachou ao lado da garotinha.

— Virginia e eu costumávamos passar as noites de verão aqui, observando as pessoas na praia. Você vai ver. No verão, fica claro até tarde, muito depois das nove da noite. Então, sempre que víamos crianças brincando na praia, eu me sentia muito injustiçada. Não parecia certo que tivéssemos que ir dormir enquanto todo mundo podia brincar.

— E, mesmo assim, você sobreviveu — observou a mãe.

— Verdade — concordou Caroline, endireitando-se. Quando ficou mais velha, Caroline fez da videira de glicínias sua rota secreta de fuga, mas achou melhor não mencionar aquilo. — Aquele lá é o oceano Pacífico — disse ela às crianças. — É o maior do mundo, sabiam? Mas agora descansem um pouco. Mais tarde vamos até a praia.

— Não quero descansar — disse Flick.

Caroline sentia vontade de dormir por uma semana, mas isso não era uma opção quando duas crianças precisavam dela.

— Bem, sabem do que mais? Vamos lá conhecer a praia, então. E tenho mais boas notícias — disse ela, usando a frase que sempre chamava a atenção deles. — Não andaremos mais de carro hoje.

— Oba!

— Depois dessa viagem toda, precisamos andar um pouquinho para esticar as pernas.

Eles desceram as escadas e, enquanto se dirigiam para a porta, Caroline se virou para Virginia.

— Obrigada de novo pelo café da manhã.

— Imagine — disse Virginia, limpando o balcão. — Mas tenho algumas perguntas.

— Eu sei que tem.

— Tomamos um drinque mais tarde, quando eles já tiverem ido dormir.

— Combinado.

Beber e conversar parecia um bom começo.

Lá fora, o ar estava fresco e úmido, cheirando a oceano e novos começos.

— Podem brincar por onde quiserem no quintal — explicou a eles. — Mas não saiam daqui se não tiver um adulto junto, ok?

Caroline caminhou com eles pelo pomar, mostrando as árvores frutíferas e arbustos que indicavam o começo da estação. Havia um galinheiro rodeado por cercas de arame.

— As galinhas mordem? — perguntou Addie, olhando para as aves.

— Não, sua burra, elas não têm dentes — zombou Flick.

— Ei! — disse Caroline, tentando evitar uma briga. — Já conversamos sobre isso. Mesmo quando você estiver cansado e mal-humorado, sempre existe a opção de ser gentil com as pessoas, ok, Flick? Caso contrário, é melhor ficar quieto.

— Desculpa — murmurou ele.

Caroline bagunçou o cabelo dele.

— Galinhas não mordem — falou ela. — Mas, às vezes, elas tentam dar bicadas.

— Dói?

— Não é algo que passe batido — comentou Caroline. — Quando eu era pequena e era minha vez de recolher os ovos, eu sempre levava um pano de prato que ia sacudindo no ar. Todas elas fugiam. Mais tarde eu mostro como fazer.

Flick parou para olhar uma acácia com uma pedra esculpida na base.

— Ali está escrito "Wendell".

Caroline sentiu um misto de emoções.

— Wendell era nosso cachorro. Ficamos muito tristes quando ele morreu, então o amigo do vovô Lyle, Wayne, fez uma lápide especial com o nome dele.

— *Maman* também vai ter uma lápide?

Ela deveria ter imaginado que a pergunta viria. Embora as crianças não soubessem, os restos mortais de Angelique haviam cruzado o país junto com eles. A urna simples e lacrada estava guardada com o estepe do carro, e ela não fazia ideia do que faria com ela.

— Vocês gostariam que ela tivesse?

Flick deu de ombros. Ele fazia isso quando se sentia confuso. Caroline colocou a mão em seu ombro. Ele era tão pequeno e delicado. Ela estava pensando no desastre que sua vida tinha se tornado, mas seus problemas não eram nada comparados ao trauma pelo qual aquelas crianças estavam passando.

— Depois você me responde. Sem pressa. — Um rápido movimento chamou sua atenção. — Ei, venham ver. Tem um bichinho morando aqui nas dunas. Fiquem quietinhos e observem. É um ratinho-do-mato. Estão vendo ali a casinha dele? É como um ninho de passarinho.

Eles observaram a pequena criatura procurando comida na grama.

— Podemos fazer carinho nele?

— Esse ratinho é um animal selvagem. A gente pode olhar, mas nada de colocar a mão, combinado?

— Parece um rato igual aos lá de Nova York — disse Flick.

As crianças não conheciam nada além da cidade. A experiência deles com a vida selvagem se limitava a pombos e ratazanas se esgueirando pelas lixeiras dos becos.

— Essa cidade vai ser um mundo totalmente novo para vocês — disse Caroline. Observou o fascínio das crianças enquanto se agachavam em meio à grama e brotos verdes para observar o rato-do-mato, que diligentemente preenchia seu ninho com folhas secas e penugem. — Tem muitos pássaros e criaturinhas por todo canto.

Chegaram enfim à praia, o quintal de sua juventude. Uma vida inteira acordando em sua cama ao som do rugido abafado do oceano e com o aroma intenso do ar marinho.

Uma das primeiras lembranças de Caroline era de estar perdida entre dunas e montículos, a vegetação mais alta do que ela. Houve um momento de desorientação, seu coração acelerou com o pânico. Então ela se lembrou do conselho do pai: "Não ande em círculos. Caminhe em linha reta. Pelo menos você vai sair em algum lugar."

Saindo do labirinto de grama, encontrara a família reunida no quintal, provavelmente ao redor da fogueira no nicho de pedra, ou jogando discos para o cachorro. Ninguém havia notado sua ausência. Ninguém tinha ido procurá-la. Aquela lembrança resultou em uma sensação que a acompanhava desde então: sendo a filha do meio de cinco irmãos, ela era invisível desde que nasceu.

No fim das contas, essa posição acabou funcionando bem para ela. Caroline não era tão organizada quanto Georgia nem tão bonita quanto

Virginia. Com todo mundo ocupado com o restaurante, teve a chance de seguir seu próprio caminho. Descobriu que realmente gostava de desaparecer. Muitas vezes acabava na loja de tecidos de Lindy ou no centro de artes da escola, perseguindo uma paixão louca que ninguém mais em sua família parecia entender.

Agora as crianças corriam pelo mesmo caminho, que terminava abruptamente no limiar das vastas planícies de areia.

— Cuidado quando forem descer — alertou Caroline. — É meio ín… Ai meu Deus!

Flick desapareceu como se tivesse caído em um buraco. Caroline começou a correr, alcançando a beira do barranco e sentindo o banco de areia macia desmoronar sob seus pés. Flick estava mais ao fundo, meio enterrado na areia, olhando para ela.

— Tudo bem aí?
— Aham.
— Você podia ter se machucado.

Ela pegou a mão de Addie e desceu a ribanceira de areia solta.

— Foi divertido — disse Flick, pulando e sacudindo a areia do corpo.

Ele olhou ao redor com admiração e olhos arregalados. O cenário ali estava sempre mudando, mas parecia imutável — a areia esculpida pelo vento e pela maré, a linha de sargaço tecida com algas e conchas, penas e ossos, pequenos pedaços de madeira de flutuação e uma variedade infeliz de lixo.

Bandos de pilrito-das-praias esbranquiçados correram em pânico na linha d'água. Sondavam o estuário enquanto as gaivotas tagarelavam e mergulhavam.

— É grandão — sussurrou Addie, observando a cena com os olhos arregalados.

— Não é? — Caroline sentou-se desajeitadamente no chão. — Tirem os sapatos. A sensação da areia é maravilhosa. Vocês já tinham vindo à praia?

— *Maman* disse que ia levar a gente em Coney Island — disse Flick. — Mas nunca levou.

Caroline tentou não pensar em todas as coisas que eles nunca fariam com Angelique.

— Bem, agora vocês estão aqui — disse ela, e então ficou em pé com um pulo. — Não posso estar na praia e não dar uma estrelinha — declarou. — É realmente impossível. Não importa o meu humor, preciso dar uma estrelinha. Acho que alguma coisa nesses espaços abertos tornam o desejo irresistível.

Ela abriu os braços e executou uma estrelinha nada perfeita.

— E aí, que tal?

— Eu quero tentar!

Addie deu um pulo e se agachou em sequência.

— Isso não foi uma estrelinha — retrucou Flick.

— Precisa de prática. Prestem atenção. — Caroline desenhou uma linha na areia com uma vareta e, sabendo que praticavam ioga na escola, explicou: — Primeiro é preciso pegar impulso. A postura é tipo a posição do guerreiro. Coloquem as duas mãos na linha e chutem os pés por cima da cabeça. — Ela deu outra estrelinha para exemplificar.

— Depois é só levantar em um salto na mesma linha. E *voilà*!

As crianças tentaram várias vezes, com ajuda dela.

— Nada mal para quem acabou de começar! Mas vocês vão ter muito tempo para treinar. Sabe outra coisa que é bem divertida? Correr!

Ela saiu em disparada, observando-os por cima do ombro. Eles a seguiram avidamente e logo estavam correndo junto com ela pelo descampado. Correram em direção a um bando de pássaros e os viram decolar em um movimento homogêneo. Ela liderou o caminho até a arrebentação, deixando as ondas persegui-los, e eles gritaram quando a água fria envolveu seus pés descalços. Por alguns momentos, Flick e Addie eram apenas duas crianças, e a visão deles correndo pela praia fez Caroline sentir uma breve alegria — e, talvez, esperança.

Embora o sentimento estivesse manchado de tristeza e incerteza. Afinal, ela ainda não tinha uma resposta para a pergunta que a perseguira até lá: *o que faremos agora?*

Depois de um tempo, encontraram um tronco desgastado pelo tempo e pela maré, com uma torção que formava um banco natural.

— Venham aqui, vocês dois, vamos sentar. — Ela enfiou os pés descalços na areia fria, encontrando uma bolacha-do-mar e uma concha de náutilo quebrada. Juntou tudo em um montinho. — No verão, há concursos de escultura em areia. Um ano minha família fez um dragão tão comprido quanto um caminhão.

Flick protegeu os olhos e olhou para o céu.

— É aqui que a gente vai morar agora?

Putz.

Não minta, Caroline.

— É aqui que a gente vai morar agora. Vocês vão ficar naquele quarto legal e na segunda-feira vamos matricular vocês na escola. Espero que vocês gostem daqui. Foi onde passei a minha infância.

— *Você* gostava de morar aqui?

Ela envolveu os joelhos dobrados com o braço. *Não minta, Caroline.*

— Gostava. Durante um tempo.

— Então por que você foi embora?

— Ah, por muitos motivos. Eu queria conhecer o mundo — respondeu ela. — Fui para Nova York para ser estilista, mas nunca me esqueci de Oysterville. Até hoje existe um pouco dessa praia nas minhas criações, sabe? — Traçou o dedo pelas espirais da concha do náutilo. — Essa aqui é a minha forma favorita.

Ela estremeceu ao dizer isso, porque até essa conchinha havia sido manchada pelo fiasco em Nova York que havia encerrado sua carreira.

Algumas gotas grossas de chuva começaram a cair.

— Bem-vindos ao noroeste do Pacífico. Chove muito por aqui — disse ela, enfiando a concha no bolso e olhando para cima. — Acho que esse é nosso sinal para voltar para casa, crianças. E depois teremos que comprar capas de chuva e galochas para vocês.

Caroline passou o restante do dia meio desorientada. Na hora de dormir, as crianças estavam mais carentes, o que era compreensível. Eram dois pequenos estranhos em um lugar que provavelmente parecia ser outro planeta para eles.

Angelique nunca fora consistente sobre o ritual da hora de dormir. Às vezes, envolvia um banho e uma história. Outras vezes, as crianças cochilavam no sofá e a mãe as levava para a cama. A psicóloga aconselhou Caroline a estabelecer uma rotina, e ela tentou manter isso mesmo na estrada. Não importava onde estivessem, começava o processo às sete horas da noite.

Em algumas noites durante a viagem, Caroline sentiu como se estivesse prestes a derreter de exaustão, mas se forçou a seguir a rotina em qualquer hotel ou pousada à beira da estrada em que pararam para passar a noite.

Na primeira noite em Oysterville, seguiu o protocolo.

— Certo, crianças — disse ela, apontando para o relógio da cozinha. — Que horas são?

Flick olhou para o relógio, um daqueles bobos de gatos com cauda de pêndulo.

— São sete horas da noite.

— Olha só quem já sabe ver as horas — elogiou Dottie. — Impressionante!

— Ele é superinteligente. Assim como Addie. E o que acontece às sete horas?

— Banho, cama, história e naninha — respondeu Addie.

— Temos praticado todas as noites e estamos ficando craques nisso, não é, pessoal?

— Mas eu não quero ir dormir agora — reclamou Flick.

Caroline estava aprendendo que eles sempre tentariam contrariar a rotina.

— Aposto que não, mas as crianças vão para a cama às sete horas, sem exceções. E, hoje, temos mais uma tarefinha: dar boa-noite pra todo mundo antes de ir.

Hesitantes e duvidosos, estranhos em uma terra estranha, despediram-se dos pais dela e de Virginia — que se mudara para o apartamento em cima da garagem depois do divórcio — e subiram para tomar banho e se livrar da areia da praia.

— Tudo bem se Dottie ajudar vocês no banho?

Addie assentiu. Flick pensou por um momento. Então disse:

— Temos problemas de confiança.

Caroline bagunçou o cabelo dele.

— Espertinho — disse ela, e olhou para a mãe, para quem explicou: — Temos feito sessões pelo Skype com uma psicóloga infantil. Flick e Addie estão aprendendo maneiras de expressar seus sentimentos.

Dottie se abaixou e olhou Flick nos olhos.

— Certo. Sei que você acabou de me conhecer, Flick, e que deve estar sentindo muitas coisas com tantas mudanças acontecendo tão rápido na sua vida. Acho incrível que você tenha cruzado o país para estar aqui e espero conquistar sua confiança em breve.

A mãe de Caroline encheu a banheira e se afastou, observando da porta. Houve perguntas durante o banho.

— Por que a gente veio pra cá?

Caroline os ensaboou e lavou cuidadosamente os corpinhos pequenos.

— Porque não podíamos mais ficar em nossa casa em Nova York. Não depois do que aconteceu lá.

— A gente podia ter ido pra outro lugar, perto da minha escola — disse Flick.

— Eu não teria como pagar — admitiu Caroline, sentindo o gosto amargo da derrota.

— Ah, você foi demitida do seu trabalho.

— Isso mesmo.

Ela viu a mãe analisando-a e desviou o olhar, ocupando-se com as crianças. Demitida. Acontecia o tempo todo na indústria da moda. Os egos corriam soltos, os ânimos explodiam, as pessoas se esfaqueavam pelas costas, os estilistas eram boicotados. Mas Caroline nunca acreditou que chegaria sua vez de passar por isso. O trabalho era tudo para ela, era sua vida inteira. Quando ruiu, a sensação de perda e desespero a deixou sem rumo. Ela não era apenas extremamente incapaz de criar dois órfãos. Era totalmente incapaz de fazer qualquer coisa além de fugir para um lugar seguro. O que a definiria agora? O fracasso? O desespero?

— Você ganhava dinheiro consertando roupas pras pessoas — continuou Flick.

— Você é muito inteligente por se lembrar disso — disse ela, segurando a testa dele enquanto tirava o xampu de seus cachinhos bem definidos.

O cabelo de Addie era mais longo, com cachos mais abertos. Através de um doloroso processo de tentativa e erro, Caroline havia descoberto como cuidar deles — muito condicionador e um pentear gentil com os dedos.

Para o olhar questionador da mãe, ela disse:

— Eu pegava peças de lojas vintage, consertava e revitalizava jaquetas de couro velhas. Não era exatamente sustentável.

— A *maman* era modelo — disse Addie.

— Caroline me disse que sua mãe era muito talentosa e uma profissional esforçada. E uma mãe divertida, também — disse Dottie.

Caroline não tinha dito nada daquilo para ela.

— Nós temos que ir pra escola? — perguntou Flick.

— Com certeza — respondeu Caroline, tentando soar positiva. — Toda criança precisa, não importa onde more.

— Temos escolas maravilhosas aqui — acrescentou Dottie. — Acho que vocês vão adorar.

— Afinal, qual criança não adora ir pra escola, não é mesmo? — perguntou Caroline, em tom irônico.

— Não escutem o que ela está dizendo. Caroline era uma aluna fantástica. Muito criativa.

— Não vamos pensar na escola essa noite — disse Caroline. — Vamos resolver tudo na segunda-feira. Vocês conhecerão seus professores e farão muitos novos amigos.

— Queria assistir alguma coisa — reclamou Flick enquanto ela os acomodava em suas camas para a hora da história.

A batalha diária. As crianças eram atraídas por qualquer coisa com tela, como mariposas por uma chama. Embora Caroline não tivesse um instinto maternal, sabia que televisão ou celular de mais embotavam a mente. A psicóloga também havia sido clara sobre a regra: apenas uma hora de tela por dia. Flick e Addie não ficaram nada felizes com a notícia. Aparentemente, Angelique não havia estabelecido limites.

— Tenho uma coisa mais legal do que isso. É mais legal do que qualquer coisa, na verdade.

Addie se inclinou, seu rostinho lindo e ansioso. Flick revirou os olhos. Ele sabia o que estava por vir.

Com um ar de importância, ela pegou um de seus livros antigos favoritos.

— Mas isso é só um livro — falou Flick.

— Exatamente. Livros são mágicos.

— Livros são chatos — retrucou ele, erguendo o queixo e desafiando-a com o olhar.

— Eles são o oposto de chatos.

Ela ignorou sua expressão duvidosa e se acomodou entre eles em uma das camas. Então, começou a história.

— "Na noite em que Max vestiu seu traje de lobo e fez travessuras de todos os tipos…"

— Por que ele tá usando uma roupa de lobo? — perguntou Addie.

— Shhhiu — disse Flick, inclinando-se para estudar as ilustrações caprichosas. — Só escuta.

— Já estão na cama — disse Caroline. Quando chegou à cozinha, a mãe e Virginia estavam arrumando as coisas depois do jantar. — Finalmente. Preciso de uma taça de vinho pra ontem.

Virginia indicou uma bandeja com taças.

— Considere feito.

— Deus te abençoe. — Caroline bebeu um gole de um vinho tinto muito bom. — Como você conseguia fazer isso, mãe? Banho e cama, noite após noite. Com cinco filhos. Nós éramos um pesadelo.

— Uma grande família não é tão diferente de um restaurante movimentado. Tudo se resume a louça e máquina de lavar.

— O ciclo da vida — disse Virginia.

— Cadê a Fern? — perguntou Caroline. — Ficou com o pai neste fim de semana?

— Aham, mas ela não vê a hora de encontrar você e conhecer as crianças. Tentei trocar os fins de semana com Dave, mas ele não quis. O passatempo preferido dele é negar todos os meus pedidos.

— Parece que ele está fazendo o trabalho dele como ex-marido — ironizou Caroline.

— A única coisa na qual ele é bom.

Virginia estava divorciada havia um ano. Todos achavam que ela tinha casado muito bem: Dave era advogado e ela trabalhava como investigadora no escritório dele. A filha de 8 anos, Fern, parecia uma versão do mundo real da Píppi Meialonga com olhos brilhantes.

Na família Shelby, Virginia era a "bonita" — uma designação que as pessoas fingiam não adotar nos dias de hoje, mas adotavam mesmo assim. Virginia era adorável e perfeitamente proporcional. O cabelo estava maravilhoso todos os dias. As sobrancelhas eram naturalmente fabulosas e a pele, impecável.

No entanto, em matéria de amor, era péssima ou muito azarada, dependendo de quem opinasse. "Eu já me magoei tantas vezes que meu coração é todo cicatriz", dizia ela com um quê dramático. Quando se casara com Dave, na época um jovem ambicioso e recém-formado, toda a família pensou que o drama tinha chegado ao fim, e assim foi por um tempo, até o ano anterior, quando ele pulou a cerca e agitou as coisas novamente.

Dottie abriu a porta dos fundos.

— Vamos, hora de os adultos conversarem.

— Posso levar alguma coisa? — ofereceu Caroline.

— Apenas sua bagagem emocional — respondeu Virginia, pegando uma bandeja de aperitivos.

Então seria aquele tipo de conversa, percebeu Caroline enquanto seguia a irmã porta afora. Lyle tinha acendido a fogueira e todos se sentaram nas cadeiras do quintal, os rostos brilhando na luz dourada.

— Uau — disse Caroline. — Temos um quórum.

Além de Virginia e dos pais, Jackson também estava presente. O irmão era alegre e solteiro, um pescador que nunca abandonara sua veia selvagem mesmo depois da adolescência. No entanto, quando se tratava de comprar frutos do mar para o restaurante, ele era todo profissional — um sério apreciador de comida, defensor das práticas sustentáveis de pesca. Quase nenhum dos frutos do mar servidos pelo restaurante vinha de um raio maior que cento e sessenta quilômetros. E também não havia necessidade, pois as águas da região produziam todo tipo de pescado e mariscos de água fria.

O pai deles ergueu um copo de cerveja.

— Uma *pale ale* da Microcervejaria Razor Clam, e o vinho é um bom clarete que guardei para uma ocasião especial.

Lyle era sommelier de nível quatro e cuidava da adega do restaurante. Quando dizia que o vinho era "bom", quase sempre era um eufemismo.

— Vamos brindar — disse a mãe. — Bem-vinda de volta, Caroline. Sinto muito pelas circunstâncias que a trouxeram, mas é maravilhoso ter você aqui.

Eles brindaram com as taças, beberam e saborearam. O clarete estava, como esperado, extraordinário.

— Nossa, é muito bom! — exclamou ela. — Obrigada, pai. Vinho caro é algo que eu nunca tinha como bancar lá em Nova York.

— Parece que isso está prestes a mudar.

Ele lhe deu o típico sorriso de pai, com olhos enrugados, a boca curvada e cheia de afeto e o olhar carinhoso que ela sempre almejava receber.

Lyle Shelby era um homem charmoso, um sol, sempre ardendo com sua paixão e entusiasmo pela vida. Todos se banhavam em seu calor. Lyle sempre ficava feliz ao receber um elogio. Sentia-se tão genuinamente orgulhoso da sua família que a pior punição possível seria decepcioná-lo.

— Sentimos sua falta, Conchinha — disse ele, sorrindo do outro lado do fogo.

Caroline tomou outro gole.

— Estou muito grata por ter um lugar para trazer essas pobres crianças.

— Elas parecem um pouco atordoadas — disse a mãe.

— E estão mesmo. Mas, acredite, estão muito melhor agora.

Ela ainda ouvia os ecos do choro saudoso de Flick por sua mãe e os soluços ofegantes de Addie naquelas primeiras noites.

Caroline olhou para a família, rostos tão conhecidos e queridos por ela. Apesar do tempo, a sensação de segurança e equilíbrio continuava tão poderosa como havia sido durante sua juventude. Ela contraiu a mandíbula para conter as lágrimas de alívio. Então lembrou que não precisava mais se conter.

Ela estava em casa. Estava segura.

Lágrimas ardentes rolaram em um misto de tristeza e estresse, preocupação e incerteza, medo e decepção. E, acima de tudo, a consciência esmagadora de que agora duas crianças eram responsabilidade dela, e somente dela.

Pousou a taça de vinho e ignorou a preocupação que viu no rosto de todos.

— Desculpe — disse ela, usando a manga da camisa para enxugar o rosto. — Estou bem. Só estou exausta.

— É compreensível — falou a mãe. — Você vai se sentir melhor amanhã. Prometa que vai dormir até tarde e me deixar cuidar dos pequenos.

— Eu adoraria aceitar — disse Caroline. — Mas amanhã quero estar acordada quando eles estiverem. Perdi a conta de todos os lugares diferentes que eles acordaram nos últimos dias. — Tentou manter a voz firme ao acrescentar: — Pobrezinhos. O mundo deles virou de cabeça pra baixo.

— Virou mesmo — concordou Dottie —, mas eles tiveram a sorte de você estar lá para ajudar.

— Não, mãe. Eu sou péssima. Eu deveria ter percebido o que estava acontecendo. Não consigo parar de pensar nas coisas que eu sabia, que eu não sabia e nas que me recusei a ver.

— Sinais de violência doméstica podem ser sutis — apontou Virginia.

— Não era nada sutil. Eu vi os hematomas. E, feito uma idiota, deixei Angelique me convencer de que não era nada. — Ela olhou para a fogueira, procurando respostas que provavelmente nunca encontraria. Com dificuldade, puxou o olhar e a mente de volta para sua família. — Eu já tinha começado a perceber que tinha alguma coisa errada — contou. — Mas nunca notei sinais de uso de drogas. E não imaginei que as coisas ficariam horríveis tão rapidamente. Talvez eu não quisesse investigar mais a fundo. E obviamente falhei em fazer as perguntas certas.

— Você está sendo muito dura consigo mesma, Caroline — disse Virginia. — Uma coisa que aprendi desde que comecei o trabalho novo é que as pessoas têm segredos.

Caroline empurrou um pedaço de madeira dentro do fogo, criando uma enxurrada de faíscas que subiu pela noite.

— Talvez, mas me sinto muito culpada. Eu estava tão focada em mim e na minha carreira que me recusei a ver o que estava bem na minha frente. Eu nunca vou conseguir lidar com a ideia de que ela estava em perigo e eu não percebi. Como vou superar esse arrependimento?

Dottie chegou para abraçá-la e, de alguma forma, uma caixa de lenços de papel se materializou.

— Eu entendo, querida — consolou ela. — Deve ser coisa demais.

— Era Angelique que estava lidando com coisa demais, mãe. Como pude ignorar os sinais?

Virginia deu uma empurrãozinho no ombro dela.

— O que você anda criando ultimamente? Correntes e chicotes para o desfile da autopunição?

— Pelo menos *esses* o Mick Taylor não ia copiar.

— Sinto muito por isso — disse Virginia.

— Parece uma coisa tão pequena em comparação a todo o resto. Pensei que o fim da minha carreira seria a pior coisa do mundo. Mas isso... Meu Deus. Nunca mais vou reclamar de problemas de trabalho.

— O que aconteceu com o cara que bateu nela?

— Roman? Quer dizer, eu acho que era ele. Não faço ideia do que aconteceu, e isso é péssimo. Agressores de mulheres não param, ele provavelmente está agredindo outra mulher nesse exato momento. Ele já é fichado, mas tudo aconteceu tão rápido que não sei mais o que fazer.

— Como podemos ajudar? — perguntou sua mãe.

— Vocês já estão ajudando muito. E, só pra vocês saberem, esse foi meu primeiro colapso. Eu não queria que as crianças me vissem desmoronando.

— Estamos orgulhosos de você por ter assumido esse compromisso, Conchinha — disse o pai.

— Eles são tão pequenos, pai. — Era difícil falar com aquele nó na garganta. — O que vou fazer? Eu não sei nada sobre crianças, muito menos crianças que passaram por esse tipo de trauma. Estou completamente despreparada. — Ela fez uma pausa. Amassou o lenço de papel em sua mão. — E com medo.

— Confie em mim — falou Jackson. — Crianças são assustadoras mesmo quando a gente tem tempo para se preparar. Por isso nunca tive filhos.

Virginia deu uma cotovelada no irmão.

— Você vai mudar de ideia assim que crescer.

— Ei!

— Vamos abrir outra garrafa? — disse o pai. — Já matamos a primeira.

— O quanto Addie e Flick sabem sobre o que aconteceu? — perguntou Dottie. — Você disse que acha que eles não foram abusados, mas eles sabiam que algo estava errado?

— É uma pergunta difícil. Eles nunca mencionaram ter visto alguém batendo na mãe, mas isso não significa que eles não viram nada. Joan, a psicóloga, me disse para observar e ficar de ouvidos atentos. Para quê, não tenho certeza... Eu continuo repassando as imagens daquele dia na cabeça, e ainda estou confusa. Não consigo nem imaginar como essas crianças estão por dentro.

Caroline ainda não tinha descoberto o que Flick e Addie sabiam sobre o homem que batera em Angelique. Ela e os assistentes sociais tentaram formular perguntas com cuidado.

Sua mãe recebeu alguma visita no apartamento onde vocês moravam?
Não.
Alguém chegou a passar a noite lá?
Não.
Alguém tomou café da manhã com vocês?
Não.

Até onde as crianças pareciam saber, a mãe saía para trabalhar, eles iam para a escola, ficavam algumas horas sob os cuidados de Nila e depois Angelique voltava do trabalho. Ela tinha sido mestra em esconder coisas.

Caroline abraçou os joelhos contra o peito.

— Vocês já viram um cadáver de perto?

A mãe estremeceu visivelmente.

— Ah, querida.

A imagem mental também fez Caroline estremecer, a lembrança do choque e horror daquele dia. Nunca seria capaz de "desver" a cena no apartamento.

— É horrível de uma forma muito… única. Você olha para a pessoa e percebe que ela simplesmente se foi. Virou uma concha vazia. Ela nunca mais vai sentir nada. Amor, alegria, tristeza, raiva. Todo o seu potencial desapareceu. As coisas que ela poderia ter feito na vida, pelo mundo e pelos filhos, acabaram. Nunca vão acontecer. Foi isso que passou pela minha cabeça durante os quinze minutos mais longos da minha vida. Foi mais ou menos o tempo que esperei até a ajuda chegar. Eu tive que colocar o celular em cima da mesa para conseguir digitar porque minha mão estava tremendo demais. Eu mal conseguia tocar nos números para ligar para a polícia.

— Isso deve ter sido muito difícil — disse o pai. — Então você nunca soube que ela usava drogas?

— Nunca. Nada. Ela parecia estar em um ótimo momento na carreira, feliz com os filhos. Tirando… as agressões. O terapeuta com quem conversei me disse que não é incomum vítimas de violência doméstica acabarem usando drogas. A heroína elimina completamente a dor, seja ela física ou emocional. Mas eu pensei que conhecia Angelique. Como eu não percebi uma coisa séria como essa?

— Os viciados têm mil maneiras de esconder o vício — apontou Virginia. — Talvez fosse algo recente, não tem como você saber. Talvez ela não soubesse direito como usar. Ou talvez ela estivesse em recuperação e esse episódio tenha sido uma recaída. Muitas overdoses acontecem durante essa fase, porque a pessoa acaba perdendo a tolerância à droga.

— Foi o que os paramédicos disseram, e o investigador concordou. O médico legista também. Todos disseram que os sinais podem ser sutis se você não souber o que procurar. Havia detalhes que não faziam sentido pra mim, mas aí já era tarde demais. Eu não me toquei quando dei falta de algumas navalhas do meu kit de costura ou quando fiquei sem papel-alumínio. Não enxerguei a conexão entre essas coisas. Meu Deus, foi surreal…

— Você disse que era complicado, filha. E não estava exagerando — afirmou a mãe.

Durante o êxodo de última hora e a viagem para o oeste, Caroline tinha tentado simplificar as coisas para a família durante os telefonemas. Com as crianças presentes em quase todos os momentos desde o dia da morte de Angelique, ela não conseguira entrar em detalhes sobre a suspeita de abuso, a overdose, a incerteza sobre o status de imigração da amiga. Queria ser absolutamente sincera com a família e responder às perguntas de forma simples e direta, mas precisava ser cuidadosa ao compartilhar informações que, talvez, as crianças não estivessem prontas para ouvir.

Ela jogou seu lenço de papel no fogo e o viu ser incinerado.

— É complicado em muitos níveis. Mencionei que Angelique era haitiana, certo? Então, uma coisa que não contei é que ela também estava ilegalmente no país. É bem comum que modelos de outros países venham com um visto de trabalho temporário e acabem ficando além do tempo. Ou elas vêm sem visto e trabalham informalmente. Angelique fez as duas coisas. O visto expirou e ela estava trabalhando ilegalmente. Além disso, a agência também estava se aproveitando dela.

— Isso significa que as crianças não têm documentos? — perguntou o pai.

— Acredito que não. Ela chegou em Nova York quando Flick tinha 1 ano e Addie, meses. Entende o dilema? Eu não sei o que fazer quanto a isso. E, ao mesmo tempo, me preocupa a ideia de me aprofundar muito sobre a situação deles, porque só Deus sabe o que aconteceria se eles correrem o risco de ser deportados.

— Mas eles são muito pequenos — apontou Jackson. — Isso nunca aconteceria.

— Não tenha tanta certeza — falou Virginia. — Hoje em dia, tudo é possível. Quando eu trabalhava no escritório, um dos associados representou um caso em que uma mãe foi separada de seu bebê ainda amamentando. Foi horrível. Simplesmente de partir o coração.

— Você conhece algum amigo ou parente de Angelique no Haiti? — perguntou a mãe. — Qualquer pessoa.

— Não existe ninguém. Por isso que concordei em colocar meu nome como guardiã nos documentos da escola das crianças. Na época, achei que não seria nada de mais. Amigos fazem isso uns pelos outros o tempo todo, né?

Caroline não conseguia pontuar o momento exato em que percebera que sua vida havia mudado para sempre. Agora sabia que isso havia acontecido no dia em que casualmente concordara em ser nomeada guardiã das crianças.

— Você tem certeza de que não há família ou amigos?

— Tenho. E, mesmo que ela tenha parentes lá, as crianças não têm nenhuma conexão com o Haiti. Angelique era filha única, criada por um pai solteiro que morreu quando ela era adolescente. Ela teve uma vida muito difícil. — Caroline fez uma pausa e decidiu não descrever exatamente como tinha sido difícil para Angelique em seu país natal. Fazer isso levaria a noite toda. — Ela nunca conheceu a mãe. Se virou sozinha e acabou se tornando modelo. Foi descoberta durante uma sessão de fotos no Haiti e, eventualmente, conseguiu chegar em Nova York. Quando a conheci, ela estava no auge da carreira, sendo muito requisitada e ganhando muito dinheiro. Pelo menos era assim que eu a via. O mesmo vale pra todos que a conheciam. Acabei descobrindo tarde demais que ela também passava por dificuldades em Nova York.

Caroline estremeceu apesar do calor do fogo.

— Vir para cá foi a decisão certa — disse a mãe.

— Certa para quem? Flick e Addie ainda não têm casa. Eles não têm família. Tudo o que eles têm é uma estilista fracassada e desempregada que não sabe nada sobre crianças, exceto como evitá-las.

— Você está sobrecarregada, querida — apontou seu pai. — Vai se sentir melhor depois de mais uma taça de vinho e uma boa noite de sono.

Inclinando-se para trás, ela sentiu a ondulação familiar do ar do oceano em seu rosto. Ainda estava se acostumando a estar em casa. Os aromas, sensações e sabores faziam parte de quem ela era. Nossa, como havia desejado ir embora dali no passado, tão certa de que sua vida fora feita para ser vivida em meio ao agito e à empolgação da maior cidade do mundo. Ela olhou para os rostos de sua família, tão gentis à luz suave do fogo.

— Preciso que vocês saibam o quanto sou grata por tudo isso. Significa o mundo para mim ter um lugar para ficar enquanto tento resolver essa situação.

— É bom ter você em casa — falou Dottie. — Faremos todo o possível para ajudar. Você sabe disso.

— Fern e eu não vamos ficar no anexo pra sempre — comentou Virginia. — Vocês podem morar lá assim que conseguirmos uma casa.

— O anexo é o de menos, Virginia. Nesse momento, nós três precisamos é de um plano.

— Bem, qual é o próximo passo lógico, então? — perguntou o pai. Aquela era sua pergunta favorita.

— Pela primeira vez na vida, eu honestamente não sei, pai. É por isso que ser responsável por essas crianças é tão assustador. Como vou prover o básico para elas? E se alguma coisa acontecer com elas quando eu não estiver prestando atenção?

— O pesadelo de todos os pais — disse Virginia. — Bem-vinda ao clube.

— Eu não entrei pro clube. Eu fui convocada.

— Você está segura aqui — garantiu Lyle. — Leve o tempo que precisar para descobrir as coisas. — Ele estendeu a mão e apertou o ombro de Caroline. — Você acabou de chegar em casa, Conchinha. Respeite o seu tempo.

Caroline olhou para o fogo como se as respostas pudessem aparecer magicamente entre as faíscas e as chamas.

— Eu tive quase cinco mil quilômetros para encontrar uma resposta. E ainda não consegui.

— Um passo de cada vez.

O pai sempre fora a voz da razão.

Aquela situação não tinha pé nem cabeça. Caroline não fazia ideia de qual passo dar. Mas o pai estava certo. Ela estava exausta e precisava se reorganizar.

— Quais são suas opções no momento? — perguntou Virginia.

— Na audiência de emergência em Nova York, eles disseram que eu tinha a opção de entregá-los ao Estado. A assistente social me garantiu que não é uma escolha péssima. Os dois iriam imediatamente para um lar temporário de emergência, mas sem a garantia de que ficariam juntos. Ela me disse que ou eles vão ser criados dentro do sistema de assistência social ou ser adotados. Não consegui aceitar a possibilidade de abandonar os dois naquele momento, então decidi trazê-los comigo.

— Eu não culpo você por ter se colocado nesse papel — disse sua mãe. — Você fez uma coisa incrível.

— Mas não me sinto tão incrível. Eu só não conseguia suportar a ideia de Flick e Addie indo parar com estranhos, de que talvez até fossem separados. Mas, agora que estou no estado de Washington, vou precisar me candidatar para assumir a guarda legal permanente.

— Mas é isso que você quer fazer?

— Eu… sei lá, mãe. Isso significa transformar os dois em meus filhos.

— E…?

— E isso nunca esteve nos meus planos. Eu nunca quis ter filhos. Mal consigo ter um relacionamento longo, que dirá encontrar alguém que me faça querer ser mãe.

Ela acreditava que a única coisa que a faria mudar de ideia seria se apaixonar, se apaixonar tanto que desejaria construir uma vida com alguém e formar uma família.

— Você teve namorados ótimos — comentou Virginia. — Pelo menos era o que parecia pelas suas redes sociais.

— E não é para isso que servem as redes sociais?

Caroline havia conhecido alguns caras legais. Mas ninguém tinha sido *o* cara. Tivera Kerwyn, do País de Gales, irônico e sombriamente bonito. Quando se conheceram, Caroline não conseguia parar de sonhar acordada com ele e até se pegou pensando que finalmente engajara em uma relação duradoura. Com o tempo, porém, percebeu que não era prioridade para ele. Caroline não passava de uma conveniência, um acréscimo. E aquilo não era o suficiente para ela. Ela queria ser o mundo inteiro de alguém, e Kerwyn queria algo totalmente diferente.

O próximo da fila, Brent, estava *muito* interessado nela. No começo ela gostara da atenção, mas depois começou a se sentir sufocada e terminou. O último tinha sido Miles, engraçado, charmoso e bom de cama, mas eles estavam em momentos diferentes. Ela queria certeza e Miles vivia um dia de cada vez, pulando de trabalho em trabalho, com muito pouco propósito.

Depois daquelas três tentativas frustradas, Caroline chegou à conclusão de que o problema era ela. Será que era *ela* que não sabia como viver um amor? Nesse caso, como seria capaz de manter um relacionamento com paixão e alegria?

Talvez suas expectativas fossem irreais e Caroline sonhasse com algo que, no fim, era inalcançável. Muito tempo antes, houvera um momento em que o amor a escolhera, e ela nunca tinha sido capaz de se esquecer disso. Talvez por isso nenhum outro relacionamento tenha dado certo.

Por fim, Caroline se rendera à realidade. Seu compromisso principal não era com homens, mas com a carreira, um relacionamento que ela podia controlar. Um que não seria destruído pelas prioridades de outra pessoa — ou assim ela havia pensado. Então Mick Taylor surgira e arruinara isso também.

— O mundo da moda de Nova York não é muito bom para encontrar um bom parceiro — contou à família. — Mas isso não importa agora. Eu agora sou uma mulher solteira e responsável por duas crianças. Solteira e desempregada. Não é como se isso fosse um baita atrativo, sabe?

Virginia olhou para ela.

— Na verdade, alguns caras têm atração por mulheres com filhos.

— Hummm... — Ela se inclinou sobre o braço de sua cadeira. Foi um alívio parar de falar sobre a bagunça gigante que era sua vida. — Você está saindo com alguém, é?

— Se por "sair" você quer dizer tendo encontros, e se por "alguém" você quer dizer alguns caras gostosos, então sim. Estou vendo vários alguéns. E acredite em mim, ter um filho não assusta o tipo certo de cara.

— Olha só, bom saber. Alguém especial?

Virginia balançou a cabeça.

— Por enquanto estou levando tudo superficialmente. Não estou preparada para nada além disso. Conhecer caras novos é apenas uma distração, só saio quando a Fern vai visitar o pai e a Amanda.

— Meu Deus, é sério que o Dave já está com aquela mulher?! Ele nem esperou a tinta dos papéis do divórcio secar! Que cara idiota! Mas, nossa, por que não fiquei sabendo disso antes?

Caroline estava indignada em nome da irmã.

— Não parecia muito empático empilhar meus problemas em cima dos seus. E, francamente, odeio estar dentro dessa história. Só que meu marido "perfeito" fez a cena mais antiga de todas, que foi me trair com uma sócia do trabalho, planejar uma separação ardilosa e ferrar com toda a minha vida. Ela também é péssima, uma daquelas falsas cristãs que dizia estar "se guardando pro casamento".

— Talvez tivesse sido bom ter perguntado para *qual* casamento ela estava se guardando, né? — ironizou Caroline. — Essa mulher devia ter vergonha, mas aparentemente ela desconhece esse conceito, já que deu em cima de um homem casado e com filho. Vi, eu gostaria de ter sido uma irmã melhor. Você não fez nada para merecer isso, e realmente sinto muito que esteja nessa situação. Como posso te ajudar?

As chamas iluminaram o rosto lindo e exausto da irmã.

— Eu vou te contar todos os detalhes sórdidos eventualmente. Acredite em mim, o negócio é pesado.

Caroline enfiou um graveto seco no fogo.

— Ok, está decidido. Eu nunca mais vou olhar para um homem. Nunca mais.

— Essa promessa é polêmica.

— Aliás, falando em polêmica — disse ela, bebendo o resto do vinho. — Encontrei Will Jensen.

Não era exatamente um assunto seguro, mas bastava o vinho entrar que a verdade saía.

Virginia se inclinou.

— Mas já?

— Ele estava no Propaganda Enganosa hoje de manhã quando cheguei. Correndo com um grupo de crianças.

— É, ele faz isso — disse a irmã com um aceno de cabeça. — Treinador do ensino médio. E aí?

— E aí nada. — No entanto, uma vibração estranha repentina em sua barriga cismava em contrariá-la. — Flick e Addie estavam dando um escândalo, então eu parei na loja e ele me ajudou.

— Tá, mas e aí? — insistiu Virginia.

E aí que ele estava maravilhoso, pensou Caroline. Igualzinho ao motivo pelo qual ela não tivera nenhum relacionamento duradouro na última década.

— Você que me diz. Eu o vi por dois minutos, às seis da manhã.

— Ele e Sierra se mudaram para a antiga casa da família dele, perto da baía.

— Tenho certeza de que você vai ter oportunidade de conversar com Sierra — disse mamãe — Isso seria ótimo, vocês eram tão próximas.

Aham, ótimo... Ótimo como dar uma martelada na própria cabeça. Ela e Sierra haviam sido melhores amigas quando eram novas. Houve um tempo em que não existia segredo entre elas, em que compartilhavam tudo, até...

— Will deixou o time de futebol tinindo. O cara foi a melhor coisa que já aconteceu com os Peninsula Mariners — disse Jackson, e então olhou para o relógio. — E esse Mariner aqui está indo para a cama.

— Hum... — brincou Virginia. — Para algum encontro selvagem, aposto.

— Selvagem é o livro que estou devorando.

— Que inveja — disse Caroline, levantando-se e abraçando Jackson. — *O peixinho Pout-Pout* e *A roupa nova do imperador* são meus novos livros de cabeceira.

— Boa escolha para uma estilista — apontou Virginia.

— Sério? Porque, não sei se você sabe, mas o imperador vive pelado.

— Espere até ver o que fizeram com a biblioteca da cidade — disse mamãe. — Está duas vezes maior! Todos os dias tem um contador de histórias lá. Seus pequenos vão adorar!

Eles não são meus, pensou Caroline.

Só que eram, sim.

108

Caroline se arrastou até a cama do quarto que pertencia à Georgia. Os sons da antiga casa de madeira e o murmúrio das ondas ao longe tinham sido a canção de ninar de sua infância.

Existia uma qualidade de sono que somente aquela casa proporcionava. Rodeada pelo casulo de calor de uma colcha amaciada pelos anos, Caroline se rendeu à sensação da mais absoluta segurança. Se fazia sentido ou não, estar no lugar onde crescera passava uma sensação de segurança — algo que não vivenciava havia muito tempo. Ela mergulhou mais profundamente na roupa de cama cheirosa e soltou um suspiro de alívio.

O alívio, no entanto, era apenas temporário. E Caroline sabia disso. Os problemas de sua nova vida estavam apenas começando. Tinha que criar um plano, e não apenas para si, mas para as duas crianças que haviam se tornado sua responsabilidade. Ela não fazia ideia de por onde começar.

Comece aqui. Comece agora.

A família havia oferecido palavras de conforto e um porto seguro, mas voltar para Oysterville ainda parecia um passo para trás.

Depois, pensou ela, envolvendo com o braço o travesseiro com a fronha recém-lavada. *Depois você descobre o que fazer.* Agora, ela se aconchegaria no conforto de uma cama já conhecida. Finalmente estava prestes a ter uma boa noite de sono. Já flutuava em direção ao doce esquecimento quando ouviu um barulhinho aflito.

Não, era apenas sua imaginação. Então outro som, seguido por uma fungada.

Caroline piscou na escuridão.

— Addie? — sussurrou ela.

Duas pequenas silhuetas apareceram na porta.

— A gente não consegue dormir.

Maravilha...

— É claro que conseguem — disse ela. — Vocês dormiram iguais anjinhos em todos os hotéis que ficamos.

— Porque você tava no quarto com a gente — apontou Flick.

— Hum, eu não sabia que minha presença ajudava vocês a dormir.

— A gente tá sozinho aqui — falou Addie com a voz trêmula.

Ela apertou a Mulher-Maravilha contra o peito.

Caroline cerrou os dentes. Ao mesmo tempo, algo diferente se agitou dentro dela. Nunca tinha sido o porto seguro de ninguém.

— Achei que vocês ficariam felizes em ter um quarto só pra vocês.

Silêncio.

— A gente não quer ficar sozinho — afirmou Flick.

Ela não se importara em dividir os quartos de hotel com eles, havia até se acostumado com seus suspiros suaves e gemidos ocasionais.

— Olha, gente. Estou muito cansada, cansada demais para discutir com vocês. Então vou fazer uma proposta. Vocês podem dormir aqui hoje porque é a primeira noite. Mas, a partir de amanhã, vão dormir na caminha de vocês a noite toda, todas as noites.

As crianças se entreolharam. E olharam de volta para Caroline. Com um suspiro prolongado, ela levantou o cobertor. Os dois se aconchegaram como cachorrinhos, um pouco desajeitados a princípio, mas logo se aninharam bem perto dela.

Caroline apagou a luz.

Oito

Toda loja de tecido tem um cheiro peculiar e único, sutil, uma grande onda de nostalgia. Quando Caroline passou pela porta da Tecidos e Aviamentos da Lindy e respirou fundo, reconheceu o aroma de produtos e corantes, do óleo das máquinas e giz de alfaiate, da lavanda e tangerina dos chás importados e finos na prateleira, uma das atividades secundárias de Lindy.

As recordações a inundaram enquanto ela observava ao redor. Até o tilintar do pequeno sino de latão sobre a porta despertou lembranças. No passado, aquele lugar tinha sido uma segunda casa para Caroline. Ela havia passado muitas horas lá, aprendendo o básico de costura e design, que mais tarde se tornariam as paixões de sua vida.

Aquele era seu primeiro momento longe das crianças desde a morte de Angelique, e ela sentiu um alívio físico da tensão. Dottie, a mamãe coruja, havia colocado os dois pintinhos embaixo das asas e enxotara Caroline da casa.

— Tire um tempinho para você — dissera ela. — Deixa que eu cuido de tudo. Vai dar uma voltinha pela cidade.

Caroline tinha resolvido aproveitar a oportunidade. Precisava daquilo. Precisava sentir algo além de preocupação. Precisava descobrir qual seria seu próximo passo. Então, naturalmente, o caminho a levara até a loja da Lindy.

— Olá, posso ajudá-la? — perguntou a jovem atrás da mesa de corte.

Ela usava óculos de armação grossa, um avental com estampa de gaiolas de passarinhos, que de alguma forma parecia muito descolado, e um crachá escrito "Echo".

— Espero que sim — disse Caroline, examinando as fileiras ordenadas de rolos de tecido. A loja estava deserta, exceto por um gato laranja cochilando na vitrine. — Sou uma velha amiga de Lindy. Eu trabalhava aqui. Ela está por aqui hoje?

— Mas olhem só quem resolveu aparecer! — chamou uma voz do ateliê nos fundos da loja.

Caroline foi invadida por uma onda de alegria.

— Lindy? Meu Deus! Que bom te encontrar!

A mulher mais velha, com mais ou menos a idade da mãe de Caroline, entrou na loja com os braços abertos.

— Senhorita Caroline Shelby, que grande surpresa! Ouvi mesmo dizer que você estava na cidade — disse ela enquanto se abraçavam. Lindy deu um passo para trás, radiante. — Minha pupila estelar. Que prazer ver você novamente.

Lindy tinha aquela loja desde que Caroline conseguia se lembrar. Era uma talentosa costureira e criadora de colchas, que generosamente concedera acesso a Caroline às máquinas em seu ateliê e lhe dera aulas básicas de costura e modelagem.

— Essa aqui é Echo Sanders — apresentou Lindy. — Mais uma estrela em ascensão.

As bochechas de Echo ficaram vermelhas em um rubor tímido.

— Quem sabe, né — disse Echo.

— Meu Deus, são muitos anos de história, não é, querida? — disse Lindy para Caroline.

Desde que tinha idade suficiente para usar uma agulha e costurar, Caroline sonhava em desenhar e fazer roupas. Graças a uma viagem a Portland com Lindy, ela descobrira a existência do curso de design de moda. Lindy dera a ela um catálogo do Fashion Institute of Technology em Nova York e Caroline mergulhara de cabeça. Com foco incansável, ela havia dominado técnicas de modelagem, costura de amostras, classificação e medidas.

— Sempre serei grata por todo o tempo que passei aqui. Você foi uma professora incrível. Eu me lembro de querer enrolar o mundo nas suas estampas de algodão vintage.

— E parece que você está fazendo exatamente isso — disse Lindy, virando-se para Echo. — Caroline é estilista em Nova York.

Echo apoiou os cotovelos na mesa de corte.

— Nossa, parece um sonho.

— Ah… — disse Caroline, e desviou o olhar. — Hum, tem sido uma experiência e tanto.

— Espero que a gente possa colocar o papo em dia em breve — falou Lindy.

— Eu adoraria! Não sei nem por onde começar. — Caroline suspirou. — Saí de Nova York. Estou procurando uma maneira de me reerguer.

Lindy franziu a testa.

— Se reerguer? Está tudo bem?

— É uma longa história — respondeu Caroline. — Perdi uma grande amiga em Nova York e agora estou cuidando dos filhos dela, Flick e Addie. Eles têm 5 e 6 anos.

— Meu Deus, Caroline! O que aconteceu? Desculpe, não quero parecer enxerida…

— Não, de forma alguma — disse Caroline, respirando fundo. — Se aprendi alguma coisa com isso tudo é que guardar segredos pode ser péssimo. Angelique morreu de overdose, mas eu jamais imaginei que ela sequer usasse drogas. Também tenho certeza de que ela estava em um relacionamento abusivo, e o maior arrependimento da minha vida é que eu tinha minhas suspeitas e não fiz nada.

— Protegê-la não era sua responsabilidade.

— Mas eu era amiga dela. Eu gostaria de ter sabido o que fazer. Quer dizer, fiz perguntas, mas obviamente não as perguntas certas para obter uma resposta clara.

A expressão de Lindy mudou. O rosto suave e profissional endureceu quando ela cruzou os braços.

— Hum, vamos ver se adivinho. Ela disse que tropeçou e caiu. Bateu em uma porta. Escorregou no metrô.

— Algo assim. Eu achei que ela podia estar escondendo algo, mas não insisti no assunto. Eu deveria ter pressionado.

— As coisas não funcionam assim — disse Lindy com a voz firme.

Caroline encarou a antiga mentora e professora, uma mulher que parecia tão incansável e determinada quanto os faróis ao longo da costa. Lindy era casada com um banqueiro, conhecido por seu trabalho no Rotary Club.

— Lindy? — perguntou ela suavemente.

Havia ali um sentimento que Caroline reconhecia. Um *entendimento*. Era o sentimento que ela tinha tido sobre Angelique, mas que havia ignorado.

— Está tudo bem? Não quero parecer intrometida, mas...

— Não, pode perguntar — disse Lindy. — Você mesma disse isso há pouco: segredos podem ser tóxicos. E, respondendo sua pergunta, sim. Estou bem agora. Mas durante anos fui casada com um agressor.

Caroline se apoiou na mesa de corte para se equilibrar. Tentou reconciliar suas lembranças de Lindy com o marido, o grande queridinho da comunidade. Ela mal o conhecera, mas sabia que o sr. Bloom sempre dirigia carros bonitos e usava ternos sob medida. Eles tinham uma casa linda com piscina e vista infinita para o mar. Ele frequentava a igreja todos os domingos. Parecia um cidadão exemplar.

Caroline se esforçou para absorver tudo. Conhecia Lindy desde que era uma garotinha, bisbilhotando suas gavetas de botões e peças de tecido. Tinha passado tantas horas ali, tagarelando, alheia à dor secreta daquela mulher. Até então, achava que conhecia bem a amiga, mas estava descobrindo rapidamente que todos tinham facetas ocultas. Perceber que Lindy havia sofrido durante todo aquele tempo a encheu de culpa.

— Sinto muito por você ter passado por isso, Lindy — disse ela. — Você está bem agora?

Echo ouvia atentamente. Lindy respirou fundo, e sua expressão suavizou.

— Estou divorciada há três anos. Ele se mudou e nunca mais precisarei vê-lo novamente.

— Fico feliz em saber que já saiu dessa.

— Sim, eu... Bem, a vida mudou muito desde o divórcio. Principalmente no bom sentido. Adiei meus planos de aposentadoria. Parte de reivindicar minha liberdade também significa ter que me sustentar, certo? Então tive que simplificar consideravelmente meu estilo de vida, como você pode imaginar, mas estou sã e salva — disse ela, e sorriu para Echo. — Nunca ficarei rica com a loja, mas nunca estive tão feliz.

— Espero que a loja esteja indo bem...

— Sempre poderia estar melhor, mas estou me virando — disse ela, com um sorriso melancólico.

— Mas, honestamente, ainda estou chocada — disse Caroline. — Eu era tão avoada, como qualquer criança, e não fazia ideia de que você estava passando por uma situação tão horrível.

— Ninguém fazia, por muito tempo. Ainda tem gente na cidade que não acredita. Porque, como suponho que você já tenha percebido, o silêncio e a vergonha são grande parte do problema. — Lindy pegou um lenço de papel e enxugou os olhos. — Eu me sinto muito boba por ainda ficar emocionada depois de todo esse tempo. É um alívio poder falar sobre essas coisas.

— Olha, a última coisa que você deveria estar se sentindo é boba. Ninguém deveria passar por algo assim.

— Ah, querida. Sempre gostei tanto de você — disse Lindy, com um sorriso frouxo. — Você tem um bom coração, Caroline.

Ela não se sentia assim. Sentia-se desligada.

— Posso fazer alguma coisa para ajudar? — perguntou Caroline. — Entendo que agora já esteja tudo bem, mas se você precisar de algo...

— Conversar — respondeu Lydia. — Como estamos fazendo agora. Ajuda muito.

— Concordo — disse Echo, sua voz quase inaudível. — Ouvir também ajuda.

Ela olhava para a mesa. Suas mãos estavam tensas na esteira de corte. Lindy deu um tapinha no braço de Caroline.

— Echo e eu temos algo em comum. Nós duas somos sobreviventes.

— Meu Deus! Você também?

Caroline sentiu como se as cortinas tivessem caído, revelando um mundo oculto que nunca imaginara.

Echo ergueu o olhar.

— Eu me separei de um cara que tirou tudo de mim. Ainda estou juntando os pedaços. Lindy foi gentil e me ofereceu esse emprego.

Antes, eu trabalhava em uma fábrica em Astoria, fazendo luvas e agasalhos para o exército. Mas eles perderam o contrato com o governo e demitiram todos. Acho que estão transferindo o trabalho de produção para o exterior, como todo mundo.

Caroline pensou em seu propósito ao entrar na loja, mas acabou desconsiderando a ideia.

— Eu adoraria papear mais com vocês algum dia — falou ela para as duas mulheres. — Isto é, se não for um gatilho. Tem tanta coisa que não sei sobre o que minha amiga estava enfrentando. Preciso entender melhor, devo isso aos filhos dela.

Lindy arrumou os suprimentos ao redor da caixa registradora.

— Como eu disse, conversar sempre ajuda. Quando quiser, Caroline. E bem-vinda de volta.

Naquela noite, antes de dormir, Caroline encontrou no porão luzinhas pisca-pisca e as instalou ao longo do corredor onde ficavam os quartos, no rodapé.

— Perdi alguma coisa? — perguntou a mãe, chegando da lavanderia com uma pilha de roupas dobradas. — O Natal chegou mais cedo esse ano ou essas luzes são para o coelhinho da Páscoa?

As crianças, observando da porta do quarto, riram baixinho.

— Nem uma coisa nem outra — disse Caroline. — São para iluminar o caminho do quarto das crianças até o meu. — Ela olhou para Addie e Flick, de banho tomado e vestindo seus pijamas. — Que tal contarmos para a vovó Dot por que estamos fazendo isso?

— Pra gente saber onde achar a Caroline durante a noite — respondeu Flick.

Dottie pareceu gostar da ideia.

— Parece uma solução muito boa. Eu odiaria perder minha filha durante a noite.

O comentário arrancou um sorriso de Addie. Caroline mostrou para as crianças como seguir o caminho das luzes do quarto deles até o dela.

— Não estou dizendo que vocês precisam vir até mim, mas, se *realmente* precisarem, as luzes mostrarão o caminho.

— Posso pedir uma coisa? — disse Dottie. — Enquanto a Caroline termina de instalar as luzes, posso colocar vocês para dormir?

As crianças trocaram olhares. Os dois tinham passado o dia inteiro atrás de Dottie enquanto realizava seus afazeres. Caroline percebeu que gostavam da mãe dela, mas ainda havia uma desconfiança. Agora, eles a olhavam com expressões sóbrias e ponderadas.

— Ela é muito boa nisso — comentou Caroline.

— Tá bom, vamos dar uma chance — concordou Flick.

Nove

No domingo à noite, Caroline tinha algo especial preparado para as crianças.

— Esse aqui é um dos meus livros preferidos — anunciou ela. — Minha mãe lia em voz alta para a gente, um capítulo todas as noites, e acabou virando minha história favorita. Então estou animada para contar para vocês. — Ela se deitou na cama de Addie e as crianças se aconchegaram. — É uma história sobre um menino e seu cachorro. Um clássico.

— As figuras não são coloridas — observou Addie.

— Você pode colorir na sua imaginação enquanto eu leio.

Caroline abriu o livro. Lembrava-se mais da sensação de estar reunida com os irmãos ao redor da mãe do que da história em si. Segurança e conforto. Era aquilo o que ela queria dar a Addie e Flick. Não sabia como, nem sabia se era possível, mas aconchegar-se na luz quente de uma lâmpada de leitura parecia um bom lugar para começar.

— "O nome dele era Yeller" — leu ela. — "Ele tinha uma pelagem curta de um amarelo-escuro e era meu melhor companheiro."

— Alguém rabiscou o livro — apontou Flick.

— Sim, que estranho... — Tinha uma linha preta grossa em uma frase ou duas, como se o texto tivesse sido censurado. — As pessoas não deveriam riscar os livros. Enfim, vamos continuar. Essa parte não vai fazer falta.

Quando ela chegou ao final do capítulo, as crianças estavam completamente fascinadas por Travis e Yeller, o cachorro, que precisaram cuidar da mãe e do irmãozinho de Travis enquanto o pai pegava a trilha para guiar o gado ao mercado. Flick e Addie imploraram para que ela continuasse a leitura, mas Caroline manteve o plano de um capítulo por noite.

Quando tentou acomodá-los na cama, Flick estava inquieto, chutando as cobertas, olhando pela janela, mexendo no canto do travesseiro.

— O que está acontecendo, carinha? — perguntou Caroline.

— Não posso ir pra escola amanhã.

Ah, pronto.

— Flick, nós conversamos o dia todo sobre como você vai se divertir com seus novos amigos e professores — disse ela.

— Eu não estou me sentindo bem — falou ele. — Acho que vou ficar doente.

— Eu também não estou bem — acrescentou Addie, dando um tapinha na barriga.

Ela colocou a mão na testa deles para ver a temperatura.

— Os dois estão frios como um picolé — afirmou ela. — Acho que talvez vocês estejam se sentindo nervosos por ser um novo começo. Vocês acham que pode ser isso?

— Dã… — ironizou Flick.

— A gente não conhece ninguém — disse Addie.

— Experiências novas são sempre assustadoras — disse Caroline, com a própria barriga revirando de nervosismo. — Mas, depois que a gente começa, pega o jeito rapidinho.

— Não sei… — objetou Addie.

— A Fern estuda lá, e vocês conhecem ela.

A sobrinha de Caroline, extrovertida e sincera, imediatamente tinha abraçado o papel de prima mais velha.

— Mas a Fern é do terceiro ano — retrucou Flick.

— E um dia você será também.

— Mas não amanhã.

— É verdade. Mas tenho certeza de que os professores vão fazer de tudo para vocês se acomodarem rapidinho — garantiu Caroline. Dias antes, telefonara para explicar a situação ao diretor da escola e ao corpo docente, e se sentira tranquilizada pela equipe da escola. — Já conversei com os professores. Eles estão ansiosos para conhecer vocês.

— Os professores são obrigados a gostar da gente — disse Flick.

— As crianças, não.

— Mas por que elas não gostariam de vocês? — perguntou Caroline. — Vocês são incríveis.

— Eles não vão gostar da gente porque a gente tem pele escura.

Caroline foi pega de surpresa.

— Por que você está falando isso?

— Porque eles são brancos.

— Eu sou branca e gosto de você — falou Caroline. Ela não queria ser uma daquelas pessoas brancas que fingem ser daltônicas. Sabia muito bem que o mundo não funcionava assim. — Além disso, outras crianças na escola também têm pele escura. Algumas são asiáticas, outras latinas, e talvez até haitianas como vocês e sua mãe. Vocês vão fazer muitos amigos. Eu sei que parece difícil. E *é* difícil.

Addie fez um beicinho. Ela pegou a boneca da Mulher-Maravilha e a jogou longe.

— Eu queria voar pra longe e nunca mais voltar!

— Você não pode fazer isso. A gente precisa de você aqui.

— Então eu queria ter um superpoder — retrucou ela.

— Mas você tem — apontou Caroline. — Vocês dois têm. Vocês são superlegais, superfortes e superinteligentes.

Flick resmungou.

— Todas as mães falam isso!

Eu não sou a mãe de vocês.

— Eu não sei se elas falam, mas estou sendo sincera. Tenho certeza de que vocês vão arrasar nessa nova escola.

Addie pegou a boneca e ajeitou cuidadosamente o top de lantejoulas e a capa fina.

— E como você sabe disso?

— Eu também sou inteligente. Sei das coisas. — Caroline se levantou e foi até o guarda-roupa. — Tive uma ideia. Vamos escolher as roupas agora para vocês não se atrasarem amanhã cedo. O que querem vestir?

— Tanto faz — respondeu Flick com tristeza.

Ele escolheu uma camiseta azul simples e um pouco gasta, mas limpa.

— Boa escolha! — elogiou Caroline. — Azul-marinho é um clássico.

Addie escolheu uma peça amarela.

— Amarelo é minha cor preferida.

— Eu acho que combina bem com sua personalidade ensolarada e vibrante.

— *Maman* sempre comprava roupas novas pra gente pro primeiro dia de aula.

Caroline sentiu o coração apertar. Ela nem sequer tinha pensado em comprar roupas novas. A lista de coisas que não sabia sobre a maternidade ficava cada vez mais longa.

— Hum... Já sei! Vou passar as roupas e elas ficarão novinhas em folha, que tal?

A ideia não pareceu impressioná-los. Addie bocejou e se aconchegou debaixo das cobertas com a boneca. Caroline a cobriu, depois fez o mesmo com Flick.

— Vai dar tudo certo — garantiu ela. — Agora descansem um pouco. Amanhã teremos panquecas no café da manhã.

Deu um beijo em cada um, um gesto que, dia após dia, começava a ficar cada vez mais natural. Então, levou as camisetas das crianças ao sair do quarto. Parou no corredor, tentando afastar o nó de ansiedade no estômago. Como seria para aquelas crianças entrarem em uma sala de aula, no meio do ano, sem conhecer ninguém? Caroline desejou poder lhes dar um superpoder: confiança para enfrentar todas as mudanças que estavam acontecendo. E se... Ela olhou para as camisetas, sentindo uma pontada de inspiração.

No térreo, os pais estavam aconchegados no sofá, assistindo a alguma série de ação. Caroline jogou os ombros para trás, sentindo as costas travadas.

— Isso cansa, viu? — desabafou.

— Jura? Nunca imaginamos — respondeu a mãe, ironicamente.

— Ei, você teve cinco filhos porque quis.

— Só porque não consegui convencer sua mãe a ter seis — disse Lyle.

Por Deus!

— Preciso costurar uma coisa.

— Agora?

— Vou customizar umas camisetas para que as crianças tenham algo especial para usar na escola amanhã. Mãe, você tem algum casaco velho que eu possa cortar?

— Tenho certeza de que podemos encontrar o que você precisa na caixa de doações — disse Dottie, se levantando. — Vamos, vou te ajudar.

— Eu não quero atrapalhar sua noite…

— Não tem problema, o apocalipse zumbi pode esperar — disse ela, dando um tapinha no ombro do marido. — Me chame caso fique muito assustador, ok?

Elas foram para o quartinho perto da cozinha. Desde que Caroline se entendia por gente, aquele cômodo havia guardado todos os projetos de artesanato inacabados de sua mãe: gravuras, álbuns de recortes, crochês, pinturas em tecido e esculturas em madeira. Dottie era incrivelmente criativa, sempre começando uma coisa nova, mas, com cinco filhos e o restaurante, era ocupada demais para terminar qualquer uma.

Caroline já havia instalado a própria máquina de costura no quarto. Era um bem precioso, um cavalo de carga industrial pelo qual ela se endividara enquanto estudava moda. Em Nova York, precisara pagar uma fortuna para uma empresa de mudanças só para levá-la de seu apartamento para o carro de Angelique, porque a coisa pesava uma tonelada. O pai e o irmão a ajudaram a transportá-la para dentro da casa.

— O que faremos? — perguntou a mãe.

— As crianças acabaram de me dizer que Angelique comprava roupas novas para o primeiro dia de aula, então vou fazer algo para elas usarem amanhã.

Dottie a abraçou.

— Ah, filha, que ótima ideia!

— Elas estão preocupadas porque vão começar a escola em um lugar novo e estranho.

— É claro que estão — disse Dottie, vasculhando uma caixa com itens para doação. — O que você tem em mente?

— Algo vermelho, algum tecido que seja leve e fácil de usar, tipo um corta-vento ou algo com revestimento.

— Isso serve?

Dottie ergueu uma jaqueta corta-vento com o logotipo da Frutos do Mar Sustentáveis, a empresa de Jackson.

Caroline sacudiu a peça de nylon vermelho.

— É perfeito!

— Excelente. Como posso ajudar?

— Você consegue fazer o estêncil de uma frase nessas camisetas?

— Com certeza. Posso usar o kit que comprei para fazer os uniformes do restaurante. Nunca terminei esse projeto, mas ainda tenho todos os suprimentos.

Enquanto Caroline fazia um molde e cortava o tecido do casaco, foi pouco a pouco sentindo-se mais confortável.

— Isso aqui é o meu porto seguro — afirmou ela. — Independentemente do que eu esteja fazendo.

— Desde sempre, querida. Se lembra da velha máquina de costura da vovó? Você tinha uns 6 anos quando aprendeu a usá-la.

— Nossa, eu adorava aquela máquina. A família inteira estava na cozinha ou no jardim enquanto eu estava aqui, costurando roupinhas para o cachorro.

— Você estava descobrindo seu caminho.

— Acho que sim. Mas sempre tive a sensação de que estava fazendo algo errado.

— E eu sempre achei você a mais criativa de todos os cinco. Olha só para você agora. Estilista, em Nova York.

— Isso são águas passadas, mãe. Não posso voltar.

— Se você quiser, você vai voltar. Como uma grande heroína.

— Até parece.

Caroline se concentrou no que estava fazendo e evitou pensar em sua carreira arruinada. O silêncio entre as duas era natural. Ela flagrou a mãe a estudando.

— O que foi?

— Você faz isso com tanta paixão. É tão bonito de ver... Já pensou em criar uma oficina de costura, ou... não sei qual é o nome correto... Um ateliê?

— Um ateliê é um grande passo. — Caroline resolveu compartilhar uma coisa na qual não conseguia parar de pensar. — Fiquei sabendo que uma fábrica em Astoria, que fazia uniformes para as Forças Armadas, está fechando as portas. Conheci uma moça na loja da Lindy que disse que eles estão leiloando máquinas, acessórios e tudo o mais... Só que o problema é que as máquinas não costuram sozinhas. Precisam de pessoas, e eu sou uma só. Sozinha e com duas crianças, aliás. — Caroline suspirou. — Acho que minhas opções são muito limitadas.

— Eu tenho uma sugestão.

— Como sempre.

— Por que, em vez de encarar as crianças como um obstáculo, você não passa a vê-las como inspiração? Olha o que estamos fazendo agora. — Dottie ergueu a camisa. — Nada mal, né? Essas crianças têm sorte de ter você.

— Essas crianças são duas alminhas perdidas. — Flick e Addie eram vítimas inocentes que tinham sido arrasadas pela turbulência oculta na vida de Angelique. — Eu falhei com Angelique. Quando penso em todas as maneiras que poderia tê-la ajudado, sinto vontade de vomitar. E se eu falhar com os filhos dela também?

— Caroline, essas crianças não são sua redenção. Não as coloque nessa posição, não é justo com nem um dos dois. São duas crianças que não têm nenhuma outra função além dessa: serem crianças.

— Ai. — Caroline se encolheu. — É, você tem razão. Mas tenho medo de não entender os sinais deles, assim como não entendi os de Angelique. Não sei o que eles viram ou vivenciaram. Quando pergunto, parecem não saber de nada. Flick diz que nunca viu ninguém sendo agressivo com a mãe e eu acredito, é a verdade dele. Mas, até onde sei sobre violência doméstica, o silêncio e a vergonha são quase universais, sabe? Assim como o isolamento e a falta de apoio. Eu gostaria de ter feito mais pela minha amiga, e não sei se sou a pessoa mais adequada para cuidar dos filhos dela, mãe... Fico acordada todas as noites tentando descobrir a coisa certa a fazer. Não durmo direito desde que os dois entraram na minha vida. Há momentos em que tenho certeza de que sou capaz de cuidar deles, mantê-los seguros e felizes. Mas, em outros, sinto que não tenho ideia do que estou fazendo e tenho certeza absoluta de que vou arruinar essas pobres crianças. E isso não é como arruinar um desenho, uma peça de roupa ou uma entrada de um jantar.

São dois seres humanos. Existe muita coisa em jogo para eu estragar tudo. — Caroline dobrou cuidadosamente as novas camisetas. — Talvez eu devesse entrar em contato com a assistência social. Buscar uma família para eles, uma que possa lhes proporcionar uma vida melhor. Sei lá, deve existir um casal em algum lugar com as habilidades certas. Com um trabalho certo.

Mas Caroline seria capaz de entregar as crianças para uma família mais qualificada? Como seria isso?

Dottie analisou as camisetas cuidadosamente dobradas.

— O que seu coração está dizendo?

Caroline se sentiu na defensiva, embora a mãe não parecesse criticá-la.

— Que estou me apaixonando por essas crianças, mas que isso não vai colocar um teto sobre a cabeça delas ou garantir um futuro seguro.

— Você não precisa decidir isso agora. Tire um tempo para pensar.

Caroline assentiu. Ela precisava mudar um pouco o foco.

— Passei um tempo com Lindy Bloom e a assistente dela, Echo. Você sabia que as duas foram vítimas de violência doméstica?

— De violê… Oi?! A Lindy?!

— Pois é, eu também fiquei chocada. Aparentemente, Lindy sofreu por anos e ninguém sabia.

— Misericórdia! Quentin Bloom?!

— É esse o nome dele? Quentin? Eu nunca soube. Sempre o conheci como sr. Bloom. Era assim que Lindy o chamava também, sr. Bloom.

— Minha nossa! Eu fui cliente do banco dele por décadas. Ouvi dizer que eles se separaram e que ele deixou a península, mas… Minha nossa!

— Estou descobrindo que essa questão não tem fim, não tem limites. Inclui o banqueiro bom e honesto, e o inútil do ex-namorado da Echo. Mas sinto que preciso aprender mais, ajudar mais. Preciso de um monte de coisas. Eu queria conseguir conversar com mais mulheres que estiveram na mesma situação de Angelique. Ouvi-las, saber sobre as suas experiências.

— Talvez isso seja possível. Tente descobrir se não tem um grupo aqui na cidade.

— Não tem. Não encontrei nada na internet.

— E fora da internet? Pelo que estamos vendo, esse problema está por toda parte, inclusive em nossa pacata cidadezinha. Até... — Dottie se interrompeu bruscamente.

— Até...? Você conhece alguma vítima, mãe?

Dottie hesitou, então disse:

— Uma das meninas do restaurante, Nadine. Georgia a contratou no ano passado quando ela apareceu procurando trabalho. Na ocasião, Nadine tinha uma fratura no rosto, uma ordem de restrição contra o namorado e nada além disso. Não possuía experiência alguma. Georgia a colocou na cozinha a princípio, lavando pratos e varrendo.

— Você acha que ela estaria disposta a conversar?

Caroline não sabia muito sobre grupos de apoio. Ela sempre presumira que fossem feitos para pessoas necessitadas e perturbadas, que não conseguiam encarar seus problemas sozinhas. Mas, agora, entendia que poder falar abertamente sobre um problema em um lugar seguro fazia muita diferença.

— Só há um jeito de descobrir — disse a mãe.

Caroline sentiu uma faísca de inspiração. O pressentimento que vinha quando ela sabia que algo estava certo. Olhou para a mãe, e seus olhares se mantiveram fixos enquanto uma ideia tomava forma.

— E se *eu* fundasse um grupo? Um grupo de apoio, aqui mesmo na cidade? Você acha que as pessoas viriam?

— Caroline, você sempre foi tão cheia de ideias, deve ser cansativo estar na sua cabeça.

— Eu fico pensando na Angelique. Se ela tivesse tido um lugar seguro onde pudesse se abrir, amigos que a apoiassem, que ouvissem e entendessem... — Ela viu a mãe abafar um bocejo. — Enfim, talvez seja maluquice minha, mas vou desenvolver a ideia.

— É uma ideia maravilhosa.

— Obrigada por me ouvir, mãe. Você é a melhor.

A mãe deu um sorriso discreto.

— Quanto mais velha você fica, mais sábia eu pareço, não é?

Dez

Will terminou o treino de segunda-feira de manhã com corridas cronometradas ao redor da pista que circundava o campo de futebol. Um dos atletas, um veterano chamado Beau Cannon, demonstrara muito potencial e estava sendo recrutado por várias faculdades da Primeira Divisão. Will tinha grandes expectativas para ele, mas receava que a mãe solo de Beau não conseguisse pagar a faculdade sem uma bolsa de estudos.

— Bom trabalho hoje — elogiou Will quando eles deixaram o campo juntos. — Sua marca é de trinta e seis segundos nos trezentos metros.

— Preciso diminuir esse tempo — disse Beau, enxugando a testa com a camiseta.

— Sei que vou soar repetitivo, mas trabalhe na sua largada. O segredo é começar com tudo. Corra os primeiros vinte metros como se fosse um cachorro fugindo da carrocinha. Isso com certeza vai ajudá-lo a alcançar o tempo ideal. Continue praticando a largada e você verá o resultado.

Beau assentiu.

— Valeu, professor. Vou focar nisso.

A obstinação nos olhos do garoto era familiar para Will. Ele se lembrou de seus dias de atleta, frequentando escolas do Departamento de Defesa onde quer que fosse a base do pai. Ainda sentia o gosto quase doloroso do esforço, de querer ser o melhor e levar-se ao limite. Apesar da dor, seu peito era tomado por uma espécie de euforia que quase o fazia esquecer a sensação de que ele não pertencia a lugar algum.

Bastava Will se ajustar a uma nova escola que eles se mudavam outra vez. Quando ele tinha 12 anos, a mãe morreu repentinamente, deixando um buraco em sua vida e evidenciando o abismo entre ele e o pai. Motivado pela perda, Will se esforçou ainda mais, mas até os esportes mais intensos não conseguiam preencher o vazio.

Na Marinha, fez os cursos mais difíceis que encontrou — treinamentos subaquáticos e de preparação para combate. Os exercícios eram tão exaustivos que havia dias em que sua alma parecia sair do corpo. Com isso, descobriu mecanismos de sobrevivência que nunca soube que possuía e, durante seu tempo em serviço, sobreviveu graças a eles mais de uma vez. Servir na Marinha foi sua maneira de encontrar um lugar no mundo, ao menos por um tempo.

— Você sente falta? — perguntou Beau. — De ser um SEAL? Você ainda estaria lá se não tivesse se machucado?

— Não penso muito sobre como teria sido — respondeu Will. — Sempre quis morar aqui na península, ser professor. O plano só acabou se concretizando mais cedo do que o previsto. Você está pensando em se alistar?

— Seria uma grande ajuda para minha mãe — disse Beau.

— Entendi. Bem, passe no meu escritório depois da última aula e vamos conversar.

O alívio suavizou os olhos do jovem.

— Valeu, professor.

Ele observou Beau caminhar até o prédio principal, enxergando muito de si no garoto — o desejo, a ansiedade, o foco. Mas será que ele poderia recomendar o alistamento para alguém? Para servir era preciso ter paixão ou nenhuma outra alternativa.

Após o incidente que ferira seu olho, o caminho de Will mudara quase da noite para o dia. Voltara para a esposa e a vida civil. Agora lá estava ele, do jeito que sempre planejara, mas ainda querendo mais. Estabilidade. Que Sierra se sentisse feliz. Uma família.

A vida era boa em Oysterville. Ele sempre achara isso. A cidade fazia parte do seu DNA, o único elemento consistente de uma infância itinerante. Ele rodara o mundo enquanto servira à Marinha, mas a casa dos avós em Oysterville, onde passava os verões, era um remanso para o seu coração. Era seu paraíso particular, onde Will podia nadar nas águas cristalinas de Willapa Bay e enfrentar as ondas turbulentas do

Pacífico no lado oeste da península. Ele tinha muitas lembranças andando a cavalo, soltando pipas nas longas faixas de areia, caminhando por florestas misteriosas, pescando os frutos do mar mais frescos ou colhendo as ostras adocicadas e premiadas pelas quais a cidade era famosa.

Com uma toalha em volta do pescoço, conferiu a hora e atravessou o estacionamento até o carro. Do outro lado do terreno, avistou Caroline Shelby caminhando em direção ao escritório da administração com as duas crianças. Diferentemente da surpresa que sentira ao vê-la da primeira vez, no posto de gasolina, Will agora sentia um desejo instintivo de se conectar com ela novamente.

Anda, disse a si mesmo.

Vá dizer oi, disse a si mesmo.

Finja que não a viu, disse a si mesmo.

Desde que esbarrara com ela na outra manhã, estava tentando parar de especular sobre Caroline Shelby. Mas a escola era uma central de fofocas, e as pessoas já estavam comentando. A filha do meio dos Shelby estava de volta à cidade com duas crianças mestiças a tiracolo. Ele ouvira o secretário dizendo, em tom convicto e condenatório, que Caroline sempre fora estranha — o cabelo roxo, as roupas malucas. Uma desajustada no clã dos Shelby. As pessoas estavam comentando sobre aquelas duas crianças e se perguntando o que ela estava fazendo agora.

Will se perguntava o mesmo.

— É aquele cara — disse o garotinho, apontando direto para Will.

Will notou Caroline endurecer ao avistá-lo.

— Oi, você — disse ele, atravessando o estacionamento para alcançá-los. — Primeiro dia de aula?

— Pois é — respondeu ela, lançando um olhar nervoso para as crianças.

— Legal. Vocês estão em que ano?

O garotinho — *Frank? Não, Flick* — murmurou:

— Jardim de infância e primeira série.

— Ah, os professores do jardim de infância e da primeira série são os mais legais.

— É mesmo? — perguntou Caroline, dando um breve sorriso. — Onde você ouviu isso?

— Opinião dos alunos — garantiu Will. — Crianças fazem críticas muito duras. Eu sei muito bem. Também sou professor.

Flick olhou para ele.

— Sério?

— Sério. Eu dou aula de matemática para as crianças mais velhas. Preciso ser muito legal porque, como eu disse, os alunos são bastante severos.

— A gente tá com medo — confessou Addie.

Que fofura de criança. Usava jeans e uma camiseta amarela brilhante, e tênis com lacinhos nos cadarços. Ele leu as palavras estampadas na camiseta.

— Ei, está escrito aí na sua camiseta "Me pergunte meu superpoder" — disse Will, e então olhou para Flick. — E na sua diz a mesma coisa, então preciso perguntar... qual é o superpoder de vocês?

As crianças olharam uma para a outra, e depois para Caroline. A sombra de preocupação nos olhos dela pareceu diminuir um pouco.

— Ele fez uma pergunta — falou ela.

— Olha só.

Addie abriu um bolso lateral da camiseta. Ela pegou um fino pedaço de tecido vermelho — um cachecol? — e prendeu na parte de trás do colarinho com botões.

— Uau! — exclamou Will. — Que legal, você tem uma capa!

— É uma capa de super-herói. Olha, essa é a minha! — Flick colocou a dele. — A gente pode voar!

Ele saiu correndo pelo gramado em frente ao prédio da administração, o tecido fino tremulando atrás dele. Sua irmã o seguiu, fazendo um poderoso som de vento enquanto corriam.

— Algo me diz que essas camisetas são obra sua.

— Aham, terminei à meia-noite — falou Caroline. — E minha mãe fez as letras.

— Bom trabalho, ficaram incríveis! Geniais, na verdade. De onde saiu essa ideia?

— É impressionante como consigo ficar inspirada em meio às crises das crianças. E como posso ser criativa usando camisetas velhas e corta-ventos usados.

— Sério que você fez isso com roupas usadas?

— E um pouco de engenhosidade.

— Você sabe que todas as crianças vão querer uma, certo? Até eu quero uma!

Aquilo arrancou um sorriso de Caroline.

— Tá bom.

Will se lembrava daquele sorriso, como uma luz se acendendo de repente, mas a sensação familiar da sintonia fácil que compartilharam tantos anos antes o pegou de surpresa. Esse tempo tinha acabado, Will lembrou a si mesmo. Pertencia a um passado colorido pela nostalgia, algo que podia ser rememorado, mas nunca recuperado.

— Eu deveria fazer uma para mim — comentou ela. — Acho que estou mais nervosa do que eles. A escola deles em Nova York era toda diferentona, tipo uma mini ONU. E se eles se sentirem deslocados aqui?

Onde estava o pai das crianças? Caroline tinha se casado? Ele queria perguntar um monte de coisas. Em vez disso, disse:

— As crianças se adaptam fácil. Aposto que vão tirar de letra. — Que clichê, que resposta péssima. Mas Will não a conhecia mais. — Bem, vou deixar você seguir seu dia. Espero que dê tudo certo para as crianças.

A julgar por todas as piruetas que estavam dando, ele suspeitou que ficariam bem.

— Flick brigou no recreio e Addie fez xixi na calça — contou Caroline para Virginia.

Elas estavam sentadas em um banco no parquinho perto do restaurante, observando as crianças brincarem depois da escola.

Virginia deu um tapinha em seu braço.

— O primeiro dia é sempre difícil. Quando Fern começou o jardim de infância, ela passou o dia inteiro no banheiro.

Caroline observou sua sobrinha se agarrar no trepa-trepa com absoluta confiança.

— E no dia seguinte?

— Acho que reduzimos para meio dia. Ela acabou se adaptando.

— Addie é muito tímida para perguntar onde fica o banheiro. Mas a professora tinha calcinhas extras disponíveis, graças a Deus.

— Atitude de uma professora experiente — falou Virginia. — A Fern teve aula com a Marybeth Smith, e ela era ótima.

Caroline passou a mão sobre o envelope cheio de papéis que recebera para preencher. Solicitações de registros, formulários de saúde, autorizações, histórico escolar.

— Meu Deus, me sinto um peixe no deserto com isso tudo.

— Você começou agora, pega leve consigo mesma.

Ela estendeu o saco de salgadinhos que estavam compartilhando, sobras da lancheira de Addie.

— Achei que as camisetas de super-herói lhes dariam confiança, mas Flick se meteu em uma briga justamente por causa dela e Addie "perdeu" a capa. Encontrei no fundo da mochila dela.

— Vou te contar um segredo — disse Virginia. — Não tem nada a ver com a camiseta. Crianças se metem em confusão e perdem coisas na escola todos os dias.

— Entendi. Então quem está perdida sou eu.

— Bem-vinda à vida de mãe. Confie em mim, toda mãe se sente exatamente assim de vez em quando. E, mesmo assim, os filhos sobrevivem. Ano passado pensei que meu divórcio ia me transformar em uma idiota sem jeito, que a Fern viraria um caso perdido. Mas nós duas ficamos bem.

O rosto da irmã se suavizou com o carinho estampado enquanto ela observava sua garotinha subindo a escada para o escorregador mais alto do parquinho.

— Estão mesmo — confirmou Caroline. — Desculpe por eu não ter estado presente durante toda essa situação com o Dave. Deve ter sido horrível descobrir que ele estava tendo um caso com alguém do trabalho.

— Foi horrível — concordou Virginia. — Mas uma das coisas mais frustrantes disso tudo é que, por pior que pareça, não havia nada de realmente único na minha situação. Minha história de casamento fracassado é a mesma que a de um monte de gente. Nós dois ficamos ocupados com o trabalho, com a Fern. Ocupados *demais*, eu diria, e acabamos negligenciando um ao outro. Então ele deu um jeito de se reencontrar consigo mesmo saindo com a tal.

— Espero que o saco dele murche.

— Né? E, quando o confrontei sobre Amanda, primeiro ele tentou negar, depois agiu como se a traição fosse culpa minha.

— *Cacete*! Eu sempre pensei que vocês dois fossem um casal modelo. Vocês tinham tudo: ótimas carreiras, casa bonita, filha perfeita... Achei que não faltasse nada.

— Eu também. Até que percebi o quanto nos distanciamos. Pelo amor de Deus, eu era a investigadora da empresa e o cara vai e se envolve com uma colega de trabalho bem debaixo do meu nariz. É surreal a quantidade de coisas que ignoramos mesmo quando está bem na nossa frente. É muito fácil focar demais em outros assuntos e negligenciar algo que está gritando por atenção.

Caroline pensou a respeito. Ela se perguntou quantas oportunidades havia perdido com Angelique simplesmente por não ter percebido algo importante. Sentiu um nó de culpa no estômago.

— Sinto muito pelo que você passou, mas estou feliz que você e a Fern estejam bem. Você perdeu seu casamento porque não estava prestando atenção. Flick e Addie perderam a mãe porque *eu* não estava prestando atenção.

— Não era seu trabalho ser babá da mãe deles, Caroline — apontou Virginia.

— Quando foi que você ficou tão inteligente?

— É engraçado como a gente pode ser inteligente em retrospecto — disse Virginia. — *E depois de meio ano de terapia*.

De repente o tom e postura de Virginia mudaram. Uma mulher vinha acelerada na direção dela com passos decididos.

— Putz...

— O que foi?

— Cindy Peters, presidente da Associação de Pais e Mestres, praticamente responsável por toda a escola. Não queira pisar no calo dessa mulher.

Cindy Peters tinha o visual de mãe perfeita: corpo esculpido pela ioga, vestindo calça de ginástica justa, top fosco e sandálias veganas de grife que combinavam com a bolsa. Além de um brilho de determinação em seus olhos.

— Com licença — disse ela, se aproximando. — Você é a mãe do Flick?

Caroline guardou o saco de salgadinho e limpou as migalhas das mãos.

— Oi, sim, não, eu...

— Oi, Cindy — cumprimentou Virginia. — Esta é minha irmã, Caroline.

Cindy deu um sorriso de anúncio de pasta de dente e estendeu a mão.

— Prazer em conhecê-la.

Caroline retribuiu o cumprimento, passando para Cindy as migalhas que não conseguiu limpar.

— Virginia me disse que você é a presidente da Associação de Pais e Mestres — disse, e gesticulou para a pilha de formulários da escola. — Já estou com todos os papéis, tentarei entregar tudo em breve.

— Maravilha! — Cindy tirou uma conhecida capa vermelha de dentro da bolsa. — Rutger, meu filho, disse que isso é do Flick.

Ai, merda. Flick tinha brigado com o filho daquela mulher?

— Hum, sim, na verdade...

Cindy sentou-se no banco ao lado dela.

— Nesse caso, precisamos conversar.

Meia hora depois, Flick e Addie estavam brincando com os filhos de Cindy enquanto Virginia e Caroline desciam a rua até a loja de tecidos.

— Ok, você é minha nova heroína — disse Virginia. — Foi muito legal, e totalmente inesperado, ouvir aquela criatura dizer que todas as outras mães queriam saber onde você conseguiu as camisetas.

— Você diz "outras mães" como se eu fosse uma delas.

Virginia a encarou.

— Você *é*. E acabou de fazer um acordo para produzir em massa as camisetas para um evento beneficente da Associação de Pais e Mestres.

— Não sei onde fui me meter.

— Pois então descubra, porque você vai receber um cheque grande e gordo do comitê de arrecadação de fundos.

Cindy Peters era uma mulher que fazia as coisas acontecerem. O evento beneficente de primavera estava chegando, e o fornecedor de camisetas tinha cancelado o pedido porque tivera um atraso na produção. Cindy ofereceu a encomenda à Caroline com um preço mais que generoso por peça, certa de que a capa seria um grande sucesso.

— Não é exatamente um pedido da Yves Saint Laurent — disse Caroline. — Mas vou aceitar, torcendo para conseguir entregar. Vai ser uma loucura, mas essa tem sido basicamente a minha vida hoje em dia. Não seria ruim produzir as camisetas e ganhar uma graninha para me reerguer. Eu sou doida por pensar que consigo fazer isso?

Virginia encontrou uma vaga de estacionamento perto da loja de tecidos.

— É claro que não. E, acredite em mim, dar a volta por cima vai ser ótimo para você. Meu emprego no escritório do Dave era um emprego, claro, mas era secundário. Agora que estou de volta no comando da minha própria vida, as coisas mudaram. Algumas coisas são mais difíceis, mas não troco a minha independência por nada. Bem, talvez por um carro melhor.

A porta do carro rangeu quando a irmã a abriu.

— Estou morrendo de medo — admitiu Caroline. — Não era isso que eu esperava. Um dia sou estilista em Nova York. No dia seguinte, sou responsável por duas crianças e preciso produzir trezentas camisetas.

— Como diria Heidi Klum… — disse Virginia, fingindo um sotaque alemão — "Um dia você está dentro e, no dia seguinte, está fora."

— Bem fora — confessou Caroline, ainda tentando entender sua nova situação maluca. — Tão fora que duvido conseguir entrar de novo.

Virginia caminhou decidida pela calçada em direção à loja de Lindy. Caroline contara à irmã sobre Lindy e Echo — a violência, a necessidade de conversar. Virginia não ficou surpresa. Em seu trabalho como investigadora, ela ficara diante de todo tipo de segredos — principalmente os sujos.

— Minha irmãzinha não acabou de dizer isso — declarou Virginia com firmeza. — Cadê a garota batalhadora que construiu sozinha uma carreira na indústria da moda em Nova York?

— Aquela garota cresceu e percebeu que não dá para impedir que um estilista famosíssimo de Nova York roube suas criações. Ninguém volta ao mercado depois de ser banido. Ainda mais com duas crianças…

— Você está transbordando.

— Estou me afogando, isso sim. — Caroline suspirou e desacelerou, examinando a rua principal da cidade, as lojas e cafés reunidos como velhos amigos. — Mas você tem razão, eu preciso me reorganizar. Começando pelas crianças.

— Começando por um projeto que vai ajudar você *e* as crianças.

Virginia abriu a porta da loja. Alguns clientes olhavam tecidos, e Echo estava na mesa de corte, usando um pedaço de tecido acolchoado para tirar medidas.

Lindy sorriu e acenou detrás do balcão.

— Bem-vinda de volta!

— Obrigada — falou Caroline. — Estou precisando de material. Muito material, na verdade.

— Um pedido de produção bem grande da escola primária — contou Virginia. — Olha só isso!

Ela exibiu a camiseta de super-herói de Flick e mostrou a capa postiça.

— Nossa, que gracinha! — elogiou Lindy. — Amei a frase! Como posso ajudar?

— A Associação de Pais e Mestres quer produzir um lote para o evento beneficente — explicou Caroline. — Até consigo mandar imprimir os dizeres em uma gráfica, mas o bolso e a capa terão que ser corte e costura à moda antiga. Se eu conseguir produzir essa encomenda por um preço razoável por peça, pode ser um novo começo para mim. Então eu queria falar sobre materiais e talvez conseguir ajuda para finalizá-las.

— A Echo é rápida como um raio com linha e agulha — disse Lindy.

Na mesa de corte, Echo deu o tecido ao cliente.

— Sou mesmo.

Caroline pensou no dinheiro adiantado que receberia da Associação. Ela ergueu a camiseta de Flick.

— O que você acha de me ajudar a produzir algumas centenas de capas de super-herói? Quer dizer, não é uma jaqueta militar e eu não tenho contrato com o governo, mas...

O rosto de Echo brilhou com um sorriso.

— Eu adoraria!

— Ah, que ótimo! Porque vou precisar de toda a ajuda possível.

Echo passou a compra de outra cliente.

— Tem certeza? — Com as mãos denunciando o nervosismo, ela pegou um rolo de tecido e o enrolou. — Quer dizer, se você tiver certeza mesmo... uma graninha extra nunca é demais.

Caroline pensou na situação de Echo. Mesmo quando a violência doméstica chegava ao fim, ela deixava marcas. A vítima precisava recuperar a autoconfiança.

— Eu tenho certeza, e Lindy não diria que você é boa a menos que fosse verdade. Em um impulso, eu disse para a presidente da associação que eu daria conta, mas acho que podemos fazer funcionar. Eu não posso pagar muito agora...

— Eu não me importo. Amo costurar, e você é uma estilista incrível. Estávamos olhando suas peças on-line. Incrível mesmo!

— Então daremos o nosso melhor!

Com isso, a postura de Echo mudou. Os ombros se endireitaram e os olhos se iluminaram. Caroline sentiu uma animação que havia muito não sentia. Nada como um projeto para ajudá-la a seguir em frente, mesmo algo tão simples quanto camisetas de crianças.

— Você disse que a equipe em Astoria está se livrando de suas máquinas, né?

Lindy pegou o celular e anotou algo em um pedaço de papel.

— Ligue para esse número.

— Legal — disse Virginia. — Acho que vocês têm que se jogar.

— Concordo. — Lindy sorriu. — Nós nos divertimos muito costurando juntas quando você era menina, não é?

Caroline olhou de Lindy para Echo. Uma mulher mais velha, calma, e uma mais nova, hesitante, mas obstinada. Depois do que acontecera com Angelique, ela andava pensando muito nas coisas que as mulheres escondiam. Tudo, desde o menor desrespeito ou desprezo até o abuso físico mais grave. No entanto, havia algo indomável e intrínseco em cada uma, uma firmeza. Caroline percebeu que não havia sido o projeto de costura que fortalecera seu espírito. Era algo além. Um senso de propósito, talvez.

— Estive pensando sobre o que vocês me contaram no outro dia — falou ela. — Gostaria que não tivesse acontecido.

— Obrigada, Caroline — disse Lindy. — Echo e eu tiramos a sorte grande, conseguimos escapar.

A loja estava vazia agora, exceto por elas. O espaço guardava o conforto de antigas lembranças. Caroline se perguntou se tinha sido um refúgio para Lindy.

— E então eu fiquei pensando… E se houvesse um lugar seguro aqui na cidade, em que mulheres pudessem desabafar e ouvir umas às outras? — sugeriu ela.

— A cabeça dessa menina não para um minuto — brincou Virginia.

— Pensei em criarmos um grupo de apoio, Lindy. Quer dizer, é claro que demandaria um pouco de organização, mas… e se? Eu não fui capaz de identificar o que estava acontecendo com Angelique até que fosse tarde demais. Quero fazer mais, sabe? Se houver uma maneira de ajudar outras mulheres…

— É uma boa ideia — afirmou Lindy. — Mas não faço ideia de como isso funcionaria.

— Deixa comigo — garantiu Caroline. — Aposto que consigo organizar alguma coisa.

— Se você conseguir, estou dentro — disse Echo. — E você, Lindy?

— Com certeza. É uma ideia muito generosa. Você tem um coração maravilhoso, Caroline.

— Eu? — Caroline balançou a cabeça. — Sinto como se eu tivesse ficado alheia ao mundo, sabe? Então agora vou fazer isso acontecer — disse, decidida. — Minhas irmãs vão ajudar.

— Vamos mesmo — concordou Virginia. — Não posso falar pela Georgia, mas aposto que ela gostaria de fazer parte também.

— Ficarei no aguardo — falou Lindy.

Caroline olhou as horas.

— É melhor irmos buscar as crianças.

Lindy caminhou até a porta com as duas e deu um abraço rápido em Caroline.

— Estou feliz por você ter voltado. Senti falta da sua energia, sempre agitando as coisas com seus amigos. Você já viu Will Jensen? A avó dele era uma das minhas melhores clientes. Uma grande acolchoadora. Você e Will eram inseparáveis.

— Esbarrei com ele uma ou duas vezes — contou Caroline, sentindo uma vibração engraçada no estômago.

— Bem, tenho certeza de que ele e Sierra estão felizes por você estar de volta.

Caroline cerrou os dentes. *Claro que sim.*

Onze

Sierra Jensen parou no Estrela do Mar sabendo que haveria fila no badalado restaurante. Ah, mas os bolinhos de cranberry com cobertura de manteiga caramelizada valiam qualquer espera. Assim como os bolinhos de aveia com xarope de bordo envelhecido em barril de bourbon. E os ovos Benedict com tomates verdes fritos.

De vez em quando, Sierra se permitia afundar em calorias, e geralmente o fazia no restaurante da família Shelby, um prédio de tábuas desgastadas pelo tempo pertinho da área das dunas. Famoso por seus incríveis produtos de panificação e pelos frutos do mar mais frescos da região, o lugar tornara-se uma verdadeira lenda naquele litoral, parada obrigatória para os moradores locais e um destino procurado por turistas.

Georgia Shelby Ryerson, a gerente geral, havia inventado maneiras criativas de tornar a espera mais agradável. A varanda da frente, que dava para o Pioneer Park, tinha um café com mesas e placas proibindo qualquer tipo de fumo. As mesas altas ofereciam jornais locais e nacionais, e os clientes eram convidados a interagir e conversar sobre as notícias do dia enquanto bebiam um café de microlote oferecido pela casa, com grãos orgânicos torrados ali mesmo, na península.

Como muitas vezes acontecia, a sessão de fotos da semana tinha ido até altas horas na véspera. Exausta demais para voltar para casa, Sierra havia ficado na cidade, hospedando-se de última hora em um hotel bem melhor do que ela podia pagar. Will se preocupava quando imaginava Sierra dirigindo tarde da noite. Os atalhos que ladeavam as planícies eram sinuosos e desertos, e ela preferia um quarto agradável e algumas tragadas em um baseado de qualidade para relaxar antes de dormir.

Sierra sentia falta da vida na cidade. No passado, enquanto Will estava na Marinha, ela havia morado e trabalhado em Seattle e Portland. Tinha se acostumado com a agitação e o trânsito, com as compras e a vida noturna. Depois que Will foi dispensado, eles se mudaram para Beira d'Água, a bela e remota propriedade da família Jensen. Para os dois, fora como mergulhar em boas lembranças. Sierra, que vivera na península desde os 14 anos, quando seu pai se tornou pastor da Oceanside Congregational, e Will, que passara todos os verões de sua infância na praia.

Adolescente inquieta que fora, Sierra ansiava por uma vida diferente em algum lugar longe das humildes cidadezinhas litorâneas. Ficar na Beira d'Água, restaurar a antiga residência e começar uma família era o sonho de Will. Quando se casaram, cegos de amor e cheios de planos, ela havia embarcado naquele sonho. Dez anos depois, já não tinha mais tanta certeza.

Suas idas frequentes à cidade deveriam ser um meio-termo feliz. Mas, às vezes, talvez com frequência demais, ela não se sentia feliz. Sentia-se apenas... prejudicada.

E agora sua carreira estava incerta. Quando tinha 20 e poucos anos, Sierra modelava para lojas de luxo e grifes sofisticadas, curtindo a empolgação e a atenção dos estilistas e fotógrafos. Com o passar dos anos, tornara-se obcecada por magreza e cuidados com a pele e o cabelo, mas algumas coisas não eram páreo para o efeito implacável do tempo. Ela não podia mais dizer às pessoas que tinha 19 anos para conseguir um trabalho. Aos poucos, vinha sendo ofuscada pelo interminável fluxo de adolescentes esbeltas de rostinho bonito. E não importava que fossem jovens esqueléticas, erráticas e excessivamente apegadas aos namorados bem mais velhos. Ninguém se importava se não conseguiam chegar sem instruções ao fim da passarela. Todo o conhecimento e experiência de Sierra não superavam uma garotinha esbelta manequim 36.

Mesmo que pudesse estilizar e montar uma sessão de fotos em tempo recorde quase sozinha, ela não tinha a característica que a indústria mais valorizava: a inocência juvenil. Nos últimos tempos, vinha posando para catálogos para lojas populares ou panfletos que iam parar na lixeira. Embora o trabalho fosse estável, os agendamentos da agência em que trabalhava não tinham o prestígio que ela desfrutara no início da carreira.

"Tenha um filho", disseram seus pais, bem-intencionados, como se um bebê fosse a solução mágica para a frustração profissional. Eles acreditavam de corpo e alma na importância da família. O pai pregava aquilo para sua congregação todos os domingos de manhã.

Que se foda, pensou Sierra, desejando poder fugir para qualquer lugar e fumar um cigarro. Mas a cidade era pequena e ela era filha de pastor, casada com o treinador de futebol do ensino médio; seria ruim ser vista fumando em público.

Além disso, Will odiava cigarro. Eles deveriam estar tentando ter um bebê.

Eles *estavam* tentando.

Um deles estava, pelo menos.

— Sierra? Meu Deus! Oi!

Sierra virou-se para ver Caroline Shelby se aproximando. Ficou tão assustada que por um momento não conseguiu se mexer. Caroline estava incrível, parecia anos mais jovem do que a verdadeira idade. O cabelo escuro estava curto e bagunçado com mechas roxas, o jeans perfeitamente desleixado combinando com uma blusa branca e justa. Ela usava óculos de armação roxa e joias volumosas, botas de cano curto e uma bolsa vintage. E estava com duas crianças lindas.

Com uma súbita onda de emoção, Sierra abriu os braços.

— Vem aqui, sumida! Puta merda! Quanto tempo!

— Tempo demais!

Caroline a abraçou.

Sierra sentiu uma hesitação no abraço, como se estivesse abraçando uma estranha. Depois de todo aquele tempo, elas *eram* desconhecidas. Mas todos os anos juntas quando eram mais novas haviam criado uma base sólida. Quando adolescentes, eram melhores amigas, tão próximas quanto irmãs. "Bem mais do que irmãs", dizia Caroline. Irmãs sem as briguinhas. Houve um tempo em que se conheciam tão bem que podiam terminar as frases uma da outra. As piadas internas, os apelidos, os segredos e as desilusões compartilhadas durante o ensino médio criaram um vínculo diferente dos que Sierra conhecera desde então.

Mas, depois do ensino médio, elas foram se afastando dada a progressão sísmica, lenta e natural que enviou Caroline para o Fashion Institute of Technology em Nova York e Sierra para os braços do homem com quem ela acabaria se casando.

Agora lá estavam as duas, de volta ao lugar que ambas desejaram deixar.

— Vem sentar com a gente — disse Caroline. — Temos muita coisa para colocar em dia!

As duas atravessaram o salão movimentado, supervisionado constantemente pelos olhos de lince de Georgia, irmã de Caroline, e se sentaram em uma mesa perto da janela, que oferecia uma vista das dunas, dos penhascos distantes e dos picos florestais selvagens ao sul.

— Meu Deus, você teve filhos! — falou Sierra, sentindo-se em choque enquanto observava o menino e a menina.

— Flick e Addie — apresentou Caroline, ajudando Addie a subir em uma cadeira mais alta. — Crianças, esta é minha amiga, Sierra.

Os dois acenaram timidamente. Flick, um menino de pele marrom perfeita e suave, com enormes olhos escuros, disse:

— Ela não é nossa mãe.

— Ah!

Sierra não soube o que dizer. Então que porra...?

— Nossa mãe morreu — acrescentou o menino.

— Ai meu Deus. — Sierra ficou perplexa com a declaração ousada e muito objetiva do garoto. Nunca fora boa em falar com crianças. Não era uma coisa natural para ela. — Nossa, que merda. Poxa, pessoal. Eu sinto muito.

— Ela falou "merda" — disse Addie. — Isso é um palavrão.

— É mesmo — admitiu Sierra. — E eu não deveria ter falado isso.

Ela lançou um olhar desesperado para Caroline.

— É uma longa história — disse Caroline. — Outra hora eu conto...

— Claro. Sim, claro.

Sierra não se incomodou em engolir seu alívio quando uma garçonete chamada Nadine trouxe café e chocolate quente. As crianças devoraram tudo enquanto Sierra só conseguiu beliscar seu bolinho, o apetite perdido por causa da onda de nostalgia e sensação de coisas inacabadas.

A mão de Nadine tremeu enquanto ela servia, espirrando café na mesa na frente de Caroline.

— Ai, caramba! — disse a garçonete, corando furiosamente. — Minha nossa, eu sinto muito!

— Não se preocupe — assegurou Caroline, usando um guardanapo para enxugar o líquido antes que começasse a pingar no chão.

Nadine correu para pegar um paninho.

— Eu sinto muito, de verdade!

Sierra não conseguiu ignorar os braços da garçonete. Estavam cobertos por diversas tatuagens chamativas, mas a tinta não escondia os hematomas. Ela trocou um olhar com Caroline e, por uma fração de segundo, as duas se conectaram do jeito que faziam no ensino médio.

— Imagina, esquece isso — murmurou Caroline quando Nadine terminou de limpar.

— Obrigada — disse a garçonete. — Acho que hoje não é o meu dia.

O celular de Sierra apitou, sinalizando uma mensagem. Droga, ela havia esquecido que precisava escolher as cortinas das janelas do andar de baixo.

— Preciso ir — falou ela. — Passe lá em casa quando tiver um tempinho, ok? E leve essas duas fofuras com você.

— Ah, claro. As crianças ainda estão com muita coisa no prato — disse Caroline, e olhou para seus pratos de café da manhã quase vazios. — Figurativamente, quero dizer. Começaram a escola agora e ainda estão se adaptando.

Seria uma desculpa? Ou a verdade? Sierra não sabia dizer.

— Beleza, entendi. Tenho uma ideia melhor. Que tal sairmos para beber alguma coisa, eu, você e Will? Tem um lugar novo nas docas chamado Sal. Ainda não fomos lá, mas todo mundo fala bem.

Outra hesitação. Sierra não conseguia entender, incapaz de decifrar a amiga que conhecia tão bem. Então Caroline sorriu.

— Claro, eu adoraria.

— Maravilha! Será que temos os nossos contatos? — perguntou Sierra, pegando o celular.

— Esse é o seu número? — perguntou Caroline, virando a tela de seu celular para Sierra. — Se for, você já está nos meus contatos.

— Puta que pariu! — exclamou Sierra. — Não acredito que você deixou meu número aí por tanto tempo.

— Você foi a primeira garota na cidade a ter um celular. Eu morria de inveja.

— Eu ganhei o celular, você ganhou as irmãs.

— Teria trocado as quatro por um celular sem pestanejar.

Sierra suspirou.

— Nunca gostei de ser filha única. E de ser a filha do pastor, ainda por cima. Deus, se você não tivesse me resgatado quando me mudei para cá, acho que eu teria ficado doida.

— Resgatado? Acho que foi mais como se eu tivesse obrigado você a ser modelo dos meus projetos de costura — disse Caroline, sorrindo. — Muitas lembranças, né?

— Bem, seja como for. Dizem que os amigos que a gente faz aos 14 são os que sempre estarão conosco.

Caroline desviou o olhar.

— Desculpe por ter estado tão ausente.

— Bem, estou feliz por você ter voltado. Vai ser como nos velhos tempos, você vai ver. Nossa, tinha me esquecido do quanto eu gosto da sua companhia.

— Eu nunca esqueci — murmurou Caroline.

— Ahh, Caroline. Quero saber de tudo! De todas as suas aventuras em Nova York!

Caroline girou a colher na xícara de café.

— São muitas histórias — disse, olhando para as crianças. — A gente se vê em breve, tá?

Sierra pegou sua bolsa.

— Adorei conhecer vocês — disse ela para as crianças.

Ao sair do restaurante, Sierra viu Caroline olhando pela janela, o rosto rígido de tensão.

Doze

Caroline encarou a mensagem no celular. Uma semana após aquele primeiro encontro para quebrar o gelo, Sierra a convidou para levar as crianças para uma visita. Era um convite simples de uma amiga que ela não via havia anos. Será que Caroline deveria ir?

Se não fosse, as coisas ficariam estranhas, porque pareceria que ela estava evitando os dois. Se fosse, rolaria um climão, por toda a longa e complicada história que tinham juntos.

Só vai, disse a si mesma. *Resolve logo isso. Não somos mais crianças.*

O passado era passado, certo? Eles podiam começar do zero, ter uma nova dinâmica, diferente do trio inseparável que foram na juventude.

Era um lindo dia de primavera, o sol iluminava a costa e os campos, criando um clima perfeito para uma visita à Beira d'Água — um lugar onde Caroline sempre encontrara magia, alegria e travessuras anos antes.

— Vamos, seus safadinhos — falou ela para Flick e Addie quando decidiu aceitar o convite por mensagem. — Estamos indo visitar alguns amigos. — Dirigiu-se às crianças com um tom casual, torcendo para que não parecesse algo forçado. — Aposto que vocês vão querer brincar ao ar livre num dia lindo como esse, então levem o casaco.

— Precisamos mesmo ir? — questionou Flick.

— Não. Vocês podem ficar aqui e olhar para o próprio umbigo por horas a fio.

— Que amigos? — perguntou Addie.

— A Sierra. Vocês conheceram ela no restaurante. E o Will.

— O professor Jensen — falou Flick. Ele levantou a camiseta e olhou para o umbigo.

— Anda, vocês ainda não viram a casa dos Jensen. Aposto que vão adorar.

— Como você sabe?

— Eu ia lá toda hora quando era criança e *eu* adorava. Tem uma doca, um celeiro velho e uma árvore muito boa para escaladas que ainda deve estar lá. Vocês já subiram numa árvore?

— Somos crianças da cidade — apontou Flick. — O que a gente sabe de árvores?

— Eu quero subir na árvore!

Addie correu para a porta e Flick a seguiu em passos mais lentos. Caroline ajudou os dois a entrar no carro.

— É um passeio bem bonito de carro. Eles moram um pouco longe.

— Por que aqui chama Oysterville? — perguntou Addie.

— Porque as melhores ostras do mundo são daqui.

— O que é uma ostra? — Addie fez uma careta.

— É uma coisa que cresce no fundo da baía, em uma concha. A maioria das conchas que vemos na praia são de ostras.

— As conchas de ostras têm pérolas — falou Flick. — Foi o que a professora Liza disse.

— Ela tem razão, mas é difícil achar pérolas.

Caroline lembrou das pequenas pérolas que usara nas peças da coleção Crisálida. Sua coleção roubada.

A viagem de carro foi silenciosa. A neblina da manhã ainda estava visível nos matagais densos ao lado da estrada, mas a primavera já dava sinais nos pântanos, agora ocupados por garças-azuis, irises selvagens e árvores cada vez mais cheias. Caroline apontou para um porco-espinho escondido em um arbusto. Pássaros barulhentos sobrevoavam as florestas de pinheiros. Em um campo distante, um grupo de alces pastava.

No entanto, apesar de toda a beleza ao redor, Caroline apertava o volante com mais força do que o necessário. Não conseguia parar de pensar nas coisas que havia deixado para trás. Enquanto estava em Nova York, ela conseguia acreditar que havia escapado de antigos sentimentos, mas voltar à Oysterville trazia tudo à tona.

Inquieta, ligou o rádio e encontrou uma estação local.

— É a Lorde — disse Addie ao reconhecer a música. — *Maman* gostava da Lorde.

Caroline olhou no retrovisor. Addie segurava a Mulher-Maravilha para que a boneca observasse a vista.

— É mesmo, né? Do que mais sua mãe gostava?

Ela queria que as crianças conhecessem Angelique, que tivessem boas lembranças da mãe. Elas eram tão pequenas. Como se lembrariam dela?

— Da Adele — respondeu Flick. — E do Bruno Mars.

— Qualquer dia desses, vamos fazer uma playlist só com músicas que sua mãe gostava. Que tal?

Nenhum dos dois respondeu. Enquanto a música melancólica tocava, Caroline tentou não se afundar em tristeza.

— Ei, adivinhem só! Vou fazer um monte de camisetas de super-herói pra vender na escola de vocês. Não é legal?

— Então todo mundo vai ter igual? — perguntou Flick.

— Todo mundo que quiser. Tudo bem por vocês? — Silêncio. — Vocês estão dando de ombros? Não consigo ouvir se estiverem.

— Se todo mundo tiver uma camiseta de herói, então todo mundo vai ser igual.

Ai, droga.

— Você e a Addie tiveram as primeiras. Foram minha inspiração. Não é legal o fato de todo mundo querer ser igual a vocês?

— É, acho que sim...

Caroline tinha passado a semana inteira ocupada com dois projetos: mandar as camisetas para impressão e comprar o tecido da capa, as linhas e os fechos. Ela havia ido até o fabricante em Astoria e conseguira um acordo para comprar uma máquina de overloque, uma de travete, uma de corte e uma prensa térmica. Eles também incluíram furadores de etiquetas e outros equipamentos que ela precisaria para o ateliê.

O problema era: ela não tinha um espaço. Precisaria encontrar um lugar de trabalho grande para ela e Echo fazerem as camisetas com as máquinas industriais e mesas de corte.

Encontrar um lugar para as reuniões do grupo de apoio havia sido bem mais fácil. A delegacia tinha uma sala comunitária em um anexo bem ao lado, o que era perfeito. Caroline não conseguia pensar em um lugar melhor para um encontro de mulheres que haviam sido vítimas de seus ex-companheiros. Ela e as irmãs — Georgia tinha abraçado o projeto com seus dois braços competentes — haviam ficado até tarde da noite a semana inteira planejando e organizando tudo.

Manter-se ocupada ajudara a manter o pânico sob controle.

Tentou se lembrar disso enquanto dirigia pela pequena comunidade de casas antigas, cercas gastas, jardins espetaculares e galpões de ostras. Então, finalmente virou o carro ao avistar a caixa de correios com "Beira d'Água" escrito em letras desbotadas. Ciprestes ladeavam o caminho, e uma cerca gasta e cheia de musgo margeava o gramado. A casa velha e pintada tinha uma vista para a Willapa Bay e suas águas sobrenaturalmente calmas que espelhavam as planícies cheias de árvores. Havia uma doca e um celeiro de ostras, além de outro celeiro enorme do outro lado do campo, perto de um bosque.

Nossa, as aventuras que ela vivera ali, explorando, brincando de pique-esconde, jogando redes na água para ver o que aparecia. Sempre com tênis velhos para não cortar os pés nas ostras e cracas na baía. Em certas épocas do ano, era possível avistar salmões nadando em seu caminho migratório e enlameado. Mas a maior aventura de todas tinha sido...

— E aí, pessoal! — disse Will, que vinha caminhando na direção do carro estacionado. — Sejam bem-vindos!

Ele usava uma calça jeans desbotada em todos os lugares certos, uma camisa jeans com as mangas dobradas, uma bandana pendurada no bolso de trás e uma fita métrica presa ao cinto. Muito à vontade no próprio corpo, como sempre havia sido.

Caroline baixou a cabeça para pegar a bolsa no chão do banco do passageiro e disfarçar o rubor completamente desnecessário.

— Trouxemos presentes — falou ela, saindo do carro e segurando um pote. Flick e Addie saíram do banco de trás e olharam ao redor. — A geleia de morango da minha mãe. Primeira leva da temporada.

Will pegou o pote.

— Quando nos conhecemos, você trouxe geleia de morango e ruibarbo da sua mãe.

— Certas coisas não mudam — comentou ela, sabendo muito bem que não era verdade.

Nada permanecia igual, mas Caroline não pôde evitar a surpresa por ele ter se lembrado de um detalhe tão pequeno daquele dia.

Will agachou para ficar da altura de Addie.

— Você estava dormindo no carro quando eu te vi pela primeira vez, mas na segunda... — disse ele, e assobiou baixinho. — Você tinha virado a Menina-Maravilha.

— O que aconteceu com seu olho? — perguntou Addie, encarando Will.

Caroline quis morrer.

— Addie...

— Não tem problema — disse ele, sem desviar os olhos da pequenina. — Eu sofri um acidente quando estava na Marinha e machuquei feio meu olho. Eles precisaram trocar por um de acrílico. Às vezes eu até uso um tapa-olho, igual um pirata, mas normalmente uso esse olho aqui.

— Uau — sussurrou Addie.

Caroline congelou de choque. *Putamerda!* Will tinha perdido um *olho*? Flick se aproximou da irmã.

— Qual olho?

— Qual você acha?

Will os encarou com calma, claramente nada incomodado com a curiosidade.

— Eles parecem iguais...

— Esse é o objetivo.

Com delicadeza, Addie tocou a bochecha esquerda de Will.

— Esse — falou ela.

Will assentiu.

— Acertou. Algumas pessoas, como você, conseguem adivinhar na hora. Mas a maioria nem percebe a diferença.

Eu não percebi, pensou Caroline.

— O que você vê com esse olho? — perguntou Flick.

— Chega de perguntas — disse Caroline.

Meu Deus, ele tinha perdido um olho.

Will ficou de pé.

— Se eu fecho meu outro olho, só enxergo uma neblina bem forte, como a que temos por aqui algumas manhãs. Mas, por sorte, o outro olho enxerga tudo. Vamos entrar. Precisamos achar Sierra e provar a geleia.

Como patinhos, eles o seguiram pelos degraus da frente.

Sierra estava perfeitamente estilosa com uma calça jeans azul-claro com a barra dobrada e uma blusa branca.

— Bem-vindos à nossa humilde residência, pessoal! Fiz biscoitos e limonada.

Caroline não via Will e Sierra juntos desde o fim de semana do casamento deles, uma década antes. Um deles sabia o motivo para isso. O outro, não.

Addie e Flick ficaram grudados em Caroline quando entraram. A casa ainda tinha o mesmo estilo vitoriano e incoerente que a fizera parecer tão magnânima quando Caroline era criança. Construída por um dos antepassados de Will, a casa tinha janelas gradeadas e com vidro ondulado, toques de madeira esculpida, uma escadaria elegante e uma grande sacada com vista para o mar. O cheiro de madeira e tinta se misturava ao de biscoitos fresquinhos.

— A cozinha é por aqui — disse Sierra. — Cuidado onde pisam. Ainda estamos terminando as coisas.

Eles foram até a cozinha, um espaço claro e aberto com armários e bancadas novos, além de um cantinho para o café da manhã com vista para a doca e o celeiro de ostras.

— Biscoitos? — ofereceu Sierra, mostrando uma bandeja perfeita de biscoitos sortidos.

Caroline assentiu para as crianças.

— A Sierra é profissional em matéria de biscoitos. O pai dela era pastor de uma igreja grande e sempre tem biscoitos depois de um culto.

Addie e Flick pareceram confusos e ela se perguntou se deveria levá-los à igreja. Será que os ajudaria a se ajustar à nova vida?

— É isso mesmo — concordou Sierra. — Sei pelo menos dez receitas de cor.

As crianças se sentaram à mesa e pegaram os biscoitos.

— Obrigada — disse Addie, e cutucou o irmão.

Flick também agradeceu, e Caroline pegou um biscoito.

— Minha nossa, o que você colocou aqui? Está gostoso demais!

— Ela é a encantadora dos biscoitos. Vive me engordando — brincou Will, dando tapinhas na barriga.

Caroline desviou os olhos do corpo atlético de Will, que não tinha uma gota de gordura sequer, e andou até a bancada cheia de desenhos e amostras de materiais.

— Me falem sobre esse projeto.

— Will está obcecado. Mas de uma forma boa. Ele fez quase tudo sozinho — disse Sierra, mostrando o espaço rapidamente. — Ele tirou a parede e colocou os novos armários e bancadas. Lembra como essa cozinha era velha e apertada?

Caroline assentiu, admirando o espaço claro e organizado. O ambiente estava modernizado, mas ainda mantinha o charme de tempos passados.

— Está incrível — elogiou ela. — Depois de morar em uma caixa em Nova York, parece que estou em uma mansão de luxo. — O que ela não disse é que, em Nova York, morar em um apartamento minúsculo era uma medalha de honra para estilistas emergentes. — É tudo muito maravilhoso, pessoal. Estou muito feliz por vocês.

Estou muito feliz por vocês. Uma das grandes frases vazias usadas para ocultar o que se sente verdadeiramente. Era realmente possível vincular a nossa felicidade à de alguém?

Talvez, pensou ela, observando Flick terminar um segundo biscoito com uma expressão de deleite. Uma das vantagens inesperadas de se ter crianças era a alegria que o sorriso delas causava.

Addie saiu da mesa e foi para a porta de trás, que dava para as águas cristalinas da Willapa Bay.

— Vocês têm galinhas? A vovó Dot tem galinhas.

— Não temos galinhas, mas vi o ninho de um tordo com três ovos hoje cedo. Querem dar uma olhada? — sugeriu Will.

Addie virou-se para Caroline.

— Você pode ir com a gente?

Addie ainda tinha um pouco de medo de situações novas. Já Flick, seu oposto, tinha uma tendência a mergulhar de cabeça no desconhecido. Mas os dois ficavam igualmente com o pé atrás com pessoas novas. Uma reação natural, segundo Joan.

— Que tal se todos formos? — disse Caroline.

Sierra olhou para o celular e respondeu uma mensagem.

— Desculpa, estava combinando uma reunião.

Ela guardou o celular no bolso de trás da calça e pegou um chapéu de palha grande enquanto saíam.

Will foi na frente, andando com movimentos seguros, do jeito que ela se lembrava. Sempre o atleta, sempre confortável em seu próprio corpo. As crianças iam logo atrás, seguindo-o pelo gramado até um monte de rododendros velhos e retorcidos.

— Precisamos fazer silêncio — alertou Will. — A mamãe pássaro passa a maior parte do tempo no ninho e não queremos perturbá-la. Vou precisar levantar vocês para que consigam ver, tudo bem?

Era muito legal da parte dele perguntar, observou Caroline. Em seu curso rápido sobre como cuidar de crianças de luto, ela aprendera que, assim como adultos, as crianças tinham o direito de aceitar ou recusar contato físico.

Os dois concordaram e, em um movimento rápido, Will levantou os dois de uma vez só, um em cada braço.

Caroline deve ter feito algum barulho, porque Sierra a cutucou.

— Pois é. Ele adora exibir esses braços de Capitão América.

Will se inclinou um pouco para a frente e disse:

— O ninho está bem ali, na nossa frente. A mamãe pássaro está lá.

— Tô vendo! — sussurrou Addie. — Flick, você tá vendo?

— Sim, ela é fofa.

Flick se aproximou. Em um bater de asas, o pássaro saiu do arbusto, piando em pânico e desaparecendo nas árvores altas no fim do quintal.

— Você assustou ela, Flick! — acusou Addie.

— Eu não! Eu...

— Olhem os ovos rapidinho e então vamos deixá-la em paz — falou Will. — Conseguiram ver os três ovos?

— Eles são tão pequenininhos — comentou Addie. — E azuis! Por que eles são azuis?

Will sentou os dois na grama e se afastou do rododendro.

— Filtro solar. A cor impede que eles fiquem muito quentes — disse ele, sorrindo ao ver a expressão das crianças. — É sério. É como o protetor solar que usamos no verão para não nos queimarmos. Os ovos azuis ficam mais frios. Agora vamos embora. Vamos dar espaço para a mamãe pássaro voltar.

— Ela *vai* voltar? — perguntou Addie, segurando a mão do Will.

— É claro que vai. Estive observando ela nos últimos dias. Ela sempre volta.

— E se ela não voltar? — perguntou Flick.

— Ele acabou de dizer que ela vai — falou Addie, em tom irritado.

Ela olhou pelas costas do Will e mostrou a língua para o irmão.

— Mas *e se* ela não voltar? — insistiu Flick.

— Neste caso, os ovos não vão chocar — explicou Will.

— Nunca? Nunquinha?

— Nunca. É assim que as coisas funcionam.

— Isso é triste — falou Addie. — Eu quero que a mamãe pássaro volte.

— Vamos dar um tempinho a ela.

— A nossa *maman* morreu — sussurrou Addie.

Caroline sentiu o coração derreter. Will agachou-se de novo para encarar as duas crianças com um olhar gentil.

— A minha mãe também morreu quando eu era criança. Penso nela todos os dias.

— Ela nunca mais vai voltar — apontou Flick.

— Você tem razão. E isso é muito triste — admitiu Will.

— Você chora todos os dias? — perguntou Addie.

— Não. Mas às vezes eu choro, sim. — A honestidade e seu tom sincero pareceram acalmar as crianças. — Espero que me contem mais sobre a mãe de vocês algum dia.

— A Caroline vai me comprar binóculos pra ver os pássaros — contou Flick.

— Que sorte! Vamos até a doca? Quero mostrar outra coisa pra vocês.

Addie olhou para Caroline.

— Você vem?

Caroline olhou para Sierra.

— Vamos?

Sierra estava olhando o celular de novo.

— Sim, claro. Podemos sentar nas espreguiçadeiras e conversar.

Will encontrou dois coletes salva-vidas para as crianças e as vestiu.

— Por que precisamos usar isso? Vamos andar de barco? — perguntou Flick.

— Hoje não, mas é preciso usar coletes quando se está na doca, caso caiam na água.

Ele era muito cuidadoso com as crianças. Caroline observou enquanto os dois seguiam Will pelas tábuas cheias de musgo da velha doca. Os pequenos já tinham sido conquistados; ele era uma pessoa tão calma. Um pequeno bote e uma barcaça de ostras estavam ancorados na ponta. Will pegou uma corda e puxou uma bolsa flutuante.

— O que é isso? — perguntou Addie.

— Ostrinhas de um ano — disse ele, pegando uma da bolsa.

As crianças se inclinaram para ver as conchas com suas cracas. Ele pegou uma faquinha pequena do cinto, abriu a concha com um giro profissional e mostrou o interior brilhante.

— Já comeram ostra?

— *Isso* é uma ostra? — perguntou Addie.

— Parece nojento — afirmou Flick.

Com gestos exagerados, Will sugou a ostra e limpou a boca na manga da camisa. Como previsto, as crianças fizeram uma cara de horror.

— Crianças normalmente não gostam até virarem adultos — explicou Will.

Ele abriu outra e ofereceu para Sierra, que negou com a cabeça.

— Você sabe que não sou muito fã. Nunca fui.

— Então você ainda deve ser criança — brincou Caroline.

— Experimentei ostras pela primeira vez com você, lembra? — perguntou Will a Caroline.

— Lembro, e você amou.

— Caroline me ensinou um ditado: "comer uma ostra é como beijar o mar".

— Eca — falou Flick.

Will ofereceu a ostra para Caroline. Ela levou a concha à boca, sentindo o pedacinho gelado escorregar para dentro. Era cremoso e macio, quase amanteigado, com gosto de sal de oceano.

As ostras de Willapa tinham um sabor único, levemente adocicadas em relação às da Costa Leste. Ela riu da cara das crianças.

— A gente aprende a gostar.

— Toda essa cidade foi construída séculos atrás só porque as pessoas amavam comer ostras.

Will gesticulou para a baía. Eles andaram mais à frente na doca e ele mostrou uma pequena rede na água límpida. O sol refletiu na água e, por um momento, o conceito de tempo parou de existir.

— Todas as horas que passamos nessas docas... — comentou Sierra, como se lesse seus pensamentos.

Caroline ainda podia sentir o calor dourado do verão em suas costas enquanto ficava de barriga para baixo, observando encantada os ouriços, as anêmonas e os mexilhões grudados nas pilastras da doca. Conseguia ver todos na água cristalina, e ela costumava imaginar padrões e designs emergindo da água, deixando rastros brilhantes que acabaram permeando sua criatividade.

— Eu lembro dessa época.

— Eu era obcecada em não pegar sol — disse Sierra.

— Eu lembro disso também — disse Caroline, observando o chapéu de abas grandes de Sierra.

— Você me fez aquele vestido à prova de sol, lembra? Eu me sentia uma rainha, desfilando por aí com sua criação.

— Será que eu devia passar protetor nas crianças? Ainda é o começo da estação, mas... — perguntou Caroline.

— Protetor solar é sempre uma boa ideia, mesmo para pessoas com tons de pele mais escuros. Acredite em mim, estudei bastante o assunto.

— Olha, Caroline! — disse Addie, levantando uma concha espiralada. — É igual ao seu desenho!

Caroline pegou a concha nautiloide. Estava vazia, mas intacta.

— Na verdade, é o contrário. Eu me inspirei nela para fazer meus desenhos. Essa conchinha é a minha assinatura. Você tem um olho bom para detalhes.

Ela devolveu a concha para Addie e desviou o olhar para esconder a frustração.

— O que foi? — perguntou Sierra. — Aposto que suas criações são lindas.

— Elas são. Ou eram, pelo menos, e acho que esse foi o problema. Mas essa é uma história longa e chata. Em resumo: não deu certo.

Caroline não estava nem um pouco a fim de falar sobre o fim de sua carreira.

Will riu alto enquanto segurava um caranguejo para as crianças analisarem. Flick e Addie se aproximaram, mas logo deram passos para trás quando a criatura mostrou as garras. Will devolveu o bicho para a água e eles observaram-no nadar para longe. Então, Flick mergulhou a rede e puxou algo brilhante do fundo.

Caroline soltou um longo suspiro e acompanhou Sierra até a beirada da doca.

— É tão lindo aqui... Tivemos muita sorte de crescer em um lugar mágico como esse.

— E tudo que a gente queria era ir embora — lembrou Sierra, gesticulando para duas espreguiçadeiras de madeira. — Agora olha só para nós. De volta ao lugar onde tudo começou.

— Por enquanto... — falou Caroline.

— Acho que para sempre — retrucou Sierra. — Meu Deus...

Caroline olhou de soslaio para a amiga. Sierra continuava linda e perfeita. Unhas feitas, batom *nude*, maquiagem discreta. No entanto, havia algo de diferente nela. Uma coisa meio indefinível...

— Você parece frustrada.

— Will é muito feliz aqui. Estamos tentando fazer as coisas funcionarem.

"As coisas". Ela estava falando sobre o casamento? A carreira? A vida? Tudo?

— Depois do acidente...

— Que acidente? — perguntou Caroline. — Ah, o do olho...

— Ele estava em outro país quando perdeu o olho e precisou ser afastado. Os avós dele haviam se mudado para uma casa de repouso, por isso ficamos com a casa, e Will começou a dar aulas.

— Tenho um milhão de perguntas sobre tudo — admitiu Caroline. — O que aconteceu no acidente?

— Ele nunca deu muitos detalhes sobre a missão, a regra número um dos SEALs é segredo total. Só sei que ele estava em Diego Garcia e foi chamado para uma operação de resgate de reféns perto da Somália. Alguns voluntários norte-americanos foram sequestrados e estavam pedindo resgate. Will foi o único ferido na missão, levou um tiro. Ele nunca contou quem atirou nele, disse que estava muito escuro para enxergar. E isso é basicamente tudo o que sei.

— Sinto muito — disse Caroline, sentindo um arrepio ao imaginar Will levando um tiro e perdendo um olho.

— Ele ficou devastado, e a recuperação foi difícil. Quando os avós dele deixaram a casa em um testamento vital, ele abraçou a oportunidade. Will sempre amou o lugar e agora está focado em arrumá-lo. É parte do grande sonho dele, com cerquinha branca, família, aquela vida de cidade pequena...

Depois de sua vida caótica em New York, o sonho de Will não parecia nada ruim a Caroline.

— E qual é o *seu* sonho?

Sierra protegeu os olhos e encarou a baía.

— É difícil pensar em mim como prioridade quando meu marido é o perfeito da relação.

— Oi? Fala sério!

— Você sabe que é verdade. Will é perfeito. Tem um histórico militar impecável e é um herói da cidade, além de professor e técnico. É um marido incrível. E olha só pra ele. — Sierra apontou para a doca, onde Will estava completamente distraído com as crianças. Ela cutucou uma lasca no braço da espreguiçadeira. — Quanto ao meu sonho... Bem, vivo indo para Seattle e Portland para trabalhar.

De repente, Addie gritou. Caroline pulou da cadeira e correu até a doca. Depois que as crianças entraram em sua vida, ela aprendera rapidamente a diferenciar os tipos de gritos, choros e demais barulhos. Havia o choro de tristeza incompreendida, já familiar, os lamentos de "estou entediado" e as reclamações de fome. Aquele grito não era nenhum deles. Aquele era o grito de *muita* dor.

Quando alcançou Addie, Will já estava carregando a garotinha nos braços e marchando na direção de Caroline.

— Entrou uma farpa no joelho dela — explicou ele.

— Ui, e das grandes — disse Caroline, inspecionando o machucado.

Uma farpa de quase três centímetros estava fincada na pele de Addie. Nossa, que dor!

— Tá doendo! — reclamou Addie, alongando as palavras. — Tira logo!

— Aposto que está mesmo.

Will continuava calmo enquanto carregava Addie até a casa. Caroline segurou a mão de Flick e seguiu os dois para dentro.

— Quando eu estava na Marinha, aprendi a cuidar de machucados como esse. Sou bom nisso.

— Ele vai tirar a farpa com uma agulha — disse Flick.

— Não! — berrou Addie, agarrando o pescoço de Will.

Ele a colocou na bancada da cozinha, perto da pia.

— Não vamos usar agulha. Tenho um jeito melhor.

— Eu tenho medo de agulha — disse Addie.

— Atenção, vocês dois. Vou mostrar como fazer um curativo para emergências.

Will lavou as mãos na pia e pegou um kit de primeiros socorros no armário.

— Ainda tá doendo.

— Sim, eu sei. Farpas são muito ruins. Estão vendo isso? — Will mostrou um pequeno frasco. — Isso aqui é um remédio que não arde. Vamos passar um pouquinho no machucado?

Addie pegou o fraco e passou o líquido salino no joelho.

— Ainda está doendo — resmungou ela.

— Pode colocar mais.

Depois de ajudá-la a secar o machucado, Will continuou:

— Tenho uma arma secreta para farpas: fita adesiva. É como se a gente fosse puxar um band-aid velho.

Ele cobriu a farpa com fita adesiva e deu uns tapinhas para fazê-la aderir. Então, puxou de uma só vez.

— Ai! — gritou Addie.

— Prontinho — falou ele, mostrando a farpa grudada na fita. — Você foi muito corajosa.

— Não fui, não. Eu chorei. — Addie encarou com tristeza o sangue escorrendo em seu joelho.

— Mas me deixou cuidar do machucado mesmo chorando. Para mim, isso é ter coragem. — Will finalizou o curativo com uma pomada e um band-aid. — Pronto, terminamos — disse ele, colocando-a no chão.

— Obrigada — agradeceu Caroline. — Muito impressionante, sr. Jensen.

Will era tão confiante lidando com crianças. De onde aquilo tinha surgido? E quando *ela* sentiria um pouquinho dessa confiança?

Flick olhou para o hall de entrada, perto da cozinha.

— O que vocês estão construindo? — perguntou, observando as ferramentas e prateleiras inacabadas.

— Um monte de coisas — respondeu Will. — Estamos reformando a casa inteira. Estou instalando umas prateleiras e armários aqui.

— Eu gosto de ferramentas — comentou Flick.

— Você nunca me disse isso — falou Caroline.

— Você nunca perguntou.

— Eu também gosto de ferramentas — disse Will. — Aposto que sei de outra coisa que vocês gostam: geladinho.

— Sim!

Ele foi até o freezer, tirou dois e fez um corte na pontinha. Depois das crianças, ofereceu um para Caroline.

— Não, obrigada. Estou vendo que você é bom com crianças de todas as idades — comentou ela.

— É porque crianças são incríveis. Né? — perguntou ele, olhando de esguelha para Sierra, mas, como desviou rapidamente, não teve tempo de vê-la estremecer.

Sério?, pensou Caroline. Problemas no paraíso?

Addie apertou o saquinho e metade do líquido caiu no chão.

— Ah, não!

— Tudo bem, acontece.

Will pegou outro para ela e olhou de novo para Sierra, que estava limpando o chão com um papel-toalha.

— Que tal irmos lá para fora? — sugeriu ela.

— Fiquem de colete se forem perto da água! — alertou Caroline quando as crianças saíram correndo.

— Ei, sr. Will, a gente pode olhar o celeiro? — gritou Flick do quintal.

— Claro — respondeu Will. — Tudo bem? — perguntou a Caroline.

— Tudo.

— Eu vou junto. Vamos lá, duplinha.

Sierra cruzou os braços e se virou para Caroline, que observava as crianças e Will pela janela.

— Por enquanto, é só um espaço grande e vazio. Ele trocou o sistema elétrico do celeiro porque quer fazer um playground um dia. Como eu disse, ele é perfeito.

— Para com isso, ninguém é perfeito.

— O cara quer restaurar a casa da família e ter filhos. Perfeito, não?

— Depende...

— Do quê? — retrucou Sierra, que andava de um lado para o outro, como um bicho enjaulado. — Mas, se é tão perfeito, por que não consigo desejar a mesma coisa? Por que não consigo ser feliz com tudo isso?

Talvez porque esse seja o perfeito de outra pessoa, refletiu Caroline.

— Nem vou tentar responder isso.

Seu objetivo com a visita naquele dia era tentar normalizar seu relacionamento com Sierra e Will. Ela esperava que estivessem fazendo progressos, embora fossem pessoas diferentes depois de tanto tempo. Will tinha perdido um olho, Sierra sentia falta da vida na cidade. E Caroline... Ela perdera o contato com os amigos, mas a tensão entre os dois era palpável, e ela não sabia o que dizer.

— Vamos terminar de ver a casa — sugeriu Sierra. — Ou, como chamo, nosso fosso comedor de dinheiro.

Caroline não falou nada enquanto seguia a amiga escada acima. Reconectar-se com Sierra estava sendo, no mínimo, desconfortável. No passado, contavam tudo uma para a outra, mas normalmente isso queria dizer uma descoberta na gaveta da mãe ou o roubo de uma garrafa de vinho da igreja. A conversa de agora era outro nível de *tudo*.

Sierra mostrou um quarto de hóspedes recém-pintado e um quarto menor com muitas pilhas de caixas etiquetadas.

— Esse seria o quarto do bebê — explicou Sierra. — Já disse que ele quer muito ter filhos, né?

— Você só me diz o que ele quer. O que você quer?

— Sei lá, eu só fico pensando que tem algo errado comigo. Ele é incrível, eu sou péssima. Uma fraude.

— Não tem nada de errado com você — insistiu Caroline. — É só que... relacionamentos podem ser difíceis. Eu sou a prova viva disso.

— Ninguém especial na sua vida? — perguntou Sierra.

— Não. Bem... eu tive uns namorados, me apaixonei algumas vezes. Ou pelo menos achei que tivesse. E então... — Ela estremeceu, lembrando-se do ápice de felicidade e da decepção da queda, da montanha-russa de emoções. — Eu queria encontrar aquela *uma coisa* que fosse duradoura, e até acho que encontrei. De verdade. Mas essa coisa não era um homem, era a minha carreira. E, visto que isso também acabou, estou praticamente enfrentando um término, e eu não estava pronta para isso.

— Você vai sair dessa. O projeto que você está fazendo para a escola é um começo, né? Você é uma das pessoas mais inteligentes e criativas que conheço.

— Agradeço o voto de confiança.

Caroline havia colocado toda a sua energia, todo o seu amor na coleção que lhe fora roubada, costurando esperanças e sonhos a cada pérola que bordava nos tecidos brilhantes. Será que aquela sensação de ter sido violada passaria um dia? Quando ela encontraria a confiança para recomeçar?

— Bem, *eu* aceitaria uma ajudinha sua de bom grado — disse Sierra, e abriu a porta do closet. — Já estou ficando sem espaço na suíte.

— Ah, que ótimo. Agora sou organizadora de armários.

— Não, não é isso. Eu tenho um compromisso em breve, uma reunião para produzir um ensaio grande. Preciso me vestir como uma pessoa a ser levada a sério.

— *Isso* é algo que eu posso ajudar — disse Caroline. — Descolada, elegante ou estilosa?

— Não dá pra ser os três?

— Isso você já é.

À medida que vasculhavam as roupas, velhas lembranças ressurgiram. Naquele momento, eram garotas de novo, melhores amigas.

Caroline encontrou uma blusa de tecido moiré que combinava com uma saia lápis. As duas testaram alguns acessórios, escolhendo um bracelete ousado, sapatos e uma bolsa.

— Esse aqui é o seu habitat natural, né? — disse Sierra.

— Eu já vesti tantas modelos... Minha amiga Angelique, a mãe das crianças, era uma das melhores modelos de passarela em Nova York. Ela veio do Haiti e chegou ao topo. E então morreu de overdose.

Sierra estremeceu.

— Meu Deus! Eu sinto muito. Pobres crianças...

— Não paro de ser assombrada por isso. Alguns meses antes de Ange morrer, notei que ela estava com alguns machucados.

— Marcas de fita, de agulha?

— Hematomas. De agressão.

— Nossa, meu Deus... Mas é algo que acontece muito nesse ramo. As meninas começam muito novas, não sabem como lidar com o mercado. E, como estão desesperadas por sucesso, acabam se sujeitando a qualquer coisa.

Caroline encarou a amiga.

— Aconteceu com você?

— Não, graças a Deus não. Já fui muito assediada, mas nunca agredida. Eu sei como cuidar de mim mesma.

— Não me surpreende que saiba, mas gostaria que mais mulheres pudessem dizer isso. — Caroline fez uma pausa, hesitando em contar a ideia em seu estágio inicial. Então, percebeu que sua amizade com Sierra tinha potencial para voltar ao que havia sido. — Eu e minhas irmãs estamos organizando um grupo de apoio para mulheres que sofreram violência doméstica. Parece que é algo mais comum do que imaginávamos. Acho que vai me ajudar a lidar com Flick e Addie.

— Sério? Que ótimo, Caroline. De verdade!

— Estou me sentindo muito impotente depois do que aconteceu com a Angelique, então criar o grupo é uma tentativa de fazer algo. Talvez não dê em nada, mas parece certo, sabe? Tem um monte de mulheres que precisam de ajuda bem aqui na cidade. Não posso voltar no tempo e salvar Ange, mas, quanto mais eu aprender sobre violência doméstica e vício, mais vou conseguir ajudar as crianças.

— Bom, parece que você vai ficar aqui por um tempo, então.

— Não tenho alternativa... Sinto como se estivesse presa...

— Bem-vinda ao clube — disse Sierra, pendurando a roupa no closet. — Senti muito sua falta, sabia? Falta de ter alguém que me entende. Alguém com quem posso falar qualquer coisa sabendo que não vou ser julgada.

Esse não devia ser o papel do marido?, pensou Caroline.

Will tinha colocado um balanço na maior árvore do quintal e as crianças estavam revezando.

— Elas nunca mais vão querer ir embora — comentou Caroline ao saírem para o quintal.

— Olha só para nós. O bando junto de novo — disse ele, rindo.

— Que bando? — perguntou Flick.

— É um modo de falar — explicou Caroline. — Quando éramos crianças, nós três passávamos todo verão juntos. Éramos inseparáveis. Vocês sabem o que significa ser *inseparável*? — Addie negou com a cabeça. — Significa nunca estar longe. A gente se encontrava todos os dias para aventuras.

— E falando em aventuras... — falou Will — Preciso pegar algumas coisas no depósito de madeira.

— Posso ir junto? — perguntou Flick.

Will claramente já tinha virado um herói.

— Talvez outra hora — disse Caroline.

— Prometo levar você outro dia — disse Will, e partiu na direção da picape estacionada perto do celeiro.

— Éramos um trio e tanto — comentou Sierra. — Eu até esquecia que você viu ele primeiro, e hoje em dia eu nem lembro disso.

Caroline lançou um olhar afiado para Sierra.

— Conta sobre quando vocês eram crianças — pediu Flick. — Vocês brincavam aqui? E na doca?

— Nos dois lugares. Está quase tudo igual, do jeitinho que eu lembro — disse Caroline olhando para o caminho que dava para a frente da casa. — Eu estava de bicicleta da primeira vez que vim aqui. E o Will, se bem me lembro, era um homem-sapo.

— Um o quê? — perguntou Flick.

— Juro! Quando o conheci ele estava molhado como um homem-sapo.

— O que é isso?

— Uma pessoa que fica tão bem na terra quanto na água. Vocês sabem nadar?

As crianças fizeram que "não". Caroline e Sierra trocaram olhares.

— Bem, acontece que agora vocês são praianos, então vamos ter que ensinar vocês antes de o verão chegar.

Treze

Ter um projeto era uma mudança bem-vinda — um que não envolvesse as crianças, a carreira, preocupação e incerteza. Havia um senso de propósito, também, algo que Caroline gostaria de ter sentido antes. Agora, estava focada em criar um lugar seguro para mulheres como Echo Sanders e Lindy Bloom. E talvez para a jovem tola que ela mesma havia sido tantos anos antes, na noite antes do casamento de Sierra. Seu compromisso com o projeto era ridiculamente tardio para ajudar Angelique, Caroline sabia, mas, talvez, pudesse ajudar outras pessoas, alguém como Lindy, que sofrera sozinha por tanto tempo.

A ideia de fazer diferença de verdade na vida de alguém provavelmente era sonhadora demais. Mas, em face de tantas desilusões, fazer o bem seria bom, independentemente do resultado. Às vezes, Caroline parava no meio de uma tarefa — falar com o jornal local, reservar o espaço para os encontros, imprimir panfletos — e ficava pensando sobre as mudanças em sua vida. Poucas semanas antes, ela era uma estilista em Nova York prestes a alavancar sua carreira. Agora, estava cuidando de duas crianças, comprando registros de domínios na internet para uma nova empresa e pesquisando sobre violência doméstica.

Entregue de corpo e alma, foi completando tarefa por tarefa da lista. Montou uma equipe, divulgou os encontros pela cidade. Ela era capaz de fazer aquilo.

— Preciso da sua ajuda — disse para Sierra, sentada em sua frente em uma mesa do Estrela do Mar, onde se encontraram para tomar um café.

— Com o quê?

— Com o Clube de Costura de Oysterville. — Caroline sorriu ao ver a expressão da amiga, e então explicou: — É assim que vou chamar o grupo de apoio do qual te falei.

Virginia se aproximou da mesa.

— Do que estão falando?

— Do Clube de Costura de Oysterville — disse Sierra. — Caroline tem uma missão.

— E vocês vão me ajudar.

— Um clube de costura? — disse Virginia, parecendo surpresa. — Não sei nem costurar um botão e não tenho a menor vergonha de admitir isso. Como eu poderia ajudar?

— É o grupo de apoio...

Virginia fez uma cara de quem finalmente entendia a situação.

— Ah, esse grupo! Ué, é assim que vai se chamar?

— Aham. E também consegui fechar o anexo à delegacia em Long Beach.

— Quero ser a primeira integrante oficial — declarou Sierra.

Virginia encarou a ruiva.

— Espera aí... Você quer dizer que o... Meu Deus! Will?

— Não, pelo amor de Deus! Will é um santo. — A voz de Sierra tinha um quê de desgosto. — Vocês sabem disso. Só quero apoiar o projeto. Vocês estão fazendo algo bom.

— Isso *se* a gente conseguir colocar em prática. Georgia também vai participar — falou Virginia.

— Ué — disse Sierra. — Então a Georgia...?

— Ah, não! Não! Quem seria doido de mexer com a Georgia? — disse Virginia. — Mas hoje sei que qualquer mulher pode sofrer violência doméstica. É uma coisa que aparece bastante nos casos que investigo para o Estado. Não se limita a mulheres sem instrução, menos favorecidas ou que tiveram infâncias difíceis. *Pode* acontecer com mulheres como você, eu e a Georgia. Pessoas com boas famílias, recursos e diploma de faculdade.

— Aham, o que é muito assustador — comentou Sierra.

— Às vezes acontece porque o homem está se sentindo inferior e precisa se sentir no controle, ser o macho-alfa. Outras vezes, ele só repete o que viu ou sofreu no passado. Muitos viram alcoólatras violentos. Então precisamos estar preparadas para ouvir todo tipo de coisa.

Caroline lembrou de Angelique, sempre majestosa e equilibrada, exigindo atenção enquanto controlava uma sala cheia de profissionais do alto escalão da moda apenas com um gesto ou um olhar semicerrado. Não parecia nem um pouco com uma vítima. Mas, como Virginia havia dito, mulheres são mestres em usar máscaras que as fazem parecer inabaláveis, confiantes e bem-sucedidas.

Caroline abriu uma pasta e mostrou os panfletos que havia criado. O logo era uma almofadinha de alfinetes estilizada, com a frase "Remende seu coração", informações de contato e a agenda de encontros.

— Eu queria um nome inofensivo para o grupo, um que justamente não chamasse a atenção de agressores.

— É claro que você usaria algo relacionado à costura — disse Sierra, sorrindo.

— Bem, quantos agressores de mulher devem gostar de costura? — perguntou Caroline.

— Bom ponto. A maioria dos homens foge quando o assunto é costura.

— Que bom que vocês gostaram do nome. É uma homenagem ao Clube de Costura Helsingør, da Segunda Guerra Mundial. Na Dinamarca, um grupo da resistência batizou uma frota de pesqueiros com esse nome, para esconder seu real propósito dos nazistas. Alegando que estavam indo para um clube de costura, eles transportavam judeus da Dinamarca para a Suécia bem embaixo do nariz dos alemães.

— Que legal — falou Virginia. — Estou muito feliz por você estar fazendo isso, Caroline. Tenho muito orgulho de você, irmãzinha.

— Eu também tive outra ideia. Uma das maiores dificuldades que as vítimas enfrentam é a recolocação profissional. E, graças à encomenda de camisetas, estou precisando de ajuda em todas as etapas da operação do ateliê. Porque, adivinhem só: uma escola de Seattle e outra de Portland ficaram sabendo das camisetas e encomendaram também. A Echo já está produzindo para mim e no momento só posso oferecer um salário-mínimo, mas, se tudo der certo, vou precisar aumentar a equipe. Então comecei a pensar em outros lugares que também contratariam essas mulheres...

— A Georgia vai amar essa ideia — garantiu Virginia. — Ela pode dar treinamento para trabalhar em restaurante.

Caroline pensou em Nadine, a garçonete. Ela havia procurado a jovem, tiveram um começo de conversa. "Estou organizando um grupo de apoio e...", mas Nadine apenas olhara para Caroline com uma expressão vazia. Nem todo mundo abraçaria a ideia. Talvez ninguém abraçasse.

— Enfim, o anexo da delegacia já está reservado para o primeiro encontro. Preciso ver se a mamãe vai poder cuidar das crianças.

Pouco tempo antes, Caroline não dependia de ninguém e gostava muito disso. Agora ela não podia fazer mudança alguma sem pensar nas crianças. Elas eram a primeira coisa na qual pensava ao acordar e a última antes de dormir.

— Bem, então vamos nessa — sugeriu Virginia.

Todas ajudaram um pouco. A mãe de Caroline imprimiu mais panfletos e cartões de apresentação na impressora de menus do restaurante. Em poucos dias, eles estavam por toda a cidade: no restaurante, na biblioteca, em banheiros públicos, lojas, escolas e igrejas. Caroline recebeu algumas ligações — uma de uma adolescente com voz trêmula que desligou na cara dela, outra de uma turista que estava hospedada em um bangalô perto das dunas. Também recebeu e-mails. Talvez desse certo. Ela esperava que sim. Um dia as crianças ficariam mais velhas e teriam perguntas. Caroline esperava ter respostas até lá.

Na noite do encontro inaugural, Caroline e Virginia chegaram à delegacia e estacionaram perto do anexo. Sierra já estava lá, conferindo a maquiagem no retrovisor. Caroline colou uma placa com uma seta indicando o caminho até a sala designada. As três levaram caixas cheias de livros.

— Ótima escolha — disse Virginia, analisando a sala grande e vazia.

Havia cadeiras dobráveis, uma mesa grande e longa, um quadro de avisos, uma pia e uma bancada para preparar comida. Paredes bege e chão de linóleo. Uma lousa em branco.

— Também acho — concordou Caroline. — Até o mais obstinado dos perseguidores vai pensar duas vezes antes de tentar abordar alguém aqui.

— Isso é algo que acontece? — perguntou Sierra, olhando de soslaio para a porta.

— De acordo com os materiais que ando lendo, acontece. Mas bem ao lado de uma delegacia? Duvido. Estou contando que nossos encontros serão livres de qualquer problema desse tipo — disse Caroline, que olhou para o relógio e depois para o celular. — Mas e se ninguém vier?

— Se ninguém vier nós vamos beber e tentar de novo na semana que vem — disse Sierra.

— Cadê a Georgia? — perguntou Virginia, que organizava alguns panfletos e uma lista de assinaturas na mesa perto da porta.

Caroline olhou o celular de novo.

— Ela disse que ia se atrasar.

— Nós é que estamos adiantadas.

— Estou preocupada. Fiquei feliz quando recebi algumas mensagens por e-mail, mas ninguém disse que viria mesmo.

— Isso é um péssimo hábito seu, se preocupar com coisas que ainda não aconteceram — apontou Virginia.

— Você acha? É melhor tentar antecipar o problema e já ir se preocupando com ele ou esperar o problema acontecer e *só* então lidar com ele?

Virginia pensou por um instante.

— Segunda opção, e a resposta vem direto da minha terapia pós-divórcio. Eu amava meu casamento, era feliz todos os dias... até o Dave dizer que queria se separar. Então me perguntei: se eu tivesse passado meu tempo ficando irritada por ele trabalhar tanto, me perguntando por que ele estava tão emocionalmente ausente ou por que diabo ele não parava de falar bem da Amanda na empresa, será que eu poderia ter feito algo para evitar? Ou a ignorância foi mesmo uma bênção? Devo ficar feliz por ele ter escondido tudo de mim?

— Ele devia ter sido honesto — falou Sierra, sua voz afiada. — Qualquer coisa menos que isso é traição. Ele sabia disso.

— Eita, ok, acho que sua opinião está clara — falou Caroline. Ela notou a irmã observando Sierra. Uma dúvida insistente surgiu em sua mente, mas ela logo a deixou de lado. — Ainda não decidi se vou esperar ou me preocupar.

Elas arrumaram as cadeiras em círculo e organizaram panfletos, etiquetas e canetas. Caroline escreveu "Acreditamos em você. Confiamos em você" na lousa branca, logo acima do objetivo do grupo.

Estava tudo pronto. Caroline estava pronta. Mas ninguém aparecia.

Sierra olhou para o relógio em cima da porta. Eram dezenove em ponto.

— Tá, *agora* você pode se preocupar.

— Vai levar um tempo, Caroline — disse Virginia. — Só precisamos continuar vindo, né?

— É... — Caroline se sentiu derrotada. Ela esperava que pelo menos uma ou duas mulheres fossem aparecer. — E cadê a Georgia? Ela também deu um bolo na gente?

— Talvez tenha acontecido alguma coisa com as crianças — sugeriu Virginia.

— Talvez. — Caroline começou a recolher os panfletos e materiais com tristeza. — Será que sete da noite é um horário ruim para o encontro? Bom, acho que vamos ter que nos esforçar para espalhar a notícia e tentar de novo na semana que vem. Ou talvez isso só tenha sido uma má ideia.

Então, a porta se abriu.

— O que foi uma má ideia? — perguntou Georgia, entrando na sala seguida de Lindy Bloom, que carregava algumas bandejas. — Desculpem o atraso. Precisamos passar no restaurante para pegar algumas coisas.

Com um floreio, cobriu a mesa com uma toalha branca de linho. Georgia era a confiança e a eficiência em pessoa, de sua blusa prática e sandálias de salto baixo ao corte de cabelo, bem curtinho. Ela era excelente em muitas coisas, mas suas verdadeiras paixões eram cozinhar e dirigir o espetáculo.

Naquele momento, mostrava um lado diferente de sua liderança — um ainda forte, mas também cheio de compaixão.

— Vocês vão ficar paradas aí? Ajudem aqui.

Caroline e as outras saíram do transe. Virginia foi buscar os apetrechos do café na minivan de Georgia, enquanto Caroline ajudou Lindy a organizar as bandejas de petiscos e quitutes — que incluíam algumas das receitas mais populares do Estrela do Mar preparadas por Georgia.

Caroline roubou uma barrinha de passas com cobertura e revirou os olhos, saboreando o equilíbrio perfeito entre doce e picante.

— Não é à toa que você é a favorita da mamãe — comentou ela.

Georgia sorriu.

— Ah, sim. A mais velha precisa amolecer os pais, não esqueça.

Caroline devorou o resto da barrinha.

— Obrigada por terem vindo hoje, mas queria que algumas pessoas de verdade tivessem aparecido…

Lindy, que organizava uma pilha de guardanapos na mesa, se intrometeu:

— E eu sou o quê? Um chiclete mascado?

— Você entendeu o que eu quis dizer — disse Caroline. — Colocamos anúncios pela cidade inteira.

— E desde quando você é de desistir fácil? — apontou Georgia. — É sério, Caroline, fiquei muito impressionada. Esse projeto vai ser uma coisa muito especial.

— Vocês todas são excepcionais — declarou Sierra. — Não sei como conseguem fazer tanta coisa além de cuidar de filhos, terem empregos e tudo o mais.

— Acho que a gente vai aprendendo a criar tempo para o que é importante — disse Georgia.

A simples frase da irmã iluminou uma verdade desconfortável para Caroline. Sua arte e carreira a consumiram por completo por quase uma década. O que ela havia perdido durante todo esse tempo? Enquanto ajudava as irmãs a transformar a sala bege e básica em um espaço acolhedor para um grupo de apoio, ocorreu-lhe que talvez devesse parar de considerar a situação como um fiasco. Talvez ela devesse mesmo tentar enxergar tudo aquilo como uma oportunidade.

Sierra ajudou Lindy a fazer o café.

— Você também é uma das organizadoras? — perguntou Sierra.

Lindy arqueou a sobrancelha em uma expressão de ironia.

— Pretendo ajudar no que puder, mas não sou da organização. Essa honra é toda da Caroline. Eu fui vítima de violência doméstica.

Lindy escreveu seu nome e a palavra "sobrevivente" em uma etiqueta e colou na camisa antes de voltar os olhos para Sierra.

— Feche a boca, querida, ou vai entrar alguma mosca aí — disse ela.

— É uma longa história, mas vou contá-la se ninguém mais aparecer.

— Nossa, Lindy. Eu não sabia.

— Pois é, e isto foi justamente um grande fator na minha situação: o segredo — disse Lindy, oferecendo uma etiqueta para Sierra. — Você está linda como sempre. Eu amava quando você ia na loja modelar para a Caroline.

Sierra grudou a etiqueta na blusa.

— Você foi uma mentora incrível. Espero que a loja esteja indo bem.

— Está indo.

Embora estivesse emocionada com o apoio das irmãs e amigas, Caroline já estava pensando em afogar as mágoas comendo tortinhas de limão e brownies de café quando a porta se abriu e uma mulher entrou.

— Echo! — cumprimentou ela. — Que bom que você veio!

— Você não sabe o quanto a ideia de passar a noite com um romance barato e uma taça de vinho foi tentadora. — Echo parecia cansada ao se servir de café. Nesse momento, ela notou as guloseimas de Georgia. — Retiro o que disse. Isso está com uma cara deliciosa.

Caroline sentiu uma onda de gratidão — e solidariedade. Além de trabalhar na loja da Lindy, Echo dirigia um ônibus escolar pela manhã. Mesmo sabendo que contar com ela era lhe dar mais trabalho, Caroline esperava que aquilo ajudasse a aliviar um pouco a pressão sobre ela. Caroline tivera uma reunião positiva com o gerente de um banco da cidade, a respeito de um empréstimo para pequenas empresas, mas montar uma empresa do zero não era fácil.

A porta se abriu novamente e, para o espanto de Caroline, mais mulheres começaram a entrar — a maioria sozinha, mas algumas acompanhadas. Algumas pareciam arredias e evitavam contato visual, como quem comete furtos em lojas e está sempre achando que vai ser pego no flagra. Eternamente filha de um pastor, Sierra cumprimentou cada uma como uma convidada especial. Nadine, que havia rejeitado Caroline, apareceu, ainda com o uniforme do restaurante.

Caroline sentiu uma onda inesperada de lágrimas. Aquelas mulheres, a maioria completas estranhas, haviam acreditado no Clube de Costura. *Por favor, não me deixe decepcioná-las*, pediu silenciosamente.

Georgia a cutucou com o cotovelo.

— Vamos começar. Se mais pessoas aparecerem, eu cuido para que fiquem acomodadas, ok?

Caroline engoliu em seco e tentou se recompor.

— Bem-vindas — cumprimentou, mas, sem conseguir se conter, teve de pegar um lencinho. — Desculpe, eu não esperava ficar tão emotiva. Meu nome é Caroline Shelby e esse é o primeiro encontro do Clube de Costura de Oysterville. — Ela respirou fundo e soltou o ar lentamente. — Nossa, me desculpem. Bom, agradeço muito por terem vindo. Vamos começar? — As mulheres murmuraram em consentimento. — Vamos começar conversando sobre o objetivo desse grupo. Fiquei até tarde da noite ontem tentando pensar nas palavras certas.

Ela apontou para o quadro branco.

— "O Clube de Costura de Oysterville foi fundado para prover uma comunidade de apoio segura para sobreviventes de violência doméstica, seus amigos e parentes." Bom, não sou nenhum Shakespeare, mas tentei ser transparente: não somos qualificadas para lidar com crises e emergências. Se for esse o caso, recomendo que entrem em contato com os números listados no panfleto. Somos um grupo de trabalho completamente voluntário e criado para prestar apoio emocional. — Ela entregou uma prancheta com uma lista de números de telefone para que fosse passada pelo círculo. — Estou muito feliz por terem vindo. Fiquem à vontade para compartilhar o quanto se sentirem confortáveis, mesmo que seja muito pouco. E, por favor, tenham muito cuidado com as informações compartilhadas aqui. — Então, ela apresentou as irmãs e Sierra. — Peço também que tenham paciência comigo, porque sou nova nisso. Bom, acho que todas somos, não é?

Nesse momento, uma moça entrou na sala e ficou parada perto da porta. Ela acenou com a cabeça e escolheu um assento.

— Olá, pessoal. Eu sou a Ilsa — murmurou ela, olhando para o chão. As outras integrantes a cumprimentaram.

— Obrigada por vir — falou Caroline, sentindo o coração palpitar, querendo muito que aquilo desse certo. — Bem, vamos lá! — Ela pegou uma cesta de debaixo da cadeira. — Esta é uma coleção de coisas comuns de uma casa. A ideia é escolher um objeto da cesta que tenha algum tipo de significado para vocês e contar ao grupo uma história curta a respeito, ok?

Houve um momento de silêncio. Caroline agarrou a beirada da cadeira. Merda! Será que a ideia da atividade para quebrar o gelo era muito besta? Muito chata? Muito assustadora?

— Eu posso começar — falou alguém. — Meu nome é Amy.

Amy usava um moletom com capuz, calça moletom e tênis surrados. Parecia ter 20 e poucos anos. Pegando a cesta, ela voltou ao assento e analisou os objetos. Caroline tinha juntado uma coleção de itens comuns, como utensílios de cozinha, um peso de papel, um ingresso antigo... O tipo de coisa que se encontra em uma gaveta de bagunça.

— Ah, achei uma coisa! — disse Amy, segurando um chaveiro com uma lanterna. — Um chaveiro pode não ser considerado muito importante, mas é tudo para mim. Vi um aviso sobre esse encontro na biblioteca e dirigi de Ilwaco até aqui para participar. — A voz dela era rouca, talvez por excesso de cigarro ou bebida, ou os dois. — O que também pode não parecer algo muito excepcional para muita gente, mas, para mim, é. Um ano atrás, eu não sabia dirigir. Meu maldito marido não me deixava aprender porque, sabendo dirigir, eu poderia fugir dele, e aí ele não teria em quem bater, não é mesmo? A melhor coisa que me aconteceu foi ele ser preso por roubo de carros. Agora o filho da puta está cumprindo pena em Walla e a primeira coisa que fiz quando ele foi preso foi me inscrever na autoescola. Penhorei meu anel de noivado para pagar as aulas. Ele teria me arrebentado por isso, mas não me arrependo de nada. Eu estava determinada. Aprendi a dirigir bem para cacete e então rodei sem parar, por quilômetros e quilômetros, e amei a sensação de liberdade. Então vocês podem imaginar que o dia em que peguei minha carteira foi como um novo começo. Tenho medo do que ele vai fazer quando sair, mas estou segura por enquanto. Eu amo dirigir. É, tipo, minha coisa favorita do mundo. Entrego pizza, faço corridas de Uber, ajudo meus amigos. Ah, e também recolho e entrego encomendas pra uma lavanderia de Astoria. Não é lá uma grande vida, mas me mantém na estrada. — O grupo ficou em silêncio. Amy só deu de ombros, devolveu o chaveiro para a cesta e a passou para a mulher ao lado. — E estou feliz por ter vindo. Os biscoitos estão deliciosos, aliás.

A próxima — Evelyn, uma mulher calma e com jeito de avó, do tipo que se vê na igreja — remexeu na cesta e escolheu um canhoto de talão de cheques vazio.

— Ah, então vamos lá... — disse ela, a voz suave um contraste à de Amy. — Isso certamente me traz lembranças. Na terceira vez que meu marido me mandou para o hospital, o juiz emitiu um mandado de restrição contra ele. Eu sei que o juiz tinha boas intenções, mas, com isso, ele acabou criando um problemão para mim. Eu não tinha emprego, não sabia fazer nada, estava criando minha filha que precisava de um tratamento médico que eu não podia pagar. Então fui ao tribunal e implorei ao juiz para revogar o mandado, porque meu marido controlava todo o dinheiro. — Enquanto falava, Evelyn girava uma aliança de casamento no dedo. — Eu sei que isso pode soar estranho para vocês, meninas jovens e independentes, mas, na minha época, não tínhamos opções como hoje em dia. O juiz me olhou e disse: "Você está disposta a ser um saco de pancadas em nome da sua filha." — Evelyn moveu a mão para o pulso, como se massageasse um lugar dolorido. — Eu implorei, em vão, mas ele claramente ficou preocupado. Então, me encaminhou para uma pessoa que me ajudou a ter acesso a benefícios para minha filha e à pensão do meu marido. Ainda estou casada com ele, mas não o vejo há anos. Acho que vamos nos divorciar um dia. Para mim, seria só uma formalidade, porque já estou livre há um bom tempo.

Echo Sanders escolheu um carretel de linha.

— Bom, essa foi fácil — disse, abrindo um sorriso. — Costurar foi meu primeiro amor, e é muito legal que esse grupo se autodenomine um clube de costura. — Ela falava rápido, olhando sempre para o relógio na parede. Mencionou estar grata por trabalhar no novo ateliê de Caroline e então levantou o conceito de sacrifício. — Li em algum lugar que as pessoas se perdem quando esquecem seus sonhos. Será? Espero que não. Nunca esqueci dos meus, sei exatamente quais são. Meu problema é que estou sempre ocupada tentando pagar as contas. Mas não quero que sintam pena de mim, ok? Só estou falando o que vem na cabeça.

Uma mulher chamada Willow foi a próxima. Ela escolheu uma agenda, as folhas em branco.

— Nossa, isso me traz muitas lembranças — confessou. — Eu era obcecada em planejar, minha vida toda era planejada até os mínimos detalhes. Só que a vida quase nunca segue nossos planos, não é? Eu me casei com um homem que me fez sofrer muito. Tínhamos discussões muito exaustivas, ele tinha acessos de raiva que foram me deixando com medo, mas era tudo muito sutil. A deterioração lenta não era óbvia, nem mesmo para mim. Eu não conseguia enxergar a situação como ela realmente era. A violência que eu sofri acabou com minha independência e destruiu minha autoconfiança. Quando finalmente tive forças para ir embora e recomeçar, eu era uma concha vazia... — Ela folheou as páginas brancas. Suas mãos pareciam secas e rachadas, dez anos mais velhas do que seu rosto redondo e macio. — Meu ex nega tudo. É um mestre do *gaslighting*, sempre me fazendo pensar que *eu* sou a doida que quer acabar com a vida dele, que inventei tudo. Tentei contar a situação para algumas pessoas, família e amigos, mas eu nunca consigo explicar direito, e todo mundo também acaba achando que sou maluca. Às vezes até eu duvido de mim mesma. Ele é bem-sucedido e amado por todo mundo. É influente, respeitável. Tudo que a gente pensa quando imagina o diretor de um grande hospital. — Willow chegou na seção do calendário e observou a página por um momento. — Recebi muitos conselhos ruins de pessoas com boas intenções. Meu pastor sugeriu maneiras de acalmar meu marido, de fazer ele sentir menos raiva. Uma amiga disse que eu deveria me empenhar mais no sexo. — Amy riu alto. — Pois é! Então vim aqui na esperança de encontrar pessoas que me entendam. — Ela olhou ao redor, nervosa, e voltou os olhos para o chão. — Eu acho... espero ter encontrado.

Caroline segurou a mão de Sierra. Elas se entreolharam e permaneceram de mãos dadas.

— Precisei entrar com um mandado de restrição enquanto estava saindo de casa, o que me fez sofrer ainda mais *gaslighting*, até do juiz, porque não conseguia explicar como funcionava o abuso emocional que eu estava sofrendo — continuou Willow. — Eu entrei em depressão, provavelmente ainda estou, mas não posso pagar por terapia ou remédios. Minha autoconfiança está em frangalhos. O último emprego que ousei assumir foi na lavanderia de um hotel, mas não sei se vou conseguir voltar ao que eu era antes. — Ela passou as mãos avermelhadas pelas folhas. — Mas eu já fui alguém. Eu era juíza de paz, acreditam? Ironicamente, sou autorizada a realizar casamentos. E tinha outras habilidades também. Sou analista de negócios e advogada de patentes. Escrevi planos de negócios para empresas milionárias e start-ups com finanças limitadas…

Caroline não conseguia acreditar no que estava ouvindo. Uma advogada. Uma juíza. Que agora trabalhava em uma lavanderia de hotel?

Willow deve ter percebido a cara dela.

— Ter uma graduação não significa que recebi algum aviso especial de que o homem charmoso e bem-sucedido com quem eu casei era um monstro. Meu diploma não me deixou imune a coisas que acontecem atrás de portas fechadas. Mas, como diz o ditado, uma jornada de milhares de quilômetros começa com um único passo. — Ela fechou a agenda e olhou para o círculo. — Bom, vocês são meu primeiro passo.

Caroline ficou imóvel. Sentia-se devastada e frustrada com as histórias que estava ouvindo, mas, ao mesmo tempo, ouvi-las era transformador. Aquelas mulheres vinham de lugares completamente diferentes, eram de várias classes sociais. Em comum, tinham sofrido na mão de um parceiro ou uma parceira. Um marido. Um namorado. Uma namorada.

Dificuldades econômicas eram parte de quase todas as histórias. Mulheres que se mantinham com seus abusadores para sobreviver e continuavam presas, às vezes por anos. A maioria não tinha pais como os de Caroline, que ofereciam um lugar seguro.

Ela tinha vivido até ali sem dar a devida importância à própria independência. Mas, agora que tinha duas crianças sob sua responsabilidade, Caroline entendia os sacrifícios que as mulheres eram forçadas a fazer. Ela queria estabelecer um negócio de sucesso que pudesse pagar um salário de tempo integral para Echo. E contratar Echo era apenas um pequeno passo. Caroline precisava de um plano maior. Fez um juramento silencioso de expandir seu negócio para além das camisetas de super-herói. Ela queria criar mais oportunidades para mais mulheres, mulheres como Amy. Caroline já estava pagando um motorista para entregar as roupas prontas em Seattle e Portland. Por que não contratar Amy, que adorava dirigir? E, se o dinheiro continuasse a entrar, ela contrataria Willow em um piscar de olhos para ajudar com a administração dos negócios. Caroline sabia criar padrões, fazer todo o tipo de costura, operar as máquinas e comprar materiais. Já sobre a estrutura de um negócio…

A última a chegar, Ilsa, remexeu na cesta.

— Não vejo nada pra mim… — confessou ela. — Não sei nem se eu podia estar aqui. Nunca fui casada, nunca nem tive um relacionamento longo. Eu vim porque… — Ela colocou a cesta de lado e manteve o olhar no chão. — Eu nem sei dar um nome para o que aconteceu comigo. Um encontro ruim? — Ela coçou a lateral do pescoço. Para Caroline, ela parecia muito jovem, talvez mal tivesse saído da adolescência. — Eu conheci um cara e nós marcamos de sair para beber. Ele parecia fofo, o perfil dele no aplicativo de encontros era legal. Eu sou web designer, ele pareceu interessado no meu trabalho. Bem, no dia do encontro eu fiquei um pouco bêbada… — continuou Ilsa. — Sei que não devia ter entrado no carro com ele, mas eu não estava em condições de dirigir e ele se ofereceu para me levar em casa. Demos uns beijos por um tempo, mas eu realmente queria ir para casa. Mas… mas aí ele começou a forçar. Eu falei "Não", mas não neguei com tanta intensidade. Não queria soar esquisita nem dramática. E ele ficou tipo: "Ah, então você tá a fim de uma coisa mais intensa, né?". E com isso tirou minha blusa e tentou me forçar de novo.

As palavras da garota acenderam uma raiva intensa em Caroline, despertando uma lembrança antiga, mas nunca esquecida. Ela estava paralisada, mas sentiu as mãos se fechando em punhos.

— Eu... ele... De alguma forma, consegui me soltar. Abri a porta e literalmente caí de cara no chão do estacionamento. Então corri loucamente até o meu carro. Nem lembro como entrei, só lembro dele cantando pneu para fora do estacionamento. Eu só fiquei lá, trancada no carro, me tremendo inteira. Tremia tanto que achei que meus dentes iam cair. Depois de um tempo, consegui colocar a chave na ignição. Nessa hora, eu já estava completamente sóbria. Com certeza em choque. Aconteceu tudo muito rápido...

Essas coisas pegam a gente desprevenida, pensou Caroline, sentindo um formigamento na nuca.

— Eu sei que devia me sentir grata por ter conseguido escapar — falou Ilsa. — E pensei: bom, é isso. Acabou. Foi só um momento ruim. Vou só esquecer que aconteceu e seguir em frente. — Ela finalmente levantou os olhos do chão. — Mas eu não consigo esquecer. A coisa toda deve ter durado uns cinco minutos, mas não consigo parar de pensar nisso. Eu fico reprisando o momento na cabeça. Fui burra de ter bebido muito? Idiota de ter entrado no carro dele? A minha saia era muito curta? A minha blusa era muito justa? Daí eu pensei em contar para alguém, tipo minha mãe ou uma amiga, mas não consegui. É a primeira vez que falo sobre isso. E tem mais: o cara continua me mandando mensagem, me chamando pra sair. Ele age como se a gente tivesse curtido muito juntos. Até me enviou uma foto do pau dele. Então eu acho que... — Ela deu de ombros e coçou o pescoço de novo. — Por isso não tenho certeza se eu devia estar aqui... — Ela olhou para as mãos, cutucou as unhas. — Tipo... eu fui abusada? Sexualmente? Ou foi só um encontro ruim?

Você foi abusada, pensou Caroline, com uma certeza feroz. Era um fato. Ela mal conseguia imaginar o trauma que a garota estava passando. Ou, talvez, conseguisse, sim... Um incidente havia muito enterrado, mas nunca esquecido, ressurgiu em sua mente. O cheiro de água salgada na pele dele, o hálito de Jägermeister. O peso do corpo prendendo-a contra a toalha. A voz rouca em seu ouvido. Aquele também tinha sido um momento breve, mas, anos depois, ainda ardia em sua memória. Caroline ficou surpresa com o fervor que sentiu até o fundo do estômago. Agora ela entendia que, se a intimidade não parecia certa, era porque provavelmente não era.

— Você é bem-vinda aqui — disse Lindy. — Não há pré-requisitos para se juntar ao grupo.

Quando a cesta chegou em Caroline, ela analisou os objetos por um tempo, mesmo que tivessem sido escolhidos por ela. Itens comuns, do dia a dia. Em seu trabalho, fizera apresentações para estilistas e diretores criativos mundialmente renomados. Ainda assim, falar na frente de um grupo de mulheres de Oysterville parecia muito mais intimidador.

Pegou uma concha de berbigão, em tons de rosa e marrom, uma das mais comuns nas praias da região.

— Sou sempre atraída para isso aqui — falou ela, segurando a concha na mão. — Me lembra do meu apelido de infância: Conchinha. Tinha quase esquecido disso até voltar para cá. Agora adaptei ele para o nome da minha marca de roupas. — Ela respirou fundo e olhou para todas na sala. — Preciso ser sincera, fiquei surpresa com tudo que ouvi. E, embora eu nunca tenha tido um relacionamento abusivo, passei por uma situação parecida com a da Ilsa. — Caroline nem precisou olhar para as irmãs para sentir que elas se endireitaram na cadeira, como se tivessem levado um choque. — Foi há muito tempo e eu não falei nada na época, mas a lembrança ainda me assombra às vezes.

Ela sabia que as irmãs teriam centenas de perguntas, e responderia a todas depois. Talvez. Lembranças são coisas poderosas. Elas podem assombrar e atormentar e amaldiçoar a alma de uma pessoa com "e se" ou "eu devia ter feito isso ou aquilo". Apertando a concha com força, Caroline sentiu suas bordas fincarem em sua palma.

— Mas não foi por isso que quis criar esse grupo. Minha vida foi atingida pela violência doméstica de uma maneira muito séria. Uma das minhas melhores amigas foi uma vítima. Gostaria de dizer que ela é uma sobrevivente, mas ela não resistiu.

Caroline respirou fundo, tentando organizar os pensamentos. Então, fechou os olhos e as lembranças vieram, como se tivessem acontecido no dia anterior.

— Quando era estilista em Nova York, trabalhei com uma modelo linda, no topo do mundo da moda. Sempre achei que a vida dela era maravilhosa, até que um dia percebi alguns hematomas no corpo dela. Ela disse que não era nada, e eu não a pressionei. Eu queria… Eu gostaria de ter pressionado, sim, mas eu não sabia. Não percebi os sinais… Bem, pouco tempo depois, ela me procurou, desesperada, com os dois filhos à tiracolo. Precisando de um lugar para ficar. Ofereci meu apartamento, achei que estava ajudando. Até o dia em que cheguei em casa e a encontrei morta. Overdose. Eu nem fazia ideia que ela usava drogas. Não consigo deixar de pensar que isso tenha relação com os abusos que ela sofreu. Agora estou cuidando dos filhos dela e meu mundo virou de ponta-cabeça. Estou dando o meu melhor para ajudar os dois a lidar com o que aconteceu.

Caroline sabia que seria assombrada para sempre pela promessa que havia feito, de forma sincera e ingênua, à amiga. Sentia-se atormentada por dúvidas e incertezas. Será que deveria ter insistido para Angelique ir à delegacia assim que soubera? Será que deveria ter pressionado mais? Forçado Angelique a falar a verdade? Será que poderia ter feito outra escolha que resultaria em algo diferente?

Caroline fechou os olhos de novo, relembrando de Angelique em toda a sua glória.

— Sinto saudades dela. Angelique era mais que linda. Tinha tanta gana, tanta força, talvez força *demais*, porque ninguém percebeu o que estava acontecendo dentro dela. Eu inclusa. E agora a perdi, e tudo aconteceu tão rápido que nem pude passar pelo luto da morte dela. Meu maior medo é falhar com os filhos dela. — Respirando fundo mais uma vez, ela apertou a concha entre a palma das mãos e continuou falando para o grupo. — Estou muito feliz por estar aqui e orgulhosa das minhas irmãs e amigas por terem me ajudado a organizar tudo isso. Sempre soube que Georgia e Virginia eram mais velhas e sábias do que eu, mas nunca percebi o *quão* mais sábias elas são.

A história tinha saído meio às pressas. Será que tinha falado muito? Será que estavam achando Caroline uma idiota, uma tagarela? Mas, quando olhou ao redor, ela só enxergou aceitação.

— Espero que, entendendo melhor o que aconteceu com a mãe deles, eu consiga ajudar e proteger melhor essas crianças.

Houve mais conversa. Biscoitos foram comidos. E, no final da noite, todas as presentes concordaram em voltar na semana seguinte.

Enquanto arrumavam a sala e guardavam os materiais em caixas, Caroline sentiu uma onda de esperança.

— É um começo — sussurrou ela para ninguém em especial. — Estou feliz por termos começado.

Antes de se deitar naquela noite, Caroline deu um pulinho no quarto das crianças. Conferir como eles estavam antes de dormir havia se tornado um hábito. Flick e Addie estavam em sono profundo, respirando baixinho e dormindo pacificamente. Flick gostava de dormir com os binóculos que ela havia comprado para ele, seu mais novo tesouro. Ele dizia que o ajudava a ver as estrelas à noite. Addie estava, como sempre, agarrada à sua Mulher-Maravilha.

A luz suave vinda do corredor iluminava seus rostinhos, e a vulnerabilidade neles fez Caroline sentir um misto de amor e tristeza.

Angelique, eles são maravilhosos, falou ela silenciosamente para a amiga. *Gostaria que você visse como estão crescendo rápido, quantas coisas aprendem todos os dias. Eles sentem sua falta. Eu sinto sua falta.*

Tudo é tão diferente aqui. É o mundo onde cresci. Um lugar seguro. Eu nunca precisei me preocupar em estar segura, eu simplesmente estava.

É isso que quero dar a eles, Angelique. Uma infância na qual segurança não seja um objetivo, mas uma realidade.

Parte Três

Para a memória, usamos nossa imaginação. Pegamos alguns pedaços do tempo e os carregamos conosco. Então, como uma ostra, criamos uma pérola ao redor deles.

— JOHN BANVILLE

Catorze

Na primeira vez que foi à antiga casa dos Jensen, Caroline tinha quase 13 anos. Era comecinho do verão, o que significava três meses gloriosos pela frente, sem professores, apostilas, lição de casa, alarmes, regras de como se vestir ou filas. Os turistas já começavam a chegar em seus carros lustrosos, cheios de pranchas de surfe e cestas de piquenique, vindos das cidades grandes para fugir do calor e do trânsito.

O vento que batia em seu rosto e balançava seu cabelo enquanto Caroline pedalava pela rua tinha cheiro de liberdade, refrescante e adocicado. Os pneus grossos da bicicleta trepidavam pela estrada, e ela checava o tempo todo os potes de geleia de morango e ruibarbo da mãe, para ver se ainda estavam aninhados com segurança na cestinha da frente.

A mãe de Caroline havia pedido para que ela levasse a geleia caseira para a sra. Jensen como agradecimento, já que esta fizera uma doação generosa para a biblioteca da cidade — um dos projetos estimados de Dottie. Caroline ganharia cinco pratas pela entrega. Se fosse uma pessoa melhor, como Georgia, sua irmã perfeita, provavelmente doaria as cinco pratas para a biblioteca também. Mas ela não era Georgia. Não era perfeita. E precisava do dinheiro para comprar tecido na loja da Lindy, o lugar mais especial de toda a península. Tinha em mente uma ideia incrível para um vestido de verão, a antiga máquina de costura da avó já estava lubrificada e ela mal podia esperar para colocar a mão na massa.

A casa dos Jensen era uma mansão grandiosa, ou tinha sido antigamente. Com a tinta verde e descascada, era rodeada por uma varanda e telhado de empena, com janelas. Havia uma passarela gradeada ao longo da linha do telhado com vista para Willapa Bay. Em um dos livros mais queridos de sua infância, *A pequena criada de Nantucket*, Caroline descobrira que essas passarelas eram chamadas de "passarela das viúvas", pois era para onde muitas mulheres iam na tentativa de avistar a volta de seus maridos pescadores. Não fazia sentido algum para Caroline. Por que essas mulheres não encontravam algo melhor para fazer? Como costurar um vestido, ou uma daquelas saias com camadas de crinolina...

Ela estacionou a bicicleta, tirou o capacete, pegou a cesta e foi até a porta da frente. Um cachorro de pelo marrom desgrenhado apareceu, correndo e latindo. Como a cauda não parava de balançar, parecia amigável.

— Oie — falou ela, agachando para fazer um carinho.

O bichinho usava uma coleira vermelha com identificação.

— Oi, Duffy. Esse é o seu nome, bonitinho?

Ele balançou a cauda, deu voltinhas e foi embora, pegando um galho seco no caminho.

Caroline olhou ao redor, mas não viu ninguém. A varanda estava mobiliada com cadeiras de vime brancas e um balanço de dois lugares. Havia uma mesa de ferro forjado, uma grande aspidistra plantada e um limpador de botas em forma de cachorro-salsicha. As almofadas das cadeiras eram enfeitadas por um tecido damasco horroroso, com estampa de rosas de cem pétalas. Caroline nunca entendera como as pessoas podiam gostar de damasco, um tecido tão pesado e cafona.

Uma placa da sociedade histórica estava pregada próxima à porta: "RESIDÊNCIA DE ARNE JENSEN [1881]". Em 1881, as meninas ainda usavam anáguas e botas que prendiam no tornozelo com um botão. E espartilhos que pareciam machucar, mas também pareciam incríveis.

Caroline subiu os degraus, bateu na porta e esperou. Nada. Colocando as mãos em volta dos olhos, olhou para o hall através do vidro jateado antigo. Havia uma árvorezinha no corredor e um espelho, além de uma escada de madeira. Mas ninguém à vista.

Ela bateu novamente, então se virou e protegeu os olhos da luz do sol, examinando a área. Havia um celeiro gigante com paredes de madeira castigada pelo tempo, o telhado cedendo, abaulado para baixo como a barriga de uma porca. Ao longe estavam as docas e os galpões de ostras. Ainda nenhuma alma.

Caroline deixou a cesta na porta e colocou a nota de agradecimento de sua mãe ao lado.

— Oi.

Assustada, Caroline se virou de supetão. Havia um garoto no caminho de cascalho que levava à doca. Alto e magro, ele estava molhado dos pés à cabeça e segurava máscara, nadadeiras e um snorkel. O cabelo louro estava lambido para trás como o pelo de uma foca, e ele tinha sardas e olhos azuis com marcas de máscara ao redor.

O coração dela acelerou. Até encharcado ele era fofo. Nos últimos tempos, Caroline havia começado a prestar atenção em meninos de uma maneira diferente. Uma que fazia seu corpo ficar quente e mole.

— Oi — respondeu ela, se perguntando quem era ele. Nunca o tinha visto pela cidade antes.

— Está procurando alguém? — perguntou o menino.

— A sra. Jensen, a velha. Tenho uma entrega pra ela.

— Minha vó. Ela não é tão velha assim, credo.

Ela olhou ao redor, para os campos e planícies de maré, para os grandes cedros costeiros permanentemente curvados pelo vento.

— Essa é a casa dos seus avós?

— Sim.

— E você veio visitar ou…?

— Aham, para passar o verão.

Um turista, então. Ele não parecia tão chique de calção de banho, e a barriga dele era branca igual à de um peixe.

Ele colocou o equipamento de mergulho no chão da varanda.

— Meu nome é Will Jensen.

— O meu é Caroline Shelby. Eu moro na cidade. O ano inteiro.

Como todo mundo na península, Caroline tinha sentimentos contraditórios sobre os turistas de verão. Eles desciam a cada temporada para aproveitar o sol e se divertir nas ondas, enchendo os acampamentos e hotéis, andando de bicicleta para cima e para baixo nos calçadões, empinando pipas e soltando fogos de artifício ilegais quase todas as noites. Suas irmãs mais velhas e suas amigas eram obcecadas por arrumar namorados de verão, que, pelo que Caroline entendia, eram garotos com quem trocavam uns beijos e nunca mais viam no final da alta temporada.

Ela olhou para o equipamento de mergulho. Will tinha pernas longas e pálidas, que pareciam ser feitas em partes iguais de músculos e pelos arrepiados.

— Você curte nadar?

Ele assentiu e sorriu com os lábios azulados.

— Meu vô diz que sou meio-peixe, mas não vi muita coisa nas docas — disse ele, gesticulando acima do ombro. — Vi muitas anêmonas e caranguejos. Queria ver os pássaros mergulhando, mas fiquei com frio.

— Já tentou usar roupa de mergulho?

— Não.

— Dá para ficar mais tempo na água. Vende na loja do Swain.

Ser uma local a fazia se sentir um pouquinho mais superior, por saber onde encontrar as coisas.

— Vou lembrar disso.

Ele saiu da sombra para a luz do sol. Os olhos dele eram azuis como o chiclete favorito dela.

A sensação de calor e moleza voltou.

— Você tem bicicleta? — perguntou ela, repentinamente inspirada.

— Acho que tem uma velha no celeiro.

— Quer dar uma volta?

— Claro. Só vou trocar de roupa rapidinho.

Will deu um tapinha na perna e Duffy apareceu para segui-lo para dentro da casa.

Enquanto esperava, Caroline encheu os pulmões com o ar inebriante da aventura iminente, tão palpável quanto o gosto de salmoura em sua língua. Ela normalmente não gostava da companhia de meninos. Com dois irmãos mais novos, estava bem ciente de seus defeitos. Meninos eram barulhentos, tinham cheiro de hamster e o hábito incompreensível de usar a mesma camisa suja por dias e dias até que alguém os obrigasse a trocar de roupa.

Mas aquele menino... Will Jensen. Tinha algo de interessante nele, e não eram só as sardinhas e os olhos azuis. Por algum motivo, ele não parecia tão irritante quanto os irmãos ou colegas de classe. Ainda não, pelo menos.

Alguns minutos depois, ele apareceu nos degraus da varanda. A camiseta com os dizeres "Escolha a Marinha" parecia limpa o suficiente. O cabelo louro agora estava brilhoso como em um comercial de xampu. Era um cabelo bonito demais, pensou ela. Para um menino.

— Os pneus da bicicleta devem estar murchos — falou ele, liderando o caminho para o celeiro.

Ela o alcançou.

— Você gosta da Marinha?

— Meu pai é da Marinha, então é melhor eu gostar, né? A gente está em Guam faz dois anos. Sabe onde fica?

Caroline desviou o olhar, se sentindo ignorante.

— Se eu falar que sim, é mentira. Foi mal.

— Tudo bem, eu também provavelmente não saberia se não morasse lá. É uma ilha na Micronésia, no Pacífico Sul.

— Guam... E como é lá?

— Tropical. Tipo o Havaí, mas com cobras.

— Parece incrível! Eu aguentaria as cobras se fosse igual o Havaí. Nunca fui lá, mas aposto que é lindo. Só morei aqui a vida inteira.

— Acho que aqui é bem incrível também.

— No verão, sim — concordou ela. — Mas você já veio no inverno?

Ele negou com a cabeça.

— Deixa eu adivinhar. Frio, escuro e molhado?

— Sim, é péssimo!

Todos os anos, os pais de Caroline falavam que iam fechar o restaurante por um mês inteiro no inverno e levar a família para algum lugar quente. Mas era conversa fiada. Logo estavam se preocupando com quem cuidaria do cachorro. E da casa. E do restaurante. E em como bancar uma viagem grande com cinco filhos, e com as meninas mais velhas faltando à escola. Eventualmente, acabavam se convencendo de que não era uma boa ideia e ficavam ali mesmo.

Will levantou o trinco enferrujado da porta do celeiro e as dobradiças rangeram. A luz do sol se derramava pelas rachaduras nas paredes, criando longas barras de luz e sombra e iluminando teias de aranha velhas. Partículas de poeira rodopiaram pelo ar com o movimento. O teto alto e arqueado fazia o espaço parecer enorme, maior que um santuário de igreja.

— Meu vô vive falando que vai limpar isso aqui, mas nunca limpa — comentou Will. — Aposto que tem coisa aqui da época do avô *dele*, que construiu a casa. — Ele apontou para uma placa de madeira entalhada com os dizeres "Justine". — Isso é de um navio que levava ostras pra São Francisco.

Caroline observou uma figura de proa de mulher seminua.

— E essa é a Justine?

Will ficou tão vermelho que as sardas desapareceram.

— Sei lá. Me ajuda aqui com a bike. Acho que ela não foi usada desde a última vez que vim para cá, no verão passado.

Eles tiraram a bicicleta de debaixo da bagunça e a levaram para fora. Caroline ajudou Will a encher os pneus, aliviada por ter aprendido com o pai e não fazer papel de tonta. Will encontrou lubrificante e passou nas correias, e tudo parecia estar funcionando bem.

— Melhor dar uma olhada para ver se não tem nenhuma aranha dentro do capacete — alertou ela.

Will ergueu o capacete para inspecioná-lo. Caroline ficou com nojo mas não surpresa quando uma aranha peluda ficou pendurada pela lateral. Mas ela *ficou* surpresa quando ele pegou a aranha e a colocou no chão antes de limpar as teias e vestir o capacete. Talvez uma aranha não fosse nada perto das cobras de Guam.

— Preparado?

Ela montou na bicicleta e partiu para a estrada principal. Quando pegou velocidade, decidiu se exibir um pouco e levantou os braços para gritar "EU AMO O VERÃO!". Mas ela não era páreo para Will. Ele facilmente a ultrapassou e tomou a dianteira enquanto pedalavam para o sul da península. Passaram pelo minúsculo campo de golfe, onde homens barrigudos bebiam cerveja entre tacadas. Long Beach estava com tráfego intenso e cheia de pessoas passeando pelas calçadas, olhando as vitrines das lojas. Os dois conversaram pouco, mas ela apontou alguns lugares que os turistas adoravam, como o Museu de Estranhezas de Marsh, a pista de kart, a fábrica de bala de caramelo salgado e o fliperama.

— Vamos andar na passarela — sugeriu Caroline.

Ela então virou na direção do arco que emoldurava uma vista magnífica da praia, infinitamente plana e pontilhada de pessoas. Eles seguiram por um caminho panorâmico pelas dunas na orla.

— Esse é o nosso restaurante, o Estrela do Mar — comentou ela, apontando para o grande prédio antigo com os deques cobertos e mesas com guarda-sol.

— Ei! Eu fui lá comer mexilhão outro dia. Gostei do lugar.

— Quase todo mundo gosta. Fica bem cheio no verão, principalmente desde que ele saiu no *The New York Times* e na *Condé Nast Traveler*. Ah, e uma vez uma equipe do Travel Channel veio e passou o dia inteiro filmando, mas o programa teve só meia hora.

— Sério? Que maneiro!

— Eu queria muito ter aparecido na TV. Até fiz uma roupa nova e falei disso na gravação, mas eles cortaram essa parte. Eles mostraram meus pais, porque são os donos, e minha irmã Virginia, porque ela é linda e fingiu ser uma cliente sentada no deque. — Will a encarou de um jeito estranho e ela corou. — Eu falo demais, eu sei. A mamãe diz que é porque sou a filha do meio e, quando se está no meio, você precisa aprender a falar alto e bastante, senão acaba sendo esquecido.

— Duvido que alguém esqueceria de você.

— Ha, é porque você não conheceu meus irmãos. Tenho duas irmãs e dois irmãos. E você?

— Nenhum. Sou só eu.

— Que sorte.

Desviando dos turistas em busca de sol e das pessoas com equipamentos de pesca e pipas, os dois pedalaram até a vila de pescadores de Ilwaco, com sua marina repleta de barcos fretados e embarcações comerciais.

— Você já foi em um farol? Aqui tem dois — disse Caroline.

— Vamos lá — falou ele.

A subida íngreme e sinuosa quase a matou, mas ela não deixou transparecer que suas pernas estavam prestes a colapsar. O passeio os levou até um relevo costeiro rochoso com caminhos úmidos que atravessavam uma densa floresta até os faróis, Cabeça Nortenha e Cabo da Decepção.

Em um mirante com vista para onde o rio Columbia desaguava no Pacífico, pararam para descansar perto do primeiro farol, Cabeça Nortenha. Tiraram os capacetes e cada um tomou um longo gole de água na fonte do parque. Em seguida, passaram pela cerca de segurança até o relevo costeiro, um cabo coberto de rochas com vista para o litoral.

Will observou a vista vertiginosa das ondas quebrando contra penhascos e rochas. Algumas delas explodiam a centenas de metros no ar.

— Uau — disse ele.

— Daqui dá para ver as baleias-cinzentas migrando na primavera e no outono — comentou ela. — E você tem que ver como esse lugar fica durante uma tempestade. As ondas são enormes e tem muitas trovoadas, além da ventania e da névoa. É perigoso pra caramba para os barcos. Seu pai trabalha em navio?

— Aham. Em janeiro, vamos nos mudar de Guam para Coronado. Fica no sul da Califórnia.

— Uau, Califórnia parece legal.

Eles pararam sobre uma elevação rochosa, sentindo o borrifo salgado no rosto.

— Esse aqui é o meu lugar — contou Caroline, olhando para onde a borda do oceano se encontrava com o céu. — Digo, não é meu, mas venho aqui às vezes para pensar.

— É um bom lugar.

Ele olhou para o horizonte azul, e então pegou uma pedra e atirou para longe. Caroline acompanhou a pedra até ela desaparecer. Will começou a andar por uma trilha que dava a volta nos penhascos e ela o seguiu, tentando imaginar como seria um lugar chamado Coronado. Sempre que pensava na Califórnia, ela imaginava o mundo de *Barrados no baile,* uma série chata mas da qual as irmãs não perdiam um episódio.

— A Califórnia vai ser OK, eu acho — falou ele. — Vou para uma escola normal, não uma escola do DD.

— O que é uma escola do DD?

— Do Departamento de Defesa. Eles têm uma em todas as bases, mas como Coronado fica nos Estados Unidos, vou para uma escola pública.

— Seu pai vai para um navio diferente, então?

— Não, lá ele vai fazer serviço em terra. Vai trabalhar na base porque somos só eu e ele agora, então ele não pode ser enviado para missões.

— Ah… Seus pais se separaram?

Era o que tinha acontecido com os pais de algumas amigas dela. Um dos dois ia embora, e Caroline tinha pavor dessa ideia. Mas, normalmente, os filhos ficavam com a mãe.

— Minha mãe morreu.

Caroline tropeçou e quase colidiu com ele.

— Nossa, isso é horrível. É… — A mente dela se encheu de tantas perguntas que ela não sabia por onde começar. — O que aconteceu?

— Ela teve um negócio chamado edema pulmonar. Tinha um problema no coração que ninguém sabia.

A voz de Will saiu baixa e sem emoção, o que de alguma forma fez a resposta soar pior do que se ele estivesse chorando.

— Essa é a história mais triste que eu já ouvi. Quando foi?

— Um pouco depois do Ano-Novo do ano passado. Meu pai estava de plantão e achei que minha mãe tinha perdido a hora de levantar, mas ela tinha morrido durante a noite.

Caroline tentou imaginar como deve ter sido, encontrar a mãe morta pela manhã.

— Eu não… Meu Deus. Isso é horrível. Não consigo pensar em nada pra dizer.

— Pelo menos você é honesta.

Ela sentiu um aperto no peito e um arrepio percorrer o corpo.

— Nossa, cara — falou ela. — Eu me sinto muito mal por você. Só de pensar em perder minha mãe eu me tremo inteira. Eu ficaria totalmente perdida sem ela. Eu seria tipo aquele barco de pesca que ficou à deriva no último inverno e foi puxado pela maré e então bateu nas pedras, bem perto de onde o Columbia deságua no oceano.

Caroline apontou, e ele parou para observar as ondas violentas.

— Achei que você não soubesse o que dizer — comentou ele.

— Acho que consegui, né? Mas enfim... Se algo acontecesse com a minha mãe, é assim que eu me sentiria.

Will ficou quieto por alguns minutos, apenas observando a vista. As cores eram incríveis, do azul do céu de verão ao índigo das águas ao branco como a neve da espuma das ondas que batiam contra os penhascos. As ondas faziam um rugido profundo, que ecoava pelas cavernas rochosas sob o penhasco.

— Foi mal — disse ela. — Espero que isso não tenha feito você se sentir pior.

— Não fez. E o que você disse sobre se sentir perdida e bater nas pedras... É tipo isso... Não, é *exatamente* isso.

Ela olhou para as ondas fervilhantes explodindo contra o quebra-mar na foz do rio.

— A gente aprendeu na escola que tiveram vários naufrágios aqui.

Ele se virou e olhou para o sentinela no topo do penhasco.

— Achei que o farol era para evitar naufrágios.

— Só funciona se tem alguém no leme.

Naquele verão, Caroline e Will se tornaram amigos. Algo dentro dela reconheceu que aquilo era especial. Não era apenas uma camaradagem com uma criança aleatória em um jogo de vôlei de praia — era real e vivo. Era diferente do que sentia com os amigos da escola, que ela via o tempo todo. A amizade com Will era outra coisa, e parecia rara, de alguma forma, talvez porque ambos soubessem que terminaria quando o verão chegasse ao fim.

Às vezes, Caroline não tinha certeza sobre o que pensar a respeito daquele menino. Conversar com ele era fácil, eles se entendiam de uma maneira que parecia completamente natural e sem esforço. Will era meio quieto, e ela era meio tagarela, e talvez fosse por isso que se dessem tão bem.

Aproveitavam ao máximo cada dia, encontrando uma aventura a cada esquina. Ambos adoravam o cheiro do mar, a qualidade da maresia no ar. Ela disse a ele que Long Beach tinha a melhor areia para cavar em qualquer lugar do mundo, não que ela tivesse cavado em qualquer outra. Havia competições de castelos de areia, e pessoas vinham de todos os lugares para construir esculturas malucas de sereias e torres, trabalhando o dia todo em criações que seriam varridas pela maré.

Eles faziam caminhadas com o cachorro dele e o dela — Duffy e Wendell. Era óbvio que Duffy era o mais esperto dos dois, pois obedecia a comandos e encontrava facilmente seu caminho pelas florestas, prados e dunas de areia. Wendell era brincalhão e inútil, mas tão fofo que todos o amavam.

— Eu e o Wendell fazemos aniversário no mesmo dia, sabia? — contou Caroline. — Bom, não sabemos exatamente quando é o aniversário dele, mas ele foi resgatado no mesmo ano que eu nasci, então demos meu aniversário para ele.

— Ele se vira bem pra um cachorro tão velho — disse Will.

— O Wendell não é velho — protestou Caroline. — Bom, talvez ele seja, mas eu tento não pensar nisso. Não consigo imaginar minha vida sem ele.

— Então não imagine — falou Will. — E daí, um dia, ele vai partir e vai ser a pior coisa do mundo e você vai ter que se acostumar.

Ela imaginou se era assim que ele se sentia por perder a mãe, mas não perguntou em voz alta. Já era ruim o suficiente que ele tivesse perdido a mãe. Caroline não faria ele falar sobre isso.

A praia no verão parecia uma recompensa por suportar os invernos escuros e encharcados de chuva — águas límpidas, ondas selvagens e enormes, tudo isso fazia parte do coração e alma de Caroline. Eles catavam mariscos, levando sua colheita para casa aos baldes. Juntavam dinheiro das mesadas para comprar maçãs do amor e algodão-doce. Com Will, a temporada parecia uma passagem secreta para um mundo especial. Ela gostava de imaginar que apenas os dois eram capazes de encontrá-la, de atravessar o portão invisível e desaparecer para sempre, como crianças em um livro de aventuras.

Will era um ótimo nadador e bastante destemido na água, fosse em uma prancha de bodyboard ou em um caiaque. Ela tentava acompanhá-lo, mas ele sempre precisava esperar que ela o alcançasse. Caroline lhe mostrou todas as praias da cidade, cada uma com seu clima especial, como a Klipsan, com turistas que pareciam vir de toda parte do mundo, talvez até de Guam, onde ele morava com o pai.

Ela descobriu que os dois frequentavam a Igreja Congregacional de Oceanside, e passaram a sofrer juntos em todos os cultos de domingo, tentando não fazer contato visual para não terem ataques de riso.

Não viam a hora do culto acabar para irem brincar do lado de fora. Às vezes, se juntavam às outras crianças da cidade que Caroline conhecia da escola.

Will geralmente ia de bicicleta até a casa dela e partiam de lá. Exploraram todos os lugares favoritos de Caroline, incluindo os bosques pantanosos onde, às vezes, durante a época de migração do salmão, os peixes realmente atravessavam a calçada e a floresta em seu caminho. Descobriram muitas coisas maravilhosas juntos, como o ninho de garça-azul que podiam observar perfeitamente da passarela de viúva da casa dos avós dele. Ela mostrou a Will como costurar na velha máquina de pedal da avó, embora ele tenha admitido que não conseguia pensar em nada que precisasse costurar. Por sua vez, ele apresentou a ela as ferramentas elétricas do avô e, juntos, fizeram uma casa de andorinha com madeira velha.

Depois de assistirem a um filme antigo do Bruce Lee, Will revelou que estava estudando defesa pessoal porque seu pai acreditava que toda criança precisava saber lutar.

— Eu nunca lutei de verdade. Você já? — perguntou ela.

Ele assentiu.

— Tinha um grupo de valentões na minha escola em Guam. Voltei para casa com o lábio cortado um dia, e foi aí que meu pai me inscreveu no krav maga.

— Nunca ouvi falar. Como funciona?

— A melhor defesa é não brigar. Mas, se não conseguir evitar, a ideia é acabar com a luta o mais rápido possível. Você aprende a manter a calma — explicou ele. — A maioria das pessoas fica brava durante uma briga, o que só te deixa vulnerável. E não lute do jeito que seu oponente quer. Lute do jeito que *você* sabe.

— Parece muito difícil para mim. Sou a irmã do meio de cinco. Se algum deles quiser brigar, não vou conseguir impedir.

Will deu uns passos para trás.

— Avance na minha direção como se fosse me atacar.

— Quê? Isso é besteira.

— Você não quer ver como funciona? Não esquenta, você não vai me machucar. Prometo. E eu não vou te machucar porque é só uma demonstração. Finge que sou um cara ruim e me ataca.

Bom, isso era praticamente impossível, mas ela se sentiu desafiada. Caroline correu na direção dele, tentando imitar um personagem do filme. No momento que chegou perto dele, Will fez um movimento rápido e, num piscar de olhos, Caroline estava de costas na grama, olhando para o céu.

Levou uns segundos para ela recuperar o fôlego.

— Ei!

Ele apoiou um joelho no chão e colocou o antebraço no pescoço dela.

— Se isso fosse uma luta de verdade, eu apertaria seu pescoço até você se render ou desmaiar.

Caroline olhou para o rosto dele. Will cheirava a grama cortada e suor, seus olhos eram tão azuis quanto o céu acima dele, e ela estava perto o suficiente para contar as sardas em seu nariz. Abalada com a proximidade, ela disse:

— Beleza, já entendi. Me lembre de nunca mais atacar você.

Um dia, eles viram o pai de Caroline colocando uma prancha de surfe e roupa de mergulho na caçamba da picape.

— E aí, sr. Shelby — cumprimentou Will. — Vai para onde?

— Vou passar umas horinhas em Sunset Beach. Você surfa, Will?

— Quem dera. Talvez eu aprenda quando me mudar pra Coronado.

— A Caroline surfa bem — comentou ele.

Will virou para encará-la com novos olhos.

— Sério? Eu não sabia.

— Você não perguntou — explicou ela. — E não sou tão boa. Só consigo ficar de pé na prancha.

— Que tal se eu colocar mais pranchas e roupas e levar vocês para testarem suas habilidades?

Os olhos de Will brilharam como se fosse manhã de Natal.

— Maneiro! Obrigado, sr. Shelby!

O pai dela pegou as pranchas e roupas enquanto Will e Caroline se apertaram no banco traseiro da picape. No último minuto, os irmãos mais novos dela saíram correndo da casa, implorando para ir junto. Caroline ficou irritada, mas o pai adorou.

— Vocês vão ter que revezar — falou ele. — Não posso levar todos para a água ao mesmo tempo.

— Tudo bem! — falou Jackson. — A gente vai se comportar. Prometo!

— Prometo! — repetiu Austin.

Caroline encontrou o olhar de Will e deu de ombros. Ele apenas sorriu. Parecia gostar da família grande e diferente dela, e ele tinha muito mais paciência com os meninos do que ela.

Suas irmãs estavam no ensino médio e trabalhavam no restaurante. No verão seguinte, era esperado que Caroline fizesse o mesmo, começando na horrível e fumegante área de lavar louça, com os grandes esguichos de mão, até ser digna de subir a escada, como sua mãe dizia. Papai chamava aquilo de pagar as dívidas. Todos os Shelby começavam no nível mais baixo e eram promovidos se fizessem um bom trabalho. Georgia, também conhecida como Senhorita Perfeita, ficou apenas uma semana lavando louça e se saiu tão bem que já trabalhava como *hostess* do restaurante. Virginia, também conhecida como Senhorita Linda, não ficou muito atrás.

Caroline se perguntou quanto tempo levaria para provar que merecia ser promovida enquanto arrumava mesas e lavava pratos. Estava com medo. Georgia e Virginia diziam que gostavam da energia, do barulho e do fluxo de pessoas indo e vindo. Caroline sabia que enlouqueceria com o barulho e o calor, com o chef e os cozinheiros desbocados correndo de um lado para o outro e com as constantes demandas dos clientes. Ela preferia desenhar ou fazer coisas na velha máquina de costura da avó. Acima de tudo, adorava correr ao ar livre, de preferência com Will.

Chegando na praia, o pai estacionou a picape. Os surfistas já estavam flutuando além da linha das ondas, balançando como boias enquanto esperavam uma onda. Vários deles se levantaram, como bonecos-palito pretos contra as ondas azul-esverdeadas. Caroline viu Will observar a cena com o corpo tenso. Ela não era muito boa no surfe, mas às vezes tinha sorte. Talvez aquele fosse um dia de sorte.

— As roupas estão na caçamba da picape — falou o pai.

Mesmo sendo um dia de verão, a água nunca estava quente o suficiente para surfar sem roupa de mergulho. Eles se fecharam no neoprene e levaram as pranchas para a água. O pai dela já estava remando, mergulhando habilmente sob as ondas que chegavam. Jackson e Austin pegaram suas pranchas de bodyboard, que eram mais fáceis de manejar.

Caroline arrastou a prancha para o mar. A água a gelou até os ossos, mas em poucos segundos, a roupa de mergulho a fez recuperar o conforto. Uma onda subiu, batendo no rosto dela. Ela riu ao sentir a água e o sol e prendeu a tira do tornozelo. Will estava muito à frente, como sempre. Ela não ficou surpresa quando ele encarou aprender a surfar como se estivesse em uma missão.

Ela sabia que ele aprenderia rápido, o pai dela era um instrutor de surfe muito bom. Lyle havia crescido no sul da Califórnia e gostava de dizer que a água salgada corria em suas veias. Graças a ele, todos os Shelby sabiam remar pela espuma branca e encontrar a ondulação verde-acinzentada de uma onda. Lyle costumava ficar horas no mar, empurrando a prancha dela exatamente no momento certo e gritando: "Posição de ataque!", sua deixa para que ela subisse na prancha e surfasse até a areia. A alegria do pai quando ela conseguiu era quase tão gratificante quanto a sensação inebriante da própria onda.

Will continuou lutando com as ondas e o timing correto, até depois que os irmãos dela se cansaram e foram para a areia construir um forte de madeira flutuante. Seu pai disse que Will tinha um centro de gravidade alto porque era alto, então talvez fosse preciso mais prática para acertar a postura. Ele foi derrubado várias vezes pelas ondas, mas não desistiu.

— O tempo é a parte mais difícil de acertar — disse Lyle. — E é a coisa que mais faz diferença. O momento certo é quando a onda embaixo de você está quase quebrando. Então você precisa descobrir se precisa esperar ou remar mais rápido.

Caroline esforçava-se para surfar na parede da onda, não apenas na crista. Observou o horizonte em busca das ondas perfeitas e teve sorte algumas vezes, encontrando aquele ponto vítreo em ondas ininterruptas.

— Bom trabalho, Conchinha! — elogiou o pai. — Você também, Will. Está mandando muito bem!

— Eu vou conseguir — disse ele.

E, finalmente, em um momento perfeito, ele de fato conseguiu. Will avistou a onda certa e remou até o pai dela gritar: "Posição de ataque!".

Will ficou de pé, cambaleou um pouco e surfou na onda com uma expressão de tanta felicidade que Caroline riu alto. Ele caiu no mar, mas logo emergiu dando um soquinho de triunfo no ar. *Isso é verão*, pensou ela. E desejou que pudesse durar para sempre...

À medida que a estação se aproximava de seu final agridoce, Caroline sentiu uma urgência peculiar de preencher os dias com tudo o que amava sobre o verão. O fim de semana antes do Dia do Trabalhador, na primeira segunda-feira de setembro, apareceu no calendário, o último momento de alegria para tantos na península — incluindo Will. O piquenique do Rotary Club atraiu todos para a Praia do Pôr do Sol. Mães chegavam carregando cestas de vime cheias de sanduíches de salada de ovo, sacos de batatas fritas, bandejas de biscoitos, toalhas listradas e tubos de protetor solar. Uma banda local tocava velhas canções dançantes dos anos 1980, e havia um jogo de vôlei rolando. Caroline e Will estavam carregando um *cooler* de piquenique do calçadão para a praia quando um assobio agudo soou. Will parou de andar e congelou com um olhar engraçado no rosto.

— Meu pai está aqui — falou ele, colocando o *cooler* no chão.

Caroline deu meia-volta e viu um homem alto andando na direção deles. Usava um blazer azul-marinho e calça de flanela plissada, e o cabelo louro com corte militar reluzia por causa do gel. Os sapatos brilhavam ao sol. Ele tinha um queixo quadrado e uma postura perfeita que chamava a atenção das pessoas.

— Eita! — respondeu ela. — Ele vai para a praia com a gente?

Will limpou as mãos nos shorts.

— Duvido. Ele não está vestido para isso.

Verdade. O pai de Will parecia deslocado, mas não desconfortável, entre as pessoas que atravessavam o estacionamento para chegar à praia.

— E aí, filho — cumprimentou o sr. Jensen. — Seus avós disseram que eu encontraria você aqui.

— Oi, pai.

Eles não se tocaram ou se abraçaram, mas trocaram um aceno breve de cabeça.

— Você vai no piquenique? — perguntou Will.

— Talvez depois — falou ele.

— Essa é Caroline — apresentou Will.

— Caroline Shelby — completou ela, estendendo a mão, mesmo que o gesto parecesse forçado. O aperto dele foi rápido e forte, como uma mordida. — Meu pai trouxe pranchas e roupas de mergulho. Vamos surfar, e o senhor pode vir. Se quiser, é claro.

Ela se sentiu ficando tagarela de novo, o que acontecia quando ficava nervosa. Algo no sr. Jensen a deixava nervosa.

— Ou você pode ir só para assistir. Já consigo ficar de pé na prancha, pai — disse Will.

— Não faz muito sentido para mim, se parar para pensar. O oceano é onde eu trabalho, não onde me divirto — respondeu o sr. Jensen. — Mas podem ir se divertir, crianças. Vou dar uma passadinha no bar para tomar uma gelada.

— Tá bom. Te vejo depois — falou Will.

— Fique longe de problemas, filho.

— Pode deixar.

O sr. Jensen fez um breve movimento de saudação com a mão, depois virou em direção à rua principal. Havia vários bares e pubs aonde os adultos iam para beber enquanto viam beisebol em TVs de tela grande.

Caroline analisou o rosto de Will. Havia uma tristeza peculiar nos olhos azuis. Será que ele estava lembrando da mãe? Ou quem sabe desejando que o pai fosse ficar com eles na praia?

— Talvez ele apareça mais tarde — sugeriu ela, tentando animá-lo.

— Nah, ele não vai aparecer até o bar fechar.

— Eu sinto muito — falou ela, incerta sobre a coisa certa a dizer.

Ele observou o pai se distanciando.

— Eu não. Se ele aparecesse, só estragaria as coisas.

Caroline não conseguia imaginar alguém estragando um dia na praia.

— Como assim?

— Ele provavelmente ia beber muito e me fazer passar vergonha.

— Ah... Sinto muito.

— Hoje é meu último dia aqui. Não vou deixar nada estragar isso. Vamos!

Eles levaram o *cooler* para a área do piquenique, onde os irmãos dela já atacavam um prato de ovos recheados que a mãe havia feito. Suas irmãs e as respectivas amigas trançavam os cabelos umas das outras e se ajeitavam em toalhas esticadas, de onde poderiam ser notadas pelos meninos que passassem. O pai dela já estava com roupa de mergulho e passando cera nas pranchas.

— Hoje o mar está bom — falou ele. — Quer encarar?

— Claro! — disse Will. — Preciso praticar o máximo possível.

— Assim que se fala — elogiou o pai dela.

Will sorriu e eles foram para a água surfar com o grupo de crianças além da arrebentação. Como sempre, Will ficou no mar por horas, muito tempo depois de a exaustão e a fome levarem Caroline à área de churrasco, onde os voluntários do Rotary preparavam comida para a multidão e bebiam cerveja. Depois de um tempo, Will apareceu e devorou um hambúrguer com um olhar de felicidade no rosto.

Pouco antes de escurecer, o pai dele veio buscá-lo. Ela reconheceu a passada, só que agora pontuada por um leve cambaleio.

Lyle apareceu para se apresentar.

— Will tem um talento natural para surfar. Ele foi muito bem nesse verão.

— Ah, sim. Bom, precisamos ir — falou o sr. Jensen. — Partimos amanhã cedinho.

— Que tal se eu der uma carona pra vocês? Estou indo na mesma direção.

Não, não está, pensou Caroline.

— Agradeço, mas meu carro está estacionado bem ali — disse o sr. Jensen, apontando vagamente para o nada.

— Podemos pegá-lo amanhã. Nos finais de semana de feriado, a polícia adora fazer blitz e dar multas — disse seu pai. — Você pode me dar uma mãozinha com as pranchas? Valeu, cara.

Sommelier, Lyle havia trabalhado em bares a vida toda e era especialista em lidar com pessoas que tinham bebido um pouco além da conta. Sabia exatamente o que fazer e tinha uma abordagem muito sutil. Em poucos minutos, as quatro crianças estavam amontoadas na cabine da picape, com Lyle ao volante e o sr. Jensen no carona. O pai dela manteve uma conversa amigável durante a viagem para a Beira d'Água. Will ficou em silêncio durante todo o caminho. Caroline podia senti-lo respirando ao lado dela. Tiveram que compartilhar um cinto de segurança, e a perna dele pressionada contra a dela estava tensa. Quando estacionaram na frente da antiga casa, Will saiu do carro como se não pudesse fugir rápido o suficiente.

— Hum, obrigado pela carona, sr. Shelby — agradeceu ele.

— Não foi nada — falou o pai dela. — Nadinha mesmo.

O sr. Jensen começou a andar na direção da porta da casa.

— É, obrigado pela carona. Agora vamos, filho.

Caroline ficou para trás, dolorosamente ciente de que aquilo era um adeus. E ela não sabia muito bem como se despedir, então apenas falou:

— Tchau, Will.

Ele endureceu, como se só naquele momento tivesse percebido que era um adeus.

— Tá bom. Acho que nos vemos por aí, né?

— Acho que sim — disse ela.

Havia uma centena de coisas que Caroline queria dizer a ele, mas Will já estava quase entrando na casa. Talvez ela devesse perguntar se podia ligar para ele. Mas não, eles não falavam ao telefone. Não era esse tipo de amizade. Era um tipo de amizade de correr e brincar o dia inteiro. Tentar falar ao telefone só estragaria tudo. Além disso, como se fazia uma ligação pra Guam? Isso era possível?

Sempre havia a possibilidade de enviar um e-mail, mas na casa de Caroline havia apenas um computador e todos tinham o mesmo endereço de e-mail: familiaShelby@willapa.net. Ela com certeza não queria que suas irmãs lessem seus e-mails para Will Jensen.

Tinha odiado aquele adeus. Era apressado e estranho. Não que ela quisesse se demorar como Romeu e Julieta, mas meio que queria dizer algumas coisas, como "Eu me diverti", ou "Vou sentir falta das nossas tardes". Ou ainda: "Vou pensar em você durante o ano letivo todinho".

— Você vai voltar ano que vem? — perguntou ela.

— Com certeza.

— Estarei aqui.

Quinze

Caroline estava cantando um hino com a boca bem aberta quando viu Will Jensen de novo, no ano seguinte. Ela estava em seu lugar usual na igreja, sentada no meio de um banco, quando resolveu olhar para os lados e lá estava ele, uma fileira atrás, do outro lado do corredor.

Ela quase engasgou no meio da estrofe. Sentindo as bochechas ficarem vermelhas, virou a cabeça para a frente de novo.

Caroline tinha sentido tanta saudade de Will após a partida dele no verão passado que escrevera todo tipo de coisa que gostaria de contar a ele — do que havia comido no jantar (caçarola de atum com pescado fresco do tio e ervilhas) à agenda de aulas (sua disciplina favorita era uma chamada artes domésticas, que envolvia costura). Mas ela nunca enviou nenhuma das cartas. Para começo de conversa, não sabia o endereço dele em Guam ou em Coronado. Sim, podia ter perguntado para a avó dele, mas era tímida demais para isso.

Um dia, ela brigou com os irmãos para passar um tempo no computador e finalmente conseguiu sentar para escrever um e-mail. O modem ficou apitando o tempo inteiro e, na hora "H", a conexão caiu e a mensagem, escrita com tanto cuidado, desapareceu num piscar de olhos. Depois disso, ela desistiu. Comparado às aventuras de verão e aos passeios épicos de bicicleta pela península, um e-mail era uma coisa muito chata.

Após a missa, eles se encontraram perto da mesa de biscoitos.

— Oi, estranha — cumprimentou Will. — Voltei.

— Pois é, você voltou.

— Vou ficar o verão inteiro — falou ele.

— Legal! A igreja é chata, mas os biscoitos são gostosos. Eles estão procurando um novo pastor. Talvez achem um que não seja tão chato.

Caroline não conseguia parar de sorrir, mas ainda se sentia estranha. Will estava tão diferente. Mais alto. Talvez até mais largo nos ombros. A voz dele também estava bem diferente, um pouco desafinada e profunda, quase como um modem de computador, só que humano. Será que ela também parecia diferente aos olhos dele? Provavelmente não. Continuava magrela e sem peito, algo que suas irmãs adoravam lembrá-la. Mas ela havia começado a usar sutiã mesmo assim, esperando que a peça acelerasse o processo.

— Olha só esse cabelo — comentou ele.

Bom, pelo menos ele estava notando *alguma coisa* nela.

— O que tem meu cabelo?

— Ele tá rosa, ué.

— Fui em um evento de conscientização sobre câncer de mama — explicou ela, e então corou por ter dito "mama". — Você pode ir na praia amanhã? — perguntou, mudando de assunto. — A previsão diz que vai estar muito bom para surfar.

— Claro! Meus avós compraram uma prancha para mim!

A primeira segunda-feira do verão foi especial, como um feriado mágico, marcando o primeiro dia em que as crianças não precisavam se arrastar para fora da cama, nem choramingar durante o café da manhã, nem correr para pegar o ônibus como se ele chegasse em um horário diferente todos os dias, nem ficar olhando o mundo lá fora pela janela durante a aula. Fiel à previsão do tempo, a primeira segunda-feira foi um dia de praia, e a areia estava lotada de gente dando as boas-vindas ao verão. As horas passaram como uma série de *frames* — jogar vôlei, empinar pipa, fazer castelos de areia, surfar. Caroline ficou na água até as pernas ficarem bambas de cansaço. Depois, cambaleou até a praia, tirou a roupa de mergulho e tomou uma ducha no chuveirão. Então, guardou a roupa de mergulho na parte de trás da caminhonete, vestiu um short e pegou um moletom.

— Ele não vai prestar atenção em você com isso — disse Georgia, pegando o moletom da mão dela.

— Quê? Não sei do que você está falando.

— Sei — disse Georgia, ajustando a tira do biquíni verde-limão de Caroline. — O menino que voltou para o verão. Essa roupa faz você parecer a irmã mais nova dele.

— E? — perguntou Caroline, que olhou para baixo, analisando seu short e tênis de amarrar.

— Você é tão obcecada em criar roupas, mas se veste como um menino. Experimenta isso aqui.

Com seu jeitinho mandão costumeiro, Georgia trocou o moletom por uma blusa meio transparente de sua sacola de praia. Ela rolou o tecido até a cintura de Caroline e fez um nó abaixo de seus seios, deixando sua barriga descoberta.

— Isso. Bem melhor. Você tem uma barriguinha linda.

— Credo — falou Caroline, sentindo as bochechas ficarem quentes. — Ninguém se importa com isso.

A irmã mais velha jogou o moletom de volta na caminhonete.

— Aham. Fala isso para a Baby de *Dirty dancing*.

Georgia e as amigas estavam obcecadas por aquele filme antigo. As músicas da trilha sonora apareciam em todos os CDs que elas gravavam. Até Caroline gostava em segredo das partes em que Baby se transformava de nerd em deusa.

Will apareceu na praia e tirou a roupa de mergulho. Ele não pareceu notar a barriguinha linda de Caroline. Ela entregou uma latinha de refrigerante para ele, a bebida que os dois concordavam ser a melhor para tomar depois de surfar. Depois de um tempo relaxando, entraram em uma partida de vôlei e ela notou algumas amigas olhando para Will.

— Ele é bem gatinho — falou Rona Stevens, uma menina da sala de Caroline. — Ele é a cara do Brendan Fraser, só que louro.

— Quê? Nada a ver.

Era muito estranho ver as amigas olhando o Will. Algumas já tinham namorados, praticamente todas já tinham seios. Caroline não tinha nem uma coisa nem outra, e isso não a incomodava. Tá bom, talvez incomodasse um pouquinho…

— Ele é bem gostoso mesmo — declarou Rona.

Como capitã da equipe de líderes de torcida, Rona era uma das meninas mais importantes do ensino fundamental. Ou, pelo menos, achava que era.

— Ele é o que... Mas, gente...

Caroline balançou a cabeça. Muitas coisas andavam confundindo sua mente nos últimos tempos. Coisas como a expectativa de começar o ensino médio em setembro. Coisas como começar a chorar do nada. Ou sentir vergonha porque a maioria das amigas já estavam menstruando e usando sutiãs. E também como se sentia estranha quando olhava para Will Jensen. Parte dela — uma grande parte — só queria voltar a ser uma amiga de verão dele, como tinham sido no ano anterior.

No fim do dia, o pôr do sol iluminou tudo com uma luz dourada, e os banhistas apontaram câmeras para o horizonte, tentando capturar a imagem. As cores se fundiram como um líquido derramado à medida que o sol abaixava. Um grupo de jovens estava sentado na areia, brincando e conversando sobre os planos para o verão.

— Preciso trabalhar no restaurante esse verão — lamentou Caroline. — Minhas irmãs já começaram, e agora é minha vez. Vou arrumar mesas e lavar louça. Um saco. Eu reclamei muito, mas é o negócio da família e preciso "fazer a minha parte". — Ela imitou o sermão que havia ouvido dos pais.

— Eu também vou trabalhar — falou Will. — Meio-período na Scoops.

— Que legal! Eu amo o sorvete deles.

— Eu também. E o dono disse que o salário pode aumentar com as gorjetas. Quero juntar dinheiro para comprar uma prancha lá em Coronado.

O que será que o pai dele tinha a dizer sobre isso? Será que o sr. Jensen ainda achava que o mar não era lugar para brincar, só para trabalhar?

— E é bom surfar lá?

— É, sim. Andei praticando.

— Deu para ver hoje. Você está ficando bom.

Caroline suspirou, se apoiou nos cotovelos e observou o voo das gaivotas acima do mar. Will era bom em tudo. Provavelmente até em matemática.

— Ei, você já viu o brilho verde quando o sol se põe?

— Brilho verde? — perguntou ele, confuso.

— É uma coisa que dá para ver de vez em quando durante o pôr do sol. Não é sempre, mas em dias claros como hoje, a luz se separa em cores diferentes na hora de atravessar a atmosfera — explicou Caroline, e sorriu quando viu a expressão dele. — Às vezes eu presto atenção na aula de ciência, ok? Talvez a gente veja o brilho verde hoje.

Ele abraçou os joelhos e olhou para o horizonte.

— Se acontecer, vai ser novidade para mim.

— Não olhe direto para o sol até o último segundo.

— Mas daí eu posso perder a chance...

— Não. Eu te falo quando for para olhar. Sempre fico procurando o brilho verde. Dizem que quem vê nunca mais sofre de amor.

Will riu em tom de deboche.

— Uma coisa não tem nada a ver com a outra.

Por acaso ele estava mais sarcástico do que no ano anterior?

— E daí? Eu sei que é só algo que as pessoas costumam falar, mas mesmo assim quero ver sempre que posso. Nunca se sabe, né?

Outros jovens se juntaram a eles, se deitando de barriga para baixo em toalhas de praia e encarando o horizonte sem fim. Rona Stevens conseguiu se encaixar bem ao lado de Will, mas ele não pareceu notar.

Quando a luz se aprofundou, Caroline deu uma cotovelada nele.

— Tá, a gente já pode começar a procurar o brilho verde. É bem rápido, perto do fim.

Todos olharam para o orbe que encolhia. Um momento antes de sumir de vista, um sutil vislumbre de verde brilhou no céu.

— Ali! — exclamou Caroline. — Eu vi! E você?

— Acho que vi! Uma linha verde, né? Acho que vi, sim.

— Maneiro. Você nunca vai sofrer no amor, então.

— Sei não...

Caroline se sentia boba e feliz só de estar ao lado dele.

— Eu também não.

Eles se levantaram, recolhendo toalhas e cangas, sacudindo a areia e carregando as pranchas de surfe e bodyboard. Will ia encontrar o avô no estacionamento da praia. Caroline ia pegar carona para casa com Georgia, que dirigia a caminhonete do pai como uma pilota profissional — de acordo com ela mesma, é claro.

— E como é a Califórnia? — perguntou ela, imaginando um episódio de *Barrados no baile*.

— É bem legal. Mas não tão legal quanto aqui.

Will encostou a prancha perto do chuveirão e, sem hesitar um segundo, tirou a camisa com uma só mão e colocou o rosto no jato de água.

Caroline tentou não olhar para o peitoral dele ou notar o jeito como o short se encaixava nos ossos do seu quadril.

— E seu pai está gostando de trabalhar em terra?

Ele terminou a ducha e colocou a toalha em volta do pescoço.

— Acho que sim. Ele está namorando agora. Acho que vai casar.

— Eita! E isso é uma boa notícia ou…?

— Acho que sim, sei lá. Ela chama Shasta e trabalha na base. Ela é bem legal. Bem mais nova que o meu pai, o que é meio estranho. Acho que ela é, tipo, só uns 15 anos mais velha que eu.

Caroline tentou imaginar o próprio pai com outra mulher que não fosse a mãe dela. Impossível. Não conseguia imaginar mais ninguém sendo capaz de cuidar da casa e da família.

— E ela tem filhos?

— Não. Ouvi eles falando sobre ter outro filho, por isso acho que vão casar — disse Will, observando as nuvens no horizonte. — Meu pai nunca fala da minha mãe. Às vezes é como se ela nunca tivesse existido.

Caroline odiava tanto lavar louça no restaurante que queria sentar e chorar. As pilhas de louça grudenta e suja chegavam em sua área em caixas de plástico fundas e engorduradas, esperando para serem lavadas com o jato de água quente da torneira. O supervisor dela, Mike, era um folgado que passava mais tempo fumando do lado de fora do que dentro da cozinha. Georgia e Virginia atendiam as mesas e pareciam amar o trabalho. Ainda assim, Caroline sabia que, mesmo se fosse promovida a garçonete, ainda odiaria trabalhar no restaurante. Seu turno de quatro horas parecia infinito.

Após algumas semanas, ela se sentou com a mãe e disse:

— Eu não aguento mais.

— Mas, querida, você acabou de começar.

— Eu quero ajudar, mãe. Você sabe que quero. Mas lavar louça está me matando por dentro.

— Nossa, quanto drama.

— Mãe!

— Está bem, me desculpe. Eu devia saber que não tem como argumentar com seus sentimentos. No que está pensando, srta. Caroline?

— Eu tenho uma proposta. E se, em vez de trabalhar no restaurante, eu arranjar um trabalho em outro lugar?

— Você não pode trabalhar em outro lugar até ter 14 anos.

— Eu tenho quase 14, e a sra. Bloom disse que posso ajudar na loja de tecidos e que vai me pagando por fora até meu aniversário. Eu adoro a loja dela, mãe! Por favor!

— Ah, Caroline...

Ela segurou a respiração. Quando a mãe dizia "Ah, Caroline", é porque estava amolecendo à ideia.

— Posso pelo menos tentar? Se não der certo, volto a trabalhar no restaurante. Prometo!

— Suas irmãs amam o restaurante. E você vai estar servindo mesas num piscar de olhos.

— Eu também amo o restaurante, só não gosto de trabalhar nele. Por favor! A sra. Bloom disse que posso ter desconto nos tecidos. E você sabe que compro muitos tecidos.

— Eu sei bem. Você faz coisas incríveis, filha.

— E vou fazer ainda mais se me deixar trabalhar na loja.

Caroline ainda se lembrava de entrar na loja da Lindy pela primeira vez. Ela estava na terceira série e, por algum motivo, a mãe tinha pedido para que ela fosse à loja comprar uma cartela de botões. Caroline retornou horas depois, tendo gastado toda a mesada em acessórios para costura, linhas e tecidos. Correu para seu quarto com seus tesouros e imediatamente começou a trabalhar na confecção de uma roupa para sua boneca. Mesmo com uma tesoura cega e costurando à mão em vez de usar uma máquina, a roupa ficou uma lindeza. Caroline ficou tão orgulhosa dela que a levou para a sra. Bloom, que disse inequivocamente que se tratava de um trabalho promissor.

Depois disso, Caroline encontrava qualquer desculpa para ir à loja, cativada pela variedade de tecidos e pelas longas gavetas de metal com padrões alinhados como mapas de El Dorado. As ilustrações feitas à mão nos envelopes assombravam seus sonhos. Todos os seus cadernos escolares estavam cheios de desenhos de roupas, de vestidos de baile a boleros.

Dottie hesitou, mas cedeu.

— Vou ligar para Lindy, então.

Caroline abraçou a mãe.

— Você é a melhor! Prometo que não vai se arrepender!

— Não, não vou — disse a mãe, o rosto cheio de ternura.

Caroline pulou em sua bicicleta e correu para a cidade para contar a novidade a Will. Do outro lado da vitrine da sorveteria, ele parecia ao mesmo tempo fofo e ridículo com uma camisa branca de botões, avental e chapéu de papel.

— Minha mãe deixou! Não preciso mais lavar louça! Agora vou trabalhar na loja de tecidos do outro lado da rua!

— Que bom! — falou ele. — Então, você gostaria de...

— Oi, Will!

Um grupo de garotas entrou na loja, liderado por Rona Stevens.

Gostaria de quê? Caroline cerrou os dentes em irritação. Ele estava prestes a perguntar a ela... o quê? Se ela gostaria de ir ao cinema? De caminhar até o topo das colinas de Willapa? De comer pizza? O quê?!

Ela nunca saberia, porque a loja agora estava infestada de líderes de torcida. Rona e suas amigas estavam todas de shorts curtos, brilho labial e laços de cabelo gigantes que pareciam um membro extra.

— Precisamos de sorvete. Estamos quase morrendo por sorvete. Ah, e aí, Caroline.

— Oi para vocês também.

Por algum motivo, Caroline sempre se sentia inadequada perto de Rona. A líder de torcida era famosa por ter ficado com um calouro do ensino médio — um cara que, por algum motivo, dizia que seu nome era Hakon — em um baile no ano passado. Supostamente, Hakon era namorado dela, mas isso não a impedia de flertar com Will.

— Qual é o sabor do dia? — perguntou Rona, se apoiando no balcão até seus peitos quase tocarem no vidro.

— Cranberry crocante — falou Will, aparentemente alheio à tentativa dela de mostrar o decote. — Querem provar?

Ele entregou uma colherzinha de plástico para cada uma das meninas e ofereceu uma para Caroline, mas ela negou.

— Não, valeu. Eu sei o que quero.

— O de sempre?

— Aham.

Ele pegou uma bola de chocolate com caramelo salgado e a colocou habilmente em uma casquinha. Caroline contou suas moedas e as deslizou sobre o balcão. As outras meninas insistiram em provar todos os sabores. Eventualmente, com um excesso de risadinhas, fizeram seus pedidos. Caroline estava irritada com o flerte exagerado, mas Will não parecia se importar. Rona colocou uma gorjeta gorda no pote no balcão com gestos dramáticos, para que todos notassem.

— Estamos indo para a pista de kart — falou ela para Will. — Quer ir depois do trabalho?

Ele passou um pano no balcão.

— Não posso. Prometi jogar *cribbage* com meu avô essa noite.

— O que é *cribbage*? — perguntou Rona, inclinando a cabeça para um lado. — Parece algo assustador.

Will sorriu de forma amigável.

— É o jogo favorito dele. Mas valeu pelo convite. Quem sabe outra hora.

— Sim, com certeza — disse ela, e então lançou um olhar de desdém para Caroline. — Até depois, crianças.

Quando o grupo foi embora, Caroline se sentou num banquinho e observou enquanto Will terminava de limpar o balcão.

— Como é a escola na Califórnia?

Ele olhou para cima rapidamente.

— Eu frequentava uma escola do Departamento de Defesa em Guam, então uma escola pública é bem diferente.

— Diferente bom? Ou tem garotos babacas iguais aos que você enfrentava em Guam?

— Tem garotos babacas em todos os lugares, mas nenhum veio arranjar problema comigo.

— Você ainda está fazendo aulas de krav maga?

— Aham, eu e meu pai. A namorada dele, a Shasta, disse que a gente devia fazer uma coisa de pai e filho. Também entrei no clube de futebol e de corrida na escola nova. — Will a observou por um momento. — O que foi? Ansiosa por causa do ensino médio?

Caroline assentiu com uma expressão de derrota.

— Eu não sou muito boa em nada. Nunca tiro mais que 8. Sou mediana em esportes. Sou a segunda principal tocadora de clarinete, como se *isso* fosse uma coisa importante. Além disso, a escola vai começar meia hora mais cedo, e eu não sou uma pessoa matinal.

Ela lambeu ao redor da casquinha de sorvete até perceber que ele estava olhando para ela.

— Que foi?

— Você surfa melhor do que a maioria das pessoas que conheço.

— Você não conhece muita gente, né?

— Ah, fala sério. Qual é seu superpoder? Minha mãe dizia que todo mundo tem um.

Caroline se endireitou no banquinho.

— Tá, tem uma coisa. Eu sou muito boa em costurar. Tenho mãos de fada.

— Costurar, tipo, com linha e agulha?

— Em uma máquina também. Meu sonho é ter uma máquina industrial de agulha. A sra. Bloom me deixa usar a dela, por isso estou empolgada de trabalhar na loja. Vou poder usar as máquinas dela! — Caroline pulou do banquinho e deu uma voltinha. — Olha só esse short. Eu que fiz.

— Que legal.

O olhar de Will ficou pousado no short dela por um tempo, e ele corou.

— Enfim... — disse Caroline, sentindo as bochechas ficarem quentes também. — Como isso vai facilitar minha vida no ensino médio? Vou sobreviver só com meus conhecimentos em costura e surfe?

— Talvez não ajude, mas pelo menos você vai estar fazendo alguma coisa que gosta.

Dezesseis

Trabalhar na loja de tecidos era o paraíso comparado ao inferno que tinha sido lavar louça. Caroline adorava tudo ali, até a papelada tediosa e os clientes que bagunçavam os manequins e não compravam nada.

— Aqui está — disse a sra. Bloom no final da semana. — Seu primeiro salário.

— Obrigada!

Caroline nem quis conferir. Ela trabalharia ali até de graça, verdade fosse dita. A sra. Bloom era uma das suas pessoas favoritas, sempre feliz em mostrar suas técnicas de costura, desde maneiras de melhorar os ajustes até como usar a máquina industrial e a de overloque. Era sempre muito receptiva com os clientes, mas, de vez em quando, uma sombra parecia pairar sobre ela, como se estivesse pensando em algo ruim ou triste.

Pouco antes da hora de fechar, Caroline a viu parada no balcão da frente, olhando pela janela com um olhar distante.

— Tudo bem, sra. Bloom?

— Ai! Você me assustou, Caroline.

— Desculpa. Eu… Eu já bati o ponto, mas será que a senhora pode me ajudar com uma coisa? Eu estava fazendo uma capa de chuva para o Wendell.

— Wendell?

— Meu cachorro. Ele tá ficando velho e odeia sair na chuva.

— Isso é muito gentil da sua parte. Como posso ajudar?

— Não estou acertando o ajuste. — Na sala dos fundos, Caroline mostrou o projeto. Ela tinha usado um bicho de pelúcia do tamanho de Wendell como molde. — Olha só que horrível, não vai servir.

A sra. Bloom analisou a peça, e sua expressão se transformou de distante para intensamente curiosa.

— Bem, você sabe que acho muito bacana que você se arrisque com novos designs e modelagens.

— Eu sei, mas eu trabalhei e trabalhei, e a troco de quê?

Caroline fez uma careta para o casaco, que estava com os botões todos errados. A escolha do tecido, uma estampa com hidrantes, agora parecia brega.

A sra. Bloom deu alguns pontos na peça.

— Aposto que você descobriu algumas coisas.

— Sim, tipo, não use tecido estampado com apenas uma direção.

— Então seu esforço não foi à toa, certo? A melhor maneira de aprender é errando.

Ela trancou a porta dos fundos e elas foram até a frente da loja. Caroline assentiu.

— Estou no caminho certo, então.

— Está, sim. Não tenha medo de falhar, basta aprender a falhar cada vez melhor — disse a sra. Bloom com um sorriso enquanto ligava o sistema de segurança. — Amanhã vou receber um catálogo com as novas estampas de outono. O que acha de trabalhar em algumas para colocarmos na vitrine?

— Jura?! Eu adoraria! — Caroline olhou ao redor da loja, agora escura e silenciosa. — Eu amo trabalhar com criação — disse ela. — Minha mãe diz que é minha *paixão*.

— Mães geralmente estão certas no que dizem.

— Bem, não sei de onde vem essa paixão. Só sei que, quando estou criando uma peça, eu me sinto extremamente feliz.

— Isso é ótimo, querida. Eu gosto desse sentimento.

— Minha mãe diz que o segredo do sucesso do restaurante é a filosofia familiar de que preparar comidas gostosas é uma forma de demonstrar amor. Será que isso também vale para criar roupas?

— Roupas como uma maneira de demonstrar amor? — Os olhos da sra. Bloom se suavizaram e enrugaram nas bordas. — Bem, isso também é ótimo. E acho que você está absolutamente certa.

Caroline e Will quase nunca se telefonavam. Algumas crianças tinham celulares, daqueles que cabiam no bolso e abriam, mas Caroline não. E, mesmo que tivesse, duvidava que fosse ligar para ele. Então, em vez disso, foi direto para a Beira d'Água.

Chegando lá, pulou da bicicleta e correu em direção a Will, que estava perto do celeiro, usando um cinto de ferramentas e martelando alguma coisa. Ele e o avô estavam sempre fazendo projetos ou consertando coisas.

— O que você está fazendo?

— Uma rampa de skate — disse ele. — Se liga. — Ele pulou, desafivelou o cinto de ferramentas e agarrou o skate. — Ainda não tá pronta, mas...

Ele andou com o skate pela calçada e tentou uma manobra na rampa caseira. Quase imediatamente, errou o movimento, saiu voando e caiu de costas.

Caroline disparou em sua direção e se abaixou.

— Eita, tudo bem aí?

Ele se levantou lentamente. Seu joelho e cotovelo estavam sangrando.

— Merda. Tá doendo.

— Vamos entrar e limpar isso.

Ele negou com a cabeça.

— Minha avó vai surtar se souber que eu não estava usando capacete e joelheira. Vou lavar com a mangueira.

Will cambaleou um pouco, tentando se levantar.

Ela lhe estendeu a mão e ele se firmou enquanto levantava. Por um segundo, ele cambaleou na direção de Caroline, praticamente abraçando-a. Ele cheirava a asfalto, grama e suor, e ela o soltou rapidamente, nervosa.

— Capacete e joelheira. Talvez sua avó saiba o que diz.

Ele abriu a água e limpou os arranhões, estremecendo de dor.

— Talvez — disse ele. — Enfim, a rampa está ficando irada. Eu gosto de criar coisas. Meu avô diz que preciso morar aqui quando crescer, porque sou seu único neto e ele quer manter a casa na família.

— Aqui? — perguntou ela, protegendo o rosto do sol e estreitando os olhos para ver a grande casa pintada. — E você vai?

— Talvez. Seria legal, né?

Ela não respondeu. Muitas vezes sonhava com outra vida, longe da península: Paris, Hong Kong, Nova York ou Milão, algum lugar onde estilistas trabalhavam.

— Eu criei algo também — disse ela depois que ele se limpou. — É para você, para usar na Noite do Luau.

Caroline tirou a peça da mochila.

A Noite do Luau, que parecia ficar maior a cada ano, era um dos eventos beneficentes mais populares do Clube Booster durante o verão, e os pais de Caroline eram os coordenadores. Era uma noite cheia de música havaiana, tochas, hula-hula e comidas típicas. Tinha até leitão assado, que era nojento, mas as pessoas adoravam. O bicho era assado por vinte e quatro horas. A festa seria no parque à beira-mar.

Ele segurou a roupa na frente dele.

— Você que fez isso?

— Cada pontinho. E tem uma para o Duffy também — disse ela, entregando a blusinha que combinava com a dele. — O Wendell também tem uma. Depois que comecei, não consegui parar. O material se chama "tecido moderno de casca de árvore".

Will pareceu não entender nada. A maioria das pessoas, principalmente a maioria dos meninos, não se importava com tipos de tecido.

— Então tá — disse ele. — Valeu!

— Claro, sem problemas. Enfim, não precisa usar. Você que sabe.

Ele usou a camisa. Caroline não conseguia acreditar. Will chegou no luau com os avós, usando a camisa desabotoada e aberta, por cima de uma camiseta de "Escolha a Marinha" e bermuda azul-escuro.

Tochas se alinhavam no caminho até o pavilhão de comida, e a música havaiana permeava todo o lugar. Will encontrou alguns dos garotos mais velhos que trabalhavam na Scoops e, eventualmente, foi até as longas mesas cercadas de grama falsa. Todos os Shelby estavam lá, servindo ponche, aperitivos (que seus irmãos orgulhosamente chamavam de "entradinhas *pu pu*"), e pratos com peixe e legumes grelhados.

A maioria das crianças não se preocupou em usar roupas havaianas, mas quase todos os homens adultos estavam usando camisas floridas e as mulheres usando *muumuus*, além de flores no cabelo. Caroline parecia uma verdadeira nativa, como suas irmãs diziam, usando um colar de orquídeas no pescoço, uma tornozeleira de nozes *kukui* e o cabelo pintado de preto com tonalizante. Desde pequena, ela adorava qualquer ocasião em que pudesse se vestir de forma diferente.

Outras pessoas também notaram Will — mais especificamente, Rona Stevens. Ela usava uma saia de folhas, sutiã de cocos e uma coroa de flores de seda. Caroline precisava admitir que o visual estava incrível. Ela e as amigas faziam uma espécie de dança hula e riam das próprias tentativas. Movendo os quadris de um lado para o outro de maneira cômica, Rona se aproximou de Will.

— E aí, surfista — disse ela. — Essa camisa ficou ótima em você.

— Está sendo sarcástica?

Ela parou na frente dele com os braços cruzados.

— Claro que não. Eu pareço estar sendo sarcástica?

— Acho que não. Foi a Caroline que fez — disse Will, acenando para ela.

— Mentira! Isso é incrível. — Rona estendeu a mão e tocou a gola com cuidado. — Bom trabalho, Caroline!

Um grandalhão se enfiou no meio deles. Era o namorado de Rona, Hakon, que deu um cutucão no ombro de Will.

— Caramba, Hakon! — exclamou Rona, dando um passo para trás. — Que merda é essa?

Caroline parou de respirar. Hakon era conhecido no time de futebol americano do ensino médio e tinha a reputação de ser bravo.

— Nada — disse Hakon, mantendo os olhos em Will. — Só quero saber o que esse moleque com camisa de viadinho quer com você.

Will não vacilou enquanto olhava calmamente para o garoto maior.

— É só uma camisa, cara.

— Aham, de viadinho.

— Me erra.

Will tentou passar por ele.

Hakon se colocou em seu caminho, plantando-se como uma árvore antiga — larga e imóvel.

— Não tão rápido, bonitinho.

Will deu uma risada genuína.

— "Bonitinho"? Você tá de sacanagem, né?

— Vou acabar com você, bonitinho — ameaçou Hakon.

— Vamos sair daqui — disse Rona, segurando o braço dele. — Vamos comer alguma coisa.

Hakon a sacudiu, o movimento repentino ao mesmo tempo surpreendente e perturbador.

Will desistiu de manter o bom humor.

— Eu nem te conheço, cara. Não sei o que fiz para te irritar. Seja lá o que for, corta essa, ok? Vou indo nessa.

Bom pra você, pensou Caroline. Will uma vez disse a ela que a melhor defesa era não entrar em uma briga. Hakon não pareceu entender o recado.

— Ah, vai correr para a mamãe, é? — provou Hakon, cutucando o ombro de Will.

Caroline arfou. Rona recuou para seu grupo de amigas, perdendo toda a confiança sedutora.

Will rapidamente se afastou. Quando Hakon o seguiu novamente, ele disse o que provavelmente era a única coisa que faria Will esquecer sua regra de não se meter em confusões.

— Isso mesmo, corre para a mamãe, ela provavelmente tá tocando umas punhetas ali atrás do bar...

Will reagiu como um relâmpago, tão rápido que Caroline quase não percebeu. Hakon de repente estava deitado de costas e Will estava em cima dele, seu antebraço pressionado contra o pescoço do grandalhão. O rosto de Hakon estava vermelho e seus olhos se arregalaram de pânico.

Mais adolescentes vieram correndo, formando uma pequena multidão. Caroline estava perto o suficiente para ouvir Will dizer:

— Vou deixar essa passar. Não tente bancar o imbecil.

E com isso, ele levantou e se virou, caminhando em direção às mesas sem olhar para trás.

Hakon se levantou, o rosto ainda avermelhado e a respiração ofegante. Ensaiou segui-lo, mas então se conteve.

— Vamos — disse Rona. — Deixa isso para lá.

Hakon a empurrou com um movimento violento de braço e girou, caminhando na direção oposta à de Will.

Pela terceira vez, Caroline teve que se lembrar de respirar.

Caroline e Virginia foram acordadas bem cedo em uma manhã no final de agosto por sua mãe. Dottie quase nunca fazia isso, porque Virginia trabalhava à noite e tinha permissão para dormir até tarde. Então, quando a mãe entrou no quarto delas e chamou seus nomes, Caroline sabia que alguma coisa tinha acontecido.

A luz da manhã que entrava pela janela do quarto fazia a mãe parecer abatida e angustiada. Georgia passou por trás dela e foi até a cama de Caroline.

— O que houve? — perguntou Virginia, a voz rouca de pavor.

— Wendell — disse mamãe. — Ele nos deixou ontem à noite. Morreu dormindo.

Wendell! Não...

Caroline sentiu como se tudo dentro dela se esvaziasse completamente, como uma bexiga estourada. E, então, com a próxima respiração, sentiu o corpo se encher com a pior dor que já sentira. Puxando os joelhos até o peito, ela esticou a camisola sobre eles e abraçou as pernas.

Wendell. Pobre Wendell. *Que bom menino você foi, Wendell.* Aquele cachorro fazia parte da vida de Caroline desde que ela se entendia por gente. Os pais o tinham resgatado ainda filhote, um mês antes de ela nascer.

E agora Wendell tinha partido. Para sempre. Ela nunca mais ouviria seu latido engraçado ou sentiria sua pele quente ou seus pelos desgrenhados. Ela não poderia mais alimentá-lo com amoras fresquinhas ou contar segredos em suas orelhas grandes e molengas.

Em outro lugar da casa, ouviu os irmãos chorando. Pelo visto, o pai estava dando a notícia para eles.

— O que aconteceu? — questionou Virginia enquanto soluçava.
— Ele ficou doente?

Georgia enterrou o rosto nos braços.

— Ele andou comigo pelo pátio ontem — sussurrou Caroline, a garganta ardendo de dor. — Até implicou com as galinhas, como sempre.

Mamãe assentiu e assoou o nariz com um lenço de papel.

— Seu pai percebeu que ele estava respirando com dificuldade, como andava fazendo. Ontem à noite, o chiado não parou, então ficamos pertinho dele até ele partir.

— Por que você não me acordou? — perguntou Caroline, forçando as palavras por entre soluços. — Eu não consegui me despedir...

— Papai e eu estávamos tristes demais para fazer qualquer coisa além de abraçá-lo — explicou sua mãe. — Queríamos que ele partisse em paz. Eu sinto muito, muito mesmo, minhas meninas.

— Cadê ele? — exigiu Caroline.

— Está na caminha, na lavanderia, enrolado na mantinha xadrez dele.

Caroline finalmente descobriu o que era um coração partido. Era a pior coisa de todas. As paredes da sala pareciam pesadas e sufocantes. Ela pulou da cama e vestiu um short e uma camiseta.

— Vou dar uma volta de bicicleta — disse ela.

— Tenha cuidado, querida. Use seu capacete.

Ao sair pela porta, Caroline parou perto da caminha de Wendell. A pilha imóvel de cobertor com um pedaço de pele aparecendo a despedaçou em um milhão de pedaços. Ela se ajoelhou e estendeu a mão. A ausência de calor ou resposta de qualquer tipo fez o vazio aumentar ainda mais.

— Wendell, você vai sempre ser meu melhor amigo. Descanse em paz, garoto.

Ela saiu de casa correndo e pulou em sua bicicleta, pedalando o mais rápido e forte que podia — tão rápido que sua respiração saía em grandes soluços ofegantes. Pegou a trilha sinuosa até o Cabeça Nortenha, alcançando o topo em tempo recorde. No início da manhã, havia apenas algumas pessoas caminhando.

Largou a bicicleta perto da cerca de segurança e deslizou para o outro lado, passando pelo sinal de alerta da guarda costeira. Ao contornar a encosta rochosa em erosão, correu até um afloramento que dava para a explosão das ondas na costa. O mar estava agitado, as ondas brancas explodiam no ar, um cenário que combinava com seu humor. Ela só queria se sentar, chorar e pensar em todas as maneiras que sentiria falta de Wendell. Ele era bobão, travesso e completamente inútil para qualquer coisa além de ganhar carinho e fazer graça. Além disso, tinha um hálito nojento e patas arenosas e, quando estava encharcado, se sacudia e molhava a casa inteira.

E era o melhor cachorro do mundo, o melhor cachorro de todos, e Caroline não sabia como continuaria a viver sem ele.

Ela ficou sentada na borda da rocha por um longo tempo, molhada e tremendo por causa das ondas, guardando todas as lembranças que podia em seu coração. Em dado momento, ouviu o barulho de passos se aproximando.

Will sentou-se ao lado dela e disse:

— Achei que você estaria aqui.

Ela não conseguia nem olhar para ele e continuou encarando o horizonte, nebuloso com a neblina da manhã e borrado por suas lágrimas.

— Sua mãe me contou sobre o Wendell. Eu sinto muito.

Suas palavras de conforto causaram outra enxurrada de lágrimas, e ela nem se incomodou em enxugá-las. Will colocou a mão no ombro de Caroline, então se aproximou e passou o braço ao redor dela. Nesse momento, algo explodiu dentro dela, fazendo-a derreter em meio à dor. Ela se sentiu ser atingida por uma onda final de sofrimento e então tudo pareceu passar, como quando a onda quebrava nas pedras.

Ficou completamente imóvel por alguns segundos, até que seu racional dominou a situação. Will Jensen estava abraçando-a, e isso lhe causou a sensação mais incrível do mundo, tão incrível que ela se sentiu desleal a Wendell, porque aquilo era ainda mais forte do que a tristeza.

Ela se mexeu um pouco e abraçou os joelhos.

— Nunca me senti tão triste assim.

O braço de Will escorregou, mas ele se manteve perto, seu ombro quase tocando o dela. Ele olhou para o horizonte. As ondas altas ressoaram quando quebraram contra as rochas.

— Eu entendo. É uma merda.

Ela secou o rosto na manga. Tinha feito o que suas irmãs chamavam de "carranca do choro" — aquele pranto que contorce o rosto e o deixa todo vermelho e manchado. Mas Will não pareceu notar, e ela não se importou.

— Deve ter sido mil vezes pior quando sua mãe morreu — disse ela.

Ele ficou em silêncio por um tempo.

— Não dá para competir quando o assunto é tristeza.

Ela assentiu, apoiando o queixo nos joelhos.

— Eu queria que a gente pudesse ter os dois de volta. Queria que eles ficassem aqui para sempre.

Algo aconteceu no dia em que Wendell morreu. Algo entre Caroline e Will. Eles eram os mesmos amigos que viviam juntos, corriam, pedalavam, passavam longos e preguiçosos dias na praia ouvindo música e rindo sem motivo. Mas, naquela manhã, quando ele a encontrou sozinha e triste, uma mudança significativa aconteceu. Parecia que ela e Will se conheciam de uma maneira diferente.

Eles nunca tocaram no assunto, mas Caroline pensava naquele momento constantemente.

Ela ia para a cama todas as noites pensando em Will, e ele era seu primeiro pensamento ao acordar de manhã. Cada visão que ela tinha de sua vida o incluía. Ele falou sobre morar na Beira d'Água quando crescesse, e ela pensou em como seria morar lá em vez de em Milão ou Hong Kong.

Ela constantemente imaginava o que ele estaria fazendo e começou a notar coisas, como a maneira que ele arregaçava as mangas ao vestir seu uniforme de trabalho na sorveteria. Ou como assobiava desafinado entre os dentes quando estava encerando a prancha de surfe. Caroline sentia frio na barriga toda vez que o via.

E não entendia aqueles sentimentos. Era um conjunto de emoções totalmente desconhecido que ela nem sabia como nomear. Não era felicidade ou tristeza, mas uma combinação selvagem de todas as coisas e muito mais. Will parecia alguém que ela conhecia desde sempre e, ao mesmo tempo, alguém totalmente novo.

Era tudo tão confuso que Caroline manteve seus pensamentos para si. Se dissesse alguma coisa, Will provavelmente a olharia com uma sobrancelha arqueada e diria que ela estava louca.

Na última noite do verão, depois do piquenique do Clube Rotary, ela o encontrou com a equipe de limpeza. O pôr do sol se aprofundava no crepúsculo, e a lua quase cheia estava surgindo. Will carregava uma das lixeiras de reciclagem em um carrinho de mão em direção ao estacionamento da praia.

— E aí — disse ela, andando ao lado dele.

Frio intenso na barriga.

— Oi.

— Você vai embora amanhã?

— Aham. — Ele removeu a lixeira do carrinho de mão e a alinhou com as outras. — Vou cedinho para o aeroporto.

— Ah, então tá…

Caroline olhou ao redor do estacionamento. As pessoas estavam indo para seus carros, pais carregavam bebês sonolentos, crianças arrastavam brinquedos de praia e toalhas.

— Seu pai vai vir te buscar?

— Não, eu vim de bicicleta.

— Eu também. A gente pode pedalar até a minha casa. Quer dizer, só se você…

— Claro! É uma ótima ideia, eu topo!

A lua, totalmente alta agora, iluminava a estrada deserta, aumentando a luz dos faróis das bicicletas. Sapos invisíveis coaxavam em coro constante nos pântanos. A viagem até sua casa pareceu muito rápida para Caroline, e, mesmo que não tivesse parado de falar um minuto, ela sentiu como se houvesse muito mais a dizer. Eles pararam bem na entrada, marcada pela caixa de correio caseira decorada com conchas e vidro do mar.

Caroline desceu da bicicleta, e Will fez o mesmo. Normalmente, Wendell notaria e desceria correndo, latindo que nem um maluco. O silêncio era um lembrete doloroso de como ele havia partido.

— A gente se vê quando você voltar, né? — perguntou ela, soltando o capacete e pendurando-o no guidão.

Seu estômago era todo feito de nós. Ela já sentia falta dele.

— Claro — disse ele. — Eu adoro vir para cá. Ficaria aqui o ano inteiro.

— É muito diferente no inverno. Muito escuro. Chove muito quase todos os dias.

Ele hesitou, olhando para ela, o luar suave em seu rosto.

— Eu não tenho medo de chuva.

Então ele também tirou o capacete da bicicleta. Caroline não conseguia parar de olhar para sua boca.

— Ah, beleza, então... — respondeu ela, a voz suave com a incerteza.

— Beleza, então. Até a próxima, Caroline.

Então Will pegou a mão dela e, com a mão livre, afastou uma mecha do cabelo de Caroline.

Que ficou paralisada de choque. Em um movimento rápido, ele se inclinou e tocou seus lábios. Foi um beijo breve e carinhoso, um pouco desajeitado, mas os fogos de artifício dentro dela quase a derrubaram.

— Tchau — disse ele, dando um passo para trás. Ele deu mais um passo e tropeçou um pouco, então riu de si mesmo. — A gente se vê ano que vem.

Caroline estava muito perplexa para responder, então ficou ali, parada feito uma estátua enquanto ele colocava o capacete e pedalava noite adentro. Ela o observou até que as sombras o engoliram e o brilho do farol desapareceu.

Então ela foi flutuando até em casa, sem sentir o chão sob seus pés. Will Jensen tinha beijado ela. Will Jensen, beijando *ela*. Will Jensen!

O mundo nunca mais seria o mesmo.

E naquele momento ela soube, simplesmente soube, que Will sempre seria parte de sua vida, não importava de que forma. Eles sempre seriam amigos, compartilhando tudo, mesmo que estivessem separados quando ele ficasse um ano inteiro longe. Mas ele tinha prometido que sempre voltaria, todo verão. A amizade deles nunca mudaria. Nada — nem ninguém — ficaria entre eles.

Dezessete

No início do ano letivo, Caroline estava inquieta na igreja, contemplando os perigos da próxima série, quando ocorreu um milagre. Não um do tipo religioso, mas do tipo que tornaria a volta às aulas suportável.

A Igreja Congregacional Oceanside tinha um novo pastor. Mas *ele* também não era o milagre. Sua filha, Sierra, que era. Caroline deu uma olhada em Sierra Moore e soube que seriam melhores amigas. Tinham a mesma idade e, de acordo com o informativo da igreja que havia chegado pelo correio com uma história sobre o novo pastor e sua família, Sierra estava na mesma série que ela.

Quando Sierra e os pais se levantaram para serem apresentados à congregação, um murmúrio palpável dominou o lugar como uma lufada de ar fresco pelas fileiras de bancos. Sierra era o que as irmãs de Caroline chamariam de "linda de morrer". Tinha um cabelo ruivo incrível, pele clara e lábios vermelho-rubi. Além disso, tinha postura e olhava para o santuário com um olhar calmo e um leve sorriso. Era muito alta também, parecia uma modelo — quadris estreitos e coluna reta —, e tinha um estilo incrível. Aquilo era raro entre as garotas da cidade. A maioria gostava de coisas baratas e modernas das lojas populares. Sierra, por outro lado, usava um vestido de grife, sandálias de salto baixo que combinavam com seu cinto — mas não de um jeito chato — e uma maquiagem leve. Maquiagem. Na Igreja. Era como ver um unicórnio: emocionante e raro.

Elas seriam melhores amigas. Caroline simplesmente sabia.

Tratou de conhecer logo a novata. No momento em que os cultos terminaram, ela foi direto para o lado de Sierra. O sr. e a sra. Moore estavam parados perto do serviço de café, cumprimentando os paroquianos como membros da realeza, o que eles meio que eram em uma cidade pequena como Oysterville. Sierra estava ligeiramente afastada, uma mão descansando sobre uma bolsa perfeita em uma corrente de ouro, a outra segurando uma garrafa de água. Alguns dos garotos já estavam se aproximando, olhando para ela, mas daquele jeito idiota, se empurrando, socando uns aos outros e dando risadinhas. Como se *aquilo* fosse impressioná-la.

— Oi, meu nome é Caroline — cumprimentou ela ao passar por Kevin Pilcher, que arregaçava as mangas para fazer um peido com as axilas. — Não liga para eles, são uns idiotas. Mas eu não sou. E a gente tá na mesma série, sabia? Talvez até na mesma turma, de M a Z. Adorei a sua roupa.

Para de tagarelar, respira, Caroline disse a si mesma.

Sierra levou alguns segundos até reagir. Então, ela sorriu.

— Obrigada. Eu também gostei da sua. Essa saia é muito legal.

Caroline se endireitou um pouco.

— Eu que fiz.

Sierra franziu a testa.

— Espera, como assim? Você quem costurou?

— Aham. Eu costuro o tempo todo, todo tipo de coisa, mas principalmente os meus próprios desenhos.

— Você não tá falando sério.

— Tô, sim!

— Nossa, que demais! Sou apaixonada por roupas, mas não sei costurar nada!

— Eu ainda estou aprendendo. Se quiser, a gente pode criar alguma coisa juntas.

Sierra sorriu, sua expressão mais brilhante que o sol.

— E se a gente fizesse *tudo* juntas?

Caroline sorriu para ela.

— Combinado!

E foi assim que tudo começou, naquele mesmo dia. Caroline apresentou Sierra aos seus amigos e família, mostrando todos os pontos altos e baixos da vida em uma cidade pequena. Sierra havia crescido no sul da Califórnia, então se mudar para o litoral de Washington tinha sido uma grande mudança. A vida de Sierra intrigava Caroline, afinal, ela era a filha única adorada e mimada por pais atenciosos.

— Ser filha única não é esse babado todo — dizia Sierra quando Caroline expressava inveja. — Se eu faço uma besteira, não posso colocar a culpa em ninguém.

— Se você não tem irmãos ou irmãs, você tem menos chance de fazer besteira — apontou Caroline.

— Mas mais pessoas em quem botar a culpa — rebateu Sierra.

A primeira semana de aula foi um turbilhão de tentar organizar horários, armários e atividades extracurriculares. Caroline, é claro, escolheu o Grupo de Costura que Lindy Bloom havia organizado. Rona Stevens tentou convencer Sierra a se inscrever para ser líder de torcida. Aparentemente, ficou claro até para Rona que Sierra era a nova aluna mais importante da escola naquele ano. Caroline prendeu a respiração, rezando para que Sierra não aceitasse.

— Não sou muito boa em saltos e coreografias — confessou Sierra.

— Tem muita coisa que não passa de palminhas e danças simples — assegurou Rona.

— Hum, não sei…

— As viagens de ônibus com o pessoal são muito divertidas. E todos os garotos mais gatinhos estão no time de futebol americano.

— Eu vou pensar — disse Sierra, tão suave e diplomática quanto seu pai em uma missa de domingo. — Mas as roupas são uma gracinha.

Quando Rona se afastou, Sierra murmurou:

— Quando eu disse "gracinha", quis dizer "cruz-credo".

Caroline ficou encantada.

— É, parece que ser líder de torcida não é para você.

— Eu até gosto de estar perto de uns gatinhos, mas… — disse Sierra, sem sequer corar.

— Bem, quem não gosta?

— Você tem namorado? — perguntou Sierra.

— Oi?!

Caroline foi pega de surpresa. Ela pensou no beijo do verão anterior: o luar, a mão tirando o cabelo da sua bochecha, o toque dos lábios contra os dela... A coisa toda durou apenas alguns segundos, mas, desde então, ela passava horas pensando naquela noite. Muitas horas.

— Não — respondeu ela. — Quer dizer, às vezes a gente se encontra em festas e tal, já passei tempo com alguns garotos da escola, mas eles são só meus amigos.

— Bem, você é superfofa, então com certeza se quisesse um namorado já teria um.

— É, então...

Caroline estava prestes a contar para Sierra sobre Will Jensen, mas ela não o fez, principalmente porque não tinha ideia de como descrever aquele momento.

Ou havia muito a dizer, ou nada a ser dito. E não dizer nada parecia mais seguro.

Graças à amizade com Sierra, a escola estava mais divertida do que Caroline poderia imaginar. O grande evento do ano era o banquete anual da primavera, uma festa extravagante que dava aos alunos a chance de se vestirem e agirem como se fossem quase adultos. Era uma tradição muito antiga, e todos os pais dos alunos se lembravam da celebração em sua época. Um comitê de voluntários trabalhou durante meses para definir o tema, o cardápio e a música.

— "Os Incríveis Anos Oitenta"? — Sierra leu no panfleto que acompanhava os ingressos para o banquete. — Sério mesmo? Teve alguma coisa importante nos anos oitenta?

— Hum... sombra azul nos olhos? — sugeriu Caroline. — Polainas? *Disco music*?

— Precisamos criar algo incrível, então — declarou Sierra. — Nossas roupas precisam ser únicas.

— Nem se preocupa, com certeza elas vão ser. A gente assiste a uns filmes antigos e cria uns looks.

Então, foram até a locadora e alugaram todos os clássicos que a mãe de Caroline indicou — *A garota de rosa-shocking*, *Gatinhas & gatões*, *Curtindo a vida adoidado*, *Flashdance*, *Footloose*, *Digam o que quiserem*... Assistiram a tudo durante um fim de semana de chuva na casa de Sierra, uma casa sobrenaturalmente tranquila e dolorosamente arrumada perto do campo de golfe. As duas ficaram hipnotizadas pelas músicas dançantes e canções melosas, pelos adolescentes obcecados por carros e revoltados com os pais, que viviam sendo suspensos da escola.

Caroline se inspirou nos modelos mais ousados — minissaias, cintos enormes, joias chamativas, tops ombro a ombro. Ela e Sierra planejaram e se arrumaram com dias de antecedência.

No dia do banquete e do baile, trocaram de roupa na casa de Caroline. Mesmo que a casa dos Shelby estivesse ridiculamente cheia, era melhor se arrumarem lá. Sierra disse que os pais não aprovariam o comprimento da saia, apesar das leggings coloridas.

— Cabelão e maquiagem marcada — disse Sierra, colocando-se ao lado de Caroline na penteadeira do banheiro. — Será que a gente ousa?

Caroline riu, jogando o rabo de cavalo provocante em sua cabeça.

— Totalmente!

Dezoito

O ano letivo finalmente tinha chegado ao fim. Caroline sabia que o glorioso verão do noroeste do Pacífico seria algo totalmente novo para Sierra. Os dias se estendiam e eram maravilhosamente longos, com uma luz que se alongava no horizonte um pouco mais por dia.

Caroline convenceu os pais mais uma vez de que ajudar na loja de tecidos era o trabalho perfeito para ela. Para reforçar seu ponto de vista, aplicou suas habilidades de costura na cesta infinita de reparos que sua mãe nunca tinha tempo para mexer. Caroline fez bainha de calças jeans e ajustou blusas até terem um caimento perfeito. Substituiu os zíperes das jaquetas favoritas de seus irmãos e até fez uma colcha para doar ao leilão da biblioteca. Ou seja, não deixou espaço para seus pais sugerirem que o restaurante seria uma escolha melhor para ela.

Sierra também estava empolgada, já que Caroline estava trabalhando em seu projeto mais desafiador até agora: roupas de verão para as duas.

— Eu amo esse clima! — exclamou Sierra, entrando na loja. — Quase vale a pena sobreviver ao inverno horroroso.

Ela girou alegremente, admirando a variedade de rolos de tecidos coloridos.

— E agora só vai ficar melhor até o Dia do Trabalho — prometeu Caroline, repondo as estantes com tecidos de colcha.

Ela estava animada para que sua amiga vivesse seu primeiro verão na península. Elas iam se divertir muito na praia e, graças ao seu trabalho na loja, Caroline poderia criar qualquer coisa que surgisse em sua cabeça. Sierra acabou se tornando sua maior fã.

— Ela tem razão, viu? — concordou a sra. Bloom, ajustando os óculos de leitura empoleirados em seu nariz. — É bom ver você, Sierra.

— Igualmente.

Ao cumprimentá-la, Sierra esbarrou em um rolo de *georgette* verde-azulado, e ele caiu no chão.

— Ai Deus, me desculpa! — disse ela, abaixando para pegá-lo.

A sra. Bloom pegou o rolo ao mesmo tempo e, juntas, as duas o colocaram no balcão.

— Fica tranquila. Não foi nada.

— Minha nossa. O que aconteceu com o seu braço?

A sra. Bloom pareceu aflita enquanto ajustava rapidamente a manga do suéter.

— Ah, isso aqui? Nada, eu só bati na porta do carro. Sou muito desastrada, e fico roxa muito facilmente. Desde novinha.

— Parece dolorido — falou Sierra.

— Eu estou bem. Preciso começar a fechar o caixa. Se quiserem continuar costurando lá nos fundos, fiquem à vontade. O movimento não é muito grande a essa hora.

— Tem certeza?

Caroline realmente queria terminar o vestido que estava fazendo para Sierra. Ela já havia terminado o seu, e adorara o resultado. Mas o de Sierra seria ainda mais incrível se Caroline acertasse as medidas.

— Só vou se a senhora não estiver mais precisando de ajuda.

— Podem ir. — A sra. Bloom as enxotou para o ateliê nos fundos da loja. — Caprichem. Meu coração se alegra vendo vocês se saindo tão bem na costura.

— Ela que é a artista — garantiu Sierra lealmente, cutucando Caroline. — Mal posso esperar para ver o resultado.

Caroline sorriu com orgulho. Não existia uma modelo melhor que Sierra. Sua paciência para suportar os ajustes e mais ajustes era infinita. Ela não era como as irmãs de Caroline, que ficavam bufando e a faziam costurar com pressa. Além disso, Sierra sabia maquiar como uma profissional e tinha muito bom gosto quando se tratava de montar um visual. Ela assinava todas as revistas de moda e analisava cada uma como se fossem os Manuscritos do Mar Morto.

As meninas foram para o pequeno ateliê.

— Nossa, está maravilhoso — disse Sierra ao analisar o vestido no manequim.

— Veremos. Vamos colocar em você.

Sierra ansiosamente tirou a saia e a blusa. Por baixo, ela usava um sutiã simples e uma calcinha que provavelmente faria seus pais desmaiarem se soubessem que ela a havia encomendado em segredo de um catálogo de lingerie. Seu corpo era fantástico, com seios perfeitos — não eram grandes a ponto de constranger, mas proporcionais ao corpo esguio e esbelto. O abdômen era definido pela ioga que ela praticava rigorosamente, e os quadris tinham a quantidade certa de curvas. Ela estava obcecada com um programa de TV australiano chamado *Em busca de uma supermodelo*. Tinha gravado o programa no videocassete e assistido a todos os episódios várias vezes, sempre praticando seu andar e expressões poderosas.

Embora fosse apenas seis meses mais nova que Sierra, Caroline estava anos-luz atrás. Seus seios mal haviam se desenvolvido e os quadris eram tão retos que ela poderia caber facilmente no jeans do seu irmão mais novo. A única coisa que a marcava como uma adolescente era a coisa menos atraente que uma adolescente poderia ter: espinhas. Um nojo. Sierra, que era muito habilidosa com maquiagem, mostrou a ela como cobrir as manchas, mas Caroline ficava totalmente consciente daquilo. Havia dias em que ela nem sequer se olhava no espelho. Por que ela não tinha sido abençoada, como Sierra? Por que não tinha uma pele bonita e perfeita? Ou um cabelo longo e sedoso? Em vez disso, Caroline ostentava um cabelo rebelde que vivia preso em um coque bagunçado e não lhe favorecia nada. Para piorar, tinha colocado aparelho fixo. Era um combo de feiura.

No entanto, não tinha inveja da aparência de Sierra. Estava grata por ter uma amiga que adorava moda, parecia uma modelo e tinha paciência para os ajustes. Sierra colocou o vestido.

— Certo, levanta os braços — disse Caroline, pegando uma almofadinha de alfinetes. — Preciso ajustar o corpete.

— Nossa, ficou incrível! — elogiou Sierra. — Sério, não consigo acreditar que você criou isso sozinha, Caroline.

— Fica parada — disse Caroline enquanto segurava vários alfinetes com a boca.

Ela os usou para fazer uma dobra no vestido para que se ajustasse perfeitamente ao corpo da amiga. Vendo a roupa em Sierra, Caroline ficou muito empolgada, porque teve certeza de que seria a melhor coisa que já havia criado.

— Ok. Cuidado para não se arranhar com os alfinetes.

— É muito legal você poder usar todos os equipamentos da sra. Bloom.

O ateliê era um espaço bem organizado: uma parede de carretéis com todas as cores de linha, estampas originais penduradas em cabides, gavetas de acessórios, potes de botões e enfeites.

— É legal demais! — concordou Caroline. — Meus pais ficaram doidos quando eu disse que queria trabalhar aqui de novo nesse verão. Eles simplesmente não entendem que eu não sou obcecada pelo restaurante como as minhas irmãs.

Ela falou em tom de brincadeira, mas a verdade é que a incomodava que seus pais nem tentassem entender o quanto ela queria aprender a criar e costurar roupas. Pareciam pensar que era alguma fantasia passageira, como quando Virginia ficou obcecada com a ideia de ter um cavalo. Eles haviam "curado" Virginia do desejo fazendo com que ela trabalhasse no Estábulo Beachside, cuidando dos cavalos para os turistas passearem na praia. O plano tinha dado certo. Depois de algumas semanas limpando baias, recolhendo pedaços de cascos e enxugando o suor dos cavalos, a irmã estivera pronta para pendurar as esporas.

No caso de Caroline, o tiro saiu pela culatra. Embora trabalhasse no nível mais baixo da loja de Lindy Bloom, varrendo o chão, guardando peças de tecido e arquivando moldes, ela mal podia esperar para chegar na loja todos os dias. Em vez de enjoar das tarefas, Caroline só queria fazer mais. Sentia-se feliz a cada minuto que passava ali.

— Beleza, rapidinho eu acabo — disse ela, terminando de marcar as costuras de trás do vestido com um pedaço de giz de alfaiate.

— Legal!

Sierra tirou o vestido e o entregou. Ainda de calcinha, ela vasculhou as amostras penduradas em um cabideiro. Totalmente desinibida e segura do próprio corpo. Caroline não fazia ideia de qual era a sensação.

Caroline se sentou na máquina da sra. Bloom, um aparelho que cobiçava com cada fibra de seu ser. Aquilo era um equipamento de verdade, uma maravilha industrial, não uma máquina de costura como a maioria das mulheres tinha armazenada em algum lugar em casa. Caroline estava economizando para comprar uma, embora soubesse que até uma máquina de segunda mão custava uma fortuna.

Sentindo-se vibrar junto com o zumbido do motor, ela terminou de ajustar o vestido e, em seguida, Sierra o provou novamente, passando as mãos pelo tecido transparente de algodão, com uma estampa incomum de flechas desenhadas à mão.

— Ficou ótimo!

— O caimento ficou perfeito — declarou Caroline, posicionando-a na frente do espelho cheval. — Dá uma olhada.

Sierra calçou suas sandálias de plataforma, que a deixavam ainda mais alta, e analisou o próprio reflexo.

— Nossa, Caroline...

— Vamos ver — disse a sra. Bloom, entrando no ateliê. — Nossa, Caroline, isso ficou realmente incrível! Que vestido lindo e diferente! O corte e o acabamento estão perfeitos. Achei a escolha do tecido arriscada, mas com essa lavagem e o forro... Nossa. Bom trabalho!

— Obrigada — disse Caroline, sorrindo com orgulho.

— É um modelo da *Vogue*?

Caroline e Sierra trocaram um olhar. Sierra girou na frente do espelho e disse:

— Não, senhora. É um design original de Caroline Shelby.

A sra. Bloom o inspecionou com mais atenção.

— Um trabalho maravilhoso. Quem diria que eu tinha uma designer e uma modelo se escondendo aqui na minha loja?

As meninas não conseguiam parar de sorrir enquanto olhavam uma para a outra.

— Obrigada, sra. Bloom — agradeceu Caroline.

Sierra se abanou.

— Ainda está muito calor. Vamos pra praia.

Caroline olhou para a sra. Bloom.

— Preciso ficar para ajudar a fechar a loja.

A sra. Bloom fez um movimento de enxotar com as mãos.

— Negativo, podem ir. Eu fecho.

— Bem, obrigada — hesitou Caroline. — A senhora gostaria de ir um pouquinho à praia com a gente?

Às vezes a sra. Bloom parecia sozinha, como se faltasse diversão em sua vida.

— Agradeço o convite, querida, mas não posso. Eu preciso correr e preparar o jantar para o sr. Bloom.

Ela sempre chamava o marido de sr. Bloom, como se ele fosse seu chefe ou algo assim. Ele era muito influente no banco, então talvez gostasse de ser chamado de sr. Bloom.

— Vejo a senhora depois, então — disse Caroline.

— Imagino que vocês duas estejam ansiosas para estrear as peças no evento de amanhã — disse ela.

— Com certeza — falou Caroline.

Ela também criara uma roupa incrível para si — uma saia cheia de bolsos e ilhós. Precisava de muitos bolsos porque, de acordo com a mãe, Caroline era como aqueles passarinhos que vão recolhendo e colecionando todas as coisinhas brilhantes que chamavam atenção. Não era tão impactante quanto o vestido de Sierra, mas combinava com Caroline, e seria perfeito para usar na caldeirada.

A caldeirada era o pontapé oficial do início do verão, uma das muitas celebrações anuais da cidade. Haveria comida, música e jogos na praia — um verdadeiro paraíso. Algumas pessoas diziam, meio de brincadeira, que, se não fossem esses festivais, nada aconteceria na cidade. Aquele em especial era patrocinado por uma coalizão de igrejas locais para beneficiar os serviços de jovens.

Quando pensava no verão, a mente de Caroline automaticamente voava até Will Jensen. Anos pareciam ter passado desde que o vira pela última vez, um ano letivo inteiro, uma eternidade. Ela presumiu que ele viria passar mais um verão com os avós, mas não tinha certeza. Os dois não mantinham contato fora das férias, e ela não sabia por quê.

Provavelmente porque, apesar de serem melhores amigos durante a temporada, viviam vidas totalmente diferentes no resto do ano. Caroline às vezes via os avós dele na igreja, mas nunca perguntava sobre Will. Não queria parecer muito desesperada. Ou como se ela se importasse demais, o que era totalmente verdade.

Caroline ainda estava surpresa por ele ter lhe dado um beijo de despedida. Um beijo real, de verdade, que fora praticamente a melhor coisa que já tinha acontecido com ela em toda a sua vida. Ela pensava naquele beijo o tempo todo. Então, quando ela e Sierra encontraram a sra. Jensen andando com Duffy no calçadão naquele dia, ela sentiu um princípio de culpa, como se tivesse sido pega fazendo algo errado.

— Ah! — disse Caroline, nervosa. — Olá, sra. J.! Essa é a Sierra, minha amiga.

A sra. Jensen abriu um sorriso.

— É bom ver você, Caroline. Eu estava pensando em você agorinha mesmo.

Opa.

— É sério?

— Vamos pegar o Will no aeroporto de Portland amanhã — disse ela.

O coração de Caroline deu um pulo. *Amanhã.*

— Hum, isso é, tipo, isso é ótimo, sra. J!

— Tenho certeza de que ele está ansioso para rever você — disse a sra. Jensen, dando uma piscadinha. — Vocês dois se divertem muito quando ele vem passar o verão.

Nos divertimos? Ela engoliu em seco. Ai meu Deus, o que ele tinha contado pra ela?

— Imagino que ele vá para a caldeirada. Will não perderia de jeito nenhum. — continuou a sra. Jensen.

Caroline tinha certeza de que seu rosto estava mostrando uma dúzia de tons de escarlate.

— Que notícia boa. Bem, a gente se vê por aí, sra. J.!

Ela desviou do calçadão e foi direto para o caminho da praia, passando por focos de grama na areia.

— Quem é Will? — perguntou Sierra, vindo logo atrás dela.

Apenas a pessoa mais importante da minha vida, pensou Caroline. *Do mundo, talvez.*

— Ah, um garoto aí que eu conheço — disse ela, adotando um tom casual. — Aquela senhora é a avó dele.

— Ele estuda na mesma escola que a gente?

— Não, ele só passa o verão aqui. Ela disse que amanhã vão buscar ele no aeroporto em Portland.

— Por que você nunca falou dele antes?

Boa pergunta, pensou Caroline. Ela deu de ombros.

— Não sei. Os avós dele têm uma casa lá pra cima, e ele não conhece muita gente aqui, então, quando ele vem passar o verão, a gente sai às vezes.

— Ele é bonito? Porque se ele for, vou ficar com ciúme de você.

As bochechas de Caroline queimaram. Ela andou mais rápido para esconder o rubor. Não entendia por que estava tão relutante em contar tudo à amiga. Era como se Will pertencesse a uma parte única e privada de sua vida que ela não queria compartilhar com mais ninguém.

— E aí, ele é gatinho ou não? — provocou Sierra.

— Não sei. Talvez, eu acho. A gente não... não tem nada a ver com isso.

Mentirosa. Por que ela estava mentindo para a melhor amiga?

— A ver com o quê?

— Não importa se ele é gatinho ou não.

Caroline saiu do calçadão, tirou as sandálias e saltou pelo banco de areia macia até a praia. A areia parecia gloriosamente quente sob seus pés descalços.

— Ah, bom saber disso — falou Sierra.

— Ué, por que é bom?

Sierra pulou, caindo na areia ao lado dela.

— Porque, se eu ficar a fim dele, não vou estar roubando ele de você.

— Por que eles chamam isso de caldeirada se a gente enterra os mexilhões no chão? — perguntou Sierra. — Não deveria se chamar tipo *cemilhões*? Tipo, um cemitério de mexilhões!

Elas estavam no banheiro do andar de baixo da casa de Caroline, se preparando para o evento. As duas tinham bloqueado a porta para os irmãos irritantes de Caroline não entrarem, e Sierra estava demonstrando com toda habilidade como se maquiar para que não parecesse que elas estavam usando maquiagem.

— Os mexilhões não assam, eles cozinham no vapor. — Caroline se inclinou para o espelho e fez uma careta para a espinha solitária em seu queixo, que havia aparecido durante a noite como um cogumelo maligno atacando no escuro. — Alguém, geralmente meu pai ou alguém do restaurante, cava um buraco na areia, daí eles cercam com pedras, enchem de carvão quente e colocam uma camada de algas marinhas. Depois colocam os mexilhões, as espigas de milho e as batatinhas vermelhas e cobrem tudo. Aí tudo fica ali cozinhando junto até ser desenterrado e servido.

— Parece dar muito trabalho.

— Acho que dá, mas as pessoas adoram. E, seja como for, a caldeirada é mais sobre a festa do que sobre os mexilhões em si. Vai ser muito divertido. Você vai ver.

— Que bom, porque tenho zero vontade de comer mexilhões — estremeceu Sierra.

Ela deu um passo para trás e examinou a silhueta no espelho, perfeitamente envolta no vestido de verão que Caroline havia desenhado.

Caroline observara que Sierra nunca comia muito. Ela se alimentava principalmente de picolés e refrigerante diet, ou um biscoitinho de arroz de vez em quando.

— O milho e as batatas são meus favoritos — disse ela. — Você vai adorar.

— Bom saber. Ai, meu Deus… — Sierra girou na frente do espelho. — Esse é o vestido mais lindo do mundo. É único, e cai perfeitamente. Você é um gênio, você sabe disso, né? Totalmente genial.

Caroline não conseguiu reprimir um sorriso.

— Ah, acho que não é para tanto.

— É, sim. Você desenhou e costurou cada pontinho sozinha. E eu me sinto maravilhosa nele.

— Você fica maravilhosa de qualquer jeito — apontou Caroline. — Você já deve acordar assim.

— Claro que não. A Tyra Banks diz que precisamos gastar duas horas com cabelo e maquiagem para deixar a aparência natural.

— Ah, hum... Falando nisso, como está minha maquiagem?

Ela ainda estava se acostumando a usá-la e tinha pavor de parecer *muito* maquiada.

Sierra colocou o dedo sob o queixo de Caroline e inclinou o rosto para a luz.

— Você é linda e quase não precisa de nada. Só talvez... — Sierra pegou um pincel e misturou os produtos para passar um pouco de base no rosto da amiga. — A saia que você fez pra você também é perfeita. Vários bolsos e fechos legais. — Ela enfiou um brilho labial em um dos bolsos. — Não esquece de retocar um pouquinho o brilho labial de hora em hora.

— Tá bom.

Caroline desejou que sua regata branca simples a deixasse com mais curvas, mas ela não tinha nenhuma. As irmãs, em um raro momento de compaixão, haviam lhe dito que também tinham encorpado só mais tarde. Mas, ao lado de Sierra, ela sentia como se aquele momento nunca fosse chegar.

— Pronta?

— Para comer mexilhões, não, mas estou muito animada para a festa. Vai ser muito legal, tenho certeza.

— Você vai trabalhar no estande da Oceanside? — perguntou Caroline.

Sierra apertou os lábios.

— Prometi aos meus pais que iria. Meu pai quer que eu ajude a trazer mais gente para o grupo de jovens da igreja.

— Eu te ajudo — disse Caroline. — O grupo de jovens no verão não é tão ruim. É definitivamente bem mais sobre os jovens do que sobre igreja. Quase não tem nada de igreja na real. Os mais velhos fogem depois das reuniões para dar uns amassos. Minhas irmãs mais velhas faziam isso.

— Bem, me parece bem melhor que mexilhões.

— Eu ouvi meus pais dizerem que mais meninas engravidam no grupo da igreja do que nas aulas de educação sexual.

Sierra riu.

— Pelo menos na educação sexual eles dizem como *não* engravidar. No grupo da igreja eles só falam que você precisa esperar. Até parece, né?

— Exato!

Caroline decidiu escovar os dentes e colocar elásticos novos no aparelho, o que era um saco. O ortodontista jurou que tudo valeria a pena um dia. Ela nunca entenderia, porém, por que o aparelho deveria ser usado no ensino médio, quando a aparência importava mais que a própria vida.

— Você já ficou com alguém? — perguntou Sierra.

O pequeno elástico de Caroline saiu voando.

— Não — respondeu ela rapidamente.

No entanto, sua mente disparou instantaneamente para aquele momento no verão passado. Aquele beijo. Não tinha sido um beijo tipo amasso. Tinha sido um beijo de despedida. Mas ela passou um ano inteiro pensando nele. E aquela era a chance de Caroline de falar sobre Will para Sierra. No entanto, sua mente esvaziou mais uma vez. Ela não conseguia. Simplesmente não conseguia.

— E você?

Sierra agitou a saia enquanto se olhava pela última vez no espelho.

— Claro que sim. Lembra do Trace Kramer?

Um dos craques do Peninsula Mariners.

— Você ficou com o Trace Kramer?

Sierra jogou o cabelo para trás.

— Embaixo das arquibancadas, depois de um jogo de futebol no outono passado.

— Você nunca me contou isso.

Ela deu de ombros.

— É porque não foi tão legal. Principalmente porque eu realmente não gostava dele. Ele era insistente e estava todo suado. A gente não sabia bem o que estava fazendo. Mas nesse verão eu vou arrumar um namorado *de verdade*.

— Ah, é? Quem você tem em mente?

— Ninguém ainda. Vou saber quando o vir.

— Ah, tá. Como quando Lizzy Bennet viu o sr. Darcy pela primeira vez?

Elas tinham lido *Orgulho e Preconceito* na aula de literatura e Caroline ainda sonhava com aquele tipo de amor.

— Eles não se suportavam — observou Sierra.

— Mas eles sentiram *alguma coisa*.

E que coisa!

— Vamos ver se o sr. Darcy aparece — comentou Sierra, guardando a lata de laquê e a maquiagem.

— Finalmente, hein? — declarou Jackson quando elas abriram a porta do banheiro. — Vocês estavam aí dentro faz um século.

Jackson tinha 11 anos, e a única coisa mais irritante do que ele era Austin, que tinha 9 anos e, além de irritante, também era porco. Os dois garotos estavam no corredor do lado de fora do banheiro, segurando um saco de estopa pingando.

— Que merda é essa? — perguntou Caroline.

A bolsa molhada e fedorenta encostou em sua saia nova quando os meninos abriram caminho para o banheiro. Sierra se grudou na parede para evitar tocar no que quer que aquilo fosse.

— Que fedor horrível é esse? — perguntou Sierra.

Eles não responderam enquanto colocavam a bolsa — que estava se movendo — na banheira.

— Mãe! — gritou Caroline.

— Cala a boca! — ordenou Jackson.

De qualquer forma, a mãe deles geralmente ignorava Caroline quando ela gritava.

— O que diabos tem aí nessa bolsa? Ai, Jesus!

Sierra deu um gritinho e agarrou o braço de Caroline.

— Isso é um rato?!

— É uma lontra — explicou Austin, pulando para cima e para baixo. — Um filhote de lontra. A gente achou e decidimos ficar com ele.

— Está fedendo — falou Caroline. — Nem preciso contar para mamãe. Ela vai descobrir pelo cheiro.

— Eca — comentou Sierra, inclinando-se para espiar a pequena criatura que arranhava a borda da banheira. — Mas até que é bonitinho.

— Não se deixe enganar pela aparência — disse Caroline a ela. — Lontras são nojentas. Elas largam peixes mortos e cocô por toda parte.

— O nome dele é Oscar — disse Jackson. — Oscar, a lontra.

Nesse momento, a criatura jogou seu corpo oleoso para cima e saiu da banheira. Sua cauda musculosa bateu contra as pernas nuas de Caroline e molhou sua saia com água suja e areia.

— Ele está fugindo! — gritou Austin, que mergulhou para tentar alcançar o bicho.

— O que está acontecendo aí dentro? — chamou a voz de Dottie pelo corredor.

Caroline agarrou a mão de Sierra.

— Vamos sair daqui antes que dê ruim.

Dottie as encontrou na saída.

— Caroline, o que seus irmãos estão fazendo?

— Não sei. Estamos indo para a caldeirada. Tchau!

— Tenham cuidado. Não esqueçam de usar o capacete. Meninos! Mas que diabo é… Tirem já essa coisa da minha casa!

Caroline pegou um short curto no varal e foi direto para as bicicletas.

— Idiotas. Aff.

Ela vestiu o short e usou a saia suja para esfregar as manchas de lama em suas pernas.

— Sua casa é sempre assim? — perguntou Sierra.

Caroline subiu em sua bicicleta.

— Não. Tem dia que é bem pior. Por isso que eu prefiro ir para *sua* casa.

A porta dos fundos se abriu e a lontra fugiu pelo pátio e para as dunas. Os meninos correram atrás dela, e então a mãe apareceu, gritando para eles entrarem e limparem a bagunça.

— Seus irmãos são meio malucos — observou Sierra.

— Você jura? Vamos logo.

Caroline pedalou para longe daquela confusão doméstica e sentiu o aborrecimento se dissipar à medida que se aproximavam da cidade, saboreando a sensação do sol nos braços e pernas nus, sentindo os cheiros de mudança ao redor.

Elas prenderam as bicicletas em um suporte perto do calçadão e se juntaram ao fluxo de pessoas que seguiam para a praia. O clima estava perfeito, quente e com os últimos raios de sol, a luz do início da noite brilhando sobre a água.

A cena da praia era tudo o que Caroline adorava no verão: música saindo dos alto-falantes do carro de alguém, um jogo de vôlei acontecendo na areia, pipas voando, *coolers* cheios de latas geladas de refrigerante, potes com batatas fritas e molhos nas mesas compridas, adultos de pé ao redor dos mexilhões, bebendo e fofocando. Ela adorava as roupas que as pessoas vestiam para o verão também — jeans brancos e joias de ouro, maiôs esvoaçantes e pés descalços, unhas pintadas de cor-de-rosa. Olhando em volta, não viu nada tão interessante quanto a roupa de Sierra.

As duas ajudaram no estande da igreja, inscrevendo as pessoas para o grupo de jovens.

— Nossa, um montão de garotos — disse Caroline enquanto Sierra pegava uma pilha de pranchetas de inscrição. — Eles não tiram os olhos de você.

— Olhar não tira pedaço — comentou ela alegremente. — Mas se o meu pai desconfiar... — Ela passou o dedo pela garganta. — Sorte que ele é distraído — acrescentou, observando o pai distribuindo calendários de atividades de verão. — Vamos dar o fora daqui enquanto a gente pode.

Elas saíram do estande e foram encontrar seus amigos. Um grupo deles, liderado por Rona Stevens, criou coragem para dançar.

— Vamos — disse Sierra, agarrando a mão de Caroline. — Vamos aproveitar.

"Nothing Really Matters", da Madonna, quebrou o gelo e não demorou para as pessoas se amontoarem na areia, rindo e esbarrando umas nas outras, testando novos passos de dança. Sierra estava praticamente se afogando em elogios por seu vestido novo. Caroline aproveitou a onda. Algumas garotas do ensino médio até perguntaram se ela poderia fazer roupas para elas.

Depois de um tempo, fizeram uma pausa para se refrescarem. Zane Hardy, que tinha sido parceiro de laboratório de Caroline em biologia no ano passado, entregou uma lata para ela.

— Limonada. Gosta? — perguntou ele.

— Aham, obrigada.

Caroline tomou um gole, então pressionou a lata gelada em seu pescoço.

— Nossa, me acabei de dançar.

— Eu vi — disse Zane, e pigarreou. — Quer dizer, tipo, você dança muito bem.

— Você acha? — perguntou ela, rindo. — Até parece.

— Claro que acho. Sempre me acho ridículo quando estou dançando.

Ela abaixou a lata.

— Você provavelmente está se preocupando demais. Esquece que você está dançando e só se diverte.

"New York City Boy" estourou nos alto-falantes... um convite para a pista.

— Vamos — disse ela, liderando o caminho. — Ninguém vai pensar que você é um idiota.

Ele hesitou, mas apenas por alguns segundos. Quando se juntaram à multidão, todos meio que se aproximaram e, no final da música, Zane estava fazendo passos junto com as outras pessoas.

— Viu? — brincou Caroline. — Você nasceu para isso.

— E você é demais — disse ele. — A gente podia sair durante o verão.

Epa. Ela não sabia se ele estava dando em cima dela ou simplesmente sendo simpático. Só havia uma maneira de descobrir.

— Você está dando em cima de mim ou só sendo simpático?

Ele corou.

— Eu não... eu não tô...

Caroline se sentiu mal por fazê-lo gaguejar. Garotos eram sempre assim, essa mistura de ousadia e insegurança. Ela via esse traço em seus irmãos o tempo todo.

— Desculpa. Minha mãe sempre fala que sou direta demais.

Naquele momento, Sierra se aproximou e agarrou o braço de Caroline.

— E aí, Zane.

— Oi — cumprimentou ele, o rosto ainda vermelho.

— Preciso pegar a Caroline emprestada por um minuto. — Ela girou para longe, rebocando Caroline atrás dela. — Aquele garoto está totalmente a fim de você.

Caroline sentiu o rosto corar.

— Quem? O Zane?

— Sim, o Zane. Tá na cara. Ele é bonitinho.

— Acho que sim…

Será que era mesmo? Cabelo longo, repartido de lado. Calça jeans skinny e camiseta vintage. Ele tinha um sorriso legal, era bonitinho.

— Preciso te mostrar uma coisa. Então, lembra quando eu disse que o reconheceria quando visse? — perguntou Sierra.

— O quê? Quem? Ah! O sr. Darcy.

Sierra apontou Caroline para uma figura solitária à beira da água, jogando um frisbee para um cachorrinho agitado.

— Ele está bem ali. Só que acho que o nome dele não é Darcy.

Caroline olhou na direção que Sierra apontava e sentiu um choque de reconhecimento percorrer seu corpo.

Não era mesmo Darcy.

Ele estava mais alto, é claro. Garotos pareciam ficar mais altos a cada ano. Ele estava magro, mas mais musculoso também, seus ombros e pernas em silhueta contra as ondas. Seu torso sem camisa brilhava com água salgada ou suor. A luz do sol brilhou dourada em seu cabelo, e sua voz era profunda e desconhecida quando ele gritou um nome familiar.

— Duff! Vem cá, garoto!

O estômago de Caroline revirou. Era Will Jensen. Will e o cachorro de seus avós, Duffy.

— Nossa, ai, que droga — disse Caroline, gaguejando. — Ele não é…

Sierra não estava ouvindo. Quando o frisbee passou voando, ela o pegou no ar como uma atleta treinada. Elas fizeram aula de educação física juntas o ano todo, e Caroline nunca tinha visto sua amiga executar um movimento como aquele.

Agora de posse do frisbee, Sierra riu enquanto o cachorro dançava freneticamente ao seu redor.

— Que carinha bonitinho — gritou ela. — Posso jogar para ele?

— Claro — disse Will, pegando uma camiseta enquanto vinha na direção delas.

Seu olhar parecia estar grudado em Sierra. Claro que estava. Ela estava totalmente incrível com o vestido que Caroline tinha feito para ela. Na luz mais profunda, ela era quase bonita demais para ser real, quase uma sereia. Não era de admirar que Will não conseguisse tirar os olhos dela, mesmo enquanto vestia aquela camiseta familiar da Marinha pela cabeça.

Ela jogou o disco no ar, e Duffy foi correndo atrás.

— Meu nome é Sierra — disse ela.

E eu sou invisível, pensou Caroline.

— Oi — ele disse. — Me chamo...

— Ele se chama Will — interrompeu Caroline, sua voz um pouco mais alta do que pretendia.

No momento em que falou, a atenção dele se voltou para ela. O rosto dele se iluminou com um sorriso que de repente era familiar, apesar da voz profunda e dos ombros largos.

— Oi, estranha — cumprimentou ele.

— Oi — respondeu ela, seu coração acelerado como se ela tivesse acabado de correr. — Você voltou.

Ela tinha uma fantasia insana em sua mente de que ele iria pegá-la como Rhett fez com Scarlett em *E o vento levou* e beijá-la com tanta força que ela desmaiaria.

— Ah, esse é o *Will*, Will? — perguntou Sierra. — Que incrível! — Ela estalou os dedos. — Neto da sra. Jensen, né? Nós encontramos com ela ontem. Eu deveria ter reconhecido o cachorro.

Duffy voltou correndo com o frisbee. Mas nem Will nem Sierra pareciam notar a presença dele, então Caroline jogou o disco para ele novamente. O frisbee foi envolvido pelo vento e pareceu percorrer quilômetros.

— Está com fome? — perguntou Sierra a Will.

— Sempre. E você?

— Morrendo.

Só que Sierra nunca tinha fome. Ela mal comia. Talvez conhecer Will tivesse aberto seu apetite. Batendo o maior papo, os dois foram até às mesas de comida, agora lotadas de bandejas fumegantes de mexilhões, batatas e milho.

Caroline foi atrás dos dois. Ela sentiu um nó no estômago, e sabia que não conseguiria comer absolutamente nada.

Bem diante de seus olhos, Sierra e Will pareciam atraídos um pelo outro como ímãs. Atração instantânea, a versão Lizzy e Darcy do ensino médio.

De repente, o verão mágico que Caroline havia imaginado não parecia mais tão mágico assim. Ela pegou um pedaço de madeira e o enfiou na areia, furiosa consigo mesma. Ela deveria ter dito algo para Sierra. Deveria ter aberto o jogo e admitido a verdade. E a verdade era que tinha uma queda por Will Jensen desde que descobriu o que era sentir isso.

Agora, tinha perdido os dois — sua melhor amiga e sua paixão —, e a culpa era toda dela.

Caroline observou a praia — as pessoas brincando e dançando, reunidas nas barracas, tentando a sorte na caldeirada e na rifa. O verão na praia, o momento pelo qual ela esperava o ano inteiro.

E, para além daquilo tudo, o grande oceano selvagem estendendo-se ao infinito.

Parte Quatro

Aprecie a jornada e reconheça sua força.

— ORGANIZAÇÃO SEE THE TRIUMPH

Dezenove

Caroline estava no quarto das crianças, vasculhando as mochilas da escola e conferindo a lição de casa. Sentia-se uma fraude. Nunca se imaginara fazendo aquilo. Anotações de professores, autorizações, livros de caligrafia… era tudo novo para ela.

Mas em alguns momentos, como aquele, esse tipo de coisa começava a parecer normal. Começava a parecer a vida dela. Não a que desejara para si mesma, mas algo jamais imaginado, nem em seus sonhos mais loucos. Tanto Addie quanto Flick pareciam estar se adaptando à escola. Pareciam até orgulhosos por terem lançado a moda das camisetas. Caroline gostava de lhes dizer que eram criadores de tendências.

Era fim do dia e as crianças já tinham tomado banho e jantado. Flick estava deitado na cama, totalmente absorto em uma leitura. Addie tinha encontrado uma antiga Barbie em uma maleta que se abria como um armário e estava brincando com as bonecas vintage. Graças a Dottie, a Barbie ainda morava na mala com o namorado, Ken.

— Ela podia ser amiga da Mulher-Maravilha! — exclamou Addie. — Elas são do mesmo tamanho.

— Boa ideia — disse Caroline. — Elas podem até compartilhar roupas. — Ela ergueu um vestido de baile minúsculo feito de poliéster e calicô. — Eu lembro do dia em que costurei isso. Um fracasso. Costurar para a Barbie é mais difícil do que costurar para adultos. Mas olha só, ela tem muitas roupas legais e uma scooter. Eu tentei fazer um carro para ela, mas acabei me dando mal.

— Por que você se deu mal?

— Porque o carro era um dos sapatos italianos de couro do meu pai. Colei as rodas com uma pistola de cola quente, o que parecia uma boa ideia na época, mas estragou totalmente o sapato e meu pai ficou bem bravo.

— Ele bateu em você?

— O que? Me bater? *Não* — disse Caroline, sentindo uma pontada de alerta. — É isso o que acontece quando alguém erra?

Addie deu de ombros, sua reação típica quando Caroline tocava no assunto. Nem ela ou Flick haviam dado, até o momento, qualquer indicação de que sabiam o que estava acontecendo com a mãe ou quem era o agressor, mas isso não significa que não tinham visto nada.

— Bem, preciso que vocês saibam que bater nunca é legal, ok? Nem tapas, socos, empurrões. Usar a violência, machucar alguém, nunca, nunca é legal. Vocês sabem disso, né? — Outro dar de ombros. Addie colocou uma saia jeans na Mulher-Maravilha. — Alguém já bateu em você? Ou no Flick? Ou na sua mãe?

Essas mesmas perguntas tinham sido feitas por assistentes sociais de emergência no turbilhão após a morte de Angelique, e a resposta era sempre inconclusiva.

Assim como naquele momento. Addie balançou a cabeça e Flick fingiu não ouvir.

— Quero que vocês saibam que podemos conversar sobre qualquer coisa, ok? É importante. E prometo que sempre vou prestar atenção — insistiu Caroline. — Talvez vocês tenham visto algumas coisas assustadoras. — Ela fez uma pausa. Nenhuma resposta. — Talvez alguém tenha gritado de um jeito ruim. — Ainda nada. — Gritar também não é legal, e nunca pensem que a culpa é de vocês. Não havia nada que vocês pudessem ter feito para impedir o que aconteceu com sua mãe, e eu sempre vou fazer tudo o que puder para que vocês se sintam seguros. Não querem me dizer o que estão sentindo agora?

As crianças se entreolharam e ficaram em silêncio.

— Eu estou com saudade da mamãe — respondeu Addie depois de alguns momentos. — Estou triste.

Caroline puxou Addie para um abraço.

— Eu também, e o Flick também... Eu queria muito saber como te ajudar, amorzinho — disse ela, sussurrando no cabelo macio da menina. — Vocês não merecem o que aconteceu com vocês. Sua mãe também não merecia. Mas agora vocês estão seguros, e eu sempre vou proteger vocês.

Depois de alguns minutos, Flick pegou o livro que estavam lendo juntos.

— Lê o *Meu melhor companheiro* pra gente.

— Boa ideia. Acho que estamos no último capítulo.

Caroline abriu a página marcada e começou a ler. Ela ainda se lembrava do calor e da segurança de se aconchegar na cama com os irmãos enquanto a mãe lia para eles. Aquele livro era o seu favorito. Travis e o cachorrinho viviam aventuras como ela e Wendell, mas Yeller, ao contrário de Wendell, tinha passado por alguns episódios angustiantes: fora atacado por um urso, salvara Travis de porcos selvagens, fora mordido por um lobo raivoso.

Enquanto lia a parte sobre a mordida inflamada de Yeller, Caroline podia sentir as crianças se encolhendo de pavor e chegando mais perto dela. Ela lembrou de ter se sentido do mesmo jeito, mas sua mãe leu a cena final tranquilizadora com um sorriso no rosto. Justo quando parecia que tudo estava perdido, os olhos de Yeller clarearam. Ele parou de espumar pela boca. Abanou o rabo e latiu para Travis. Estava bem. Ele e Travis iam ficar bem.

Só que…

Caroline franziu a testa quando se ouviu lendo a cena final. Espera aí. O quê? Aquela não era a história de que ela se lembrava. Bem ali, em preto e branco, o livro dizia que Yeller contraía raiva e que Travis o matava com um tiro. Descrente, sentindo-se traída, Caroline continuou lendo, mas não melhorou.

— Jesus Cristo! — exclamou ela, lágrimas caindo enquanto fechava o livro e o jogava de lado. — Mas que merda de final é esse?

— Yeller morreu? — perguntou Addie, seu queixo tremendo.

— Por que Travis deu um tiro nele? — perguntou Flick, dando um soco no travesseiro.

— Não é assim que deveria terminar — disse Caroline. — Quando minha mãe leu para mim, o final era totalmente diferente. Era feliz.

— Eu não quero que o Yeller morra — soluçou Addie.

— É só uma história — disse Caroline ao usar a manga da blusa para secar as bochechas manchadas de lágrimas. — Não aconteceu de verdade.

— Mas é a história mais triste do mundo.

— Eu sei, eu sei. Desculpa por ter escolhido uma história tão triste. O final que me lembro era totalmente diferente e... A história que minha mãe leu tinha um final feliz. Yeller melhorou e eles também ficaram com os filhotinhos dele.

— Então por que ele morreu? — perguntou Addie.

Porque minha mãe mudou o final.

Caroline precisou de mais de trinta minutos repetindo a leitura de *Vai, cachorrinho, vai!* até fazê-los dormir. Quando finalmente conseguiu, ela pegou o livro e foi confrontar a mãe.

Dottie estava na sala, perdida em um novo livro que pegara na biblioteca. Caroline jogou o livro no colo dela.

— Você mudou o final — acusou ela.

— O quê?

— Você leu *Meu melhor companheiro* para a gente, mas mudou o final para que ele melhorasse e os dois vivessem felizes para sempre.

— E daí? — disse a mãe, tirando os óculos de leitura. — Foi bem inteligente da minha parte. Eu certamente não queria vocês cinco acordados a noite toda chorando por uma história triste de cachorro.

— Nossa, mãe... Eu vivi a minha vida inteira pensando que esse era o melhor livro de todos os tempos porque achava que o cachorro teve final feliz. — Caroline apertou os lenços de papel que segurava, úmidos de lágrimas. — Eu estava lendo para Addie e Flick, só que li o final de verdade, achando que tudo ia terminar bem, e aí o maldito garoto atirou no cachorro. Levei uma eternidade pra consolá-los e fazê-los dormir, e amanhã eles têm aula.

— Ai, filha. Você devia ter dado o final feliz para eles também...

A chuva engolfou a península em uma rajada de vento e escuridão. Caroline colocou o lanche das crianças em suas mochilas, estremecendo com o tempo tempestuoso. Flick e Addie olhavam pela janela, as expressões tão sombrias quanto o clima.

— Às vezes fica assim — disse ela.

— Fica assim o tempo todo — resmungou Flick.

— Eu odeio chuva — disse Fern, entrando na cozinha e jogando a mochila no chão. — Fiquei encharcada só de andar da garagem até aqui.

— Então você vai adorar o que eu fiz pra vocês — falou Caroline. — Capas de chuva novas!

— Obaaaa! — disse Addie, pulando da mesa. — Você faz as melhores coisas.

— É uma jaqueta *pop-over* — explicou Caroline, ajudando Addie a vestir a dela. — Eu estava trabalhando essa ideia já faz um tempinho. Vou mostrar como funciona.

Inspirada nas crianças, Caroline desenvolvera uma modelagem única. As jaquetas de lã tinham um bolso especial com uma surpresa dentro: uma capa de chuva com capuz que cobria eles e suas mochilas.

— Que maneiro! — exclamou Flick. — Eu gosto de como você faz as coisas.

Ele lhe deu um raro abraço espontâneo. O rosto de Fern se iluminou enquanto ela examinava sua jaqueta nova.

— Eu amei! Obrigada, tia Caroline!

Caroline nunca tinha se imaginado fazendo capas de chuva para crianças, mas a sensação de prazer a lembrou de algo que quase havia esquecido: criar roupas era uma forma de demonstrar amor. Durante a turbulência em sua carreira, ela quase perdera essa ideia de vista. As roupinhas das crianças tinham sua marca: a estampa de concha nautiloide no bolso da frente, um acréscimo que Caroline fizera pensando em se desafiar, determinada a voltar aos negócios.

As três crianças exibiram suas jaquetas de lã brilhantes com capas de chuva personalizadas.

— Caroline, essas peças são geniais! — disse Virginia, entrando na cozinha para admirar as roupas. — Precisamos tirar uma foto! — Ela pegou o celular e fez vários registros. — Espero que você esteja preparada para receber encomendas de todas as outras mães.

— Essa é a ideia — comentou Caroline, levando as crianças para fora, para esperar o ônibus escolar.

Ela entregou à irmã uma brochura com alguns desenhos e as especificações técnicas da jaqueta. Virginia serviu-se de café e analisou o material.

— Nossa, é genial. Estou feliz que você esteja trabalhando nas suas criações.

— Eu tenho que fazer alguma coisa. Não é exatamente a carreira que eu imaginei, mas...

— Bem-vinda ao clube — disse Virginia. — Às vezes a vida lança a gente ao desconhecido, e no final acaba sendo ótimo.

Caroline sabia que Virginia estava falando sobre seu divórcio.

— Como você está?

— Altos e baixos, mais altos do que baixos ultimamente. Fern e eu nunca estivemos tão próximas. Como a guarda é compartilhada, meu tempo com ela agora é mais precioso que nunca. E ser solteira, sair com alguns caras... é divertido, mas de um jeito estranho. Sabe?

— Eu nem me lembro de como é ir num encontro — admitiu Caroline. — Estou me desdobrando em mil para colocar o ateliê em funcionamento, a Echo está me ajudando. Tem as máquinas da fábrica que fechou em Astoria, algumas funcionárias que foram mandadas embora talvez trabalhem com a gente. Será que eu estou ficando maluca, Virginia?

— Não. Você está motivada.

— Nada me motiva mais que a possibilidade de fracassar — disse Caroline, andando de um lado para o outro pela cozinha, limpando as sobras do café da manhã.

— Bem, você está começando a soar como você de novo.

— Jackson e eu vamos com a caminhonete do papai até Astoria daqui a pouco. Mais tarde eu conto como foi.

Agitada, ela pegou a própria capa de chuva, uma peça totalmente sem inspiração. Caroline achava que nem mesmo uma capa de chuva precisava ser tediosa. Estava apostando todo o seu empreendimento naquela ideia.

— Você é tão boa... — disse Virginia, ainda folheando os desenhos de Caroline, todos criados em picos de inspiração. — Eu jurava que você estava no caminho certo, que tinha o emprego dos seus sonhos.

— Eu também jurava — disse Caroline, observando a paisagem encharcada lá fora.

— Conquistou até um lugar na semana de moda de Nova York — lembrou Virginia. — Você estava tão animada...

— E aí tudo ruiu. Estou com medo de precisar encarar outro desastre.

— Se fosse fácil, todo mundo estaria fazendo.

— Bem, pelo menos um problema eu resolvi hoje. Encontrei um espaço para instalar o ateliê.

Caroline vinha guardando tudo na garagem e as roupas estavam sendo fabricadas lá, mas ela sabia que precisava de um lugar melhor.

— Sério? Onde?

— O celeiro na antiga casa dos Jensen. Will e Sierra vão alugar para mim, estou indo levar tudo para lá.

Vinte

Will ajudou Jackson Shelby a descarregar a última máquina de costura de Caroline da traseira da caminhonete no celeiro de sua propriedade. Estava encharcado de suor.

— Quem diria que máquinas de costura seriam tão pesadas, hein? — perguntou Jackson, bebendo uma garrafa de água de uma só vez.

— Eu disse — falou Caroline. Ela estava suada também, pois tinha os ajudado a descarregar. — Essas não são as máquinas de costura da vovó. Elas são burros de carga industriais.

Sierra ofereceu a ela um copo de água com gás.

— Você está no caminho do sucesso e da fortuna.

— Espero que o assoalho aguente — comentou Will. — Este lugar não é usado para nada além de guardar tranqueira.

Caroline ergueu o copo de água.

— Eu não tenho nem como agradecer por me oferecerem esse espaço. Sério, vocês são maravilhosos.

Will e Jackson levaram a última máquina para o espaço e Caroline mostrou a eles onde colocá-la.

— Você sempre teve ideias malucas, né, irmã? — disse Jackson.

— Ah, falou o sr. Moro-no-Mar...

Ele bagunçou o cabelo dela.

— Falando nisso, preciso ir. Tenho um encontro hoje à noite.

— Hummm. Alguém que conhecemos?

— Alguém que conheci em um aplicativo de namoro.

— Humm... promissor?

— Veremos.

— Obrigado de novo, parceiro.

Will apertou a mão dele e Jackson partiu. Caroline girou em um círculo lento, olhando ao redor do espaço elevado, iluminado por raios de sol através das altas janelas do clerestório.

— Nem uma teia de aranha à vista.

— Will passou metade do dia preparando o lugar — contou Sierra. — Isso aqui era um emaranhado de teias de aranha.

Will esperava que fosse o único a perceber um quê amargo na voz da esposa. Ultimamente estava sendo impossível lhe agradar.

— Eu devo muito a vocês — disse Caroline. — Quando as miniversões de vocês estiverem correndo por aqui, receberão um suprimento vitalício de roupas da Concha. Prometo. — Ela se virou para Will. — Sierra me disse uma vez que você queria transformar o celeiro em playground. Eu quero que saiba que, quando você precisar do espaço, eu saio imediatamente, ok?

— Ah, é só uma ideia — disse ele, sem conseguir evitar um olhar para Sierra.

Ela estava de costas, verificando a longa mesa de corte no centro do espaço. A recusa de tocar no tema "bebês" havia se tornado a norma.

— Também preciso ir — disse Sierra. — Tenho uma reunião na agência em Portland amanhã e preciso preparar algumas coisas. Passe lá em casa antes de ir, ok?

— Pode deixar. E, mais uma vez, obrigada, Sierra.

— Anda, vai trabalhar — disse Sierra, enxotando Caroline. — Faça coisas incríveis.

Caroline verificou o esboço que tinha feito do layout do lugar.

— Ela parece o Marley, o gerente que me concedeu o financiamento para pequenas empresas.

— Marley é um cara legal — disse Will. — Dois filhos dele foram meus alunos. Foi ele quem criou esse programa especial de empréstimos, pensando em manter negócios e talentos aqui na cidade. Aliás, foi uma grande conquista ter sido contemplada com esse empréstimo, parabéns.

— Obrigada. Essa é uma das vantagens de morar em uma cidade pequena. Eles sabem onde me encontrar se eu ficar devendo — disse ela, erguendo os olhos. — Não que eu pretenda ser inadimplente. Prometo que não vou deixar de pagar um aluguel sequer.

— Não estou preocupado com isso.

— Mas eu estou. Quer dizer, não preocupada, mas pretendo fazer isso dar certo.

— E vai fazer. Você sempre foi empreendedora, Caroline.

— Você acha?

Ela sorriu e, apenas por um segundo, pareceu ter 12 anos novamente, a menina que Will conhecera tantos anos antes, no início de sua longa e às vezes confusa amizade.

— Pode me ajudar com isso aqui? — pediu ela, apontando para um grande rolo de papel branco. — Preciso pendurar na ponta da mesa de corte.

Cada um deles pegou uma ponta do rolo e o ergueu nos suportes.

— O que é isso? — perguntou ele.

— É um rolo de estampa. Essencial para os negócios. Eu escrevi a sentença de morte da minha carreira neste papel.

— Como assim?

— Ah, é uma longa história.

Ele olhou para as caixas e equipamentos empilhados ao redor da sala.

— Acho que a gente tem tempo.

O rosto dela se iluminou novamente. Aquele sorriso ainda o afetava.

— Você vai me ajudar a arrumar as coisas?

— É domingo. Eu tenho o dia todo.

Will tinha muitas tarefas para fazer em casa, mas Sierra sempre dizia que era difícil para ela se concentrar quando ele estava fazendo as reformas.

Então, Will ficou e eles trabalharam em equipe, montando rolos de tecido, organizando equipamentos, movimentando móveis e maquinários, verificando as ligações elétricas. E Caroline não parou de falar por um segundo. Tagarela desde sempre, contou a Will um pouco sobre o funcionamento do mercado da moda, sobre estilistas independentes fazendo projetos fechados para grandes empresas.

— Eu criava meus designs depois do expediente, à noite e nos finais de semana, às vezes na hora do almoço, em qualquer brechinha possível. Finalmente, depois de mais contratempos do que estou disposta a dissertar sobre, consegui a oportunidade de exibir minha primeira coleção autoral. Mas, pelas minhas costas, o grande designer para quem eu estava trabalhando roubou meus desenhos e os lançou com o nome dele em um grande evento.

— Meu Deus! O cara te plagiou? Mas como? Parece totalmente ilegal.

— Um fato engraçado sobre a indústria da moda é que copiar não é ilegal. Certas coisas podem ser protegidas por direitos autorais, como uma estampa ou uma forma escultural, mas não há leis que impeçam um designer de copiar cada pontinho dado por alguma outra pessoa. E, mesmo que eu quisesse revidar, eu não tinha dinheiro para pagar alguém para me defender. Quando confrontei o cara e a diretora de design dele, disseram que algumas daquelas estampas tinham sido feitas no ateliê dele. Vai saber se eles não estavam me vigiando? Mick pode alegar que eu criei os designs enquanto estava sob contrato com ele, usando os recursos da empresa dele.

Ela desenrolou um pedaço de papel, espalhando-o sobre a mesa grande.

— E essa foi minha queda triunfal — desabafou ela. — A sensação de ver minhas roupas ali, roubadas, foi horrível, como se alguém tivesse me agredido. Tentei lutar de volta. Contei para todos os repórteres e blogueiros que eu conhecia. Tentei acabar com a imagem dele nas redes sociais. Mas minha ameaça acabou sendo tão vazia quanto minha conta bancária. A menos que um grande meio de comunicação se interesse pela história, ninguém dá a mínima.

Will ficou quieto por vários momentos, tentando imaginar a sensação de traição e decepção que Caroline havia sentido.

— Nossa, que merda! Tem certeza de que não há nada que você possa fazer?

Ela negou com a cabeça.

— Mick até pareceu um pouco arrependido, mas não em relação ao plágio, e não acho que ele fosse admitir que me copiou. Tenho certeza de que o remorso tinha a ver com o fato de eu ser muito útil para ele.

Projetei inúmeras peças para a marca dele, e agora ele vai precisar achar alguém para ficar no meu lugar.

— Lamento por tudo isso — disse Will. — Queria poder ajudar.

— Você tá de brincadeira, né? Você me deixou ficar aqui, não existe ajuda maior do que essa. Mick arruinou minha chance de exibir uma coleção em Nova York, mas aqui estou tão fora do radar que ele não tem como me achar. Então você e Sierra estão me ajudando a restaurar minha sanidade.

— E a economia local — disse ele.

— Bem, quanto a isso eu não sei, mas vou dar o meu melhor. Tem duas pessoas vindo trabalhar comigo. E duas estagiárias que fazem curso técnico de modelagem no ensino médio. A Sierra contou?

— Que ótimo, Caroline! — Will sempre gostara da energia e do foco dela. Ele apontou para uma pilha de caixas que haviam sido entregues. — Ah, vou instalar essas luminárias suspensas para você.

— Não precisa fazer isso. Posso chamar um eletricista...

— Ou pode me deixar ajudar.

— Sim. Posso mesmo. Obrigada — disse ela, parecendo surpresa e grata. — Estou impressionada que você saiba como instalar luminárias. Coisas elétricas sempre me assustaram.

— Aprendi muito com a restauração da casa — contou ele.

— Que ficou linda, Will. Dá para ver que você fez tudo com muito amor.

— Dá? — perguntou ele, afivelando o cinto de ferramentas.

— Com certeza.

— Bem, esse aqui sempre foi meu lugar feliz.

— Eu sei. Você e seu avô viviam fazendo coisas pela casa.

Ele tirou uma pequena estátua cheia de teias de aranha de uma pilha de tralhas.

— Lembra dela?

— Meu Deus, Justine! A velha figura de proa de navio.

Will limpou a peça. Seu avô a tinha resgatado de um naufrágio na foz do rio Columbia. Em uma pose clássica, uma Valquíria robusta, com os seios nus e cabelo ao vento, estava de boca aberta como se gritasse para as ondas.

— Eu era obcecado pelos peitos dela.

— Ela ainda parece implacável. Gosto dela.

Pegando uma escada, Will ergueu a escultura até o alto da parede com vista para o espaço de trabalho.

— E aí, o que acha?

— Ficou perfeito. Minhas funcionárias vão adorar. Nesse ateliê somos todas mulheres implacáveis.

— Certo. É bem legal o que você está fazendo, com o grupo de mulheres.

— Obrigada. Estou aprendendo muito com elas.

Caroline o encarou com a cabeça ligeiramente inclinada e colocou um dedo no lábio inferior — um gesto do qual Will se lembrava do passado —, mas então pareceu mudar de ideia e se virou, mas não antes que ele visse suas bochechas ficarem vermelhas.

Como uma borboleta em um jardim, Caroline foi de máquina em máquina fazendo ajustes e testando conexões.

— A vida às vezes é engraçada, né? — comentou ela.

— A vida é engraçada o tempo todo.

Ele encontrou algumas ferramentas para prender a valquíria como se fosse um troféu de caça.

— Verdade. Eu estava pensando em como acabei voltando para cá, o último lugar no qual me imaginei. E que provavelmente é exatamente onde eu deveria estar.

— É? Não vai sentir falta da cidade grande?

Os pensamentos de Will foram para Sierra e seus frequentes lamentos sobre ficar longe de Seattle e Portland.

— Não me entenda mal, eu amo Nova York — disse Caroline. — Mas o meu lugar é aquele que faz mais sentido para mim. E, no momento, esse lugar é aqui.

Ela pegou uma peça de roupinha semiacabada — uma jaqueta com raios e luvas presas — e analisou por um longo momento.

— Eu pensei que essas crianças seriam o fim da minha carreira. Achei que seria demais equilibrar os dois e todas as coisas que eu queria criar, produzir.

— E aqui está você, fazendo tudo isso. Me surpreende que você tenha sequer duvidado.

— Ha-ha. Não esqueça que são duas crianças. Mas acho que Flick e Addie não são um obstáculo, são uma inspiração. Hoje em dia, é impossível imaginar minha vida sem eles — disse Caroline, e então acrescentou: — Sim, quem está falando isso é a mesma Caroline que dizia "Eu nunca quero casar e ter filhos". Mas eles foram me conquistando, meio que roubaram meu coração.

Ela deixou a roupa de lado e começou a desembalar uma caixa de carretéis altos com linhas de cores diferentes. Will entendeu o propósito do painel de madeira quando Caroline colocou cada carretel com cuidado, organizando-os por cor. Will sentiu uma onda de afeto por ela, por ela estar abraçando aquela mudança de planos em prol de dois órfãos.

— Que bom. Fico feliz por as coisas estarem dando certo.

O restante do desabafo estava na ponta da língua de Will. Falar para Caroline como ele achara que Sierra também mudaria. Que ela abraçaria a vida na cidade pequena e a ideia de ter uma família. Mas, à medida que o tempo passava, Will se dava conta de que talvez isso nunca acontecesse. E aquela era uma discussão para se ter com Sierra, não com Caroline. Trazer esse assunto à tona agora seria um erro. Mas havia aquela velha conexão entre eles, presente desde o início. Will achava incrível que ainda conseguisse senti-la mesmo depois de tantos anos. Era como se a atração estivesse adormecida lá no fundo, invisível, mas sem nunca deixar de existir.

— Já eu, sempre soube que acabaria aqui — continuou ele. — Só não achei que seria tão cedo. Eu planejava servir na Marinha por muito mais tempo.

Caroline fez uma pausa na organização e se virou para ele.

— Sinto muito pelo seu acidente — disse ela, e então levou a mão aos lábios. — Desculpe, Will. Eu não deveria ter tocado no assunto. Sierra disse que você não fala sobre isso.

Sierra estava certa. Ele não falava mesmo.

— Mas deveria. Dizem que seria bom para minha saúde mental.

— Eu sou boa para sua saúde mental, então? Quem diria, hein?

Você sempre foi boa para minha saúde mental, pensou ele. Caroline tinha sido a primeira pessoa a quem ele havia contado sobre a morte da mãe. Seu pai, professores e conselheiros tentaram convencê-lo a falar sobre aquilo, mas ele nunca dissera muito até conhecer Caroline. Ele se lembrava daquele dia tão claramente: o passeio de bicicleta, o sol, as ondas batendo contra o penhasco. A garota engraçada que o fez querer falar sobre o indizível.

— Foi uma extração — começou ele. — Uma operação de resgate de reféns.

— Sierra me contou essa parte. Ela disse que os reféns estavam realizando trabalho humanitário…

— Você já ouviu falar de Djibuti? — perguntou ele, e sorriu diante da expressão dela. — Tudo bem, ninguém conhece. Eu também não conhecia até ser convocado para uma missão lá. Fica na África, entre a Etiópia e a Somália. Não é conhecido como um lugar tranquilo, mas alguns voluntários norte-americanos foram sequestrados lá enquanto estavam em trânsito. Um grupo chamado Al Shabab os manteve reféns.

Aquela tinha sido sua última operação, embora Will não soubesse disso na época. Ele tinha alcançado o posto de tenente-comandante do Grupo de Desenvolvimento de Guerra Especial Naval e, em uma fração de segundo, era Willem Jensen, tenente aposentado por motivos médicos. Caroline deixou de lado a caixa organizadora. Sua atenção plena e silenciosa parecia um presente, do mesmo jeito que aconteceu naquele verão em que se conheceram.

Ele se lembrava de estar na sede quando a ligação chegou. Era uma das piores de receber — a participação na operação era voluntária, o que significava um risco extra. Ninguém havia optado por ficar para trás, no entanto. Era exatamente para isso que haviam sido treinados.

— A gente precisava agir rápido. Entrar de helicóptero, descer pela corda, extrair os reféns e dar o fora. Normalmente haveria muitos ensaios, só que, naquela noite, a janela de tempo era quase zero. Montamos um plano, mas não tivemos tempo de testá-lo. — Will lembrou-se da lua nova, uma noite de escuridão perfeita, ideal para a operação. — Graças a um informante, encontramos os sequestrados, dois enfermeiros e um auxiliar. Dois deles estavam bem ruins, atordoados e com febre. A operação ocorreu conforme o planejado, até que os terroristas abriram fogo, o que já esperávamos, com base na informação que tínhamos.

Caroline estremeceu.

— E aí você foi atingido.

— Ainda não. Até aquele momento, os sequestradores eram as únicas baixas. A equipe derrubou nove deles em questão de segundos. — Ele ainda podia escutar o som violento da luta. Às vezes, ouvia até em seus sonhos. — A extração ocorreu conforme o planejado. Até que deu tudo errado.

Caroline ficou olhando para ele, o rosto cheio de admiração. Ela parecia estar ouvindo com todo o corpo.

— O que aconteceu?

Aquela era a parte sobre a qual ele nunca falava. A parte que o assombrava.

— Estávamos com os reféns. Eu estava na retaguarda, correndo pelo mato em direção ao helicóptero. Pensávamos que todos os sequestradores tinham caído, mas, no meio do mato, notei um clarão de movimento com a minha visão noturna, e isso nunca é um bom sinal. Desacelerei para tentar algum reconhecimento facial. Eu tinha que dar uma olhada, porque um cara com uma arma de fogo grande poderia acabar com todos nós. E... era um garoto.

— Garoto? Tipo, uma criança?

Will ainda podia ver a cena através de seus óculos de visão noturna: um garotinho, espiando no meio do mato. Um garotinho com uma AK-47. Seus olhos estavam brilhantes e vagos, provavelmente de mascar *khat*, uma planta estimulante, com as mãos nervosas no gatilho e segurando o corpo da arma.

— Uma criança assustada. Ele devia ter uns 10 anos, drogado com aquela coisa que os nativos mastigam. Estava coberto de munição e apontando uma AK-47 pra mim.

— Meu Deus. Não consigo nem imaginar como foi — disse ela.

— É para isso que um oficial da Marinha treina. Meses e anos de treinos todos os dias para enfrentar e eliminar uma ameaça sem hesitar.

— Deixa eu adivinhar. Você hesitou.

Treinamento e instinto ditavam que Will deveria eliminar o alvo, mas algo mais forte o impedira — era uma criança. Uma *criança*.

Will assentiu.

— E ele atirou.

O colete o protegeu de ferimentos fatais, mas os óculos voaram com o impacto. Quando seu rosto foi atingido, Will sentiu como se metade da cabeça tivesse sido arrancada.

— Um dos membros da minha equipe o abateu. Mais tarde, soube que o nome do menino era Hamza. Ele tinha 14 anos.

Caroline exalou lenta e suavemente. Ela deu a volta ao lado da mesa de corte e ficou na frente dele, tocando brevemente seu antebraço e tirando a mão em seguida.

— Lamento que isso tenha acontecido. Que escolha horrível, meu Deus. Atirar em uma criança ou levar você o tiro... Eu entendo por que você hesitou.

Will passara por uma sindicância interna após o incidente. Sua equipe permanecera ao seu lado, graças a Deus. Ali, com Caroline, Will percebeu que, além do que depôs durante a investigação, nunca havia contado a ninguém os detalhes do incidente. Nem para o pai, nem para os avós, nem mesmo para Sierra. Apenas Caroline, que ele conhecia desde criança, quando os dois não eram muito mais velhos do que Hamza, empoleirados em um afloramento rochoso acima do Cabo da Decepção.

— Obrigado. Eu... acho que vou carregar isso comigo para sempre — desabafou ele.

— E hoje você é professor. Agora faz sentido.

— Não sei sobre fazer sentido — disse ele, retomando o trabalho. — Eu não sou tão profundo assim. Minha vida mudou em uma fração de segundo. Eu só fiz o que me pareceu ser a coisa mais lógica.

— Você conhece aquele ditado: a vida é o que acontece quando a gente está ocupado fazendo outros planos.

O silêncio entre eles era tranquilo. De vez em quando, Will olhava para ela e a pegava olhando para ele. Eles imediatamente desviavam o olhar um do outro. Era uma dança provisória, restabelecendo uma amizade que estava adormecida há anos.

Embora tentasse negar, Will sentia-se atraído por Caroline de uma forma que era absoluta e completamente proibida. Era impossível mentir para si mesmo sobre isso, é claro, mas ele poderia mentir para todos os demais. E tinha total intenção de fazê-lo.

— Não sei bem o que fazer com essas caixas — disse ela, afastando-o de pensamentos impróprios.

— Perdão, o que disse?

— Aquelas caixas — disse ela, e indicou algumas perto da porta. — Eu não sei o que fazer com elas.

— Vamos dar uma olhada.

Havia caixas-ficheiros abarrotadas de recibos e registros. Outra caixa continha livros da faculdade.

— Vou ver com Sierra. Durante a minha última missão ela estava estudando para o MBA.

A caixa no fundo era longa e inesperadamente pesada, sua superfície branca, outrora brilhante, agora estava coberta de teias de aranha e poeira. Ele levantou a tampa para revelar uma janela de celofane em formato oval.

— Putamerda... Fazia tempo que não via isso.

Caroline se inclinou para dar uma olhada.

— Isso é...?

— O vestido de noiva da Sierra. O que você fez para ela.

— Uau. Nunca achei que veria isso de novo.

Will colocou a caixa com as outras em um carrinho de mão e estudou Caroline com ainda mais atenção. Ela estava perto o suficiente para que ele sentisse o cheiro de ervas em seu cabelo. O cheiro nada desagradável do seu suor. Ele se fixou no arco úmido de seus lábios.

— Nunca pensei que veria *você* de novo.

— Will...

— É sério, Caroline. A gente se separou e agora estamos aqui, de novo. Eu e Sierra, a gente...

— Para — alertou ela. — Só para.

Parte Cinco

Às vezes, quando olho para você, sinto que estou observando uma estrela distante. É deslumbrante, mas a luz é de dezenas de milhares de anos atrás. Talvez a estrela nem exista mais. No entanto, às vezes, essa luz parece mais real para mim do que qualquer outra coisa.

HARUKI MURAKAMI, *SUL DA FRONTEIRA, OESTE DO SOL*

Vinte e um

—*T*rago novidades — disse Caroline para Sierra, no estacionamento da escola depois da sétima aula. — Tô surtando.

— Zane Hardy finalmente chamou você para ir no baile com ele? — perguntou Sierra. — Você nem deveria ter se preocupado, eu tinha certeza de que ele convidaria.

— Que se dane o baile — disse Caroline. — Não tem nada a ver com isso. A gente tem que ir lá para casa. Minha mãe disse que chegou do correio um envelope de aparência importante para mim.

— Eita! Vamos nessa.

As duas correram para o carro de Sierra, um fusca brilhante e amarelo.

As cartas de aprovação para as faculdades estavam começando a chegar, e Sierra já tinha suas opções: a Universidade de Washington, em Seattle, a Lewis & Clark College, em Oregon, e a Universidade da Califórnia, em San Diego. Sua decisão de ir para San Diego não era coincidência. Era para lá que Will Jensen tinha ido em seu primeiro ano. A paixão por ele, que remontava ao primeiro verão em que se viram, seguira inabalável. A cada verão, o romance ardia como uma fogueira na praia. Caroline tinha assistido a tudo de longe, tentando não se lembrar que, por um momento louco, mágico, irrecuperável e impossível, Will tinha sido dela.

No futuro, Caroline entenderia que isso era uma bobagem. Aos 14 anos, ninguém é seu, nem mesmo você. Um adolescente não passa de um pedaço de barro sem forma, ainda tentando descobrir quem é ou o que se tornará. A cada verão, os três iam se tornando cada vez mais inseparáveis, amadurecendo sob o sol. Will tirou sua carteira de motorista primeiro, por ser um ano mais velho, e dirigia o velho Grand Marquis de seu avô — às vezes deixando o sedã pesado atolado na areia macia da entrada da praia, outras vezes indo às planícies para participar de rachas proibidos. Ele geralmente ganhava as corridas, não porque o carro era incrível, mas porque sabia como dirigi-lo. Juntos, ganharam e perderam competições de pipas, dominaram o campeonato de frisbee, experimentaram maconha e ficaram bêbados pela primeira vez.

Caroline sempre era a parceira, a amiga engraçada, acompanhando as aventuras de verão do casal, às vezes com um garoto que gostava dela, às vezes como "vela". Sierra e Will eram loucos um pelo outro, o casal de ouro, com aquele tipo de relacionamento que fazia bem para a reputação de qualquer adolescente. Quando as pessoas os viam juntos na igreja, parecendo enganosamente bem-educados e comportados, acenavam com a cabeça em aprovação, sem imaginar que provavelmente tinham transado na casa paroquial vazia na noite anterior. Caroline tinha se conformado com a situação. Will Jensen nunca tinha sido dela, nem por um momento. Bem, talvez apenas por um momento — um pedacinho de tempo que tinha desaparecido. Aquele primeiro beijo. O único beijo. Um que Will nunca mencionara. Que provavelmente tinha esquecido.

Sierra estacionou na casa dos Shelby e as duas entraram correndo. Encontraram a pilha de correspondências que a mãe havia deixado no balcão da cozinha. Caroline pegou um envelope de tamanho comercial com o endereço do remetente que estava esperando desde o envio do seu portfólio e amostras no inverno passado. Ela imaginou que seria um pacote gordo de informações, como o que tinha recebido do Instituto de Artes de Seattle, sua segunda opção. Uma carta simples era um mau sinal.

— Espera — disse Sierra antes que Caroline começasse. — Precisamos dar as mãos antes.

Era um ritual que elas faziam para dar sorte. O pai de Sierra provavelmente repreenderia crenças pagãs, mas as meninas faziam de qualquer forma. Elas pressionaram as mãos sobre o envelope e fecharam os olhos.

— Eu quero, eu consigo. Eu quero, eu consigo — murmurou Caroline. Então ela abriu o envelope e puxou os papéis, encolhendo-se quando uma sensação de pavor causou um frio congelante na barriga. — Não consigo olhar, Sierra. Essa carta é minha glória ou meu fracasso. Estou com medo de descobrir qual é. Não consigo olhar.

— Consegue, sim. Caroline, você precisa ler o que está escrito.

Ela se obrigou a olhar. E lá estava, em papel timbrado, em preto e branco: "Cara Caroline, parabéns! Você foi…"

Ela deu um grito.

— Passei!

— Você passou!

Sierra agarrou suas mãos e elas dançaram ao redor da sala.

O coração de Caroline quase explodiu de felicidade. Era isso. O sonho. O objetivo. O começo da vida que ela sempre quis: Nova York, estudando design em uma das melhores escolas do país. Quando parou de hiperventilar, leu o resto da carta e descobriu que havia sido aceita mais cedo, um privilégio concedido apenas aos alunos que mostravam um potencial excepcional.

— Não dá pra acreditar!

— Claro que dá! — Sierra sorriu para ela. — Quando o assunto é fazer roupas, você é incrível. E você merece! Você conquistou isso. Vamos lá contar para sua mãe.

O ano letivo se arrastou, e a síndrome do último ano era regra entre Caroline e os amigos. Ninguém queria ficar nas aulas, ninguém queria estudar para as provas. Todos estavam ansiosos para que a vida após o ensino médio começasse.

Como Sierra havia previsto, Zane convidou Caroline para o baile. O par de Sierra foi Bucky O'Malley, que era gay e facilmente o melhor dançarino da turma do último ano. Caroline desenhou e fez seus vestidos, e a escola inteira morreu de inveja.

O verão finalmente chegou, e Will Jensen também, com seus ombros largos, cabelo louro e olhos azuis. Às vezes, quando olhava para ele,

Caroline ainda via aquele garoto magrelo e encharcado, de máscara e snorkel. Seu sorriso radiante continuava o mesmo. Quando os três se encontraram em seu local favorito na praia, Will deu um abraço carinhoso em ambas, embora o de Sierra tivesse sido mais longo, como esperado.

— Olá, estranhas — cumprimentou ele.

— Você que é estranho — respondeu Caroline.

— Tava morrendo de saudade de você — falou Sierra. — Vai ficar quanto tempo?

— Bem, provavelmente esse é o último verão inteiro que vou passar aqui. As aulas começam assim que o verão acabar. Vou dar um gás para tentar terminar o curso mais cedo.

Caroline suspeitava que era o pai de Will quem queria que ele terminasse antes. Mas não perguntou. Will e seu pai eram complicados. Will queria uma carreira na Marinha, como o pai. Participou do Corpo de Treinamento de Oficiais da Reserva no ensino médio e fez o mesmo na faculdade. No entanto, não importava o que ele fizesse, nunca parecia ser suficiente para o sr. Jensen.

— E vocês? — perguntou ele.

Caroline estaria trabalhando em tempo integral na loja de Lindy Bloom, economizando cada centavo que pudesse para Nova York. Sierra tinha um trabalho de meio-período no escritório de turismo, cumprimentando visitantes e ajudando a organizar eventos comunitários. Ela era incrível nisso — bonita e bem-apessoada, o rosto da península de Long Beach. Na primavera anterior, tinha vencido um concurso estadual de bolsas de estudo. O programa a enviou ao famoso Dallas Apparel & Accessories Market para explorar o mundo da moda, e ela voltou mais elegante e refinada do que nunca.

— Arrumou algum emprego para a temporada? — perguntou Sierra a Will.

— Mais ou menos. Estou treinando com a equipe de resgate de surfe do condado em Seaview.

— Ah, os caras do jet-ski — comentou Sierra. — Eles saem atrás de qualquer coisa. Me promete que não vai se afogar.

Ele abriu seu sorriso de sempre.

— Me afogar não é uma opção.

— Parece realmente assustador — disse Caroline.

— *É* assustador — concordou ele. — Resgate de surfe, resgate técnico e de penhasco, é para isso que a gente treina.

— E é bom treinar mesmo — estremeceu Sierra. — Fico preocupada.

— É uma boa preparação para o treinamento TBDS/S.

— Você está começando a falar em siglas feito o pessoal da Marinha — disse Caroline. — Traduz, por favor.

— Treinamento Básico de Demolição Subaquática dos SEALs. Começa com uma parte teórica, depois são três fases. Oito semanas de condicionamento físico, oito semanas de mergulho e habilidades na água, nove semanas de combate terrestre. Então você se forma e começa o treinamento de verdade. Se você conseguir, claro.

— Você vai — garantiu Sierra. — Eu conheço você, Will. Você jamais desistiria.

— Espero que você esteja certa. Em Coronado eu assisti a alguns treinamentos. O pátio onde o pessoal treinava era chamado de O Moedor. Vi caras maiores e mais fortes do que eu chorando feito bebês.

— Deixa eu ver se entendi — falou Caroline. — Você vai passar sete meses aprendendo a ser parte sapo, parte assassino treinado, e depois vai trabalhar nos lugares mais perigosos do mundo combatendo e resgatando pessoas?

— Você está simplificando demais, mas é mais ou menos isso, sim.

— Parece ser muito difícil e assustador — disse ela.

— Ir para Nova York e virar estilista também — brincou ele.

— Queria tanto que você fosse pra San Diego comigo, Caroline… — comentou Sierra. — Assim nós três continuaríamos juntos. Existem faculdades de design em todo o sul da Califórnia.

— Tentador — disse ela, cutucando a amiga. — Mas acho que seria… seguro, né? Tipo, seguro demais. Acho que estou pronta para viver alguma coisa totalmente diferente.

— E eu estou pronto para nadar.

Will tirou a camisa e a deixou cair na areia, depois correu para a arrebentação. Ele estava esculpido até o último centímetro de sua sombra, e já com o bronzeado da Califórnia.

— Meu Deus, ele é incrível — suspirou Sierra, desamarrando a saia e ficando só de biquíni.

Caroline não respondeu. Levou seu tempo tirando a camisa de beisebol enorme de um de seus irmãos. O mundo inteiro sabia que Will Jensen era incrível.

— Ei, você, vamos lá — disse Sierra, pegando-a pela mão. — Vamos correr. Correr tão rápido que vai ser impossível parar.

E então saíram em disparada e aos gritinhos rumo ao mar. Os gritinhos se transformaram em gritos mesmo quando foram atingidas pelas ondas geladas e pesadas, mas ambas perseveraram, como faziam a cada verão, sabendo que a única maneira de lidar com a água fria era a imersão total.

Os três emergiram juntos, tremendo de frio e rindo.

— Estou morrendo — falou Sierra com os dentes rangendo. — Literalmente morrendo.

— Acho que não literalmente — disse Caroline. — Isso é gostoso.

— O verão nunca foi tão bom — concordou Will.

Caroline mergulhou, ouvindo com nitidez sobrenatural a areia se movendo e o murmúrio das ondas. Quando ela emergiu, Sierra já estava saindo do mar.

— Ela não durou muito — observou Will.

— Ninguém consegue.

— Você consegue — apontou ele.

— Eu sou esquisita. É só perguntar para os meus irmãos.

— Somos duas aberrações, então.

Ele sustentou seu olhar por alguns segundos, então deu um passo para trás.

De vez em quando, a imaginação de Caroline pregava peças. Ela via Will olhando para ela de uma certa maneira, talvez analisando sua boca ou seus olhos e estudando-os por tempo demais. Por um momento, pensou em confessar que tinha sentimentos por ele, sentimentos românticos, mas logo passou e ela perdeu a coragem. Será que Will já tinha se perguntado o que teria acontecido se não tivesse ficado louco por Sierra? Se tivesse escolhido Caroline? Era uma ideia extremamente tola, e ela sempre era rápida em colocá-la de lado.

Sierra era o par perfeito de Will, não apenas na aparência, mas no temperamento. Ao contrário de Caroline, não tinha um grande plano de vida que a mandaria para Nova York. Para Sierra, bastava estar em um relacionamento. Sendo um casal. Criando uma vida que girasse em torno da família. Não era de se admirar que Will a escolhera.

Caroline se contentou em ficar de vela. Namorados iam e vinham, principalmente para equilibrar as coisas para que ela não se sentisse abandonada. Também ajudavam a esconder seus desejos.

Com o fim daquele verão, também chegava ao fim a infância dos três. Era hora de um novo capítulo para todos eles. Will estava indo embora e, em sua última noite juntos, fizeram uma fogueira na praia, dividindo garrafas de cerveja adquiridas ilicitamente no restaurante.

— À última noite do último verão antes do início da vida real, proponho um brinde — disse Caroline. — Seremos sempre amigos, onde quer que a gente vá.

— Exatamente como agora — concordou Sierra, tomando um gole de cerveja.

Todos se aproximaram para um abraço coletivo. Os braços fortes de Will puxaram ela e Sierra para perto. Ele cheirava a maresia e sua pele estava cheia de areia quente. Ela sentiu a mistura mais louca de alegria e tristeza, empolgação e medo, ansiedade e determinação, tudo ao mesmo tempo.

— Amigos, não importa o que aconteça — reforçou Sierra.

— Sempre — declarou Caroline. — Não importa o que aconteça.

Assim como a deriva continental, o movimento que os afastou foi imperceptível e inevitável. Caroline descobriu que havia uma razão por trás daquela expressão tão comum "acabaram se afastando". "Qualquer dia desses" se transformava em "dia nenhum". E "vamos continuar juntos" com certeza significava "nunca, que tal? Que tal nunca mais?".

Após completar o treinamento exaustivo para se juntar aos SEALs da Marinha de elite, como seu pai fizera, Will começou o serviço. Sierra se graduou e se mudou de San Diego para Los Angeles. Caroline terminou a faculdade e transformou seu minúsculo apartamento em um ateliê lotado, todo o espaço dominado pelas ferramentas de seu ofício — sua premiada máquina de agulha única, rolos de estampas e musselina, prateleiras de amostras e roupas experimentais. Fazia raras visitas a Oysterville, que pareciam nunca coincidirem com as de Sierra. A amizade ainda existia, mas ficava em segundo plano, como as fotos antigas preservadas em álbuns que não reviam.

O afastamento foi natural e, à medida que as estações e os anos passavam, a agitação da vida simplesmente foi tomando conta de tudo. Eram amigos nas redes sociais, mas ninguém parecia ter tempo para manter o vínculo on-line.

Quando o número de Sierra apareceu no celular de Caroline certo dia, ela olhou duas vezes. Ela estava no meio de uma prova de peças de uma grande designer. A diretora de design a contratara para fazer alguns moldes e costurar amostras. Caroline queria aperfeiçoar o material, pensando que aquele poderia ser o caminho para ser contratada por algum designer importante.

Embora ignorar a ligação a deixasse agoniada, ela deixou cair na caixa postal. Modelos de prova cobravam cem dólares por hora ou mais, e ela não queria ter problemas por segurar uma modelo por muito tempo. Quando a prova acabou, correu para retornar a ligação.

— Caroline! — disse Sierra, parecendo um pouco sem fôlego. — Preciso de você.

— O quê?

— Precisamos reunir o grupo de novo. — Sierra falava como se tempo nenhum tivesse passado.

— Onde você está?

— Em Los Angeles, e tenho novidades. Vou me casar!

Casar.

Muitos amigos estavam se casando, as notícias se espalhando pelas redes sociais. E agora isso. Agora, era a vez de Sierra.

— Uau! Parabéns!

— Eu quero que você faça o meu vestido. E que seja minha madrinha — disse Sierra.

— É claro! — respondeu Caroline sem hesitação.

E foi só quando a ligação terminou que Caroline percebeu que nunca havia perguntado se o noivo era Will.

Era.

A progressão natural tinha continuado. Sierra voou para Nova York para fazer as provas do vestido. O casamento, que aconteceria em Oysterville, seria o evento do ano, unindo a filha do pastor Moore e o oficial da Marinha. A agitação dos preparativos varreu a cidade. Haveria um arco de espadas feito pelos padrinhos de Will em seus uniformes oficiais de gala e uma recepção preparada pela equipe do Estrela do Mar. O anel era um modelo deslumbrante da Tiffany, uma combinação ultramoderna de platina e diamantes desenhada por Paloma Picasso.

Caroline se preparou para ver Will pela primeira vez em anos. Seu familiar "Oi, estranha" foi acompanhado pelo mais breve dos abraços. Agora os dois eram mesmo estranhos.

O jantar de ensaio foi uma festa na praia regada a champanhe e emoção. Os convidados foram incentivados a levar trajes de banho para um mergulho à meia-noite. Os padrinhos da equipe SEAL pareciam ter vindo de um programa especial de reprodução humana, que selecionava mandíbulas quadradas, postura perfeita, ombros largos e olhos penetrantes.

A música dos alto-falantes do carro de alguém encheu o ar. Abastecidas com troncos de madeira de flutuação, as chamas de uma fogueira na praia subiam alto. O champanhe eventualmente foi substituído por doses de tequila, e a música ficou mais alta. As pessoas agarravam seus parceiros e dançavam em círculos ao redor de Sierra e Will, que pareciam felizes, cercados por dezenas de amigos, muitos do sul da Califórnia, notou Caroline. Ela não conhecia a maioria. Ela mal conhecia Sierra e Will nos últimos anos. No entanto, reconheceu a alegria deles, que explodia como fogos de artifício.

Algumas vezes, pegou Will olhando para ela com olhos incertos, mas não sabia o que fazer com aquele olhar. Muito tempo havia passado. Aquilo era o que todos sabiam que aconteceria. O que todos esperavam. *Desejavam.* Caroline não estava com ciúme. De forma alguma. Ela certamente não queria se casar, não naquele momento.

Talvez nunca. Uma carreira de estilista incrível em Nova York, não um marido, era o que a atraía.

A lua surgiu, iluminando as ondas quebrando ao longo da costa.

— Não consigo parar de olhar para os caras da Marinha — declarou Rona Stevens a Caroline em um sussurro. — Se eu beber mais, não me responsabilizo pelo que acontecer.

— Bem-vinda ao clube — admitiu Caroline, tomando outra dose de tequila de uma bandeja que passava por ela.

Era a quarta ou quinta. Ela havia perdido a conta.

— Vamos pular na água para dar uma refrescada!

— Os caras da Marinha estão na água! — apontou Rona.

— Exatamente — disse Caroline.

Ela não era muito de beber, mas, naquela noite, queria se distanciar de tudo aquilo. Queria estar em um estado mental em que fosse possível se sentir inequivocamente feliz por seus dois melhores amigos. Ela desamarrou o sarongue de seda, desenhado por ela, e o deixou cair.

— Vamos?

— Claro!

Rona tirou a saia e o top. Cinco anos depois do ensino médio, ela ainda tinha seu corpo de líder de torcida, graças ao trabalho como treinadora na academia local. Tinha sido eleita "A Garota Com Mais Chances de ser Bem-Sucedida" quando expressou sua intenção de estudar medicina esportiva e trabalhar para um time da NFL, mas nunca tinha saído da cidade e ainda ficava com Hakon de vez em quando. Apesar disso, estava fantástica em um maiô moderno.

— Nossas bundas vão congelar — disse ela para Caroline.

— Aí os SEALs aquecem para gente.

Caroline pegou a mão de Rona e as duas correram de cabeça para as ondas, onde as pessoas já estavam mergulhando e gritando. O choque frio a deixou sem fôlego, mas ela o superou, submergindo na escuridão. Quando voltou, Rona já estava flertando com um dos SEALs. Dois outros surgiram em ambos os lados de Caroline como um par de orcas treinadas.

— Opa, mas o que é isso?! — brincou um deles. — O fim de semana acabou de ficar mil por cento melhor. Qual é o seu nome, linda?

— Caroline. Você é Matt, certo? E Lars?

— Bonita e inteligente — disse Matt, que tinha dentes gloriosos e mãos grandes e bonitas. — Matt Campion, ao seu serviço.

Caroline bufou.

— Ah, tá. Sou um gênio por que ouvi o nome de vocês?

— Você é um gênio porque é muito gata.

Uma onda explodiu sobre sua cabeça, ela perdeu o equilíbrio e foi puxada para baixo. Em uma fração de segundo, um par de braços fortes como ferro a ergueu, e ela se viu encarando os olhos sorridentes de Matt.

— Meu primeiro resgate da noite — comentou ele, então olhou para Lars. — Vai passear, mano. Essa aqui é minha.

— Ah, eu sou? — Ela enrolou as mãos em volta do pescoço dele e se segurou enquanto ele a carregava para fora da água. — Caramba, agora estou congelando — disse ela com os dentes rangendo de frio.

— Vamos resolver isso já, já — falou ele.

Alguns momentos depois, Caroline estava deitada com ele em um grosso cobertor esfarrapado a certa distância da fogueira. Os corpos iluminados pelo fogo, dançando ao ritmo das batidas, pareciam vagamente tribais. Matt entregou a ela uma garrafinha minúscula.

— Jägermeister — explicou ele. — Vai te aquecer.

Ela bebeu a dose, uma curiosa mistura de frutas cítricas, alcaçuz e especiarias.

— Nossa, fiquei até tonta.

Ele se aproximou dela e a puxou para seus braços.

— Sei bem como é, meu bem.

— Não, quero dizer…

Ele a deteve com um beijo profundo que tinha gosto de água salgada e licor, as coxas duras e úmidas contra as dela, e Caroline sentiu sua ereção. A rapidez e a surpresa lhe tiraram o fôlego, e ela pressionou as mãos contra o peito dele. Matt fez um som gutural quando sua língua mergulhou ainda mais fundo e as mãos encontraram as alças do top da parte de cima do biquíni de Caroline.

Ela virou a cabeça para o lado, desviando da boca dele.

— Opa, calma aí um pouquinho — pediu ela, Jäger e tequila parecendo evaporar em um instante. — Não estou muito afim.

— Claro que está — disse ele com uma risada. — Fica quietinha, linda, tem uma coisa aqui pra você. — Matt colocou a mão dela em sua ereção. — Hummm... delícia!

Caroline puxou a mão na mesma hora.

— Fala sério! Para com isso!

— Tá tudo bem — murmurou ele, pressionando os ombros dela contra o cobertor. — Eu trouxe camisinha.

— Camisinha?! — disse Caroline, deixando escapar uma risada aguda e incrédula. — Você realmente achou que a gente ia...

— Isso mesmo, mocinha. Hoje você tirou a sorte grande.

Mocinha? Sério? Caroline se contorceu embaixo dele, tentando colocar alguma distância entre os dois. Mas Matt era enorme e duro como pedra, impossível de mover. Ela estava confusa. Envergonhada. Ela sentiu outra coisa também: um sinal de alerta.

— Para com isso! — repetiu ela. — Sai de cima de mim! Tô falando sério!

— Eu também — falou ele, sua voz profunda e quente. — Você é a coisa mais gostosa que vi nos últimos tempos.

Ela conseguiu soltar uma mão e tentou empurrar o ombro dele.

— Olha só, me escuta. Está tarde e a gente bebeu demais. E, além disso, eu não estou afim, então sai de cima de mim.

Caroline empurrou mais forte.

— Ah, então você curte uma coisa mais selvagem? — perguntou ele. — A gente vai se dar muito bem.

— Hã? *Não*! Você não entendeu que eu *não* quero?

— Eu entendo o que esse seu corpo delicioso está me dizendo. Não vejo resistência.

Ele agarrou seu pulso e a prendeu no cobertor, como um predador brincando com sua presa.

— Então é melhor você ouvir mais de perto — retrucou Caroline, seus dentes batendo.

— Mais perto — disse ele. — *Isso...*

Ele a prendeu com os quadris e mergulhou para beijá-la. Ela virou a cabeça e sua boca quente deslizou ao longo de sua bochecha.

E agora? Será que ela devia gritar por ajuda e rezar para ser ouvida acima da música alta? Se fizesse isso, o drama arruinaria a noite de Sierra e Will? Ele era apenas um cara grande, burro e bêbado, no fim das contas. Não havia necessidade de fazer um escarcéu.

Ele se levantou, mas, antes que ela pudesse rolar debaixo dele, ele se moveu para ficar em cima dela mais uma vez.

— Que inferno, me deixa sair! — ordenou ela com os dentes cerrados. Então respirou fundo para gritar, mesmo sabendo que estaria se humilhando por tornar a situação algo maior do que era. Ela nem sabia o que gritar. Me solta? Ajuda? Talvez apenas um grito... — Cara, eu estou falando muito sério.

— Ah, qual é, gatinha. Vamos nos divertir juntos. Você vai amar.

Ele prendeu seus pulsos e forçou a boca contra a dela antes que ela pudesse virar a cabeça novamente, roubando seu fôlego e fechando suas vias aéreas. Agora ela não podia gritar. Não conseguia respirar. Sentiu-se presa pelos sentimentos de inércia, terror, tolice e indecisão. Ela conseguiu afastar sua boca da dele por uma fração de segundo.

— *Para*!

Ele a beijou novamente em uma invasão brutal de dentes, e ela mordeu sua língua. Era como um corte de carne duro e indigesto.

— Puta merda! — exclamou ele — Você é selvagem mesmo.

Ele não tentou um novo beijo, mas cobriu a boca dela com a mão. O pânico a atravessou. Estava presa. A música alta e as ondas quebrando silenciavam sua voz abafada. A mão dele começou a tatear seu biquíni.

Isso não pode estar acontecendo, pensou ela. Mas estava, engolindo-a e sufocando-a com uma sensação de impotência. Um momento depois, ela não conseguia mais respirar. Não conseguia pensar...

Até que, de repente, o peso duro do corpo dele se ergueu como se arrancado por uma pá.

Tonta de pânico, Caroline engoliu em seco.

Matt soltou um grito.

— Mas que merda?

— Ela mandou você parar. — A voz de Will cortou a noite.

— Dá o fora, Jensen! A gente só estava se divertindo.

Matt cambaleou para trás, então partiu para cima de Will. Suas silhuetas colidiram como dois lobos em uma briga. Caroline ofegou, o corpo inteiro zumbindo com o choque. Ela caminhou até a beirada do cobertor e ficou de pé, enrolando-se em uma toalha. O top de seu biquíni havia sumido.

Will fez um movimento de krav maga do qual ela se lembrava de muito tempo antes, e ela ouviu um barulho como um saco de líquido batendo no concreto.

— *Caralho!* — xingou Matt. — Porra, Jensen, acho que você quebrou a merda do meu nariz!

Will girou nos calcanhares.

— Vamos.

Ele pegou Caroline pelo braço e caminhou em direção ao estacionamento.

Agarrando a toalha, ela quase tropeçou tentando acompanhá-lo. Estava muito assustada para dizer qualquer coisa, exceto:

— Eu sei me cuidar.

— Claro que sabe, deu para perceber. Que porra você estava fazendo? — exigiu Will. — Meu Deus! Olha o seu estado!

Ela se eriçou, segurando a toalha mais perto.

— Você por acaso está insinuando que a culpa é minha?

Ele abriu a porta do carro, o Grand Marquis de seu avô.

— Entra.

O top dela tinha sumido. Caroline também estava descalça. Ela entrou no carro e Will dirigiu para fora do estacionamento. Ao mesmo tempo, tateou atrás do banco e encontrou uma jaqueta.

— Coloca isso se estiver com frio.

Ela estava tremendo incontrolavelmente. Então percebeu que não era do frio.

— V-você realmente quebrou o nariz do cara?

— Ele vai ficar bem. Mas que merda, Caroline, o cara é da minha *equipe*.

Ele entrou na garagem da casa dos pais dela, as conchas esmagadas estalando sob os pneus.

— Bem, ele é um merda — afirmou ela. — Eu não pedi para… eu não queria…

— Então no que você estava pensando? Desfilando por aí de biquíni, virando doses de tequila.

— Não se atreva a culpar as minhas roupas pelo comportamento daquele idiota.

— Ele passou a noite inteira olhando para você como se fosse uma costeleta de cordeiro.

— Como você sabe que ele estava olhando para mim?

Ele estacionou o carro e se inclinou, prendendo-a contra o assento, seu rosto a centímetros do dela, seu hálito doce de uísque no rosto dela.

— Isso é o que caras como ele fazem.

Ela engasgou com horror e empurrou o peito dele o mais forte que pôde.

— Sai de perto de mim!

Ele recuou imediatamente, também parecendo horrorizado.

— Tá, tudo bem. Eu sei. Eu sinto muito. Eu só… Jesus, Caroline! Eu não queria…

Ela nem podia ouvi-lo, porque começou a ofegar em um pânico que a tomou como um incêndio em uma floresta seca. O terror latente de ser imobilizada e apalpada tornava impossível respirar. Seu coração martelava contra o peito, assustadoramente alto.

— Ei, Caroline… — chamou Will, segurando-a com gentileza pelos ombros. — Caroline, ei, escuta, acabou. Está tudo bem. Eu sinto muito pelo que aconteceu. — O toque dele era terno, e suas palavras finalmente penetraram o pânico. — Desculpa ter gritado com você. Eu estava com medo do que poderia ter acontecido se eu não tivesse notado que você se afastou. Agora acabou. Eu estou aqui. Eu estou aqui com você, ok?

Ela desmoronou contra o peito dele, pressionando sua bochecha em seu coração e agarrando-se a ele. O sólido conforto do abraço de Will parecia um quebra-mar, mantendo o medo sob controle. Ele estava certo. Um cara bêbado dera em cima dela e Will tinha o impedido, e ela não precisava mais ter medo. O pânico se foi e ela parou de tremer.

— Está se sentindo um pouco melhor? — perguntou ele.

— Eu estava com tanto medo — disse ela em voz baixa.

— Eu sei, querida — sussurrou ele, sua respiração quente contra o cabelo dela. — Eu sei. Já acabou.

Com uma ternura dolorosa, ele embalou o rosto dela com as mãos e a fitou, dando um beijo leve como pluma em sua testa. E então outra coisa pegou fogo: um desejo irracional, enterrado havia muito tempo, irrefreável. Caroline não tinha certeza de quem se mexeu primeiro, mas de repente ela estava dando um beijo incrível, irresistível e ilícito na boca dele.

O tempo parou.

Tudo parou.

O beijo foi profundo e sedento, nascido de anos de desejo, uma experiência extracorpórea. O mundo desapareceu por um momento. Um momento ardente de prazer. O gosto de Will. O cheiro. As mãos dele em sua pele nua. Então eles se separaram como se tivessem tomado um choque.

Ela o encarou, e ele a olhou de volta.

— Meu Deus, Caroline. Isso é... isso foi... Merda! Faz tanto tempo que eu queria fazer isso. Que eu queria te...

— Não se atreva a dizer mais nada. Não se atreva!

Ele congelou.

— Ok, ok! Nós dois bebemos demais. É só que... Não, você tem razão. Sinto muito, Caroline. Sinto muito mesmo.

O "sinto muito" genérico a deixou cheia de dúvida. Will sentia muito pelo que, exatamente? Ela tateou cegamente pela maçaneta da porta e pulou para fora do carro, transbordando com uma mistura insana de culpa, excitação e vergonha.

Caroline acordou na manhã seguinte de ressaca, mas não por causa da bebida. O que fazia sua cabeça latejar eram as consequências persistentes do beijo em Will Jensen.

O futuro marido de sua melhor amiga. Como diabo aquilo tinha acontecido?

Por que tinha acontecido? O que devia fazer agora?

Apague isso da sua mente, disse a si mesma com firmeza. *Finja que nunca aconteceu. E reza pra ele fazer o mesmo.*

Aparentemente, ela e Will estavam em sintonia. Sem trocar uma palavra, evitaram contato visual enquanto ela e seu par — não Matt Campion, graças a Deus — conduziam os outros padrinhos até o altar, onde Will, em uniforme de gala, esperava sua noiva. Caroline rapidamente tomou seu lugar como madrinha. O posicionamento infeliz a colocava bem na linha de visão de Will, mas ela evitou cuidadosamente o olhar dele.

Era quase como se ela tivesse sonhado a coisa toda. Talvez tivesse mesmo. E talvez Will estivesse tão bêbado na noite anterior que não se lembrava de nada. Não se lembrava daquele momento destruidor de amizades, que complicava tudo entre eles.

Em vez disso, ela olhou para Matt, taciturno e covarde, com um olho roxo e o nariz inchado mal disfarçado pelo corretivo. Ele não disse uma palavra. Não pediu desculpas. Não admitiu seu crime. O que dava a alguns homens a ideia de que era ok forçar uma mulher a transar?

Quando Sierra subiu ao altar, parecia uma princesa de conto de fadas, o ápice de um triunfo romântico no vestido que Caroline havia feito para ela. Suspiros de admiração e soluços de emoção ecoaram pela igreja. Caroline sentia-se fria como uma pedra de gelo. Não se permitiu sentir nada — nem ciúmes, nem vergonha, nem decepção, nem arrependimento. Nem felicidade, também, mas se obrigou a fingir.

No final da cerimônia, ela ficou no fundo da igreja, deixando todos os outros abraçarem e parabenizarem o feliz casal. Enquanto ficava longe da alegre celebração, sua mente se encheu de lembranças dos três crescendo juntos, dos verões ensolarados, dos três mosqueteiros compartilhando aventuras, compartilhando tudo, prometendo que seriam amigos para sempre.

Na recepção, ninguém pareceu notar que ela não dançou com o noivo. Caroline saiu sem se despedir, os pneus de seu carro alugado derrapando nas conchas de ostras esmagadas na estrada. Olhando pelo espelho retrovisor, viu a silhueta de um homem observando-a partir.

Parte Seis

*Às vezes, coisas boas desmoronam
para coisas melhores acontecerem.*

— MARILYN MONROE

Vinte e dois

—*T*enho uma ideia genial — falou Sierra.

Ao entrar na oficina de Caroline, ela parou para admirar as peças prontas; uma variedade de roupas de chuva lindas já ensacadas e etiquetadas para serem vendidas. Todas tinham a assinatura de concha nautiloide na manga e cada uma representava horas de trabalho e estresse. Amy, do Clube de Costura, ia entregar as roupas para as lojas que haviam aceitado vender os produtos de Caroline em Long Beach, Astoria, Portland e Seattle.

— Qual é sua ideia genial?

— Beber até cair.

Caroline levantou da mesa — uma gambiarra montada com uma porta velha e dois arquivos de metal. Ela e Ilsa, a web designer, estavam fazendo a loja on-line da marca.

— Quê? Enfiar o pé na jaca assim? Ninguém mais faz isso. — Ela olhou da amiga para Ilsa. — Ou faz? Você costuma beber até cair?

— Eu não — respondeu Ilsa. — Eu gostava de beber, mas não bebo mais. Não desde… bom, você sabe. — Era claro que ela se referia ao incidente de assédio que havia contado no encontro do Clube. — Acho melhor encerrar por hoje. Aproveitem!

— Eu não costumo beber — disse Sierra. — São muitas calorias. Mas o dia está pedindo, de fato.

Quando Ilsa foi embora, Caroline olhou a amiga. A amiga linda e com uma expressão preocupada.

— Vamos comemorar ou lamentar alguma coisa?

— Os dois, por isso preciso beber. Vamos lá para casa.

Caroline hesitou. Ela ficava em uma posição desconfortável com Sierra e Will, pois era amiga de cada um e amiga dos dois, e havia segredos entre todos.

— Vamos! — insistiu Sierra. — Preciso de um tempo com a minha amiga.

— Só um pouquinho, e nada de enfiar o pé na jaca. Preciso dirigir depois.

— Toma alguns shots comigo, pelo menos. Pelos velhos tempos.

Tomar shots não era algo que Caroline gostava de fazer. Sierra podia não saber, mas o excesso de álcool havia sido o motivo do distanciamento das duas. Dos três.

— E o Will? Ele vai participar dos festejos?

— Ele não vai voltar tão cedo. Ele tem uma reunião do comitê e depois vai na madeireira pegar algumas tábuas para o galpão de ostras. Meu marido é tão ocupado...

— Em uma sexta de noite?

— É a melhor hora para isso. Do contrário, ele teria que passar tempo comigo.

Caroline tentou não analisar muito o comentário ao entrar na casa. Beira d'Água era uma bela residência, restaurada com muito carinho. No entanto, Sierra não parecia nem um pouco feliz.

— Vou tomar dois shots com você. Um pra comemorar e outro pra lamentar.

— Justo.

Sierra a levou para a cozinha, e Caroline olhou ao redor com admiração.

— Estou vendo que a reforma acabou.

— Praticamente. Will e Kurt deram os retoques finais no último sábado.

— Nossa, Sierra, ficou linda! — Ela se permitiu observar o espaço arejado e cheio de luz com calma. Embora tudo tivesse sido modernizado, o charme antigo da casa permanecera. — Foi você que pensou em tudo?

Sierra alinhou uma garrafa de tequila, sal, limão e copinhos de shot na bancada.

— Eu? Tá doida? Nós contratamos uma decoradora, a Padma Sen. Ela é muito boa. E tem uma quedinha pelo Will, como todo mundo.

Caroline cortou os limões e focou na lâmina da faca.

— Como todo mundo?

— É o que eu sempre falo: o Will é incrível. Me casei com um unicórnio.

Sierra serviu dois shots generosos.

— Você diz isso como se fosse algo ruim.

— Bom, definitivamente é algo, agora se é ruim…

Elas brindaram, lamberam o sal, viraram os shots e chuparam o limão. Caroline saboreou a mistura do sal e do azedo com a queimação do álcool.

— Se você consegue falar depois disso, desembucha logo. O que estamos comemorando?

Sierra sentiu em uma das banquetas altas em estilo *country-chic*.

— Recebi uma oferta de emprego da Nordstrom.

Caroline não conseguia decifrar a expressão da amiga.

— E isso é… bom?

— Eu modelava bastante para eles, mas fiquei velha demais para isso.

— Infelizmente isso é comum na indústria. Mas eles querem você de volta, é isso?

— Aham, mas como produtora, não como modelo. E não como *uma* produtora, mas como *a* produtora. A pessoa que vai cuidar de tudo em todas as sessões de fotos.

— Caceta, Sierra! Isso é muito incrível! De verdade!

Produtores eram os responsáveis por supervisionar as sessões de fotos para catálogos e sites, cuidando da escolha do lugar, planejamento de viagens, gerenciamento de modelos, estilistas, designers de set e toda a equipe — ou seja, responsáveis por todo o processo. Ela analisou o rosto da amiga de novo.

— Você está achando bom ou ruim? — perguntou Caroline.

— O dilema é esse. Vou passar metade do tempo longe daqui, talvez até mais. Seria como quando o Will ficava fora na Marinha, só que dessa vez quem vai embora sou eu. E, em vez de defender a nação, eu estarei em praias tropicais organizando sessões de fotos durante o inverno e em resorts nas montanhas no verão.

— Parece maravilhoso, tirando a parte de estar longe.

— Pois é. Por que como manter um casamento estando longe o tempo todo? — Caroline serviu mais dois shots. — Estou muito ferrada. Quando a gente era jovem, era eu que queria o relacionamento, o marido, o casamento. Mas aí as prioridades mudaram. Will foi trabalhar longe pela Marinha e eu descobri minha própria vida. Não tem sido justo para nenhum de nós. Eu mudei, virei uma pessoa diferente. Não sou mais a garota com quem ele se casou, e me sinto culpada por isso.

— Mas todo mundo muda, Sierra.

— Socorro, você é tão ruim quanto o Will.

— O que ele acha de tudo isso?

— Ele insiste que a escolha é minha, que podemos fazer funcionar, mas ele está errado. Não importa o que eu decidir, um dos dois vai sair perdendo. Se eu aceitar o trabalho, ele perde a esposa. Se eu recusar o trabalho, eu perco o futuro que realmente quero.

— Não tem como dar um jeitinho de conciliar?

Sierra ficou em silêncio por alguns segundos, e então virou o segundo shot.

— Will vai odiar saber que estou bebendo. A gente devia estar tentando ter um filho. Sou uma pessoa horrível.

— Não fala isso!

— Não dá. Eu sei que sou horrível. Sabe como as mulheres do Clube de Costura falam sobre tentar desesperadamente escapar dos maridos horríveis? Bom, aqui estou eu, desesperada, mas para escapar do meu marido *perfeito*. Então, nesse caso, *eu* sou a pessoa horrível.

Caroline virou o segundo shot com vontade.

— Puta merda, Sierra. Por que você está me contando tudo isso?

— Porque você é minha amiga.

— Você precisa de mais que uma amiga para esse tipo de coisa. Você precisa de terapia. Talvez até terapia de casal. Uma ajuda profissional, algo que eu não passo nem perto de ser. Pedir conselhos sobre relacionamento para mim é igual pedir conselhos de moda para um encanador.

Sierra tomou mais um shot.

— Eu tentei fazer terapia, contei a história inteira pra psicóloga, mas só fiquei me sentindo pior ainda. Por que eu faria nós dois passarmos por uma coisa tão dolorosa? Não, obrigada.

— Sinto muito. Talvez essa não fosse a terapeuta certa para você, sei lá. Queria que você tivesse alguém melhor do que eu para te ajudar a passar por tudo isso.

Sierra suspirou.

— As coisas pareciam tão mais simples quando a gente era nova...

Fale por você mesma, pensou Caroline.

— Era tudo tão mais claro — continuou Sierra. — Lembra do verão que você me apresentou Will? Lembro como se fosse ontem. Eu olhei pra ele e soube na hora que ele seria meu tudo. Eu queria achar esse sentimento de novo. Foi tão poderoso que achei que duraria pra sempre. E agora aqui estamos, eu me sentindo asfixiada pela perfeição do meu marido.

— Sem querer ofender, mas esse não é exatamente o pior problema do mundo — comentou Caroline, sentindo os efeitos da tequila.

— Eu abortei — falou Sierra do nada.

Todos os pelos de Caroline se arrepiaram.

— Quê?! Digo, eu entendi o que você falou, mas... Meu Deus! O que aconteceu? Quando? Você está bem?

Sierra pressionou as mãos na bancada de mármore novo e reluzente.

— Foi no ano passado. Eu engravidei. Achei que queria ter... Will quer tanto ter, mas eu não consegui. Tentei muito querer as mesmas coisas que ele... Eu sabia que ele ficaria muito feliz com a notícia, mas... eu não contei pra ele e fiz um aborto escondida. Sou uma pessoa horrível.

A história era chocante, mas Caroline se recusava a julgar a decisão de alguém.

— Espero que ele tenha entendido quando você contou.

— Eu não contei. — Caroline quase caiu do banquinho. — Ele não sabe que fiquei grávida, nem que fiz um aborto. Você é a única pessoa que sabe.

— Puta merda! — disse Caroline. — Olha, isso é muito sério, Sierra. Como eu disse, não sou especialista em relacionamentos, mas quero...

O que ela queria? Que os dois fossem felizes? Sim, mas Caroline não sabia exatamente o que isso significava. A confissão de Sierra se alastrou por seu corpo como uma infecção. A verdade precisava ser dita, mas não era direito de Caroline dizê-la — nem para Will, nem para ninguém. Mas Caroline não suportava a ideia de ficar ao lado dele carregando esse segredo.

— Você devia contar. Devia não, *precisa* contar. Ele é seu marido, pelo amor de Deus!

— Isso vai acabar com ele, Caroline. Vai acabar com o nosso casamento...

Caroline não se considerava mesmo expert em matéria de relacionamentos, já que nunca havia tido muito sucesso, mas não tinha dúvidas de que um casamento assombrado por um segredo tão grave já estava acabado.

Parte Sete

Muitas vezes, o fim de um amor é a morte por centenas de cortes. Muitas vezes, a sobrevivência dele é a vida por milhares de pontos de costura.

— ROBERT BRAULT

Vinte e três

Encostado na bancada da cozinha, Will olhou para a papelada de divórcio que chegara pelo correio junto a um catálogo da loja de ferramentas e uma revista de fofocas.

A página estava dividida em duas colunas, como uma estrada com duas pistas. Como a vida dele e a de Sierra fora dividida após a inevitável decisão que haviam tomado depois de tanta enrolação.

Eles levaram quinze anos para construir uma vida juntos, mas precisaram de apenas três meses para desmontá-la. E, após tudo o que havia sido dito e feito, o divórcio era apenas uma formalidade.

A vida que ele havia sonhado, planejado e construído com as próprias mãos e suor, tinha sumido ainda mais rapidamente. Em um piscar de olhos. No tempo que levava para um telefone tocar, para um sinal de "+" aparecer em um teste de gravidez caseiro, para uma lágrima rolar no rosto de alguém.

O mediador — eles tinham decidido lidar com aquilo de forma prática — disse que eram sortudos e espertos em evitar uma batalha sobre os bens. Não havia motivo para brigas. A vontade de brigar já evaporara de ambos havia muito tempo, sumindo aos poucos, despercebida, até desaparecer por completo. No fim, sendo muito honestos, ele e Sierra foram forçados a admitir que queriam a mesma coisa: o fim do casamento.

Will olhou o documento de várias páginas apenas de relance. Ele sabia o conteúdo. O decreto resumia o casamento em termos claros e objetivos — como eles dividiriam os carros, o anel Tiffany e outras joias, a propriedade, as pensões, as apólices. Uma transação comercial limpa. Não abordava os detalhes confusos de todas as maneiras com que ele e Sierra se distanciaram — as viagens dele com a Marinha, a solidão dela, o acidente dele, a ambivalência dela, o sonho dele, o segredo dela. Aquelas coisas eram como um fio de água passando pelas rachaduras em uma rocha: aparentemente inofensivo, mas, com a chegada do inverno, a água congelada era capaz de partir a rocha em pedaços.

O congelamento final acabou sendo a conversa mais franca e dolorosa que já tinham tido. Sierra disse que não queria ter filhos.

Apesar do sentimento de decepção, ele tentou ser compreensivo. *Eu sou casado com você. Fiz um compromisso, um voto. Se você mudou de ideia, eu vou aprender a viver com isso.*

Não é isso que eu quero, respondera Sierra em meio a uma torrente de lágrimas aparentemente interminável. *Eu tentei muito querer o que você quer, mas não consegui. Simplesmente não consegui.*

Então, ela contou que, no ano anterior, no meio de uma grande sessão de fotos, ela havia interrompido uma gravidez precoce e inesperada.

Depois da revelação, nenhuma palavra seria capaz de salvar o casamento dos dois.

Ele verdadeiramente acreditava que toda mulher tinha o direito de escolher. Sua esposa tinha o direito de escolher. Mas ele também sabia que a escolha de Sierra significava algo mais do que mudar de ideia a respeito de ter filhos. Era um reconhecimento de que ela não queria mais estar casada com ele. Que não queria o futuro que eles imaginaram quando eram jovens ingênuos demais para saber que a vida nem sempre acontecia conforme o planejado.

— Justo — disse ele, reconhecendo a ironia por trás de suas palavras. Então, ele colocou os papéis na gaveta de bagunça, repleta de pedaços da reforma dos últimos três meses. — Justo...

Às vezes, quando ia até o centro resolver algo, Will encontrava os ex-sogros. Enquanto estava casado, os pais de Sierra não hesitavam em tratá-lo como família, incluindo-o em feriados e tradições, chegando até a convidar o pai inalcançável de Will. Mas, nos últimos tempos, quando viam Will, os dois abaixavam a cabeça e evitavam contato visual, como se fossem culpados. Será que eles sabiam da escolha de Sierra? Ou será que pensavam que o motivo da separação era outro? Será que achavam que a culpa era dele? Será que achavam que ele havia traído Sierra? Divórcios por traição eram algo comum. Will e Sierra eram uma exceção. Eles tinham apenas divergido, se afastado sem parar para perguntar por quê. Perderam-se nas ervas daninhas da vida cotidiana. Pararam de falar sobre as coisas que importavam. Pararam de sonhar juntos.

Will saiu da casa para encarar o projeto do dia: trocar algumas madeiras podres do intradorso da garagem.

Escada, pé de cabra, serra sabre, serra de corte. Ele subiu na escada e bateu o pé de cabra na madeira mole e podre. Ouviu um péssimo som: um zumbido baixo, constante e ameaçador. O som da raiva. Era um mau sinal: vespas.

Ele puxou outra parte da madeira e libertou uma nuvem delas. Elas saíram de um ninho enorme; seu barulho de fúria ensurdecedor.

— Merda! — exclamou ele, sentindo uma picada no pescoço. — Putamerda!

Ele abanou a mão, tentando afastar as vespas enquanto sentia mais picadas, mas não entrou em pânico. Depois de tomar um tiro de um terrorista, não havia mais muita coisa capaz de fazê-lo entrar em pânico.

O ninho estava meio solto. Will balançou o pé de cabra, mas errou e perdeu o equilíbrio. O impulso o fez cair de costas da escada, os braços girando no ar e as mãos tentando agarrar alguma coisa em vão. Ficou completamente sem fôlego ao cair de costas no chão, onde permaneceu imóvel, sem conseguir respirar, por vários segundos. O zumbido furioso continuava.

O ninho estava preso por algumas espirais de fibra. As vespas o cercaram. Talvez estivessem circulando sua cabeça como pássaros em cima de um personagem de desenho animado abatido. Quando finalmente conseguiu recobrar um pouco o fôlego, Will checou mentalmente se tinha alguma lesão, mas tudo parecia em ordem. Então, olhou para o ninho pendurado e as vespas que sobrevoavam. Havia regras para lidar com insetos venenosos, como chamar um profissional, usar equipamento de proteção e ter os pesticidas corretos.

— Foda-se — falou ele, levantando do chão.

Will entrou na casa e pegou um isqueiro e uma lata de lubrificante em aerossol. *Perigo: Extremamente inflamável. Mantenha afastado do calor, faísca, chama aberta ou superfícies quentes.* O lança-chamas caseiro funcionou. O ninho explodiu em chamas, o material se desintegrando enquanto os insetos ao redor viravam churrasquinho. O que sobrou do ninho caiu no chão como os restos de um zepelim, colocando fogo na grama seca ao redor da garagem. Will pegou uma pá e jogou terra no fogo até apagá-lo.

Olhando em volta para a bagunça que havia feito, contou várias picadas lívidas e doloridas. Então, com mais um "foda-se", ficou de cueca e marchou para a doca, de onde pulou para a água profunda em um mergulho satisfatório. Flutuou de costas, olhando para o céu enquanto a água salgada o abraçava e amenizava as picadas.

Era estranho estar sozinho. Era completamente novo para ele, parando para pensar. Ele havia morado em dormitórios de faculdade. Depois, com o pessoal da unidade de treinamento e equipe na Marinha. Com Sierra depois que se casaram. Na base durante o trabalho. Ele nunca tinha realmente ficado sozinho daquela forma. Depois que Sierra partiu, amigos e colegas correram para oferecer um ombro amigo e companhia — uma das vantagens de morar em cidade pequena. As mulheres tinham sido especialmente atenciosas. Um cara solteiro, com um emprego remunerado, estava de volta ao mercado. Will nunca havia comido tanto macarrão com queijo, tantos bolos. Ele até tinha tido alguns encontros, principalmente para se distrair do fato de que seu coração estava partido.

Partido mesmo, pensou ele. E um coração partido era muito pior que cair da escada e algumas picadas de vespa.

Um coração partido pode virar o mundo de ponta-cabeça.

Um coração partido pode te mandar para a lona.

Um coração partido pode alterar os sonhos de uma pessoa.

A clínica estava cheia de crianças fungando depois do horário da escola na segunda-feira. Pelo menos, foi essa a impressão que Caroline teve.

Havia muitas coisas sobre criar filhos que ela não entendia, e uma delas era que as crianças ficavam doentes o tempo todo. Elas trocavam germes e vírus como figurinhas, passando de uma para outra em um circuito sem fim. Naquele dia, porém, as duas crianças não estavam fungando, o que era uma coisa boa, porque precisavam receber vacinas de reforço.

— Tenho uma proposta. Se vocês se comportarem para tomar vacina, levo vocês para tomar sorvete.

— O que o sorvete tem de bom, a vacina tem de péssimo — disse Flick.

Ele estava ficando espertinho demais.

— Ok, o que seria melhor do que sorvete então?

— Um cachorro — respondeu Flick.

— Quê?

— Eu quero um cachorro. Igual o Ribsy naquele livro que você leu pra gente.

— Ai, Flick...

— Um cachorro! Vamos pegar um cachorro! — Addie pulou de um lado para o outro.

Embora as crianças não soubessem, Caroline já havia conversado com os pais sobre adotar um cachorro, e os dois tinham adorado a ideia. Desde que ela havia voltado para Oysterville, Dottie e Lyle a incentivavam a morar com eles de forma permanente. "A casa é tão grande", diziam. Espaço demais só para eles dois. Era uma casa perfeita para crianças e cães.

Caroline não podia negar que o arranjo a estava ajudando muito. Ter um lugar para morar e pessoas amorosas para cuidar das crianças enquanto ela reorganizava sua vida era definitivamente um presente. No entanto, no fundo ela também não podia negar que considerava aquilo tudo um arranjo temporário. Ela se recusava a ser a "adulta-criança bumerangue" que voltava correndo para a casa dos pais para lamber as feridas após uma dificuldade.

Caroline tinha planos. Estava dando um jeito na vida. Se a linha de roupas fosse bem-sucedida, ela poderia se mudar para a cidade mais uma vez, fazer um nome para si mesma e retomar a vida que havia imaginado havia tanto tempo — só que, dessa vez, nos seus próprios termos.

Ter um cachorro parecia uma decisão permanente. Era outra linha na âncora tão profundamente cravada no fundo oceânico daquela casa. Outro nó no avental.

Um assistente chamou seu nome, e os três entraram em uma pequena sala de exames.

Addie foi primeiro. A garotinha sentou na maca coberta de papel e olhou para a frente com um estoicismo admirável. Com o braço livre, ela abraçou Caroline com força e apertou a Mulher-Maravilha em sua mão. A enfermeira se apresentou como Connie. Ela mexeu a seringa com habilidade, praticamente escondendo a agulha.

— Você vai sentir uma picadinha rápida — falou ela. — Consegue ficar paradinha para mim?

Addie assentiu. Então, ela olhou para a agulha e ficou mole, caindo na maca como uma marionete com as cordas cortadas. A Mulher-Maravilha caiu no chão e Caroline ofegou.

— Addie! Mas o quê...

— Ela desmaiou — explicou a enfermeira.

Ela rapidamente deitou Addie na maca e verificou sua respiração e pulso. A moça já estava preparando uma lanterna para ver os olhos de Addie quando ela abriu os olhos e sentou, com uma expressão confusa no rosto.

— Você desmaiou. Foi maneiro — disse Flick, parecendo animado.

— Nunca vi ninguém desmaiar antes — confessou Caroline.

A visão de Addie colapsando, mesmo que por meros segundos, a deixou abalada. Era assustador testemunhar a vulnerabilidade de uma criança pequena.

— É comum — afirmou a enfermeira. — Vamos ficar de olho nela. Isso nunca aconteceu antes?

— Já tomei a vacina? — perguntou Addie.

A enfermeira verificou o pulso e as pupilas da garotinha.

— Ainda não. Você está indo muito bem. Vamos tentar de novo.

O queixo de Addie estremeceu.

— Tá bom... — sussurrou ela.

— Eu seguro você.

Caroline abraçou a menininha e seu coração se aqueceu com afeição e empatia.

— Tenho muito orgulho de você, Addie. Olhe para mim enquanto a srta. Connie aplica a vacina, ok? Ela é muito rápida.

Addie gritou, mas ficou parada, e em uma fração de segundo a vacina estava aplicada. Então foi a vez de Flick. Ele fez uma cara horrível, mas aguentou sem reclamar.

— Você foi muito corajoso — disse Caroline a ele. — Estou orgulhosa.

Ele observou a enfermeira aplicar habilmente um band-aid de desenho. Então, a srta. Connie inspecionou uma irritação na pele do braço de Flick.

— Você está com um pouco de dermatite. Comprem uma pomada na farmácia aqui do lado — falou ela, escrevendo o nome do remédio.

— Obrigada — agradeceu Caroline. — Vamos fazer isso agora mesmo.

A criança dela estava com dermatite. Jesus.

A enfermeira foi embora e Caroline ajudou as crianças a ajeitar suas roupas.

— A *maman* era uma franguinha — falou Flick. — Ela tinha medo de tudo.

Caroline congelou.

— Como assim? Tudo o quê?

Flick deu de ombros.

— De tudo, oras. Ela tinha medo de falar.

— De falar? Sobre o quê?

— Sei lá, ela só tinha. Ela falava: "Não fale, não fale nada".

— E você sabe por quê, Flick?

Ele olhou para o nada por alguns segundos.

— Ela só era assustada com tudo.

— Eu discordo. Sua mãe era muito corajosa. Deixa eu contar sobre o dia que conheci ela.

Os dois começaram a prestar atenção imediatamente. Apesar da confusão em suas cabecinhas, os dois eram sempre muito curiosos para saber de histórias da mãe. Caroline, por sua vez, estava determinada a manter Angelique viva nas lembranças deles.

— Eu estava começando minha carreira como estilista, e eu estava empurrando uma arara com rodinhas com minhas melhores criações para mostrar. Então, um cara pegou minha bolsa e saiu correndo, e adivinha quem conseguiu pegar ele?

— A *maman*… — sussurrou Addie. — *Maman*.

Caroline assentiu, lembrando do momento extraordinário.

— Eu não tinha ideia de quem ela era na época. Ela estava andando em direção ao local com um grupo de modelos e, quando eu gritei, ela saiu correndo atrás do cara. Ela era tão alta e rápida quanto a Mulher--Maravilha. Sua mãe alcançou o cara e agarrou minha bolsa. Ele ficou com tanto medo que largou a bolsa e continuou correndo. E foi nesse momento que ela se tornou uma das minhas melhores amigas de todo o mundo.

— Você inventou tudo isso — acusou Flick.

— Não mesmo, foi exatamente assim — disse Caroline, tocando a bochecha de Flick. — E é dessa *maman* que eu quero que vocês lembrem.

Na farmácia, Caroline pediu a pomada e ficou na frente do balcão enquanto as duas atendentes conversavam, ignorando-a.

— Ele é muito lindo — falou uma.

— Ele é um grande gostoso. Eu tenho uma queda absurda por ele.

— Ele é técnico de futebol na escola, sabia? — disse a primeira mulher.

— Não! Nossa, ele fica cada vez mais gostoso. Ele está saindo com alguém?

— Querida, ele está saindo com *todo mundo*.

A mulher se abanou com uma sacolinha da farmácia. Então, guardou a sacolinha em uma gaveta marcada com a letra "J" e finalmente virou-se para Caroline.

— Oi, posso ajudar?

Ela corou, se perguntando se era verdade que Will Jensen estava saindo com *todo mundo*.

— Will! — exclamou Flick. — Professor Will!

Ele e Addie correram para encontrá-lo quando ele entrou na loja. As bochechas de Caroline ficaram ainda mais quentes. Ela esbarrava em Will o tempo todo, mas, por algum motivo, ficava surpresa toda vez. Principalmente quando ele estava daquele jeito, com o rosto assustadoramente irritado e inchado.

— Está tudo bem?

— Aham. Está muito feio?

— Você está todo inchado.

— Você devia ver o outro cara. E por "outro cara" eu quero dizer "ninho de vespas".

Addie e Flick o estudaram com olhos arregalados e expressões sérias.

— Um ninho de vespas? Ai!

— Eu vou ficar bem — falou Will. — Preciso pegar um remédio para diminuir o inchaço. — Ele se virou para as crianças e se abaixou para falar: — Vou precisar de muito remédio pra voltar a ser bonito como sempre.

Addie levantou uma mão hesitante para tocar com carinho o rosto de Will.

— Está doendo?

— Não mais.

— A gente tomou vacina e eu desmaiei — contou ela.

Ele a encarou com solenidade.

— Nossa! Mas você está bem agora, né?

— E eu tenho "germatite" — disse Flick.

— Dermatite — corrigiu Caroline, dando um tapinha na sacola da farmácia. — Essas crianças são uma aventura nova todo dia.

— Fomos bonzinhos para tomar vacina, então vamos ganhar um cachorro — anunciou Flick.

— Eu disse que íamos ver — lembrou Caroline.

— Isso é quase um "sim" — falou Will. — Acredite em mim, eu sei dessas coisas.

As crianças a rodearam.

— "Sim" significa "sim" — apontou Addie.

— E "vamos ver" significa "vamos ver". Que tal a gente ir no abrigo e ver se eles têm um cachorrinho que combina com a gente? Porque eles podem não ter...

— Vai ter, vai ter! — disse Flick, fazendo uma dancinha.

— Viu o que você fez? — perguntou Caroline para Will.

— Aham, eu sou incrível.

— Então você vai ter que vir com a gente — falou ela por impulso.

— Preciso de uma segunda opinião.

Havia vários momentos em que Caroline desejava ter um parceiro na tarefa de criar filhos. Sua irmã Virginia dizia a mesma coisa. Ela não sentia falta do ex-marido traidor, mas sentia falta de alguém com quem conversar sobre Fern.

— Isso, vem com a gente! Vem, vem, vem! — disse Flick, dançando ao redor de Will.

Caroline lançou um olhar pidão para Will.

— Abrigo de animais?

— Encontro vocês lá — concordou Will. — Espero que minha cara feia não assuste os cachorrinhos.

Do lado de fora da Sociedade de Resgate Animal da Península, Caroline tentou controlar a expectativa das crianças.

— Olha, pode ser que a gente não encontre o cachorro certo hoje, ok? Às vezes, é preciso voltar aqui até achar o que se encaixa melhor.

— Você viu outras crianças antes de escolher a gente? — indagou Flick.

— Quê? Não! Por que você pensou nisso?

Meu Deus.

— Porque, às vezes, a gente precisa aceitar o que tem.

Ele abaixou a cabeça, mas ela viu o sorrisinho.

— Cara de pau — falou ela.

Assim que Will chegou, todos entraram juntos. Flick e Addie estavam quase subindo pelas paredes enquanto Caroline preenchia um formulário de adoção em uma prancheta.

— Fiquem calmos — disse ela. — Preciso preencher isso antes de vermos os cachorros.

— Quando a gente adotar o cachorro, ele vai ser nosso para sempre? — perguntou Addie.

— Claro — respondeu Caroline. — Para todo o sempre. Por isso que precisamos encontrar o cachorro certo.

— Não vamos ser só uma família temporária?

— Não. Se acharmos o cachorro certo, vamos ser a família permanente dele.

Caroline sentiu o olhar de Will, mas focou em preencher o formulário.

— Rutger Peters disse que somos temporários e que você pode nos devolver a qualquer hora — falou Flick.

Caroline parou de escrever e olhou para Will antes de se virar para Flick.

— Isso não é verdade. Sou a guardiã de vocês, e isso é o mesmo que ser pai ou mãe. Vou manter vocês seguros e do meu lado para sempre, está bem?

Will a encarou com um olhar pensativo. Ela notou que o remédio já estava funcionando, desinchando as picadas, e ele estava ridiculamente fofo.

— Mas isso não é o mesmo que adotar — disse Flick.

As palavras dele foram como um soco no estômago. Lá estavam eles, prontos para adotar um cachorro, e as crianças ainda eram órfãs.

— É... sim, é a mesma coisa — gaguejou ela. — Acreditem em mim, não haverá devoluções. Eu prometo. Vocês confiam em mim?

— Nós somos as crianças certas para você? — perguntou Addie.

— Com certeza! Que pergunta boba.

— A gente pode ver os cachorros agora? — disse Flick.

Ela encontrou o olhar de Will por sobre a cabeça das crianças.

— Bem-vindo ao meu mundo — resmungou.

— Gosto muito do seu mundo. Vamos, eu também quero ver os cachorros.

A parte interna do abrigo era uma bagunça de caudas abanando, olhinhos suplicantes e "Olha só esse!". Havia cachorros com diferentes tipos de pelagem, tamanho e idade, de velhinhos grisalhos a filhotinhos agitados.

Uma voluntária apresentou alguns, e eles ficaram entre um cachorro misto de labrador com pelagem cor de chocolate, muito amigável e cego de um olho, e uma cadelinha preta e branca, que era medrosa e tímida e ficou com o rabo abaixado o tempo todo.

— Ela apanhou muito, mas já progrediu bastante, graças aos alunos da escolinha comunitária que brincam com ela todos os dias — contou a voluntária. — Acho que ela vai ser o bichinho perfeito para a família de vocês, senhor e senhora...

— Ah! — respondeu Caroline, assustada. — Não somos uma família. Digo, o Will é só um amigo que veio nos acompanhar — gaguejou ela, sentindo as bochechas ficarem vermelhas.

Will segurou seu braço.

— E se levarmos os dois cachorros para brincar no quintal com as crianças para vermos como eles se dão?

Alguns minutos depois, Flick e Addie estavam no paraíso. Eles fizeram carinho nos cachorros e jogaram brinquedos e bolinhas para os dois, praticamente abanando um rabo invisível de felicidade durante o tempo. Caroline ficou observando com Will, e seu coração se encheu de amor.

— Você está tendo um momento — falou Will, tocando em seu ombro.

Ela se permitiu inclinar o corpo no dele, só por um segundo.

— Eu amo ver os dois assim.

— Aposto que deve ser incrível. O que é melhor que fazer uma criança feliz?

— Essa é a dúvida que me tira o sono. Como fazer eles felizes? Como manter eles felizes? Tenho tanto medo de estragar tudo...

— Isso se chama humanidade, Caroline. Criar filhos não é uma ciência exata. Você é boa com eles, e eles te adoram. É claro que você vai cometer erros, mas também vai acertar bastante.

Ele gesticulou para a mistura de crianças e cachorros na grama.

— Igual agora.

— Obrigada. Nossa, espero que você esteja certo — disse ela, olhando de soslaio para ele. — Estou pensando em adotá-los. Fazer o processo legal e oficial. Eu sou doida?

Will lhe deu uma ombrada de leve.

— Sim, e sempre gostei disso em você.

— Não, é sério. É loucura?

— Não, é incrível. Você acolheu essas crianças e as considera seus filhos. Você deu a elas uma vida boa depois de algo horrível ter acontecido. Isso faz de você uma pessoa incrível, não doida.

Ela não percebeu que estava prendendo a respiração até soltar o ar em um suspiro de alívio.

— Você não faz ideia do quanto eu precisava ouvir isso. Essas crianças... Nossa. Elas são a melhor coisa que eu já fiz, e também a mais difícil. Eu acordo todos os dias com medo de estragar tudo, mas parece que estamos nos saindo bem.

Eles ficaram em silêncio. Crianças brincando com cachorros era a epítome da alegria. Sim, elas ficavam com dermatite e desmaiavam no hospital, e faziam bagunça e barulho o dia inteiro, todos os dias. Mas a recompensa de vê-las crescer era algo além do que ela jamais havia imaginado.

— E como *você* está? — perguntou ela. — E você sabe do que estou falando.

— Eu estou bem. Me acostumando à nova realidade.

— Gostaria de saber como ser uma amiga melhor.

— Sempre fomos amigos — falou ele baixinho.

Normalmente, após um rompimento, os amigos do casal seguiam caminhos separados, permanecendo leais a um dos lados. Caroline se sentia dividida entre os dois. Sierra havia se mudado para a cidade e estava constantemente viajando por conta do novo emprego. Caroline tinha ligado para ela muitas vezes, além de enviar mensagens de texto e e-mails. As respostas foram breves, quase arrogantes. Então Sierra enviou uma mensagem curta que resumiu tudo: "Estou reinventando minha vida e estou ótima. Por enquanto, é mais fácil para mim se eu não trouxer nada do passado. Espero que você entenda".

Caroline parou de tentar.

Mas com Will a história era outra. Ela o via com frequência, já que seu ateliê ficava no terreno dele. Algumas vezes, ela estivera trabalhando quando alguma mulher chegava para encontrá-lo. Para um encontro. Ele estava de volta ao mercado. E é claro que isso a fazia pensar sobre como as coisas eram em sua juventude.

Ela lembrava de uma época em que havia tido sentimentos tão poderosos que achou que fosse explodir, mas manteve tudo escondido.

Será que estava fazendo a mesma coisa agora?

— Bom, eu sou boa em ouvir — disse ela.

Ele continuou em silêncio por um tempo.

— E eu não sei? — O que ele queria dizer com aquilo? — A Sierra fez um aborto. Ela disse que te contou.

Caroline desviou o olhar, marcada pela culpa.

— Não é da minha conta. Eu queria que ela não tivesse me falado nada.

— Ela contou para você antes de contar para mim.

— Ela sabia como você ficaria machucado.

— É uma coisa muito grave de se esconder do marido — apontou Will.

— Sinto muito. Realmente não sei o que dizer.

— A maioria das pessoas não sabe. Nem eu sei, na maior parte do tempo.

Havia tantas outras coisas sobre as quais Caroline queria conversar com ele. No entanto, ela hesitou, incerta sobre o que eram um para o outro depois de tudo o que tinha acontecido. A amizade estava diferente de uma forma que ela não conseguia entender. Ela queria...

— Já decidiram?

A gerente do abrigo apareceu e observou as crianças brincarem com os cachorros. O marrom não cansava de buscar um graveto, enquanto a cadelinha dormia no colo de Flick.

— Ai, ai. — Caroline olhou para Will. — Isso vai ser difícil.

— A Blackie é muito fofa — contou Addie. — Mas o Brownie também.

Flick concordou.

— Não dá para escolher.

Merda, pensou Caroline. *Dois cachorros?*

— Precisamos escolher — falou ela, também completamente dividida.

Os dois cães eram adoráveis e fariam as crianças felizes.

— Tenho uma ideia — disse Will.

Ele se agachou e o cachorro marrom se aproximou, tentando lamber seu rosto.

— Também preciso de um cachorro. Acho que posso levar esse e vocês ficam com o outro.

— Uhul! — Addie deu um pulinho. — E aí a gente vai poder visitar, né?

— Claro! Quando quiserem.

— Will, isso é incrível — falou Caroline, sentindo o doce gosto do alívio. — Tem certeza?

— Aham. — Ele acariciou o cachorro elétrico atrás da orelha. — Faz tempo que quero um cachorro, mas a Sierra nunca quis. Agora acho que não tem mais motivos para eu não ter um, né?

Vinte e quatro

—Por que chama "festa de boas-vindas" se já estamos aqui faz um tempão? — questionou Flick, observando os arredores.

— Porque todo mundo se reúne para dar as boas-vindas a quem já estudou aqui antes.

Os moradores da cidade não poupavam esforços para o evento de boas-vindas. Pulseiras de arranjos florais com crisântemos enormes, uma apresentação musical especial com a participação de ex-alunos e, claro, a importante Corte do Baile — rei, rainha e cortesãos. Sierra tinha sido a rainha do baile no último ano do colegial. Ela fez par com Bucky O'Malley, o líder de torcida, porque ele era o único que chegava perto da beleza dela. Caroline nunca tinha sido parte da Corte, mas ela costurara a capa de arminho falso de Sierra para o show de intervalo.

— Sierra vai vir?

— Esse ano não — respondeu Caroline. — Ei, acho que vocês nunca viram um jogo de boas-vindas. É tipo um jogo normal de futebol americano, mas com muito mais gente.

O estacionamento do estádio estava lotado de pessoas com jaquetas e cores da escola. O cheiro de chuva era pesado no ar, mas todos pareciam ignorá-lo. O Estrela do Mar estava presente no evento com uma barraquinha de comida, e eles pararam para fazer um lanche — cachorros-quentes gourmet e biscoitos com o logotipo do Peninsula Mariners. Os sons e cheiros despertaram ondas de nostalgia: as rivalidades, os romances, os arrependimentos. Os sonhos ridiculamente grandiosos que normalmente desmoronavam com o início da vida adulta. Caroline viu pessoas que ela não encontrava desde o ensino médio e cumprimentou algumas, percebendo sobrancelhas erguidas em curiosidade quando notavam as crianças.

Um dos olhares curiosos veio de Zane Hardy, seu ex-parceiro de laboratório. Ele parecia o mesmo — óculos legais, cabelo desgrenhado repartido de lado, calça jeans skinny e uma camiseta vintage sob uma camisa xadrez. Mas agora Zane tinha um garotinho a reboque que se parecia tanto com ele que era quase cômico. Caroline sorriu para ele, mas não parou para cumprimentá-lo. Às vezes, a melhor parte da nostalgia era se perguntar "E se…".

Ela e as crianças encontraram assentos nas arquibancadas e logo foram dominadas pela animação, batendo os pés enquanto a banda de ex-alunos tocava uma música de abertura e observando as líderes de torcida com total fascinação.

— Elas fazem estrelinhas quase tão bem quanto você, Caroline — falou Addie.

Caroline a abraçou.

— Fazem mesmo, querida.

Com muito alarde, os jogadores atravessaram a faixa de papel no túnel do vestiário e entraram em campo.

— Tô vendo o Will! — disse Flick, pulando do assento e apontando. — Oi, Will! A gente pode ir dar oi?

— Agora não — respondeu Caroline, embora ela estivesse com a mesma vontade.

Era muito bom vê-lo em seu habitat natural, no comando de uma equipe empenhada em vencer. Will era enérgico e parecia determinado ao falar com o assistente e os jogadores. Após o pontapé inicial, pareceu tenso como um tambor, andando pelas laterais do campo, a prancheta em mãos. Ele estava mascando chiclete, o que fazia sua mandíbula se mexer ritmicamente.

— … está saindo com metade da cidade — falou a voz de uma mulher algumas fileiras atrás.

Caroline olhou para trás. Reconheceu Lanie Cannon, uma mãe solo atraente. Lanie trabalhava no mercado da cidade. As mulheres solteiras pareciam estar em todos os lugares nos últimos tempos, e todas estavam atrás de Will Jensen.

— ... você devia chamá-lo para sair.

— Eu não tenho coragem.

— Ele não ajudou seu filho mais velho a entrar na faculdade no ano passado?

Caroline se inclinou para trás para ouvir melhor.

— Aham — respondeu Lanie. — Beau conseguiu uma bolsa de atleta na Universidade de Washington graças ao Will. Não vou precisar me endividar para pagar os estudos dele. Eu não conseguia pagar nem as taxas de atletismo dele na época, mas alguém pagou por elas de forma anônima. Acho que foi o próprio Will.

É claro que foi, pensou Caroline.

— Bom, aí está seu motivo. Diga que quer agradecer com um jantar.

— Mas assim vai ficar muito na cara.

— Ele é homem. A gente precisa esfregar as coisas na cara deles.

— Eu não ligaria se *ele* esfregasse algumas coisas em mim — comentou Lanie. — Mas ouvi dizer que ele não passa de uns beijinhos nos encontros.

— Ele é o técnico da equipe da cidade. Deve estar tentando evitar ser alvo de fofocas. Ou, quem sabe, está esperando pela garota certa. Talvez você devesse...

— Compra um dedo de espuma pra mim? — pediu Addie, apontando para um vendedor ambulante com itens para a torcida.

Caroline tentou ignorá-la. Uma coisa que ela tinha aprendido sobre crianças era que elas gostavam de tudo por cerca de cinco minutos. Depois, a coisa era esquecida e, pior, deixada para Caroline guardar ou jogar fora. Ela não conseguia parar de remoer a conversa das duas mulheres. E foi impossível não lembrar do segredo que ela mantinha guardado em seu coração havia tanto tempo: a noite em que ela se perdera, por apenas um único momento proibido, nos braços de Will Jensen.

— Por favor? — insistiu Addie.

— Não — respondeu Caroline, irritada com o que entreouvira. — Termina seu cachorro-quente.

— Ahh...

A chuva começou ao mesmo tempo que o show de intervalo. Guarda-chuvas surgiram como cogumelos em uma floresta.

— Protejam-se, pessoal — falou Caroline.

As crianças tiraram as capas de chuva dos bolsos da jaqueta e as vestiram. Caroline vestiu um protótipo de sua mais nova criação da linha de roupas de chuva da Concha: o casaco de estádio. A almofada de assento se transformou em uma capa de chuva leve com estampa descolada. Ela a sacudiu e a vestiu e, quando olhou para o campo, viu Will olhando diretamente para ela.

Seus olhares se encontraram por um momento, e então ele levantou os braços para chamá-la.

— Ele está acenando para você? Acho que está! — falou a mulher atrás dela.

— Vamos lá falar com o Will — disse Caroline, pegando a mão de Addie. — Cuidado para não escorregar.

Eles estavam na metade da escadaria estreita de concreto quando alguém cutucou o ombro de Caroline.

— Com licença.

Era Lanie Cannon, tentando proteger os olhos da chuva.

Socorro, será que ela queria brigar?

— Pois não?

Caroline não facilitaria a vida da mulher.

— Eu estava olhando e... por acaso você transformou sua almofada de assento em uma capa de chuva?

Ah...

— Na verdade, sim — confirmou Caroline.

— Nossa, eu achei genial! E muito fofo! Já perdi as contas de quantas vezes tomei chuva em arquibancadas. Onde você comprou? Se não se importa de falar.

— Foi a Caroline que fez! — exclamou Addie, orgulhosa.

Caroline assentiu e indicou o logo da concha nautiloide na jaqueta.

— Está à venda no meu site. E na Swain.

— Legal! Obrigada!

Ela viu Flick indo até o Will.

— Preciso ir.

Ser solteiro tinha suas vantagens, Will descobriu. As pessoas sentiam pena e levavam comida para ele, como acontecia depois de uma morte na família. Elas enviavam mensagens de texto e e-mails com fotos e vídeos engraçados e o convidavam para eventos e passeios.

Ele estava grato pela atenção. Mas, às vezes, isso só o lembrava do que tinha perdido: uma esposa, um futuro cuidadosamente planejado, um sonho. Ele olhava ao redor e via casais sendo casais, compartilhando as alegrias diárias de viver de forma aparentemente natural. Sim, era provável que também tivessem problemas invisíveis aos outros, mas saber disso não o impedia de sentir o buraco gritante no meio de seu mundo.

Durante o intervalo, Caroline o encontrou quando ele estava prestes a entrar no vestiário para uma conversinha com o time. Apesar da chuva fria, e apesar do fato de que seu time estava perdendo por sete pontos, ele a cumprimentou com um sorriso e um aceno.

Ela o convidou para o jantar de Ação de Graças na casa dos pais dela, e Will aceitou de bom grado.

É um começo, pensou ele, enquanto se preparava para o que prometia ser um banquete épico.

Um começo de quê?

Talvez algo. Talvez nada.

Desde o divórcio, ele vinha sentindo uma mudança em seu relacionamento com Caroline. Era algo sutil, e às vezes ele se perguntava se estava imaginando coisas, mas fato era que se sentia atraído por ela de uma maneira diferente. Ao vê-la entrando e saindo do ateliê, passara a notar coisas que antes eram filtradas pela peneira do casamento. Com a melhor amiga dela. Divorciado, ele notava a forma como os olhos dela se iluminavam quando sorria, a curva da bunda na calça jeans apertada que ela gostava de usar, o formato dos lábios e o som da risada.

Munido com um grande buquê e uma caixa de chocolates caros de dois quilos — o suficiente para alimentar uma multidão —, ele bateu na porta da casa dos Shelby em uma tarde escura, chuvosa e lamacenta. A casa inteira estava tomada pelos aromas quentes de um clássico Dia de Ação de Graças em família: peru assado e sálvia, pãezinhos, maçãs doces com canela.

— Obrigado por aceitarem um solitário — disse ele para Dottie ao cumprimentá-la na porta. — Eu pensei em trazer uma torta, mas achei que ia ser como levar pão para o padeiro.

— E você estava certo — disse Georgia, pegando o casaco dele para pendurá-lo. — Não existe competição com a minha torta de noz-pecã e a de abóbora com açúcar mascavo da mamãe.

— Vocês nunca mais vão se livrar de mim.

O clã Shelby o cercou, como uma ameba, envolvendo-o em uma espécie de calor gratificante, mas que também o enchia de melancolia. Havia dois pares de avós presentes. Georgia havia levado o marido e os dois filhos. Virginia estava presente com a filha, Fern, e um cara com quem estava saindo. Os dois irmãos homens também levaram as respectivas namoradas.

Will ficou aliviado por não ser o único convidado que não era da família. A presença dos outros o fez se sentir um pouco menos patético.

Com Dottie na liderança e com a ajuda de todos, um bufê espetacular se materializou, as mesas foram postas, a conversa fluiu e os jogos de futebol passaram na TV.

Lyle propôs um brinde, servindo o que Will sabia ser provavelmente um vinho branco excepcional. Havia cidra de maçã local para as crianças. Copos tilintaram ao redor da mesa. Em seguida, todos encheram seus pratos e saborearam o incrível banquete.

— Está gostando do Dia de Ação de Graças? — perguntou Will a Flick, enquanto exageravam na sobremesa.

— Aham.

— Como era o Dia de Ação de Graças com a sua mãe? — perguntou ele, sentindo o olhar de Caroline.

— Não lembro — respondeu Flick, dando de ombros.

— Talvez vocês tenham recebido convidados, ou foram para a casa de alguém — sugeriu Caroline.

Ela fitou Will por cima da cabeça de Flick.

— Nah. Posso comer mais torta de abóbora?

Notas de piano soaram pela casa. Austin estava no comando e começou com "All Star", do Smash Mouth. Então, foi a vez de "Shut Up and Dance", do Walk the Moon, e algumas pessoas realmente começaram a dançar. Will pegou a mão de Caroline e eles dançaram e riram durante a música toda, esbarrando nos outros casais e nas crianças. A apresentação terminou com um grande chiclete musical, "Sweet Caroline", de Neil Diamond.

— É a minha música! — exclamou Caroline durante a introdução. — É a pior música de todas, e eu adoro!

Ver todos rindo e cantando ao redor do piano preencheu Will com uma sensação que não sentia havia muito tempo — o acolhimento gentil e inclusivo de uma família de verdade. Ele sabia que estava idealizando; famílias eram confusas e muitas vezes cheias de problemas. Mas elas também tinham momentos de grande alegria e davam a sensação de que o mundo fazia sentido. Ele se concentrou em Caroline, em seu sorriso e em seus olhos brilhantes, na curva natural de seus braços enquanto abraçava as crianças, e a solidão dentro dele pareceu crescer ainda mais.

Vinte e cinco

No aniversário de um ano do Clube de Costura de Oysterville, a sala de reuniões estava lotada. Caroline e suas irmãs encomendaram um bolo decorado com agulha e linha e a mensagem "Remende seu Coração". A mesma frase, junto com o número de telefone da linha de ajuda, estava nos pequenos kits de costura de bolso que Lindy tinha feito para distribuir. Havia um núcleo de participantes regulares — Caroline nunca perdia uma reunião — e várias que iam e vinham. A maioria tinha histórias de partir o coração. Algumas eram verdadeiramente inspiradoras ou mesmo transformadoras. Caroline sentia que aquele aprendizado havia mudado sua vida.

Algumas mulheres apareciam, não diziam nada e nunca mais eram vistas.

Uma das lições, talvez a mais difícil para Caroline, foi aceitar que havia limites para o que ela podia fazer. Era doloroso testemunhar as falhas. Nem todas podiam se gabar de um final feliz. Mais de uma vez, uma integrante que parecia estar no caminho da liberdade acabava voltando para o agressor. Outras caíam em novos relacionamentos abusivos, lutavam contra drogas e álcool ou se afundavam ainda mais na miséria e no desespero.

Para a surpresa de Caroline, Rona Stevens, que ela conhecia desde o colégio, participou de algumas reuniões. Embora ela ainda tivesse a aparência de líder de torcida, sua postura havia se transformado. Ombros caídos, olhar baixo e uma atitude de derrota. Vivia indo e vindo com Hakon, o valentão da escola. E ele ainda era horrível. Ele não batia nela, Rona foi rápida em apontar, mas viver com ele era estressante. Ele controlava todos os aspectos da vida dela, desde quantas calorias ela comia até a maneira com que dobrava e empilhava as toalhas de banho. Tinha se tornado uma voz tóxica e insidiosa na cabeça dela, convencendo-a de que ela era inútil.

— Ele com certeza me persegue — confessou ela em seu primeiro encontro, dizendo que naquele momento estavam separados. — Quando fomos morar juntos, achei que era fofo o fato de ele aparecer do nada com flores e uma garrafa de vinho. Depois, percebi que ele estava fazendo isso para verificar onde eu estava. Ele checa a quilometragem do carro, monitora meu celular. Ele me enche o saco sobre minhas roupas e meu cabelo. — Sua cara mostrava o nível de exaustão. — Às vezes, eu só quero ser eu mesma, e ele diz que eu não amo ele. Talvez essa seja a única coisa sobre a qual ele está certo. — Ela encarou os próprios joelhos, como se estivesse se encolhendo. — Não sei o que vou fazer. Provavelmente nada.

— Estar aqui já é algo — apontou Virginia.

Depois de dois encontros, Rona voltara com ele, o que era muito comum. Algumas mulheres mudavam de ideia, retratavam suas histórias e voltavam para os parceiros violentos.

Os fracassos só deixaram Caroline e suas irmãs mais determinadas do que nunca a sustentar o grupo. Não havia como salvar todas, mas Caroline tinha que acreditar que a mudança era possível. Precisava acreditar que o Clube de Costura era uma tábua de salvação para algumas mulheres. A reunião de aniversário era uma oportunidade para relembrar isso. Elas começaram como sempre, com uma leitura do objetivo do grupo e com alguém falando: "Vamos começar?"

— Vim para esse grupo depois de atingir o fundo do poço — falou Amy. — Eu estava em um buraco tão fundo que achei que nunca mais veria a luz. No começo, eu não queria falar sobre o que tinha acontecido comigo, não queria ouvir o que tinha acontecido com outras pessoas. Agora, não consigo imaginar minha vida sem esse grupo. Mas acho que vou ter que aprender, pessoal. — As presentes prenderam a respiração ao mesmo tempo. — Vou me mudar — contou Amy.

Houve um suspiro generalizado de tristeza.

— Está tudo bem? — alguém perguntou.

— Bolton vai sair da cadeia, mas não é por isso — explicou Amy. — Eu estava fazendo aulas para ser caminhoneira e consegui um emprego. Um emprego de verdade. Vou sentir falta de vocês, mas nunca estive tão feliz.

— Também vamos sentir sua falta — falou Echo. — Mudar é bom. Sem mudança, não há evolução, né?

— Isso é muito legal, Amy! — disse Nadine. — Já eu, estou ficando melhor em impor limites. Isso me fez ser uma mãe melhor, com toda a certeza. Meus filhos estavam sendo grossos e reclamões, o que não é surpresa, dado tudo que viam acontecer dentro de casa. Mas eu mudei minha postura e agora eles me obedecem. Bom, na maior parte do tempo, pelo menos.

— Eu quero ser corajosa de novo — declarou Yvonne, uma novata. — Eu era tão ousada, mas perdi toda a gana quando caí num relacionamento abusivo. Estou cansada de ter medo. A verdade é que me sinto sozinha. Tipo, muito solitária. Eu parei de confiar no meu julgamento a respeito do que é ou não amor, sabe? Mas, no fundo, eu sei. Tem esse cara... — Ela olhou para as mãos apertadas em seu colo. Então, pareceu perceber o que estava fazendo e ergueu a cabeça. — Ele sabe pelo que eu passei e tem sido superpaciente e compreensivo. Tenho certeza de que o amo há muito tempo. Estou buscando coragem para me declarar. O que vocês acham? É loucura?

— Qual é a pior coisa que pode acontecer se você se declarar? — perguntou Georgia.

— Ele pode dizer que não sente o mesmo, e então vai se sentir péssimo e eu vou me sentir mal e... — Yvonne se interrompeu, e concluiu: — É, o mundo não vai acabar.

— E qual é a *melhor* coisa pode acontecer se você se declarar?

O zumbido mecânico das máquinas industriais ressoava pelo ar. Depois de todo o trabalho duro e luta, aquilo — o som de suas roupas sendo produzidas — era música para os ouvidos de Caroline. Ela estava produzindo como nunca. A jaqueta de assento de estádio. Outra jaqueta que brilhava no escuro. Uma jaqueta de sinalização inteligente que respondia aos sinais manuais de um ciclista. Tudo que produziam era lindo, porque ela supervisionava cada ponto dado.

O celeiro fora transformado em um espaço agradável, seguro e produtivo. Nenhuma delas estava ficando rica, mas as vendas eram constantes e a operação, pelo menos, sustentável. A marca havia aparecido na mídia e em blogs de moda. Após uma visita bem-sucedida a uma feira, estavam enviando roupas para algumas lojas independentes toda semana, e Caroline precisou contratar duas aprendizes e uma estagiária.

O Clube de Costura de Oysterville oferecia mais do que ela jamais imaginara, gerando dividendos surpreendentes: os talentos inexplorados das próprias mulheres. Às vezes, parecia mágica. Se algo precisava ser feito, havia uma boa chance de que uma das mulheres do grupo soubesse resolver ou ao menos conhecesse alguém que podia ajudar. Echo estava se tornando uma habilidosa modelista e costureira de amostras, e havia colocado Caroline em contato com as costureiras demitidas da antiga fábrica. Ilsa administrava o site e era especialista em fotos de produto perfeitas. A sobrevivência econômica era um dos elementos mais cruciais para aquelas mulheres, e era gratificante poder ajudá-las. Caroline e as irmãs tinham conseguido uma doação para financiar programas de treinamento e emprego em todo o condado. Algumas empresas locais já estavam envolvidas, e havia um programa de estágio em parceira com algumas escolas de ensino médio.

Uma de suas melhores decisões tinha sido contratar Willow, do Clube de Costura. Caroline agora tinha uma empresa e um plano de negócios sólido e habilmente elaborado. A marca estava ganhando reputação pelas roupas com produção ética e feitas com amor e talento. Uma das garotas havia costurado à máquina uma tapeçaria com a mensagem: "Feito com amor e talento", que virou o lema da empresa e foi orgulhosamente pendurado sob a figura de proa de Justine.

Às vezes, quando o trabalho parecia esmagador e as finanças totalmente desequilibradas, Caroline entrava em pânico e se dizia louca por tentar fazer um empreendimento dar certo. Outras vezes, como naquele momento, quando todas estavam trabalhando com afinco e felicidade, tudo parecia extremamente certo. Amy e uma estagiária chegaram e começaram a colocar um carregamento de roupas embaladas e etiquetadas na traseira da van.

Havia tanto barulho e atividade ao seu redor que Caroline quase não ouviu o *ping* que sinalizava um e-mail recebido.

Ela foi ao computador e verificou a caixa de entrada. Então piscou duas vezes e sentou lentamente. Talvez tenha feito algum barulho, porque Echo parou o que estava fazendo e foi até a mesa improvisada.

— O que foi? — perguntou ela. — Você está com uma cara de "deu merda".

— É mais uma cara de "putamerda".

Ela olhou para a tela. Era uma foto de Catherine Willoughby na sessão "Estilo das Celebridades" da *Vogue*, uma sessão absurdamente famosa da revista. A atriz linda e de olhos grandes e misteriosos, que recentemente havia estrelado em um filme de super-heróis de grande sucesso, estava vestindo uma capa de chuva da Concha.

— Putamerda — repetiu Caroline.

Ela estava hipnotizada pela imagem surreal de uma das mulheres mais famosas do mundo usando seu casaco. Era uma de suas melhores e mais caras criações, um tecido branco fosco com uma bainha transparente cheia de flores de seda.

— "O casaco preferido de Cat para dias chuvosos é o anoraque Chuvas de Abril, da Concha. Confira em concharawear.com, onde 1% do lucro vai para a Irmandade Contra a Violência Doméstica" — leu ela em voz alta.

— Ora, ora, ora — falou Echo, dando um sorrisão. — Uma estrela absoluta do mundo da moda, usando uma criação sua. Cat tem, tipo, uns 45 milhões de seguidores no Instagram. Isso é incrível demais! E foi muito legal a nota ter mencionado a Irmandade Contra a Violência Doméstica.

Willow tinha fechado aquela parceria, e Caroline estava vendo a marca crescer mais rapidamente do que qualquer uma delas tinha imaginado. Ela só queria que Angelique estivesse viva para ver aquilo tudo.

Amy se aproximou com a estagiária e seu tablet com o inventário digital. Ela estava usando as duas últimas semanas de trabalho antes de se mudar para Reno para treinar a substituta. Para Caroline, ela parecia uma mulher totalmente diferente de quando a vira pela primeira vez. Em vez de vergonha ou medo, ela ostentava confiança.

— O que tá rolando? — perguntou ela.

Echo sorriu para Amy.

— A seção Estilo das Celebridades da *Vogue*.

— Uh, minha favorita! — brincou Amy, apontando para o próprio moletom largo e os coturnos.

— Cat Willoughby está usando um dos nossos casacos.

Echo virou o monitor para que Amy pudesse ver.

— Oi?? Tá brincando?! Ela não é a garota elétrica naquele filme novo? Caraca, isso é incrível! Agora todo mundo vai querer! Você está ficando grande, Caroline!

— Estou em choque — concordou Caroline. — Mas de fato é um casaco lindo, né?

— Com certeza — respondeu Echo. — Esse que ela está usando fui eu quem fiz. Fiz todas as bainhas transparentes com flores de seda brilhantes. Eu sabia que seria um sucesso.

Caroline enviou a notícia para Willow, que normalmente trabalhava de casa.

— E, falando de sucesso... — Ilsa, que era responsável pelo site, se aproximou. — Tivemos nossa melhor hora de todos os tempos. Olha só!

O tablet dela mostrava pedidos chegando sem parar, um atrás do outro.

— *Din-din*! O modelo já esgotou e temos pedidos em espera.

— E o motivo é esse — falou Echo, mostrando a foto da *Vogue*. — O dia amanhã vai ser cheio, hein?

— E não é sempre?

Caroline se afastou da mesa e olhou para o relógio.

— Nossa, está tarde! Podem ir, meninas. Eu fecho tudo.

Depois que as outras foram embora, Caroline ficou olhando a foto por mais alguns minutos.

Ela sabia o valor do apoio de uma celebridade influente. Sabia o valor de uma menção na *Vogue*. Estilistas corriam atrás de publicidade indireta. Embora não tivesse fundos para uma campanha, ela tinha enviado amostras para Daria e Orson Maynard em Nova York, na esperança de colocar suas roupas nas mãos certas. O processo geralmente envolvia enormes taxas de patrocínio que ela não podia pagar.

Mas, finalmente, sabe-se lá como, seu casaco tinha ido parar no corpo de uma grande estrela. Ela não conseguia parar de olhar para a foto, Cat em pose natural, tendo combinado o anoraque com botas altas de Neoprene. Ela estava passando diante de uma cerca de ferro forjado e parecia tão fresca quanto a primavera.

Normalmente, Caroline trabalhava até tarde depois que todas iam embora. Aquela era sua hora para criar, música tocando e ideias fluindo. Ver uma peça sua em uma celebridade a inspirou, então ela trabalhou em um design no qual estivera pensando. Era um sobretudo com pelerine que podia se converter em capuz.

— Você ficaria incrível com isso, Cat Willoughby — murmurou ela, clicando na ilustração digitalizada. — Sarja azul? Talvez seja a hora do retorno do ponto suíço...

— Gosto do jeito que você pensa.

Will entrou no ateliê. O cachorro, que ele renomeou de Pescador, vinha trotando em seus calcanhares. Will estava com sua roupa de professor: calça de sarja, camisa de manga longa e gravata listrada.

— Sempre fui fã de ponto suíço.

Ela riu, enquanto ele desamarrava a gravata e encostava o quadril no balcão.

— Como foi o trabalho? — perguntou ela.

Quando se esbarravam, indo e vindo, eles tendiam a conversar sobre assuntos ordinários. *Como velhos amigos*, pensou. Desde o divórcio, as coisas estavam diferentes entre eles, mas Caroline evitava analisar isso muito de perto. Era evidente que Will fazia o mesmo. Ele saía com mulheres. Muitas. Estava curtindo a vida no momento. Caroline até o provocava sobre isso às vezes.

— O trabalho foi incrível — disse ele. — Eu sou incrível. Ensinei cálculo para uma turma e mostrei aos alunos como isso será útil de verdade para eles mais tarde na vida. Devo dizer que eles ficaram extasiados.

Ela sorriu.

— Assim como estou agora.

— E como vão as coisas aqui no ateliê?

— Ha! Mais incríveis que aulas de matemática. E falo sério. Olha só. — Ela clicou na janela que mostrava a foto da *Vogue*. — A Cat Willoughby está usando um dos meus casacos. Foi postado há cerca de uma hora, e já esgotamos o estoque em pedidos.

— Nossa, isso é incrível mesmo! As crianças da escola estão malucas pelo filme que ela fez. Parabéns, Caroline!

— Obrigada. É um tiro no pé, claro. Vamos ter que fazer muita hora extra para atender essa demanda. Não tenho a infraestrutura para produzir mais rápido. Estou tentando não entrar em pânico.

— Não entre — disse ele, gesticulando para tudo ao redor. — Olha só tudo o que você já conquistou. Você vai dar conta.

Ela não conseguiu evitar um sorriso.

— Gosto do jeito que você pensa. E, para ser sincera, eu não teria conseguido se você não tivesse me cobrado uma merreca pelo aluguel do celeiro. Mas eu...

Outro *ping* de um novo e-mail tocou. Ela leu o título da mensagem e ofegou.

— Mais notícias? — perguntou ele.

Ela abriu a mensagem.

— Meu Deus! A Eau Sauvage quer marcar uma reunião!

— Quem? Nunca ouvi falar.

— "Eau Sauvage" é "água selvagem" em francês. É uma marca famosíssima.

— Bem, deve ser alguma coisa grande, né? Para marcarem uma reunião...

Ela agarrou a borda da mesa e olhou para Will. Parte dela — a maior e mais impulsiva — queria pular e abraçá-lo. *Calma, garota.* Ele provavelmente tinha um encontro àquela noite. Ele sempre tinha.

— Pode ser, sim — disse ela. — Mas também pode ser perigoso. Espero que não seja uma daquelas situações de "cuidado com o que deseja".

— E o que você deseja?

Ela se recostou na cadeira.

— Ser descoberta por uma grande marca *era* meu maior desejo. Mas desde que voltei para cá, desde a chegada das crianças... — Ela tentou se imaginar em Nova York, indo a reuniões, vivendo um sonho que já não se encaixava direito. — Bem, vou lá ouvir o que eles têm a dizer. Eles podem só querer roubar meus projetos, igual o Mick Taylor.

— Espero que não seja isso. Aliás, o que aconteceu com esse cara?

— Continua famoso — falou ela.

Caroline desligou o computador e pegou a bolsa, de repente ansiosa para ver Addie e Flick e ouvir sobre o dia deles. As crianças haviam mudado sua forma de ver a vida. Haviam mudado *sua* vida.

— Eu tento não pensar nele porque isso me deixa louca. Na minha fantasia, ainda vou me vingar.

— Você deveria mudar de canal, ter outras fantasias...

Will piscou para ela. *Piscou.*

— Ah, vai se ferrar — xingou ela, certa de que ele estava brincando.

— Pergunta: se essa mudança grande de repente acontecesse, para valer, como seria?

O estômago dela embrulhou.

— Eu voltaria para Nova York em um piscar de olhos. Admito que não seria fácil com as crianças, mas também não seria impossível. Eles podem até voltar para a mesma escola.

— Você iria embora daqui, então?

— Provavelmente. Mas pensar nisso é colocar o carro na frente dos bois — disse ela, e então: — Mas por que a pergunta?

— Só curiosidade. Eu não deveria ter perguntado sobre seus planos. Costumo estragar os planos das pessoas.

Caroline meio que queria que ele estragasse os dela.

— Ah, para com isso. Já chega de sentir pena de si mesmo.

E lá estava. Aquele sorriso. O sorriso pelo qual ela se apaixonara, uma vez.

Caroline designou Cat Willoughby como sua nova melhor amiga, porque, depois da foto da *Vogue*, a marca virou tendência — e não apenas pelas roupas. A Irmandade Contra a Violência Doméstica a convidara para ir à Atlanta e contar a história do Clube de Costura de Oysterville.

— Você vai embora? — perguntou Flick enquanto ela estava arrumando a mala.

Blackie correu pela sala, brincando com uma corda cheia de nós.

— Vou viajar para dar uma palestra, só. Vou contar a história do nosso grupo de apoio. É só durante o final de semana. Volto no domingo à noite.

Addie sentou na cama agarrada à Mulher-Maravilha.

— Eu não quero que você vá...

Caroline parou o que estava fazendo. No meio do turbilhão de todas as novidades, ela percebeu que nunca tinha passado uma noite longe das crianças desde que elas ficaram sob seus cuidados. Toda vez que percebia o quanto era importante para os dois, Caroline tinha uma pequena epifania.

— Ah, meu amor, vai ser rapidinho. São só duas noites. Vocês vão ficar aqui com a vovó Dot e o vovô Lyle.

— Não é a mesma coisa — disse Flick.

— Mas acho que vocês aguentam.

— Estamos chegando na parte boa de *Ramona* — disse Addie.

Caroline estava lendo o livro para eles, um capítulo por noite. Os dois estavam tão bem ultimamente que às vezes Caroline esquecia como sua presença era vital para eles se sentirem seguros.

— E se a gente fizer uma videochamada e eu ler para vocês?

— Não é a mesma coisa — repetiu Flick.

— Por que você tem que ir? — perguntou Addie.

Caroline havia descoberto que a única coisa que sempre funcionava com as crianças era honestidade.

— Porque é importante — explicou ela. — Porque a vida da sua mãe era importante. Sei que ela ter morrido é uma coisa horrível e infelizmente não há nada que a gente possa fazer para mudar isso. Mas essa organização pode ajudar outras famílias a evitar que outras mulheres morram, e elas querem saber o que estamos fazendo para ajudá-las. Se continuarmos falando sobre isso e ensinando às pessoas que violência nunca é boa, talvez possamos salvar a vida de mais gente.

Os dois ficaram quietos e Caroline deixou que refletissem. Ela ainda não sabia o que os filhos de Angelique tinham visto ou ouvido. Será que Angelique tinha pedido para que não falassem nada, possivelmente porque temia ser separada deles por causa do seu status de imigração? Será que tinham visto os hematomas? Ouvido alguma briga? Talvez, um dia, Addie e Flick se abrissem para Caroline. Mas ela não iria pressioná-los ou importuná-los atrás de respostas.

— Mas por que você precisa ir? — perguntou Flick, repetindo a pergunta da irmã.

— Eu me perguntei a mesma coisa quando recebi o convite. Conversamos sobre o grupo de apoio e nosso programa de treinamento profissionalizante, mas também falamos bastante sobre vocês. Sobre como vocês perderam a mamãe de vocês e como era importante mantê-los seguros. Eles querem ouvir a história, talvez possa ajudar outras pessoas.

— Não pode ajudar a gente — apontou Flick. — Não pode ajudar a *maman*.

— Eu sei. Mas ajudar os outros é bom, não?

Ele pensou por um momento, então abaixou e fez carinho atrás das orelhas de Blackie.

— É, acho que sim.

Caroline sentou-se na cama e abriu os braços.

— Venham aqui, vocês dois.

Eles subiram e Blackie pulou no colo de Flick.

Ela reuniu todos em um grande abraço. Eles enchiam seu coração de amor, e ela beijou a cabeça de todos.

— Vou voltar tão rápido que vocês nem vão perceber que eu saí, combinado?

— Combinado — falou Flick.

— Combinado, mamãe — sussurrou Addie.

— Ela não é nossa mãe — disse Flick.

— Ela não é a *maman*, mas é a nossa *mamãe*.

As palavras deixaram uma marca no coração de Caroline.

— Addie... você é tão legal. Por que você é assim tão legal?

— Acho que sou só uma pessoa boa — disse a menininha, dando de ombros.

— Você é. Vocês dois são. E a Blackie também. Ela é uma boa garota. E eu me sinto muito sortuda de ter vocês. — Caroline hesitou, então decidiu que aquele era o momento de trazer à tona algo em que vinha pensando havia muito tempo. — Vocês podem me chamar de mãe, mamãe, Caroline ou qualquer coisa que faça vocês felizes, ok? Tem algo que eu queria perguntar para vocês. Quando a mãe de vocês morreu, eu me tornei a guardiã legal de vocês, o que significa que sou responsável por fornecer um lar e manter vocês dois em segurança. Eu amo ser a guardiã de vocês, mas ultimamente tenho pensado... Como vocês se sentiriam se eu adotasse vocês?

Eles ficaram em silêncio por alguns segundos.

— Da mesma forma que adotamos a Blackie? — perguntou Flick.

— Isso. Nada vai mudar no dia a dia, eu ainda serei responsável por vocês em todos os sentidos. Mas, com a adoção, eu me tornaria a mãe de vocês legalmente. Eu jamais vou substituir sua mãe de verdade, ninguém vai, mas serem adotados significa que vocês terão uma nova mãe, para sempre.

— Até o fim dos tempos? — questionou Addie.

— Exato. O que vocês acham?

— Eu gosto — respondeu Addie.

Flick ficou em silêncio. Seus braços se apertaram ao redor de Caroline. Ele fungou, e ela sentiu que sua camisa estava quente e úmida.

— Tá bom — disse ele em um sussurro rouco. — Tá bom.

Vinte e seis

Caroline ouviu a porta de um carro bater e olhou a hora no computador. As outras funcionárias já tinham ido embora e ela havia acabado de ligar para os pais para avisar que trabalharia até tarde — até *muito* tarde. A proposta da Eau Sauvage era uma grande oportunidade. Eles queriam fazer um lançamento *pop-up* de suas criações, com tiragem limitada e, se desse certo, expandir. Por isso, Caroline precisava elaborar uma apresentação irresistível antes das reuniões agendadas com a equipe de marketing. O que faria os preparativos para a malfadada linha Crisálida parecerem brincadeira de criança em comparação.

Ela levantou da mesa, massageando um torcicolo no pescoço, e saiu da oficina. Para sua surpresa, lá estava Will, de calça jeans e camisa listrada com as mangas dobradas. Como sempre, ela precisou disfarçar a reação ao vê-lo.

— Achei que você tivesse um encontro essa noite — disse ela.

— Eu tinha, mas desisti.

Caroline já não podia escapar de uma realidade da qual estava fugindo havia muito tempo. Ainda sentia uma coisinha por Will Jensen. Não, pior. Não era uma quedinha. Era bem mais… Era um desejo tão poderoso que a mantinha acordada à noite, atormentando-a com fantasias. Um desejo que a deixava distraída o dia todo, que a enchia de alegria e de culpa.

Will era proibido. Will era o ex-marido da sua melhor amiga.

E provavelmente não correspondia seus sentimentos. Embora, às vezes, Caroline desconfiasse de que sim. De vez em quando, ela o pegava a olhando para ela de uma forma diferente, os olhos ardentes. E pensava que talvez…

— Por quê?

— Por que o quê? — Will enfiou as mãos nos bolsos.

Meu Deus, ela adorava até a maneira como ele enfiava as mãos nos bolsos.

— Por que você desistiu?

Ele fez uma pausa e a olhou de cima a baixo lentamente com um olhar intenso. Ela desejou estar vestindo algo mais bonito que roupas de trabalho — calça jeans cigarrete e uma bata branca estilizada feita por ela, homenagem caseira aos jalecos das funcionárias da Chanel.

— Vamos entrar. Conto enquanto bebemos uma cerveja.

Caroline olhou por cima do ombro.

— Obrigada, uma pausinha seria ótimo. Já falei para minha mãe que devo trabalhar a noite inteira.

— Projeto grande?

— O maior. Espero não ter dado um passo maior que a perna, mas conto enquanto bebemos a cerveja.

Ele deu uma cotovelada nela, do jeito que fazia quando eram crianças.

— Vamos beber cerveja, não precisa de pernas muito longas para isso.

Ao entrarem em casa, Pescador os cumprimentou correndo em círculos ao redor deles e abanando o rabo. Beira d'Água não havia mudado quase nada desde a partida de Sierra. Ela tinha ido embora com nada além das roupas e objetos pessoais. Para Caroline, explicara: "Esse lugar nunca foi minha casa. Escolhi móveis e acabamentos e tintas como se minha vida dependesse disso, mas, na verdade, fiz isso só para fazer Will feliz. Para fazer a nossa vida parecer feliz, acho. Mas, no final, não foi suficiente."

O lugar continuava lindo. Como não poderia, dado o senso de estilo de Sierra? Caroline notou a presença de mais coisas de Will — uma foto do time emoldurada na parede, equipamentos esportivos no hall.

Então, notou algo curioso. Ela estava absurdamente animada com seus planos, e havia apenas uma pessoa para quem realmente queria contar tudo: Will. Mas, primeiro...

Ela sentou em uma das banquetas da cozinha e tomou um grande gole de cerveja.

— Cerveja é sempre uma boa ideia — disse ela. — Mascara o nervosismo com felicidade. Agora, desembucha: por que desistiu do encontro?

— Percebi que estava desperdiçando o tempo delas e o meu. No ano passado os encontros foram só uma distração — disse ele, e então olhou para Caroline com uma expressão que ela nunca tinha visto antes. — Mas percebi que eles só atrapalham em relação ao que eu quero de verdade.

— E isso seria?

— Seria estar com alguém por mais de uma noite ou um fim de semana. Foi divertido sair com um monte de gente, mas já passei da fase de recém-divorciado.

— Nossa, isso vai partir muitos corações na península de Long Beach.

— Vai nada.

— Aí que você se engana. Eu tenho observado, Will. As mulheres te amam. Não param de falar sobre o treinador jovem e bonitão que está de volta ao mercado.

— Ah, é? — disse ele, rindo. — E quem seriam essas mulheres que me amam?

— É uma cidade pequena. Eu escuto coisas... Mas então você vai parar de sair com todo mundo e fazer o quê?

— Vou me apaixonar de novo.

Caroline ficou tão chocada que o gole de cerveja desceu pelo buraco errado. O resultado não foi bonito. Engasgando e tentando recuperar o fôlego, ela pegou um pano de prato e limpou a boca.

— Eita. Calma — disse ele, dando-lhe um tapinha nas costas. — Tudo bem?

Ela assentiu, então foi até a pia e se recompôs.

— Tudo, tudo. Só engasguei.

— Não era bem a reação que eu esperava — declarou ele.

Que reação você esperava?, perguntou Caroline mentalmente, sem se permitir falar em voz alta.

— Vou tentar terminar sem engasgar de novo.

— Você também não está saindo com ninguém — disse ele.

— E como você sabe? Anda acompanhando minha vida?

— Não — respondeu ele rapidamente. Então: — Bem, na verdade, ando, sim.

Caroline sentou novamente e tomou um gole cauteloso de cerveja. Tentou não olhar para o rosto dele, mas não conseguiu evitar. Will tinha os lábios perfeitos. Tinha os olhos mais lindos do mundo.

— Por quê?

Sem desviar o olhar, ele pegou a garrafa de cerveja da mão dela e a colocou gentilmente no balcão.

— Você sabe muito bem por quê, Caroline.

Caroline abriu os olhos, em pânico. A pergunta "o que foi que eu fiz?" girava sem parar em sua cabeça. *Não*, pensou ela, agarrando-se a um fio de negação. *Eu não fiz isso...*

Eu não dormi com o Will.

O homem adormecido ao lado dela soltou um ronco suave, pacífico e ridiculamente fofo.

Ai meu Deus, eu dormi, sim! Dormi com o Will. E foi a melhor coisa do mundo. Socorro!

Caroline ficou paralisada, quase sem respirar. Seu coração palpitante ameaçava entregá-la. Então, centímetro por centímetro, ela foi se movendo para a beirada da cama. Ainda estava escuro, era o meio da noite. Ela ainda podia apelar para a negação plausível. Podia fugir agora, voltar para casa, sair discretamente para a cama dela como uma adolescente rebelde e fingir que aquela noite nunca tinha acontecido.

Só que a noite *tinha* acontecido.

Ela tinha dormido com o ex-marido de sua melhor amiga.

E, antes disso, tivera o melhor sexo de sua vida. O tipo de sexo que desejava desde que sabia o que era sexo. O tipo que a deixava hipnotizada, impotente, leve, aterrorizada e... insuportavelmente apaixonada.

Ela não tinha desculpa. Não podia culpar o álcool ou algum predador sexual por tê-la levado para a segurança dos braços de um homem em quem ela confiava, um homem que amava desde sempre.

A situação era péssima. Precisava acabar com aquilo imediatamente.

Uma mão quente e grande se mexeu sob as cobertas e lentamente fez seu caminho até a perna nua dela.

— Você acordou — murmurou uma voz profunda.

— Como você sabe? Não movi um músculo.

— Consigo sentir você respirando — disse ele, acariciando o topo de sua coxa. — Consigo ouvir você pensando.

— Ah, é? E no que estou pensando?

— Na mesma coisa que eu.

A carícia quase a derreteu.

— Não estou respirando — disse ela. — Estou paralisada de tão mortificada.

— Ótimo. — Em um movimento fácil, ele deitou-se por cima dela e começou a beijar seu pescoço. — Assim não preciso correr atrás de você pela cama. Não se mova. Eu faço todo o trabalho.

— Eu...

— Todo. O. Trabalho.

Os lábios macios dele. A língua quente dele. As mãos habilidosas dele.

Caroline afundou no colchão grande e confortável da cama dele. Ela estava na cama de Will Jensen. A cama de Sierra. E as coisas que eles haviam feito ali...

— Para!

Caroline se afastou dele e apertou as cobertas contra o peito.

— Já é mais de meia-noite. Preciso ir.

— Você já ligou pra sua mãe e disse que ia trabalhar a noite inteira. — Will tocou em seu ombro nu, traçando redemoinhos em sua pele.

— Ela disse que ia ficar com as crianças.

Caroline sentiu a pele queimar sob o toque dele.

— Não podemos fazer isso, Will.

— Tarde demais. Nós já fizemos, foi incrível, e eu nunca mais quero parar de fazer.

— Você está de brincadeira, né? É loucura! Você é o ex-marido da minha melhor amiga!

— "Ex" sendo a parte mais importante.

Will sentou e se encostou na cabeceira, que era estofada com um tecido luxuoso, provavelmente escolhido por Sierra.

— Olha, na nossa idade, todo mundo tem um ou uma ex.

— Não desse jeito. Isso aqui é problema, Will. Sierra era minha melhor amiga, e ela era casada com você.

— Quase todo mundo na nossa idade já foi casado, Caroline. Todo mundo tem passado.

— Não um como o nosso.

— E estamos só começando, querida. E você não pode ditar como as coisas vão acontecer.

— E você pode?

— Exato.

As mãos dele a distraíram de novo, acariciando e circulando.

O brilho do luar em seu peitoral incrível.

Ela o atingiu com um travesseiro.

— Esta é uma ideia terrível.

Will ficou quieto por alguns minutos.

— Olha, a Sierra e eu nos distanciamos. Nós nos divorciamos. Acontece. E agora isso. Agora *nós* estamos acontecendo. Você e eu.

Caroline se afastou ainda mais dele. Ela agradeceu pela escuridão no quarto, porque tinha certeza de que seu rosto era uma mistura de pânico, confusão e desejo.

— Não estamos, não. A gente não pode.

— Qual é, Caroline. Do que você tem tanto medo?

De tudo. Principalmente de querer muito aquilo, de se apaixonar por ele e ser totalmente incapaz de se reerguer depois de qualquer desastre inevitável que os aguardava.

— Fala comigo — disse ele. — Não estou acostumado com você em silêncio, você fala o tempo todo. Eu amo isso em você.

Aquilo era o mesmo que um "eu amo você"?

Ela puxou os joelhos contra o peito, sentindo-se abalada.

— Eu tenho medo de… Nossa, por onde começo? Meus filhos? E por "meus filhos", quero dizer que isso está prestes a ser oficial, ok? Entrei com o pedido de adoção.

— Que coisa maravilhosa, Caroline!

— Eu contei para eles, também. Eles vão ser meus filhos. *Meus filhos*.

— Eu amo a Addie e o Flick — falou Will. — A gente se dá muito bem. Olha, você está complicando as coisas. — Ele moveu as cobertas para o lado e ficou na frente dela. Seus lábios, seu cabelo caindo na testa, seu corpo musculoso impossível de resistir. — Eu topo tudo com você.

Enquanto Caroline ia com Virginia de carro até a reunião semanal do Clube de Costura, era difícil não tagarelar sem parar sobre Will. Apesar de sua apreensão, o relacionamento dos dois ardia como um incêndio florestal levado pelo vento, perigoso e impossível de conter. O sexo a transformava em uma idiota, mas, às vezes, o sexo era a parte menos importante de tudo aquilo que estava sentindo. Às vezes, deitar com ele no cais, olhar para as estrelas e conversar sem parar sobre a vida, os sonhos, os medos e planos era tudo o que ela desejava.

A amizade de anos não era mais uma amizade. Ela havia explodido e se fundido em algo completamente diferente.

Caroline queria contar. Ela queria gritar a respeito de Will para o mundo inteiro.

Mas não podia. Não ainda, pelo menos. Ou talvez nunca.

— Vamos ter a casa cheia hoje? — perguntou ela, notando o estacionamento quase lotado.

— Parece que sim. Pronta? — perguntou Virginia ao saírem do carro.

Caroline assentiu.

Ela entrou e quase se acuou contra a parede ao tomar um susto com um grito de "Surpresa!".

Mas quê…?! A sala estava enfeitada com guirlandas e bexigas cor-de-rosa e azul. Havia um bolo enorme na mesa de lanche e, na parede, uma faixa com os dizeres: "Parabéns! É um menino! E uma menina!" Fotos de Addie e Flick estavam grudadas no quadro branco com rodinhas, que estava coberto de mensagens rabiscadas, coraçõezinhos e flores.

— Ai, pessoal! — disse Caroline, se apoiando em Virginia. — Meu Deus, um chá de bebê?

— Isso mesmo — falou Georgia, cumprimentando-a com um abraço. — Nunca é tarde para comemorar a chegada de filhos.

A mãe dela estava lá com champanhe gelado.

— Não se preocupe, as crianças estão com Lyle. Eu quis vir. Espero que você não se importe por eu ter contado a todo mundo que a Justiça aprovou o pedido.

— Mas ainda é provisório — lembrou Caroline.

Após extensos estudos de pré-adoção e visitas domiciliares, ela precisaria passar por um período de colocação e acompanhamento pós-adoção também.

— Esse período de espera é padrão — afirmou Virginia. — Encare a verdade, Caroline. Você está comprometida. E nós temos até bolo para provar isso.

Caroline quase caiu no choro.

— Preciso de um lenço. E de um pedaço desse bendito bolo.

As irmãs a levaram até uma cadeira no círculo e serviram o bolo. Era um dos mais famosos de Georgia — de limão com cobertura de creme de limão, indecentemente delicioso. Tinha gosto de felicidade. De amor.

— Vocês me pegaram totalmente de surpresa — confessou Caroline, saboreando a primeira mordida. — Não acredito que organizaram isso.

— Não podíamos deixar você sem um chá de bebê! — declarou Echo, cortando e servindo o bolo em pratos de papel cor-de-rosa e azul.

— Estamos muito felizes por você, Caroline — disse Ilsa. — Como está se sentindo?

— Diferente — respondeu ela. — Não sei direito por quê. A adoção é só uma formalidade, mas parece diferente. Não sei explicar.

— Na verdade, não é difícil — falou Georgia. — Eu sei por quê.

Claro que ela sabia. Georgia era uma sabe-tudo.

— É? Por quê, então?

— É porque agora você é mãe.

A realidade daquilo a deixou sem fôlego. Georgia estava certa. Caroline tinha um filho e uma filha. Ela havia se transformado, mas não por um documento judicial, e sim por dois incríveis serzinhos humanos que entraram em sua vida sem serem convidados e fizeram residência permanente em seu coração.

— É, acho que é isso mesmo — disse ela depois de uma longa pausa. — Eu sou mãe.

Vinte e sete

Sierra adorava ter finalmente um emprego que não exigia que ela parecesse uma garota de 17 anos raquítica. Vivia viajando, indo de sessão de fotos para sessão de fotos, e estava no comando de uma equipe que não ousava dizer a ela "Adoce seus lábios" ou "Relaxa a testa, você está parecendo sua mãe". Ou, ainda: "Me mostra sua cara mais fodível".

Ela não sentia falta de nada daquilo.

Não sentia falta da antiga vida.

Não sentia falta do casamento.

Mas sentia falta de Will. Seu marido perfeito, absolutamente perfeito, cujo coração ela havia partido, cujos sonhos ela destruíra.

As pessoas diziam que Sierra deveria se sentir grata e orgulhosa por ter tido um divórcio sem drama desnecessário, sem ódios e brigas. Mas não se sentia nada grata, muito menos orgulhosa. Ela se sentia... vazia.

Mas de uma forma boa. De uma forma que a fazia se sentir livre, aberta a qualquer possibilidade.

A possibilidade atual envolvia sentar em um deque com vista para uma praia ridiculamente linda enquanto saboreava um *cosmopolitan* lendo uma edição da *Cosmo*. A sessão de fotos tinha sido uma loucura e, finalmente, chegara a hora de relaxar. Ela tomou um gole da bebida gostosa e açucarada, que teria sido sua perdição em seus tempos de modelo. E então imaginou as modelos em seus quartos compartilhados, bebendo refrigerante diet e fumando cigarros, esmiuçando os poros e rugas em espelhos de aumento impiedosos.

Não, Sierra não sentia falta disso.

Passou reto no costumeiro artigo de "Como chamar a atenção dele". Sierra não precisava de instruções. Pela primeira vez desde o colegial, ela estava disponível, e os homens estavam mais que interessados. Ela descobriu que era boa em paquerar, em se divertir sem grandes complicações.

O celular apitou com uma notificação. O som a aborreceu. Depois de correr o dia todo, só queria um tempo sem fazer nada. Então viu uma imagem aparecer. Era uma chamada em vídeo de Caroline.

Está bem. Ela podia lidar com Caroline. Sierra aceitou a chamada.

— Oi, estranha.

— Oi, Sierra.

O rosto de Caroline apareceu. Atrás dela havia uma faixa de areia familiar, as ondas se arrastando na maré baixa.

— Esta é uma chamada de praia a praia — disse Sierra, girando a câmera para que Caroline pudesse ver.

— Nossa, que lindo! Onde você está?

— Na Praia do Descanso, na Ilha Catalina. Curtindo um momento de "meu trabalho não é uma merda".

— Que bom, Sierra! Suas postagens no Instagram são tão lindas. Estou feliz por você! — Caroline fez uma pausa. Seu rosto na tela não parecia exatamente feliz.

— Está tudo bem? Andei acompanhando as aparições das roupas da Concha na imprensa e vi a notícia da *pop-up* com a Eau Sauvage. Parabéns, garota! Uma jogada inteligente da Eau.

— Obrigada. Espero que dê certo. Então, é…

Sierra tomou um gole de seu drinque e procurou algo para dizer. Desde que ela havia partido de Oysterville, a amizade das duas se transformara em ocasionais curtidas nas mídias sociais ou em comentários curtos em uma postagem. Não era o mesmo que uma amizade genuína, cara a cara. Às vezes, Sierra pensava que isso poderia ter sido um sinal precoce de seu rompimento com Will. Quando estava na Marinha, ele se ausentava por meses e meses, e essa separação física inevitável tinha sido apenas o início de um distanciamento longo e lento.

Ela considerou perguntar sobre as crianças, mas se envergonhava de pensar que, se fosse sincera, não se importava muito com elas.

— Como estão as meninas do Clube de Costura?

— Ah! Estão bem, na medida do possível.

Caroline fez um breve resumo sobre algumas das mulheres do grupo, de sucessos edificantes a retrocessos desanimadores. Sierra odiava ouvir que uma mulher havia retornado a um relacionamento abusivo ou acabara em outro, mas acontecia.

— E Will? — Sierra fez a pergunta levemente, buscando um tom casual. Ela queria superar o passado por completo, mas parte dela ainda se agarrava a ele. — Com quem ele anda saindo nos últimos dias?

O queixo de Caroline caiu, e Sierra riu.

— Que foi? Acha que eu não ouço dizer o que acontece por aí? Não se esqueça de que minha mãe é a fofoqueira-mor da cidade. Ela sempre faz questão de que eu saiba tudo que está acontecendo com meu ex. Às vezes, acho que ela sofreu mais com o divórcio do que eu.

— Ah, sim... — Caroline desviou o olhar por um segundo. — Sierra, o motivo pelo qual eu liguei... Eu queria que você soubesse de uma coisa que aconteceu.

Sierra sentiu uma leve pontada de preocupação.

— Está tudo bem?

— Sim! Tudo ótimo! Digo, ninguém está doente nem nada ou... Nossa, que merda. Bem, liguei pra contar que eu e Will estamos juntos.

É claro que estão, pensou Sierra. Eles estiveram juntos todos os verões desde o início dos tempos. Os três eram inseparáveis. Que novidade.

— E?

— Quis dizer *juntos* — falou Caroline. — Droga, não estou explicando bem. O que aconteceu é que estamos apaixonados. Esse tipo de juntos.

Espera. O quê?

Sierra franziu a testa para a tela.

— Vocês estão apaixonados? — repetiu ela, tentando não engasgar com as palavras.

Sierra tentou imaginar os dois juntos. Apaixonados. Era como tentar imaginar uma quimera — uma coisa que não existia de verdade. A imagem não se formava. Sempre fora Will, Sierra e Caroline. Não Will e Caroline apaixonados.

— Eu quis contar antes que você ouvisse por outra pessoa — disse Caroline. — Não queria que você fosse pega de surpresa.

Surpresa? Aquilo era mais como levar um choque. Um soco no estômago. Ela tomou outro gole do drinque.

— Eu não sei o que dizer. — Ela tomou mais um gole. — Parabéns por transar com meu ex?

Caroline se encolheu de maneira visível.

— Eu não planejei isso, Sierra. Mas, quando começou a acontecer, percebi que era real e que não vai parar. Quero dizer, nós… Não é algo casual. É sério.

— Sério…

— Sério como se pudesse ser permanente.

Permanente… Sua melhor amiga e seu ex. O que deixava Sierra com… nada.

— E o que você quer de mim? — perguntou ela. — A porra da minha bênção?

— Não. Quer dizer, *não*! Você tem o direito de se sentir como quiser sobre a situação. Eu só queria que você soubesse por mim. Já fomos amigas, próximas como irmãs… E, quando voltei para Oysterville, nós recuperamos um pouco disso. Eu queria… Eu não quero perder você, Sierra.

— Tarde demais — retrucou Sierra. — Já perdeu.

Sierra encerrou a ligação, congelando Caroline, boquiaberta, na tela. Encarando o sol poente, ela bebeu mais um gole. O drinque agora tinha o gosto amargo de arrependimento.

E tudo aquilo, Sierra sabia, era culpa dela. Ela não havia suportado seu descontentamento em Oysterville. Entrara em pânico com a gravidez, considerando-a como uma âncora que a manteria lá para sempre, quando tudo o que queria era… todo o resto. Liberdade e independência. Um trabalho que não fosse uma merda. O mundo.

Isso, pensou ela, jogando o restante da bebida sobre o parapeito da sacada.

Vinte e oito

Caroline foi para Nova York com o coração cheio de esperança, convencida de que finalmente estava se recuperando. De que estava de volta ao jogo. De volta à passarela. Quando ela e Willow desembarcaram do trem na Penn Station e seguiram para o Hotel Ace, sentiu uma onda de empolgação.

O hotel permitiu um check-in mais cedo e Willow quis tirar um cochilo, mas Caroline estava inquieta demais para ficar parada.

— Vou dar uma volta — disse ela, ansiosa para se reconectar com o lugar que fora seu lar por tantos anos.

Decidiu dar uma volta pelo bairro que conhecia como a palma da mão — as lojas e bares, os mercadinhos, os prédios modernos colados a antigos armazéns de tijolo e pedra, as bancas de jornais e os carrinhos de comida de rua enchendo o ar com o cheiro de fumaça e cebola frita.

De repente, e de forma inesperada, a cidade pareceu estranha, confusa. Não era apenas o fato de ela ter viajado durante a noite e quase não ter pregado os olhos. Era o fato de que estava preocupada com o que havia deixado em Oysterville. As crianças — em breve seus filhos — estavam lá. Will estava lá. Assim como sua família, Lindy, o Clube de Costura e a Concha. Tudo o que amava. No curto período de um ano, seu mundo inteiro havia mudado.

E, no entanto, ela amava aquele trabalho também. Moda era a paixão de uma vida inteira e ela dedicava sua vida a dar forma a isso. Seu ateliê empoderava as mulheres que trabalhavam nele, fomentava autorrespeito e otimismo.

Como poderia querer as duas coisas ao mesmo tempo? Como poderia querer o amor e a alegria de uma família e, ao mesmo tempo, atender a um chamado que vinha da própria alma?

Ela passou pela antiga escola das crianças, o pátio cercado por uma cerca de arame e cheio de crianças correndo e rindo alto. Será que Addie e Flick pensavam sobre sua vida em Nova York? Que lembranças eles tinham de Angelique? Caroline se esforçava para falar com eles todos os dias sobre a mãe. Tinha milhares de fotos de Angelique em uma pasta, uma das modelos mais fotografadas do ramo. No entanto, apesar da vasta coleção, sempre haveria algo misterioso e inalcançável sobre ela — segredos e dores ocultas, perguntas sem resposta.

Alguns desses mistérios deviam ser o motivo para Angelique frequentar a igreja de Saint Kilda, a alguns quarteirões da escola. Talvez o lugar parecesse seguro para ela. Talvez houvesse um padre simpático. Começou a chover e Caroline levantou o capuz de sua jaqueta. Parou na frente da antiga igreja neogótica, pensando na amiga e desejando poder falar com ela, só mais uma vez. Guarda-chuvas apareceram e pedestres passaram apressados, mas Caroline ficou parada, lendo a programação de missas afixada perto da porta.

Uma mulher passou por ela e subiu os degraus, mas parou e voltou até Caroline.

— Você está procurando a reunião dos NA?

Aturdida, Caroline franziu a testa.

— Não, eu sou… Uma amiga frequentava essa igreja.

A mulher deu de ombros.

— Ah, tá. Mas, caso precise saber, há um encontro às dez e outro ao meio-dia. No salão de confraternização.

—- Espera! — Uma ideia surgiu em sua mente, e Caroline seguiu a mulher escada acima. — Talvez, quem sabe… O nome da minha amiga era Angelique. Ela, hum, ela morreu no ano passado. Teve uma overdose.

A mulher entrou na igreja. O hall era escuro e fechado, e cheirava a pedra antiga e flores frescas.

— Angelique?

— Você conhecia ela? Ah, acho que você não pode dizer… Mas ela era minha amiga, e agora estou criando os dois filhinhos dela.

A mulher estava na casa dos 40 ou 50 anos. Era esbelta e bem-vestida, e tinha os olhos cansados.

— Entre. É uma reunião aberta.

Uma hora depois, Caroline estava sentada na sala de reuniões quase vazia com uma mulher chamada Jody e um homem que nunca achou que veria novamente: Roman Blake. Jody fora a madrinha de Angelique no NA.

— Achei que tinha sido você — disse Caroline a Roman enquanto montavam as peças do quebra-cabeça que Angelique havia deixado espalhadas com sua partida. — Ela se recusou a dizer quem era o agressor, e eu pensei...

— Compreensível, acho — falou Roman. — A gente não fazia bem um ao outro, brigávamos muito. Mas eu me importava com ela. Eu me preocupava com ela ficar sóbria.

Uma lembrança surgiu.

— Eu vi vocês brigando uma vez — recordou Caroline, lembrando-se de Roman tentando encostar em Angelique e ela batendo na mão dele. — No Terminus, aquela balada que a gente ia.

Ele juntou os dedos, olhando para as mãos grandes e fortes.

— Eu lembro daquela noite. A gente não estava brigando. Ou talvez sim... A gente vivia brigando. Os dois viciados, os dois confusos — disse Roman, e olhou para ela. — Mas o coração quer o que o coração quer.

Jody atestou por ele.

— Todo mundo no programa sabe que namorar pessoas do grupo é uma péssima ideia, mas acontece.

— Pois é — falou Roman. — Eu sinto muito. Não me arrependo de amá-la. Sinto muito por não tê-la amado o suficiente para ir embora.

Caroline costumava achar que ele era bruto e malvado, com seus músculos enormes e tatuagens ameaçadoras. Mas talvez ela devesse ter olhado além do exterior.

— Então o que aconteceu naquela noite?

— Ela... Percebi que ela estava usando de novo, e estava tentando trazê-la de volta ao programa.

— Angelique chegou a mencionar outros caras? Namorados?

— Quando a conheci, ela disse que não estava saindo com ninguém. Disse que estava muito ocupada com os filhos e a carreira. Contou que um dos ex-namorados tinha ido para a reabilitação, e fiquei com a impressão de que ela não conseguia ficar longe dele, ou não conseguia manter ele longe.

— Angelique era minha amiga. Ela morreu na minha casa, e eu queria saber como isso aconteceu. Eu me sinto tão culpada por não saber que ela estava lutando contra o vício. Como não percebi isso?

— A história é diferente quando estamos falando de um usuário altamente funcional — explicou Jody. — Você não vê eles por aí empurrando carrinhos de compras pela calçada, dormindo na rua ou usando drogas em becos. Na verdade, alguns deles parecem incrivelmente bem-sucedidos. Talvez porque precisem trabalhar por muitas horas extras justamente para manter a aparência e alimentar seu hábito.

Uma nova imagem de Angelique surgiu. Ela fora capaz de esconder seus demônios de todos — até de si mesma. Por um tempo, pelo menos. Infelizmente, manter uma farsa como aquela não era nada fácil. Era perigoso. Ela estava tentando ficar sóbria para o bem dos filhos, mas algo a empurrara de volta. Caroline lembrou de novo das lâminas que sumiram de sua caixa de costura e de quando ficou sem papel-alumínio. Uma vez, notou pequenas tampas laranjas no lixo, mas nunca parou para se perguntar de onde tinham surgido. Agora, eram peças de um quebra-cabeça se encaixando.

— Gostaria de ter ajudado — disse ela, com a voz rouca de choro. — Os filhos dela estão muito bem. Mas ela nunca me disse quem era o pai deles. Ela contou para vocês?

Eles sabiam o mesmo que Caroline. Angelique tivera Flick aos 17 anos e Addie aos 18, quando morava no Haiti. Ainda havia tantas perguntas sem resposta, mas os novos vislumbres da vida secreta de Angelique preencheram algumas lacunas.

Depois de sair da igreja, Caroline caminhou alguns quarteirões até seu antigo prédio. Tentou o código da porta no caso de ser o mesmo.

Era o mesmo. Ela olhou ao redor do saguão. Lá estava o radiador barulhento que soltava vapor e superaquecia o lugar no inverno. A habitual pilha de folhetos, catálogos e jornais no chão. O cheiro forte de sopa. O dia em que encontrou Angelique morta lampejou em sua mente... O telefonema urgente da escola. A conta de luz no chão com uma marca de sapato. A porta destrancada, o silêncio sobrenatural do apartamento quando Caroline entrou.

No dia seguinte, quando o elevador da sede da Eau Sauvage as levou para o alto, Caroline sentiu uma leve tontura.

— Eu sonhei tanto com esse momento — disse para Willow. — Eu tinha tudo planejado na minha cabeça. Falar sobre o meu trabalho com uma empresa grande, planejar uma parceria. Agora que está realmente acontecendo, eu não sei se estou entrando em parafuso pelo nervosismo ou louca pela falta de sono.

— Vai ser incrível — assegurou Willow. — Olha só para nós. — Ela gesticulou para seu reflexo no espelho polido do elevador. Ambas usavam jaquetas da Concha enfeitadas com continhas de pingos de chuva. — *Nós* somos incríveis.

Ela havia enviado suas amostras, esperanças e sonhos para o escritório da Eau Sauvage. Tudo o que restava era conhecer a equipe e discutir os detalhes do lançamento. A sala de conferências estava cheia de energia criativa enquanto a equipe de marketing apresentava seus planos. Eles queriam saber sobre a jornada que a levara até ali, e Caroline contou sobre Oysterville e sua luta para lançar suas criações, e então explicou sobre o Clube de Costura.

— Nós amamos a sua história — disse um dos caras do marketing. — Um negócio criado por uma mulher que ajuda outras mulheres.

Caroline olhou para Willow e sentiu uma onda inesperada de emoção.

— Essas mulheres me ajudaram da mesma forma. Eu não teria feito nada disso sem elas.

Suas roupas foram apresentadas em uma tela grande na sala de conferências. Quando uma foto mostrando o detalhe da concha nautiloide apareceu, alguém disse:

— Você trabalhava com Mick Taylor, não é?

Caroline sentiu o estômago embrulhar.

— Sim, trabalhava. Por que a pergunta?

A funcionária, uma jovem com óculos em estilo olho de gato e três celulares, continuou:

— É que...

Jeanine, a desenvolvedora de produtos que estava conduzindo a reunião, interveio.

— Nós vamos precisar remover o logotipo de concha, Caroline — explicou ela. — Estamos lançando uma linha de bolsas do Mick Taylor, e a concha é muito parecida. É um detalhe pequeno, mas vai evitar confusão.

Caroline já tinha ouvido a expressão "sair fumaça pela cabeça" antes, mas nunca tinha sentido algo do tipo até aquele momento, enquanto olhava para uma série de fotos de bolsas chiques com seu logotipo. A pressão em sua cabeça aumentou à medida que os pensamentos corriam. Não era suficiente Mick ter roubado seus desenhos e tê-la acusado de plágio. Aparentemente, ele também havia se apropriado do logotipo dela. A sensação de violação a tomou, tão intensa quanto da primeira vez. Caroline se forçou a respirar e olhou para Willow, que fazia anotações em um bloco amarelo. Como Jeanine havia dito, era um detalhe, mas era o logotipo dela. O logotipo *dela*. Parte de sua identidade. A marca dela. E eles queriam que ela mudasse isso.

— Temos algumas ideias — disse a outra funcionária, clicando para o próximo slide. — A escolha é sua, é claro, mas preparamos um *moodboard*.

Caroline sentiu a cor se esvaindo do rosto e precisou reunir todo o seu autocontrole para não mandar tudo pelos ares, recusar o contrato e ir embora. Por algum milagre, ela conseguiu controlar a língua. Willow foi a profissional perfeita e disse ao grupo que elas entrariam em contato sobre os detalhes finais. Caroline conseguiu se conter até saírem do prédio, e só então extravasou sua raiva.

— O cara rouba a minha carreira, e agora isso?!

— Que merda — concordou Willow. — Manter o logotipo é um fator decisivo para você?

— Eu gostaria de poder dizer que sim, mas essa ainda é uma oportunidade enorme para mim. Para *nós*. Quando penso no panorama geral, preciso pensar no Flick e na Addie. Eles dependem de mim. E todas nós que trabalhamos na Concha precisamos de nossos empregos. E então penso em todo o esforço que dediquei a esse empreendimento. No meu saldo bancário quase no vermelho. A verdade é que preciso mais da oportunidade do que manter um detalhe nas minhas roupas. Se eu tiver que mudar o logotipo, acho que não vai ser o fim do mundo.

Willow a olhou, pensativa.

— Bem, mas é meio assim que começa. A gente aceita, faz concessões, deixa eles nos diminuírem pouco a pouco. Lentamente eles vão erodindo a marca, só que a gente não racionaliza isso, diz a si mesma que é para um bem maior.

Caroline ouviu ecos da história de Willow. Embora o caso dela fosse sobre um casamento, não um trabalho, havia semelhanças: deixar um homem roubar coisas que eram dela por direito. Aceitar a injustiça porque lutar parecia muito difícil. Fugir do confronto em vez de se defender. Era tudo parte dos assuntos que ela ouvira no Clube de Costura de Oysterville. Agora era a vez dela se perguntar: o que ela havia aprendido de verdade?

— Te vejo no hotel — falou ela.

Caroline entrou na sede da Mick Taylor. Era estranho estar de volta ali, onde havia passado tantas horas criando. Ela costumava sentir uma sensação de deslumbre, até uma espécie de veneração por ter um trabalho tão cobiçado.

Agora, no entanto, sentia apenas a pontada afiada de raiva enquanto subia a escada principal, passava pelo lema de merda da empresa que enfeitava a parede em estilo Basquiat, ignorava a recepcionista e seus protestos e encontrava Mick em seu escritório elegante com paredes de vidro. Uma pequena equipe estava na sala de conferências adjacente, tendo uma reunião com a diretora de design.

Mick ergueu os olhos da tela do computador e a olhou com uma leve careta.

— Precisa de alguma coisa?

Ela não sabia dizer se a ignorância dele era fingida ou não.

— Caroline Shelby. Sabe, aquela de quem você roubou uma coleção...
— Desculpe, o quê?

Rilla Stein entrou no escritório. A antiga mentora de Caroline nem sequer a olhou. Ela se inclinou e murmurou algo para Mick. Algo que soou como "vou chamar a segurança".

— Ah, agora me lembrei — falou Mick, oferecendo seu encantador sorriso de tio favorito.

Ele dispensou Rilla com um aceno.

— Volte para sua reunião. Eu cuido disso.

Rilla hesitou, olhando para Caroline.

— Tem certeza?

— Tenho. Feche a porta ao sair. — Depois que Rilla se retirou, ele olhou Caroline com um olhar longo e avaliador. — Achei que tivéssemos resolvido esse problema.

— Achei que você ia parar de me roubar, mas você continua usando meu logotipo em uma linha de bolsas para a Eau Sauvage — retrucou Caroline. — De quem você roubou os modelos, aliás? Precisa de mais alguma coisa, Mick? Algumas ideias pra sua próxima coleção de outono, talvez? Meu primogênito?

Ele parecia assustado com ela, talvez porque ela não fosse mais a jovem estilista intimidada e impotente que fugira de Nova York com o rabo entre as pernas. Então, ele endureceu a expressão e se inclinou para a frente na cadeira.

— O pessoal da Eau Sauvage sabe que você trabalhava para mim. Eles sabem que você foi ridicularizada por ter copiado meus designs.

— E, ainda assim, estou prestes a fechar um acordo com eles. — Ele piscou, confuso, e ela podia jurar que o havia chocado de novo. — Diga o que quiser — acrescentou ela. — E eu também vou. Vou contar a verdade.

— É melhor você ir embora, Caroline — disse Mick. — E garanto que sua vida será mais fácil se você também encerrar suas negociações com a Eau Sauvage.

Ele abriu mais um sorriso gentil, um sorriso que Caroline agora sabia que escondia uma víbora. Com um ar relaxado, ele se inclinou para trás e cruzou os tornozelos sobre a mesa. Enquanto observava a postura dele, algo a incomodou. Uma lembrança passou por sua mente e desapareceu. Então voltou com tudo, concretizando-se em uma suspeita doentia.

— Você esteve no meu apartamento no dia em que Angelique morreu.

— Não faço ideia do que você está falando — falou ele. — E agora realmente é melhor você ir embora.

Caroline se manteve firme.

— Ela morreu de overdose na minha casa.

Mick se levantou e saiu de trás da mesa.

— Aham, uma tragédia que não tem nada a ver comigo.

Mick caminhou até a porta e fez um gesto para ela sair.

— Sai daqui. *Agora.*

Ela notou as pequenas gotas de suor em sua testa e lábio superior. Notou sua camisa fora da calça feita sob medida e suas botas de alta costura superincríveis da Cia de Sapatos Apiário. O solado de todos os sapatos da marca tinha um design de favo de mel. No dia em que Angelique morreu, Caroline tinha visto uma marca igual em um papel no chão, um detalhe que só alguém do mundo da moda poderia reconhecer.

— Você era o agressor dela — disse Caroline, com a voz baixa e trêmula pela constatação espantosa. — Depois que saiu da sua reabilitação. Eu sei o que você fez com ela.

Mick deu um passo em direção a ela, seus olhos como cacos de gelo, e ela sentiu uma onda de pânico, lembrou dos hematomas de Angelique. Ele agarrou a maçaneta da porta. Aquelas mãos, pensou Caroline. Eram aquelas mãos que haviam espancado sua amiga? Fora aquela raiva que fizera Angelique fugir naquela noite?

— Dá o fora daqui. — O tom baixo da ordem a deixou ainda mais nervosa.

— Ah, pode deixar que vou dar o fora, sim. E vou direto para a polícia te denunciar.

— Pelo quê? Você é uma mentirosa, uma ex-funcionária que só quer vingança do ex-chefe. Em quem eles vão acreditar? A cidade inteira me conhece. Meu nome é Mick Taylor, garota!

Ele estava muito perto agora, praticamente apertando-a contra a porta.

— E o meu é "seu pior pesadelo". Eu já disse isso antes, mas acabei deixando pra lá. Pode apostar que não vou deixar barato dessa vez.

Ele sorriu — o sorriso afável do Mick Taylor que todos conheciam e amavam.

— Você não vai querer se meter comigo — continuou ele em um tom amigável. — Experimente, e vai se arrepender para caralho...

— Ah é? E o que você vai fazer? — exigiu ela. — Vai me bater, também?

Daria cumprimentou Caroline com um "Shhh, o bebê está dormindo", seguido de um abraço e um gritinho.

— Ai meu Deus! Como é bom te ver! Quero saber de tudo! Desembucha!

— Você está maravilhosa, Daria. A maternidade combina com você — elogiou Caroline.

Daria usava uma túnica da Crisálida, um dos protótipos da finada coleção. O tecido brilhante envolvia sua figura agora esbelta como um casulo, e o detalhe da concha nautiloide no ombro escondia um fecho para a hora da amamentação.

— Eu adoro — disse Daria. — Vivo exausta, mas não poderia estar mais feliz.

Ela levou Caroline até uma pequena bancada na cozinha, que estava cheia de brinquedos para morder, pacotes de lenços umedecidos, caixas de papinhas orgânicas e pilhas de correspondência fechada.

— Tenho água mineral e... água mineral. Desculpe, o Layton está fora da cidade e eu não tive tempo de ir ao mercado.

— Nesse caso, água mineral.

— Pelo menos é com gás.

Daria serviu a água enquanto Caroline lhe dava alguns presentinhos para o bebê.

— Uma jaqueta de chuva e a camiseta de super-herói — disse ela, erguendo. — Ela vai crescer em breve.

— Que lindo, obrigada, querida. Eu mesma gostaria de ter um superpoder: a capacidade de limpar a casa enquanto durmo. — Ela ergueu o copo de água borbulhante. — A você, minha amiga. Estou seguindo as redes da Concha e não estou surpresa por ser tudo tão fabuloso. Aquela matéria que saiu na *Vogue* com a Cat Willoughby. Fala sério!

— Não é? Foi um golpe de sorte. Agora estamos correndo para fazer as roupas tão rápido quanto as encomendas.

Caroline contou sobre o acordo com Eau Sauvage e recebeu um "bate-aqui" da amiga.

— Toma *essa*, Mick Taylor — disse Daria. — Sabe, nunca mais trabalhei para ele depois do que ele fez com você.

— Engraçado você ter falado dele — falou Caroline. — Ele também tem uma parceria com a Eau Sauvage. Bolsas que ele afirma ter desenhado, mas vai saber, né? Uma das coisas boas de trabalhar no anonimato é que ele pensou que eu tinha ido embora, sumido. E ele não pode roubar o que não pode ver.

— E agora você está no centro das atenções de novo. Aposto que ele ficou maluco de raiva. Essa é a melhor vingança.

— Eu não quero vingança. Ou não queria. Acontece que descobri outra coisa sobre Mick Taylor. Algo muito pior. Ele era o agressor de Angelique, e tenho certeza de que ele teve algo a ver com o vício dela.

Daria ficou boquiaberta.

— O Mick? Sério? Não sei não, Caroline. Ele é um imbecil por ter roubado suas criações, mas disso para bater em mulher? E Angelique, ainda por cima?

— Exatamente por ser tão louco que eu não tinha percebido até agora. Todo mundo achou que tinha sido Roman ou algum outro cara que ela se recusou a revelar. Mas adivinha? Estive com Roman e descobri algumas coisas.

Ela explicou sobre as reuniões na igreja e o que havia aprendido com a madrinha de Angelique.

— Meu Deus, isso é tão triste! Eu me sinto horrível por não ter percebido tudo isso antes. Mas como você sabe que o Mick esteve com ela naquele dia?

— Por um detalhe muito pequeno. Os sapatos dele. — Daria franziu a testa. — Ele estava usando sapatos da Apiário, que são, tipo, mil dólares o par. No dia em que Angelique morreu, alguém com sapatos da Apiário esteve no meu prédio. Eu vi a marca do solado em um papel no chão enquanto subia a escada. Na época, não dei muita importância, mas hoje o vi com esses sapatos e pensei no fato de que ninguém no meu prédio usaria sapatos de mil dólares. E então lembrei que Mick tinha ido para a reabilitação. Ele negou tudo, óbvio. Até tentou me fazer pensar que eu estava louca. Disse que eu seria considerada uma mentirosa tentando espalhar rumores sobre meu ex-patrão.

— Você contou à polícia?

— Liguei e fiz uma denúncia. Mas como não testemunhei nada diretamente, eles ficam limitados. Sem vítima, sem crime. E é o Mick Taylor, o maldito Mick Taylor que me expulsou do escritório dele quando o acusei. O cara pode pagar os melhores advogados da cidade.

— É, o cara é um pesadelo, e você tem razão, é pior do que eu pensava. O que a gente pode fazer?

Caroline contou a ela sobre o Clube de Costura e as coisas que havia aprendido.

— Agressores não param na primeira vítima. É um hábito arraigado, especialmente em um cara com tanto poder e status, um cara que está se safando disso provavelmente há décadas.

— Você está querendo dizer que existem outras mulheres?

— Com a morte de Angelique, ele certamente deve estar assediando outra pessoa. Outras modelos. Outras estilistas. Estagiárias e assistentes. Se eu encontrar essa pessoa, falar com ela, talvez a gente consiga alguma coisa.

— Não sei, Caroline. Parece um tiro no escuro.

— E é. Mas talvez eu também tenha um superpoder. Eu sei como organizar um grupo de mulheres.

Vinte e nove

Fazia só alguns dias que Caroline estava fora, mas Will já estava morrendo de saudade. Ele morria de saudade dela até quando ficavam algumas *horas* sem se ver. Meu Deus, estava de quatro por ela. Mas era tão, tão bom... Caroline estava fazendo milagres com o que sobrara dele após o fracasso triste e longo de seu casamento com Sierra. Ela o fazia sentir aquele tipo de amor de "andar nas nuvens", como na época da escola, só que ainda melhor, porque ele sabia exatamente o que o sentimento era e o que não era.

Era o tipo de relação genuína e profunda que ele havia desejado por toda a vida, talvez mesmo sem saber o quanto precisava daquilo.

Não era uma simples quedinha. Não era o que sua avó chamava de "paixão passageira". Nada disso. Aquilo era tão firme quanto o chão em que pisava. Não ia passar. Só ficaria mais forte e mais profundo dia após dia. Saber disso era um grande alívio, porque, depois do divórcio, Will tivera dúvidas se encontraria um amor como esse, um amor de livros e filmes.

Relembrando o passado, ficava impressionado com o longo e tortuoso caminho que a história dele e de Caroline havia tomado. Ele se lembrava de cada momento com ela, desde quando eram crianças. Essas lembranças eram tão claras quanto o nascer do sol, e envoltas em felicidade. Às vezes, ele se lembrava daqueles dias e se perguntava por que não tinha percebido que amava aquela garota desde o primeiro dia em que se viram.

Após o incidente na África, um psicólogo disse — em um contexto completamente diferente — que as coisas aconteciam em seu próprio tempo. Será que era por isso que o amor de sua vida havia estado bem na frente do seu nariz por décadas, e ele simplesmente não o reconhecera?

A viagem de Caroline para Nova York solidificou algo em que ele vinha pensando o tempo todo. Quando ela enviou uma mensagem dizendo que estava de volta, Will deixou seu assistente encarregado dos treinos e foi direto para a casa dos pais dela. Ela apareceu na porta quando ele estava saindo do carro e voou para os braços dele.

— Olá — cumprimentou ele, seu coração se enchendo de alegria enquanto sentia o cheiro do xampu dela.

Um segundo depois, percebeu que ela estava chorando.

— Ei, o que foi? A reunião em Nova York foi ruim?

— Foi boa e ruim — respondeu ela. — É uma longa história.

— Eu tenho o dia todo. Entra.

Will segurou a porta do carro aberta para ela. Ao sair da garagem, Will viu Dottie na janela.

— Minha mãe é um anjo — declarou Caroline. — Não sei o que seria de mim sem ela. Não teria uma casa para morar nem com quem deixar as crianças.

Ele dirigiu até o centro de Long Beach, onde o comércio já estava fechando, e seguiu para o sul, para as trilhas arborizadas e os faróis no topo do penhasco. Enquanto manobrava o carro no estacionamento deserto da guarda costeira, ela sorriu e murmurou:

— É o nosso lugar.

— Onde tudo começou.

Eles caminharam até a escarpa rochosa na ponta do Cabo da Decepção e ficaram sentados olhando as ondas. O céu estava nublado, o oceano de um cinza-ferro impenetrável.

— Foi muito estranho voltar a Nova York, Will — falou ela. — Passei quase metade da minha vida lá, mas, de certa forma, parecia que tinha chegado lá pela primeira vez. O acordo com a Eau Sauvage está avançando, então está tudo bem. Willow foi incrível na reunião. Também encontrei algumas pessoas que conheciam Angelique.

Will a abraçou e a deixou falar. Ela havia descoberto algumas verdades difíceis sobre a mãe das crianças, incluindo o fato de que seu agressor era o mesmo Mick Taylor que roubara o trabalho da vida de Caroline.

— O cara tem ainda mais esse lado oculto, então eu e uma amiga, Daria, estamos atrás de mulheres que tenham trabalhado ou ainda trabalhem com ele. Modelos, estagiárias e assistentes. — Ela abraçou os joelhos e olhou para o horizonte. — Tentei convencê-las de que era seguro falar, disse que o jeito que ele trata as pessoas é errado.

Will analisou o perfil dela. Caroline era tão linda para ele, determinada e vulnerável ao mesmo tempo.

— Deixa eu adivinhar, ninguém quis denunciar nada.

Ela assentiu, soltando um suspiro.

— O mundo da moda é difícil para todo mundo, mas especialmente para as mulheres. Estão todas desesperadas para se estabelecer. Muitas delas trabalharam a vida toda para chegar a Nova York, e lá estava eu, uma estranha, dizendo para apontarem o dedo para um cara que pode acabar com a carreira delas do jeito que acabou com a minha. Eu fui ingênua, pensando que possíveis vítimas poderiam ajudar. Ninguém vai se jogar na frente do ônibus por minha causa. Elas têm contas a pagar. Algumas provavelmente têm filhos. Ninguém pode se dar ao luxo de se arriscar. Antes de tudo isso acontecer, eu provavelmente teria feito o mesmo. Eu fui embora depois que ele me plagiou, né? E agora estou pedindo para elas ficarem e lutarem?

— Você está sendo muito dura consigo mesma.

— Eu estou sendo realista. Assim como todo mundo, eu tenho acompanhado o movimento #MeToo. Aposto que todas nós gostaríamos de poder ir em passeatas e fazer denúncias, mas a vida real é diferente. Nossas contas são reais, e precisamos de empregos reais.

Will não tinha como contra-argumentar. Mesmo com o movimento atual, era idealista apontar o dedo e denunciar homens abusadores e exploradores. Tudo parecia incrível nas redes sociais e nas notícias, mas os protestos não pagavam as contas. Ele viu a mesma coisa acontecer nas Forças Armadas e na área da educação — as mulheres ficavam caladas em vez de arriscar suas carreiras.

— Como posso ajudar?

Ela se virou para ele e lá estava aquele sorriso, o que iluminava todo o seu rosto.

— Você já está ajudando.

Caroline deu um beijo na cabeça das crianças e as mandou ir para a calçada esperar o ônibus escolar. Era o primeiro dia sem a prima Fern, porque Virginia havia comprado uma casa no extremo sul da península, seguindo em frente em sua vida pós-divórcio.

— Quando foi que dar um beijo de despedida nos meus filhos começou a parecer algo tão corriqueiro? — perguntou ela à mãe, que estava fazendo um segundo bule de café.

— Você é uma mãe natural.

— Não sou, mas você é uma ótima professora. Sério, mãe, não sei como agradecer a você e ao papai. Agora que a Virginia se mudou...

— Você quer se mudar para o apartamento da garagem?

— Seria ótimo, mas o que eu quero é ser independente de novo. Sustentar a mim *e* às crianças.

— Não tenho dúvidas de que você vai conseguir, querida — falou sua mãe, entregando-lhe uma caneca de café fresco. — Mas não precisa ter pressa. Adoramos ajudar com as crianças. Leve o tempo que precisar. Pode estar muito cedo para falar isso, mas você e o Will estão ficando bem próximos, né?

Por favor, não diga o quanto, pensou Caroline.

— Estou muito feliz por você — continuou sua mãe. — Ele é uma ótima pessoa, e você fica... diferente perto dele. De um jeito bom.

— Fico? Como?

— Ele te ilumina, é muito bom de ver.

Caroline olhou para as dunas castigadas pelo vento através da janela.

— É estranho estarmos juntos? Eu e o ex-marido da Sierra? Encontrei a mãe dela outro dia, e ela praticamente me acusou de ter sido a causa do divórcio. Ela disse que se eu não tivesse voltado, eles ainda estariam juntos.

— A mãe de Sierra provavelmente sente falta da filha, e ela está de luto. Ela sabe tão bem quanto você e eu que não foi seu retorno que acabou com o casamento de Sierra.

— Mas a situação deve parecer incrivelmente suspeita. Para ser sincera, essa era a última coisa que eu esperava.

E a questão é que Caroline estava tão apaixonada por Will Jensen que não conseguia nem raciocinar. No entanto, andava se perguntando se ele já estava se arrependendo de sua nova relação. Ela vinha com duas crianças, uma empresa ainda em crescimento e um processo de adoção complicado. Era muito bagagem para um relacionamento novo...

Caroline abriu o notebook e verificou a caixa de entrada de e-mail. A lista era sempre enorme nos últimos tempos. Naquela manhã, uma das mensagens incluía uma série de documentos anexados da assistente social que a estava ajudando na adoção. Sentindo uma pontada de apreensão, ela abriu um e-mail com "Importante" no nome.

As palavras na tela borraram diante dos olhos de Caroline. Sentiu o estômago embrulhar e uma onda de terror a perpassar. Ela deve ter feito algum tipo de barulho, porque a mãe largou tudo e foi até a mesa.

— O que aconteceu?

Caroline conseguiu recuperar o fôlego.

— Tem... Mãe, tem um problema com a adoção.

— Como assim um problema? A audiência está no calendário e já temos a festa toda planejada. O que poderia dar errado agora? Meu Deus, você está branca como um fantasma, Caroline! Tem a ver com a imigração das crianças?

Caroline quase caiu em prantos enquanto tentava encontrar sua voz.

— O pai das crianças não renunciou aos direitos parentais.

Trinta

Caroline saiu do carro em frente ao tribunal do condado de Pacific, tentando fazer os joelhos pararem de tremer. O edifício com teto em abóbada, de 1910, ficava de frente para a baía com uma simetria impressionante, e seu formato blocado dominava os jardins circundantes e o estacionamento lotado. Havia ainda mais carros estacionados na estrada e várias vans de noticiários cheias de equipamentos, as equipes estendendo cabos e câmeras.

O que deveria ter sido um simples caso de adoção virou algo muito maior. Caroline mal pregou os olhos nos dias que antecederam o confronto.

Flick e Addie saíram do banco de trás e Virginia foi estacionar o carro. O pesadelo que havia começado com a reivindicação dos direitos parentais se estendeu para sua casa, seu coração, seus sonhos.

Caroline não tinha condições de pagar um advogado, então seus pais pagaram um adiantamento para uma advogada especializada em direito de família. Todos sabiam que Caroline precisaria de toda a ajuda possível.

Theresa Bond, a advogada, aconselhou Caroline a levar as crianças à audiência. Caroline tentou explicar a situação para as crianças de uma forma que conseguissem entender. Mas elas não entenderam.

— A *maman* sempre disse que a gente não tem pai — insistiu Flick.

— Eu não quero um pai — declarou Addie. — Eu só quero você.

Caroline segurou a mão das crianças na frente do prédio e rezou para que elas não percebessem como a mão dela estava fria. Estava completamente apavorada. Tinha prometido às crianças repetidamente que as manteria seguras. E agora essa promessa estava em perigo.

A justiça quase nunca rescindia os direitos de um pai biológico contra a vontade desse pai. *Quase* nunca.

Caroline estava se agarrando ao "quase".

Um SUV reluzente com janelas escurecidas parou no meio-fio. Do veículo saíram dois homens com maletas, seguidos por Rilla Stein e Mick Taylor. Flashes das câmeras piscaram e jornalistas fizeram perguntas. Era bizarro vê-los ali na extremidade do país, claramente desconfortáveis fora de Nova York.

Mick Taylor era o pai das crianças. Um teste de DNA havia confirmado. Caroline ainda estava em choque. As crianças tinham nascido no Haiti, então ela presumiu que o pai fosse de lá. No entanto, agora era impossível não reparar que o nariz de Flick era ligeiramente aquilino, e talvez os olhos de Addie fossem de um certo tom de azul. Segundo os documentos da equipe jurídica de Mick, Angelique nunca contara a Mick que os filhos eram dele.

Caroline não tinha nada a dizer a ele ou a qualquer membro de sua comitiva enquanto passavam, perseguidos por repórteres e fotógrafos. Mick havia encontrado o calcanhar de Aquiles dela. A única coisa que poderia derrubá-la. Embora os casos de custódia geralmente corressem de forma lenta pelo sistema, a poderosa equipe jurídica de Mick havia garantido uma liminar contra o pedido de adoção de Caroline.

Addie soltou um pequeno guincho, quase inaudível. A garotinha estava olhando para Mick, e um pequeno fio de xixi escorreu por sua perna.

— Ai, querida — sussurrou Caroline. — Vamos entrar, está bem?

Com as duas crianças a tiracolo, ela jogou sua bolsa no scanner de segurança e encontrou um banheiro.

— Vamos limpar você, meu amor — disse ela, tirando a calcinha, os sapatos e as meias de Addie.

Ela lavou as coisas na pia e as secou no secador de mãos. Enquanto ajudava a garotinha a se vestir novamente, encarou os olhinhos assustados.

— Você está bem? Alguma coisa te incomodou? — Addie manteve os olhos no chão. — Consegue me dizer o quê, meu amor?

Addie negou com a cabeça.

— Eu não quero ir lá.

O coração de Caroline quase explodiu. A garotinha tinha se assustado ao ver Mick.

— Eu seguro sua mão. Você pode se sentar entre a vovó Dot e o vovô Lyle. Não vamos sair do seu lado.

Ela rezou para que não fosse uma promessa vazia.

Caroline e as crianças saíram para o saguão, e ela ficou chocada com o tamanho da multidão esperando para entrar no tribunal. Seus pais e irmãos, é claro. Um contingente do Clube de Costura. A equipe do restaurante. Vizinhos que a conheciam da vida toda.

E Will. Em um terno sob medida que mostrava sua postura militar impecável.

Caroline tentou não desabar enquanto se juntava à advogada e entravam no tribunal. A rotunda interior era grandiosa e intimidadora, com duas escadas em caracol e uma enorme cúpula de vitral que brilhava do alto do piso de mosaico. Ela estava entorpecida de medo enquanto caminhava até seu assento. Encontrou o olhar de Will, mas o momento foi breve. Quando Caroline ficara sabendo da notícia, Will a segurou em seus braços e a deixou desabafar. "Ele não quer as crianças", falou ela, enraivecida. "Ele quer vingança."

Ela não tinha percebido o que tinha iniciado no dia em que confrontou Mick em Nova York.

Seus amigos e familiares encheram o tribunal. Addie e Flick sentaram com seus pais, e ela e a advogada se sentaram à mesa. Caroline lançou um olhar para o outro lado. Lá estava Mick, com um novo corte de cabelo e um terno conservador, cercado por uma equipe de advogados e a sempre presente Rilla, ansiosa como um rato sentindo cheiro de comida.

Todos se levantaram quando o juiz entrou. Theresa havia dito que não podia prever o que o juiz Rudolph faria. Ele tinha a reputação de ser impaciente e conservador, o que poderia ou não ser bom para Caroline. Ele não tinha sido o juiz responsável pelo processo inicial de adoção, e isso, Theresa admitiu, não era o ideal.

— Não gosto de surpresas — disse o juiz. — E não gosto de confusão, principalmente em um caso envolvendo crianças. Essa adoção foi apresentada como um caso simples e desimpedido. E agora temos o sr. Taylor tentando fazer valer seus direitos paternos para com Francis e Adeline Baptiste. Correto, sr. Taylor?

Mick olhou para seu advogado e disse:

— Sim, correto.

— E por outro lado, temos a sra. Shelby, a guardiã legal das crianças, que deseja se tornar a mãe adotiva. Correto?

Rudolph olhou para Caroline.

— Sim, Meritíssimo. Eu sou a guardiã em tempo integral desde que a mãe delas faleceu no ano passado, e...

— Eu li o depoimento — cortou o juiz com um aceno de mão. — Vou designar um guardião *ad litem* para ser o advogado das crianças, porque o mais importante é o bem-estar delas. Ouvirei os dois lados, mas provavelmente não tomarei uma decisão hoje.

Mick rabiscou uma nota para sua equipe de advogados em um movimento rápido e impaciente da caneta.

Uma das advogadas se levantou e cruzou as mãos com recato. Ela usava óculos de arame estilo Mamãe Noel e seu cabelo branco estava preso em um penteado conservador. Seu sorriso era doce e um pouco ingênuo. Caroline não tinha dúvidas de que tinha os instintos de um tubarão.

— Como o teste de DNA mostra inequivocamente, Meritíssimo, Michael Taylor é o pai biológico de Adeline e Francis, e ele não renunciou a seus direitos parentais. Este homem fundou um império da moda e tem os recursos e o coração para dar a elas um lar seguro e feliz.

Theresa ficou de pé.

— Meritíssimo, o sr. Taylor nunca reconheceu a existência das crianças ou deu a essas crianças qualquer tipo de apoio...

— Porque a mãe escondeu a existência delas — disse um dos advogados de Mick. — Infelizmente, Angelique Baptiste era uma viciada. Além de imigrante ilegal, assim como as crianças. O status delas é questionável...

— Meritíssimo — disparou Theresa novamente. — O próprio fato de o sr. Taylor permitir que seu representante fale dessa maneira na frente das crianças indica o quão pouco ele se importa com o bem-estar delas.

A mãe de Caroline já estava saindo do tribunal com Flick e Addie. Ela parou na porta, falou brevemente com o oficial de justiça e saiu.

Quando questionado por que nunca tinha se oferecido para sustentar as crianças, Mick afirmou que nunca as conheceu e não sabia suas idades. Ele alegou que Angelique era promíscua e que tinha a fama de se relacionar com vários parceiros.

— Dadas as alegações — interveio Theresa —, como o sr. Taylor supôs que ele era o pai das crianças?

O advogado de Mick estava claramente preparado para a pergunta.

— Ele viu a foto das crianças em um artigo falando sobre o recente sucesso de Shelby. A semelhança é bastante notável, não?

Caroline sentiu como se fosse uma bomba prestes a explodir. Ela começara tudo aquilo quando Orson publicou uma matéria cheia de fotos sobre a Concha e sua vida na península.

Ela estava louca para apontar o dedo para Mick e expô-lo como um homem violento e abusivo. Sua advogada a aconselhou a não irem por esse caminho porque não dispunham de nada além de boatos. A Justiça caminhava apenas baseada em fatos, e a equipe de Mick rasgaria qualquer teoria em pedaços.

No entanto, Theresa tinha alguns fatos irrefutáveis.

— Com base na data de nascimento do Francis, sabemos que Angelique tinha 17 anos quando ele nasceu. Isso significa que ela tinha 16 anos quando o sr. Taylor a engravidou. E apenas 17 anos quando ele foi pai de seu segundo filho. A idade de consentimento no Haiti é 18 anos, então considera-se que o sr. Taylor cometeu crime de estupro presumido.

— Meritíssimo, isso é uma tentativa de difamação — falou a advogada maternal de Mick.

Com doçura e gentileza, a mulher explicou que, durante uma sessão de fotos de alta moda em uma praia haitiana, Angelique havia dito a Mick que tinha 19 anos, e eles se apaixonaram e tiveram um caso. No entanto, Angelique infelizmente tinha uma natureza promíscua. Quando chegou a Nova York com seus filhos pequenos, todos pensaram que o pai era alguém de sua terra natal, o Haiti.

E, aparentemente, não era o suficiente destruir a reputação de Angelique. Caroline logo descobriu o motivo da presença de Rilla Stein.

— A sra. Shelby era funcionária do sr. Taylor — Rilla explicou ao juiz. — A parceria acabou mal quando ela plagiou as criações dele e as apresentou como suas.

As palavras explodiram como tiros nos ouvidos de Caroline. Ela sentiu uma onda de náusea. Do outro lado do corredor, Mick posava de vencedor ferido, mas magnânimo. Caroline se viu retratada como uma subalterna mesquinha e vingativa que havia copiado projetos do ex-chefe e procurava puni-lo roubando seus filhos.

— Há alguns aspectos preocupantes nessa situação... — falou o juiz. — No entanto, o Estado tem o dever de honrar o progenitor biológico...

Ele levantou o martelinho e estava prestes a batê-lo quando a tela do celular de Theresa acendeu e ela se levantou rapidamente.

— Um momento, Meritíssimo. Minha colega está aqui com informações adicionais.

— Você não me ouviu, srta. Bond? Eu não gosto de surpresas.

— Sim... eu entendo e peço desculpas. — disse Theresa devagar, como se tentasse atrasar o fim da sessão. — Sei que desculpas não são o suficiente.

O advogado de Mick reconheceu a estratégia, e a advogada-Mamãe Noel também ficou de pé.

— Por favor, Meritíssimo, isso é simplesmente um...

A porta nos fundos da sala do tribunal se abriu, oferecendo um vislumbre de repórteres ansiosos e curiosos. Willow entrou e correu para Theresa, entregando-lhe uma pasta. Com um gesto impaciente da mão, o juiz pegou a pasta e examinou os documentos. Um momento depois, ele olhou para os advogados com um rosto pétreo.

— Vamos para a minha sala — declarou ele. — Teremos um recesso de meia hora.

Caroline estava quase tendo um ataque de pânico. Ela saiu por uma porta lateral do tribunal e se refugiou em uma sala de conferências próxima, escura, fechada e cheia de sombras. Virando-se para a janela, apertou a barriga e tentou controlar a respiração. Ela ia perder seus filhos. O juiz estava prestes a entregá-los ao homem que agredia a mãe deles. Ela já estava planejando maneiras de fugir com Addie e Flick, de se esconder, de…

Alguém entrou na sala de conferências. Ela se virou e se viu cara a cara com Mick.

Ela endireitou a coluna e o encarou.

— O que você quer?

— O juiz pediu um recesso — disse Mick. — Decidi esperar aqui.

— Não. O que você quer com tudo isso? O que vai ganhar com essa história? Você não quer as crianças.

— Eu avisei a você em Nova York: desista do acordo com a Eau Sauvage. Admita que mentiu quando me acusou de bater em Angelique.

— Nunca. Eu não faço acordos com abusadores mentirosos.

— Então é melhor você apresentar as crianças ao novo papai delas.

Um calafrio percorreu seu corpo.

— Sério, o que vai fazer você ir embora?

— Está tudo bem aqui? — Will apareceu na porta, seu olhar fixo em Caroline.

— Quem é você? — disse Mick de forma explosiva, sentindo-se corajoso. — Esta é uma conversa particular. Dê o fora.

— Ah, meu camarada — falou Will baixinho. Sua postura estava relaxada, mas a voz vibrava com o tom de ameaça. — Você não quer arranjar briga comigo.

Caroline não tinha dúvidas de que Will aplicaria todo o seu conhecimento de combate em um piscar de olhos. O que seria incrível e gratificante, mas não ajudaria em nada.

— Mick vai abrir mão de seus direitos como pai, não é, Mick? — disse ela, encarando-o.

Ele a fitou de volta.

— Já disse as minhas condições. Aceite ou perca.

Ela sentiu uma onda de pânico. Se concordasse em abrir mão do acordo provisório com a Eau Sauvage, a Concha afundaria. Se não denunciasse os abusos dele, estaria traindo tudo o que o Clube de Costura de Oysterville representava: acreditar nas mulheres, fazendo-as se sentirem ouvidas e vistas.

Mick estreitou os olhos e repetiu:

— Aceite ou perca.

Mick queria que ela desistisse da própria reputação para salvar a dele. Ele queria destruir a integridade dela junto com tudo o que ela havia construído: seu negócio, seu sustento, a chance de ajudar as mulheres que a ajudaram a construir a Concha. Ele queria deixá-la sem nada, como quando havia plagiado suas criações. Estava sugerindo que o único jeito de ficar com as crianças era fechar os olhos para as ações de um homem abusivo e violento que desencadeara a sucessão de eventos que levaram à morte de Angelique.

Vai se foder! Era isso que Caroline queria dizer a ele. Para aquele homem metido, sexista e misógino. Aquele homem que havia a violado, tirado seu poder, sua força.

Então ela pensou em Addie, que fez xixi nas calças ao ver Mick. Ela poderia denunciá-lo e arriscar perder as crianças, ou fazer um acordo ali mesmo. Era um dilema horrível e doloroso. Escolher a segurança significava engolir o que sabia ser verdade.

Ela olhou para Will, então de volta para Mick.

— Traga seus advogados aqui. Vamos resolver isso agora.

Caroline não conseguia respirar. Will a levou para fora do tribunal, encontrando uma área privada de frente para a Willapa Bay e seus pântanos ao redor, repleta de atóis com árvores e docas abandonadas. Ela se apoiou contra a pedra amarela pálida do prédio, tentando recuperar o fôlego.

— Tenho que fazer um acordo — disse ela a Will, quase engasgando com as palavras. — Tenho que fazer o que for preciso para proteger meus filhos.

Ele a abraçou e ela pressionou a bochecha contra o peito dele.

— Calma, querida. Você não vai perdê-los.

— Minha advogada disse que nenhum juiz tira os direitos do pai biológico só porque ele plagia designs e é antiético. Ela também disse que falar sobre o abuso seria um tiro pela culatra porque só temos boatos. — Sua garganta estava entupida de amargura.

— Vamos dar um jeito nisso — disse Will. — Vamos encontrar uma maneira.

— Qual jeito? O juiz tem que tomar uma decisão com base em fatos. Para fazer Mick desistir das crianças, vou ter que acabar com a minha carreira de novo e negar o que sei que ele fez com Angelique. Mas, quando se trata de Flick e Addie, estou disposta a me jogar embaixo de um ônibus em alta velocidade.

— Ele não está interessado nessas crianças.

— Você está absolutamente correto. Mick Taylor não quer ser pai. Esse nunca foi o objetivo dele. Eu devia arriscar e desafiar o blefe dele. Simplesmente falar: "Beleza, leve as crianças então. Boa sorte". — Caroline se afastou e olhou para Will, tirando forças de seu olhar firme. — Mas eu *jamais* faria isso com meus filhos. Eu jamais os usaria para fazer um acordo. Porque, em todos os aspectos que importam, eles são *meus* filhos. Minha família. Eles não são fichas de pôquer em uma mesa de negociação.

Se seu negócio, sua carreira, sua reputação precisassem ser destruídos, que assim fosse. A velha Caroline nunca arriscaria tudo o que construiu, nunca perderia a confiança e a crença idealizadas. Mas ela não era mais aquela pessoa. Ela era mãe.

Caroline havia aprendido que existiam poucas coisas mais preciosas do que a integridade de alguém, mas uma delas era certamente a necessidade de amar e proteger uma criança.

Deixando os braços de Will, ela encontrou sua mãe com Addie e Flick no jardim do tribunal. Embalando-os em um abraço apertado, ela falou:

— Vocês são meus filhos. Para sempre. Vocês estão seguros. Sempre estarão seguros.

— A gente pode voltar para casa agora? — perguntou Flick.

Virginia correu até ela.

— Caroline, você está sendo chamada.

Caroline não conseguia olhar para ninguém enquanto se aproximava da longa mesa onde Theresa e agora Willow estavam sentadas. *A gente tinha um acordo*, pensou ela, com o coração acelerado. *Nossos advogados deveriam ter feito um acordo.*

Um terceiro advogado se juntou a eles na mesa. Para o choque de Caroline, era Aisha Franklin, uma advogada que ela tinha conhecido no encontro em Atlanta para falar sobre o Clube.

— O que está acontecendo? — perguntou Caroline baixinho, oscilando entre a esperança e o medo.

Willow tocou seu braço.

— Quietinha. Você já vai descobrir.

Houve uma onda de silêncio quando o juiz voltou para seu lugar.

Aisha entregou um dossiê a Theresa, que foi para perto do juiz com o advogado de Mick.

— Meritíssimo, gostaria de juntar esta exposição relatando fatos pertinentes ao processo. Estas são declarações feitas sob juramento.

Ela colocou um dos dossiês na frente do advogado de Mick e deu o outro ao escrivão do juiz.

— São declarações de indivíduos que têm conhecimento direto do histórico de violência de Michael Taylor contra mulheres. Há testemunhas que o viram tratando Angelique Baptiste de forma abusiva. E há outras que sofreram abusos dele.

— Meritíssimo, o senhor disse que não gosta de surpresas — disse o advogado de Mick.

Caroline agarrou o braço de Willow.

— Não é tarde demais para apresentar esse material?

— Esta é uma audiência, não um julgamento — disse Willow em um sussurro baixo. — Ele tem que aceitar.

Houve uma agitação na parte de trás do tribunal. O juiz pegou seu martelo e gritou uma ordem para o oficial de justiça. Várias mulheres entraram pelas portas duplas. Caroline viu modelos e estilistas juniores que conheceu em Nova York, a quem ela e Daria tinham pedido para fazerem uma denúncia. Elas haviam hesitado, claramente com medo e vulneráveis, e Caroline tinha desistido de tentar convencê-las.

Agora estavam ali, aparecendo como um maremoto atravessando as comportas abertas.

Apesar do martelo do juiz e da ordem gritada, um murmúrio tomou o tribunal.

— Isso é um absurdo! — gritou Mick, levantando-se da cadeira como se o assento estivesse pegando fogo. — É uma maldita caça às bruxas!

Seus advogados e comitiva o cercaram, claramente tentando minimizar os danos, levando-o para fora do tribunal.

— A caça acabou — disse Willow para Mick enquanto ele passava. — Encontramos a bruxa.

Caroline virou-se para Willow e Aisha.

— O que acabou de acontecer?

— Ainda está acontecendo. Vamos.

As vítimas de Mick tinham se aglomerado na entrada abobadada e nos degraus do tribunal, conversando com a mídia e apontando o dedo para Mick. Segurando fotos no celular e dando entrevistas. As vozes das mulheres ecoavam nas paredes de mármore, e a rotunda histórica ecoava com o poderoso som do triunfo. Elas falaram de pressão e intimidação, de coerção e ameaças, de abuso financeiro.

Caroline agarrou o braço de Willow para se equilibrar. Uma mistura de fraqueza e alívio quase a deixaram de joelhos, lavando a amargura agonizante de ter ficado em silêncio.

— Como todas elas chegaram aqui? Você sabia disso?

— Transformei isso numa missão desde nossa viagem para Nova York. Mesmo que elas estivessem relutantes em falar sobre o que tinham passado, nós persistimos e finalmente convencemos essas seis mulheres. Sua amiga Daria foi fundamental. Ela disse que, agora que tem uma filha, não pode deixar uma coisa assim passar batida. E a Irmandade em Atlanta financiou a viagem de todas. Declarações juramentadas são poderosas, Caroline. Testemunhos. Fotos e vídeos. Pelo menos duas mulheres vão entrar com queixa. Agora Mick tem problemas muito maiores do que reivindicar a custódia das crianças. Acho que você não precisa mais se preocupar com ele insistindo em manter os direitos paternos...

Caroline não podia acreditar. Mas deveria, porque uma das coisas que ela aprendera com o Clube de Costura era o poder de mulheres unidas e determinadas a contar a verdade.

— Nossa, muito obrigada! — agradeceu ela. — Isso soa tão pouco...

— Não precisa nos agradecer. Você começou isso, Caroline. Agora vá encontrar seus filhos.

Trinta e um

Encostada em uma montanha de travesseiros na cama de Will, Caroline leu a longa matéria investigativa que havia saído na imprensa nacional com a manchete: "A QUEDA DE UM IMPÉRIO DA MODA".

A luz do sol da manhã se derramava pelo chão. Will tinha levantado para deixar o cachorro passear e estava de volta com duas canecas de café. Não havia nada melhor que a visão de um homem sem camisa te trazendo café logo pela manhã.

— Deus te abençoe — falou ela, esquentando as mãos na xícara e tomando um gole.

Ele se acomodou ao lado dela.

— E aí?

— Está uma delícia — respondeu ela, tomando outro gole.

— Eu estava falando do artigo.

Ela virou a revista para que ele pudesse ver. A capa era uma foto dramática de seis modelos iluminadas e com expressão séria na frente do tribunal neogótico, parecendo o pior pesadelo de um predador. O artigo tinha sido escrito por Becky Barrow, a ex-estagiária de Orson Maynard e agora repórter famosa que estava fazendo nome com denúncias sobre abusos no mundo da moda.

Caroline abriu a revista para que ambos pudessem olhar.

— Foi difícil de ler — declarou ela. — É horrível pensar no que ele fez, em como saiu ileso por tanto tempo. Estou feliz por tudo isso ter acabado, mas odeio que tenha acontecido. E com tantas mulheres.

Além das mulheres que apareceram no tribunal, havia outras, mais do que ela imaginara — modelos, assistentes, estagiárias e subalternas que de início ficaram deslumbradas com o jeito amável e o talento de Mick, mas depois descobriram sua natureza violenta entre quatro paredes. Elas descreveram os abusos com riqueza de detalhes, saíram das sombras com histórias de festas loucas, intimidação e agressão sexual.

Mick Taylor foi escorraçado como tantos outros homens que usaram de status e poder para tirar proveito de mulheres. E, assim como os demais, ele logo seria soterrado nas profundezas do ostracismo. A princípio ele tentara minimizar as acusações. Então, com uma não desculpa — "àquelas que *podem ter se sentido* injustiçadas por mim" —, se internou em uma clínica de reabilitação em Sedona. À medida que a tempestade de denúncias ganhava força, ele foi abandonado por todos os amigos famosos. Sua marca desabou como um castelo de cartas. As evidências crescentes deixaram claro que ele enfrentaria uma enxurrada de ações civis das vítimas, além de acusações criminais e um bom tempo na prisão. Como Willow previra, ele cedeu seus direitos paternos a Addie e Flick de forma voluntária.

Durante a entrevista para o artigo, Becky perguntou a Caroline como ela se sentia ao derrubá-lo. "Eu não o derrubei. A verdade o derrubou", diziam as palavras de Caroline impressas na revista. Era estranho ver suas próprias palavras emolduradas como uma citação.

— É uma exoneração para você — apontou Will ao terminar de ler o artigo.

— Não me importo com isso — disse Caroline. — Só quero que essa história termine. Só quero seguir em frente com a minha vida, ser uma mãe para as crianças e tentar reerguer minha carreira.

Will colocou a caneca de café na mesa de cabeceira e fechou a revista.

— E eu só quero me casar com você — declarou ele, puxando-a em seus braços.

Ela se desvencilhou do abraço e o encarou boquiaberta.

— Pare com isso.

— Não era bem essa resposta que eu estava esperando...

— Will... — Ela estudou o rosto dele, cada linha e ângulo familiar, amado e desejado. — Não brinca com uma coisa dessas.

— Mas quem disse que eu estou brincando? — perguntou ele, colocando a mão no peito. — Caroline Shelby, eu amo tudo em você.

A maneira como você ri das minhas piadas bobas e a maneira como você chora quando algo toca seu coração. O jeito que você fala o tempo todo sem parar e ainda consegue ouvir. A maneira como você cria roupas do nada, usando apenas sua imaginação. A maneira como você se diverte com Addie e Flick, mesmo dizendo que está morrendo de medo. Eu só penso em você. Eu só quero você. Você e seus filhos e sua cachorrinha, também. E, Deus está de prova, eu falo tudo isso do fundo do meu coração.

O coração de Caroline quase explodiu. Ela estava muito impactada para conseguir falar.

Se aceitasse, aquilo mudaria o curso de sua vida. Ela se imaginou ali, na Beira d'Água, na casa cheia de madeira esculpida e antigos tesouros de família. Imaginou Addie e Flick brincando com os cachorros, correndo atrás de Will, encontrando as aventuras que os esperavam nas árvores, na baía e na praia, nos faróis e nas cidadezinhas ao longo da península.

Imaginou um "para sempre" com ele. A euforia pareceu um ataque de pânico.

— Você está muda... — disse ele.

— Me dá um minuto, ok?

— Claro — disse ele, e então abriu a gaveta de cima da mesa de cabeceira. — Só para você saber, eu tenho um anel.

— *Quê?!*

Ela não conseguia respirar.

Ele abriu uma caixinha e revelou um anel dourado com um diamante quadrado.

— Era da minha avó — contou ele. — Guardei para você.

Mais uma vez, ela estava estranhamente sem palavras. Não conseguia falar nem tirar os olhos de Will enquanto absorvia a situação, batimento cardíaco após batimento cardíaco. Will era a pessoa que havia definido o conceito de amor para ela, décadas antes, quando Caroline ainda era muito jovem para entender o poder daquele sentimento. Era a melhor sensação do mundo, crua e poderosa, linda e devastadora, uma corrente direto para a cabeça que a deixava tonta. Sem saber, Will havia estabelecido o padrão de amor no qual ela acreditava.

Cada relacionamento que Caroline tivera depois havia sido medido em relação ao amor que ela imaginou que teria com Will em diversos cenários de "e se". Ela sabia que estava idealizando algo que nunca havia acontecido. E que, se realmente tivesse, a vida teria atrapalhado. O sentimento poderia acabar. Poderia se desgastar...

— Caroline? — Will franziu a testa. — Se o anel for muito antiquado, eu posso...

— Shhhh! — disse ela. — O anel é perfeito. — Mal olhou para a joia. — Apenas ouça. Preciso falar uma coisa. — Ela pegou as duas mãos dele. — Will Jensen, eu amei você a minha vida inteira. Eu nem sabia o que era o amor quando nos conhecemos. Tinha 13 anos quando me apaixonei por você e foi o sentimento mais verdadeiro que já experimentei. Eu estive esperando por este dia desde que vi você pela primeira vez, mas nunca pensei que fosse acontecer. Então, passei metade da minha vida me ensinando a *não* te amar, a não querer algo que eu nunca poderia ter.

— Isso foi antes. Tudo mudou agora. Isso é sobre você, Caroline. Você e eu. E, se não estou enganado, você acabou de admitir que está apaixonada por mim.

— Desde o início dos tempos.

De alguma forma, o anel escorregou em seu dedo, e Will perguntou:

— Por que você nunca disse nada?

— Eu tinha medo. Não sabia se eu conseguiria... se nós conseguiríamos passar de amigos a casal.

— É mesmo? — Com um toque gentil, Will traçou o dedo ao longo de sua clavícula, seguindo-o com os lábios. — Estamos indo muito bem nesse departamento.

Caroline mal conseguia formar um pensamento quando ele a tocava daquele jeito, quanto mais frases.

— Aham...

— Então, o que me diz?

— Ah, Will! *Sim*. Sim para tudo. Sim para sempre.

Epílogo

—A daminha de honra sumiu.

A declaração preocupada de Georgia cortou o falatório no quarto de preparação da noiva, ao lado do restaurante.

Caroline girou em seu banquinho na penteadeira, derrubando um curvex e provavelmente manchando a bochecha.

— Quê? Cadê a Addie? Como assim ela sumiu?

— Não sei. Perdemos ela de vista quando esse montão de convidados chegou.

— Ai, meu Deus! Addie!

Caroline correu para a porta, mas Georgia ficou no caminho.

— Ah, não! Nada disso! Já organizei um grupo de busca e eles já estão procurando por ela. Você precisa terminar de se arrumar.

— Não vou conseguir terminar nem uma respiração enquanto não souber onde ela está. E se ela tentar atravessar a rua? E se ela se perdeu nas dunas? Na praia? Meu Deus! E se estiver encharcada e assustada em algum lugar?

Virginia levantou a cortina da janela e apontou para o estacionamento.

— Parece um arrastão. Olha só quanta gente.

Os irmãos e convidados vestidos de smoking se espalharam pelo estacionamento em todas as direções. Os guarda-chuvas pretos e abertos pareciam compor uma tela de Magritte. Uma grande tenda branca havia sido montada na área de eventos do Estrela do Mar, protegendo as fileiras de cadeiras da garoa grossa que persistia à medida que as pessoas chegavam para a cerimônia.

— Ela deve estar na mesa de comida passando o dedo no glacê do bolo — disse Virginia.

Georgia levou Caroline de volta para a penteadeira.

— Senta e deixa a Ilsa fazer a mágica dela.

Ilsa era habilidosa com maquiagem. E com Caroline também. Em vez de atacá-la com base e iluminador, ela pegou as mãos de Caroline.

— Respira — falou ela. — Vai ser um dia lindo.

— Fern, vem cá! — chamou Virginia. — Preciso arrumar seu cabelo.

A sobrinha de Caroline não conseguia ficar parada e estava girando em um banquinho.

— Você parece uma princesa, tia Caroline. Uma princesa de verdade.

O vestido de Caroline era muito simples — um lindo tecido de seda ondulada que se esparramava de um corte em forma de concha nautiloide nas costas. O desenho era dela, mas a peça tinha sido feita por Echo, agora uma de suas melhores amigas.

— Achei!

Will falou da porta. Ele segurava Addie nos braços, e Flick estava ao seu lado.

— Ela estava no banco de trás do carro, dormindo como uma pedra. — Ele deu um beijo no nariz da menina. — Igual da primeira vez que te vi.

— Não olha pra noiva! — gritou Fern. — Dá azar!

— Não estou olhando — disse Will, entregando Addie para Georgia.

Mas Caroline olhou, e quase se derreteu de amor por ele. Will estava igualzinho a todos os sonhos que já tivera, e ela mal podia esperar para se tornar a esposa dele, do homem que amava.

Enquanto observava Will sair da sala, Addie agarrou a boneca e bocejou.

— Eu estava tentando achar a Mulher-Maravilha — explicou ela.

— Isso foi uma ideia idiota — afirmou Flick.

— Ei! — alertou Caroline.

— Desculpa — falou ele rapidamente.

Flick estava ficando alto e confiante. De smoking e suspensórios, estava uma fofura.

— Venham aqui, vocês dois — disse ela, abrindo os braços para eles. — Tenho uma coisa para nós.

Ela pegou o bracelete de conchinhas feito por Angelique e separou com cuidado os fios triplos para fazer três pulseiras.

— Sua mãe me deu isso em um dia muito importante. Elas são feitas de conchas da praia do Haiti, e ela fazia essas pulseiras para vender quando era novinha. Pensei em nós três usarmos, para sempre lembrarmos da *maman* e do quanto a amamos e sentimos falta dela.

Ela prendeu uma pulseira em cada pulso pequenino e puxou as crianças para um abraço. *Obrigada, Angelique.* Ela enviou o pensamento para o Universo. *Obrigada.*

— Ela nunca vai nos deixar — sussurrou ela. — Ela mora em nossos corações, ok?

— Isso me deixa triste — falou Addie, examinando as conchinhas em formato de feijão da pulseira. — Hoje é pra ser um dia feliz.

— Com certeza — disse Caroline. — Mas, se você vir alguém chorando, tipo a vovó Dot ou eu ou... qualquer pessoa, é porque estamos muito felizes.

Caroline olhou ao redor do quarto, repleto de maquiagens abertas, produtos de cabelo e buquês espalhados, cheio de mulheres que significavam o mundo para ela — não apenas suas irmãs e mãe, mas as amigas que fizera no Clube de Costura de Oysterville. Todas tinham tido um papel especial em sua jornada. Até Sierra estendera a bandeira branca e enviara um cartão de Sharm el-Sheikh em um gesto conciliatório. O nome dela agora aparecia no topo da página de créditos de uma importante revista de moda.

Georgia apareceu e pegou a mão das crianças para levá-las a seus lugares. A música ficou mais alta, e cada madrinha e padrinho se encaminhou para o altar. Will e Willow, que era a oficiante, esperavam sob um arco de madeira.

Caroline então se viu completamente sozinha, prestes a dar o maior passo de sua vida. Pensou em tudo que a levara até aquele momento — as perdas devastadoras, os triunfos eufóricos e tudo o que havia acontecido entre uma coisa e outra.

Ela marchou até o altar e ficou diante de Will. O mundo inteiro reunido ali, na expressão daquele rosto.

A música parou suavemente e um silêncio ansioso preencheu o lugar. Will pegou as duas mãos de Caroline.

Willow olhou de um para o outro.

— Vamos começar?

Este livro foi impresso pela Vozes em 2022,
para a Harlequin. A fonte do miolo é
Minion Pro. O papel do miolo é pólen natural
70g/m² e o da capa é cartão 250g/m².